MARIANNE HACKER

Das Winterschloss

MARIANNE HACKER

Das Winterschloss

Roman

Marion von Schröder

Marion von Schröder ist ein Verlag
der Ullstein Buchverlage GmbH

ISBN-13: 978-3-547-71089-2
ISBN-10: 3-547-71089-8

Gesetzt aus der Berling bei Leingärtner, Nabburg
Druck und Bindung: Bercker, Kevelaer
Printed in Germany

Vorbemerkung

Den Dorfnamen Largan und das Val Tosta mit dem Kastell würden interessierte Leser vergebens auf einer Landkarte suchen. Es sind fiktive Orte und ebenso wie die Handlung und die Personen dieses Romans lediglich eingebettet in eine reale Gegend mit ihrer Geschichte.

Bastardsöhne des mythischen Wolfes leben in der bürgerlichen Gesellschaft, behalten aber ihre Wolfsgewohnheiten bei ...

Wolf (Canis lupus l.)
Meyers Großes Konversations-Lexikon
Sechste Auflage
Leipzig und Wien 1909

Prolog

In einer lange vergangenen Winternacht beugte sich der Mond über das große Haus. Die Glocken im Tal hatten zwölfmal geschlagen, und nun begrüßte ihr dröhnendes Läuten das neue Jahr. In wilder Jagd zogen vermummte Gestalten durch das Dorf. Peitschen knallten, und zahllose Schellen schepperten, um die Dämonen des Winters in Schach zu halten. Weithin war ihr Lärmen zu hören. In den Gewölben unter dem Haus war es dagegen still …

29. Dezember

1

Es war unsere letzte gemeinsame Reise. Aber das ahnte ich nicht, als ich an diesem späten Dezembermorgen zwei Tage vor Silvester die Tür zu meiner Mansardenwohnung abschloss und nach meiner Reisetasche griff. Paul war mit seiner Skiausrüstung und den Koffern schon vorausgegangen. Seitdem sind der Winter, ein Frühling und ein halber Sommer vergangen. Doch ich erinnere mich so deutlich, als wäre es gestern gewesen.

Die Wintersonne schien durch die Fenster ins Treppenhaus. Im zweiten Stock machte ich Halt, stellte die Tasche ab und klingelte bei Regina Simnacher. Poltern und Kinderstimmen waren zu hören.

Tobias, Reginas zehnjähriger Sohn, öffnete, begrüßte mich mit einem »Hallo!« und war schon wieder verschwunden. Ich trat in den Korridor.

»Wer ist es?«, fragte Reginas Stimme aus einem der Zimmer.

»Ich bin's. Ich wollte mich verabschieden und dir den Wohnungsschlüssel geben.«

Regina erschien in der Küchentür. »Oh, hallo, Anne. Ich habe mir gerade eine Tasse Kaffee eingeschenkt. Magst du auch eine?«

»Nein, danke. Paul packt schon die Skier aufs Auto. Wir brechen gleich auf.«

»Wieso Skier? Ich denke, ihr wollt nach Venedig?«

»Fahren wir ja auch. Aber zuvor machen wir einen kleinen Abstecher in die Schweiz. Kurzfristige Programmänderung.

Paul ist zufällig einem alten Freund über den Weg gelaufen, und der hat uns eingeladen, Silvester mit ihm und ein paar Freunden im Engadin zu feiern. Und da Paul so gerne Ski fährt, habe ich mich breitschlagen lassen. Aber anschließend geht's noch für ein paar Tage nach Venedig.«

»Na, dann viel Spaß. Und schöne Reise. Paul soll vorsichtig fahren. Der Wetterbericht hat Schnee in den Bergen gemeldet.«

»Danke. Grüße Georg von mir und viel Vergnügen an Silvester.«

Gut gelaunt verabschiedeten wir uns voneinander, und beschwingt verließ ich das Haus.

Der dunkelblaue Mercedes mit dem Frankfurter Kennzeichen stand mit geöffnetem Kofferraum im Halteverbot. Paul war dabei, das Gepäck einzuladen.

Er sah blendend aus. Schlank, dunkles, gewelltes Haar, das Gesicht trotz des Winters leicht sonnengebräunt. Markante Wangenknochen, eckiges Kinn. Seine ein wenig schräg geschnittenen goldbraunen Augen strahlten mich an.

»Alles erledigt?«, fragte er lächelnd. Seine Stimme, die ruhig, weich und dunkel war, mochte ich ganz besonders.

Obwohl Paul nicht mehr als mittelgroß war, musste ich ein gutes Stück zu ihm aufsehen. »Alles perfekt«, sagte ich. »Lass uns fahren! Hast du die Straßenkarten?«

2

Es war ein wolkenlos heiterer Tag. Die Luft war frostig und klar. Auf der Garmischer Autobahn war wenig Verkehr. Vor uns lag die Alpenkette mit ihren weißen Gipfeln. Graubraune Wälder und Wiesen zogen vorbei, Weiler, Gehöfte. Wir passierten die Anschlussstelle von Murnau. Moore und Seen. Ab hier war die Landschaft verschneit.

Hätte Paul unsere Pläne nicht vor drei Tagen über den Haufen geworfen, wären wir jetzt unterwegs nach Italien.

Ich hatte von einem romantischen Jahresbeginn mit Paul im winterlichen Venedig geträumt und mir ausgemalt, wie wir das Silvestermenü in einem Hotel am Canal Grande genießen würden. Rings um uns fröhlich feiernde Menschen, Gelächter und Glückwünsche. Nach Mitternacht ein Spaziergang, Paul und ich, Hand in Hand. Wir würden uns lieben, wir hätten unendlich viel Zeit. Ich dachte, solch ein Silvesterabend wäre für unsere Zukunft ein glückliches Omen.

Vor sechs Jahren hatte ich Paul in einer Neujahrsnacht kennen gelernt. Er hatte in Hamburg und London gearbeitet, bevor er zu einer renommierten Privatbank nach München wechselte. Drei Monate nach unserer ersten Begegnung erhielt er von einer Frankfurter Großbank ein sehr gutes Angebot. »Ich kann es unmöglich ausschlagen«, sagte er und fragte, ob ich mit ihm nach Frankfurt gehen würde. Ich war sehr verliebt, doch ich stand vor dem Studienabschluss und wollte in München bleiben. Seitdem sahen wir uns nur an Wochenenden oder im Urlaub.

Paul war seine Karriere ungemein wichtig. In der Bank war er rasch in eine verantwortungsvolle Position aufgestiegen. Wenn er sich im Sessel vorbeugte, in einer charakteristischen Geste die Hände zusammenlegte und mir von Vorständen und Kollegen erzählte, unterschied er zwischen Konkurrenten und Förderern. Intrigen belustigten ihn. Mir gefielen diese Geschichten. Doch sobald Paul davon sprach, welche Pläne er für die Zukunft hatte, erlahmte meine Aufmerksamkeit. So war es mir auch ergangen, als er vor Monaten erklärte, dass eine Ehefrau und Familie für seine beruflichen Ziele hilfreich wären.

Meine eigenen Interessen kamen in Pauls Plänen nur am Rande vor. Nach Beendigung meines Studiums der Kommunikationswissenschaft hatte ich als Volontärin bei einer Provinzzeitung gearbeitet und dabei festgestellt, dass ich lieber selbst recherchieren und schreiben wollte, als aus fremden Texten brauchbare Zeitungsartikel zu machen. Interviews fand ich am interessantesten. Wenn ich fremden Menschen persönliche Fragen stellen durfte, war ich neugierig auf ihre Reaktionen. Immer wieder erhielt ich verblüffende Antworten, und so fiel mir die Entscheidung nach Abschluss des Volontariats leicht. Meine Familie hatte zwar erwartet, dass ich mich als Redakteurin bewerben würde, aber ich wagte als freie Journalistin mein Glück. Inzwischen arbeitete ich hauptsächlich für die Neuesten Münchner Nachrichten, eine Tageszeitung mit umfangreichem Lokalteil. Daneben schrieb ich für mehrere Magazine und Wochenzeitungen. Mit meinen ausführlichen Interviews und Porträts – sowohl von prominenten wie auch unbekannten Zeitgenossen – begann ich mir allmählich einen Namen zu machen.

Entlang der Loisach fuhren wir nach Garmisch, dann weiter durch die verschneiten Alpen.

»Schau mal, dort hinten, das Bauernhaus!« Paul deutete auf einen malerischen alten Hof abseits der Straße. »Das würde mir gefallen ... Weißt du, ich habe mir unsere Wohnungssuche noch einmal durch den Kopf gehen lassen.« Er griff ein Thema auf, über das wir am Morgen beim Frühstück gesprochen hatten.

»Ja?«

»Vielleicht sollten wir doch lieber gleich nach einem Haus Ausschau halten. In der Frankfurter Gegend, ein wenig außerhalb, ländlich ... Was hältst du davon?«

»Du meinst, aufs Land, in ein Dorf ziehen?« Ein Haus und ein alter Garten, Spalierbirnen, Beete mit Schnittlauch und Möhren und Erdbeeren. Und eine Kinderschaukel ... »Ich glaube, ich fände es wunderbar.«

Paul war im vergangenen Sommer neununddreißig geworden, ich war zehn Jahre jünger. Immer häufiger in letzter Zeit sprach er von Heirat und einem Zuhause. »Es wäre doch schön, Kinder zu haben?«, sagte er und meine Antwort bestand aus einem »Mhm«. Ich wollte Paul nicht verlieren, und ich wünschte mir Kinder. Aber Paul hatte mir klar gemacht, dass er nicht nach München zurückkommen würde. Irgendwann musste ich mich entscheiden.

Meine Unschlüssigkeit irritierte ihn nicht. Wie immer, wenn es ihm ernst war, plante er sorgfältig jedes Detail. Im letzten Oktober führte er mich in ein edles Lokal. Zwischen soupierenden Paaren und einer kleinen Festgesellschaft saßen wir an einem Tisch mitten im Raum. Am Ende des Mahles lag neben meinem Glas ein Etui. »Mach's doch auf!«, sagte Paul lächelnd. Als ich es öffnete und ein Diamantring mich anfunkelte, bin ich wohl rot geworden. Jedenfalls hat Paul das später behauptet. Deutlich vernehmbar fragte er zärtlich: »Wirst du mich heiraten, Anne?«

Ringsum wandten sich uns sämtliche Köpfe zu. Ich kam mir vor wie im Film. Die Situation war mir peinlich. Ich hätte als Antwort gerne »Vielleicht« gesagt. Doch da saß Paul vor einer Reihe von wildfremden Menschen, die uns beide musterten, und wartete. »Ja«, brachte ich schließlich heraus.

Im Juni war unser Hochzeitstermin. Ich würde auch in Frankfurt Artikel schreiben können, aber die Neuesten Münchner Nachrichten wären nicht so leicht zu ersetzen. Das Team aus Reporterkollegen und Redakteuren würde ich vermissen. Ich arbeitete gern mit ihnen zusammen. Mit Karla Bauer, einer der Redakteurinnen, war ich seit Jahren befreundet. Im Lauf der Jahre hatte ich viele gute Kontakte für meine Recherchen geknüpft. Hier lebten meine Freunde und meine Familie.

»Sollen wir irgendwo halten und zu Mittag essen?«, fragte Paul.

»Ich habe noch gar keinen Hunger. Und du?«

»Wir hätten nicht so spät frühstücken sollen. Trinken wir nachher einen Kaffee ...«

Ich blinzelte gegen das helle Sonnenlicht, legte den Kopf zurück und schloss für einen Moment die Augen. Ich war schläfrig, aber nicht entspannt genug, um wegzudösen. Vor Landeck machten wir an einer Raststätte Pause, und Paul tankte den Wagen auf.

Es war eine schöne Fahrt am Inn entlang. Anfangs fließt er wie ein breiter Kanal zwischen Autobahn, Landstraßen und Eisenbahnschienen. Aber je weiter südlich man kommt, desto enger rücken die weißen Alpengipfel zusammen. Hinter Landeck ist der Inn ein reißender Gebirgsfluss, der sich nur noch ab und an weit unten neben der Landstraße zeigt.

Im Schritttempo passierten wir den Schweizer Grenzübergang. »Jetzt sind wir im Engadin«, sagte Paul.

Nur wenige Autos kamen uns auf den ersten Kilometern entgegen. Dunkle Wälder lagen vor uns. Bergmassive, breitschultrige Riesen, ragten über uns auf. Wiesen und Felsen waren unter einer Neuschneedecke verschwunden. Das Nachmittagslicht hauchte einen Schimmer von Perlmutt darauf. Darüber spannte sich ein tiefblauer Himmel. Nichts deutete auf schlechtes Wetter hin.

»Ist die Gegend nicht herrlich?«, fragte Paul.

»Ja«, pflichtete ich bei, »sehr romantisch. Die schwarzen Tannen, der weiße Schnee. Und das gewaltige Bergpanorama! Sie wirkt aber auch ziemlich einsam.«

»Das ändert sich gleich. Es gibt hier sehr schöne Dörfer. Sie liegen auf wahren Sonnenterrassen.«

»Kennst du die Gegend?«

Paul ging auf meine Frage nicht ein. Vielmehr murmelte er: »Traumhaft, ideal zum Skifahren.« Darauf freute er sich wie ein Kind.

Paul hatte den Urlaub dringend nötig. Wann immer ich ihn in den vergangenen Wochen abends angerufen hatte, kaum einmal hatte ich ihn zu Hause erreicht. Häufig war er noch im Büro gewesen. Oder er sprach von irgendwelchen Terminen. Oft klang seine Stimme sehr müde. Er wirkte ungeduldig oder nervös. Sonst war er immer die Ruhe selbst gewesen.

Nicht einmal die Weihnachtstage hatte Paul diesmal mit mir verbracht. Wir feierten gewöhnlich gemeinsam bei meinen Eltern mit meinen Geschwistern und deren Familien. Es gab Berge von Plätzchen und Zimtsternen, einen über und über mit Süßigkeiten behängten Christbaum, an dem niemand, ohne zu naschen, vorbeikam, und zum Weihnachtsessen köstlichen Gänsebraten. Ich weinte, wenn in der Christmette »Stille Nacht« angestimmt wurde, und Paul verdarb sich den Magen und versicherte hinterher stöhnend, er liebe nichts so sehr wie Familienfeste.

Aber heuer hatte er erklärt, er könnte frühestens am achtundzwanzigsten Dezember in München sein. »Ich brauche die Feiertage, um ein paar Dinge in Ruhe aufzuarbeiten. Und am Siebenundzwanzigsten ist noch ein wichtiges Meeting angesetzt.«

Ich faltete die Karte vom Unterengadin auf. »Bis Largan ist es nicht mehr weit«, sagte ich. »Weißt du, wie wir zum Haus deines Freundes kommen?«

»Ja. Ich habe es aufgeschrieben. Der Zettel liegt im Handschuhfach.«

Nick Mattan, im Val Tosta, Largan. Die Wegbeschreibung war auf ein Ringbuchblatt aus Pauls Terminplaner notiert. Eine Seite von Anfang Dezember, Samstag und Sonntag.

War das nicht das Wochenende gewesen, an dem Paul eigentlich in München sein wollte? Wir hatten uns über vier Wochen nicht gesehen gehabt. Kurz vorher hatte er abgesagt: »Es tut mir ganz fürchterlich leid, Schatz.« Er müsse zu einer

Tagung nach London fliegen. Ich starrte auf das Datum. Die Tagung war nicht eingetragen. Stattdessen stand da: 20 Uhr, La Taverna. Ein teures Lokal in der Nähe von Pauls Wohnung ...

Paul warf mir einen prüfenden Blick zu. »Nick wird dir gefallen«, sagte er.

Ich nickte. »Bestimmt.« Ich spürte ein leises Unbehagen.

Vor drei Tagen hatte Paul mich angerufen. »Ich habe dir doch erzählt, dass ich meinen alten Schulfreund Nick kürzlich wiedergetroffen habe? Er ist mir zufällig in der Tiefgarage der Bank über den Weg gelaufen, und wir haben einen netten Abend zusammen verbracht ...«

»Ja, das hast du erwähnt.«

»Jetzt hat er angerufen und uns eingeladen. Wir sollen über Silvester in sein Ferienhaus in den Schweizer Bergen kommen. Ich habe zugesagt. Du bist doch einverstanden?«

Und unsere Venedigpläne? Ich war zunächst sprachlos gewesen. Dann fragte ich: »Du hast Nick doch beinahe zwanzig Jahre nicht mehr gesehen – und nun lädt er dich ein, und du wirfst sofort all unsere Pläne über den Haufen? Wieso ist dir diese alte Schulfreundschaft plötzlich so wichtig?«

Paul war einer Antwort ausgewichen. »Ich dachte, es macht dir nichts aus ...«, erwiderte er. »Tom Stiegler soll ebenfalls kommen. Er ist auch in unserer Klasse gewesen. Ich freue mich darauf, einmal mit *meinen* Freunden zu feiern. In den vergangenen Jahren waren wir an Silvester immer mit Freunden von dir unterwegs.«

Paul hatte mir erzählt, dass Nick Mattan Bankier in Zürich war. Er hatte das private Bankhaus von seinem Vater geerbt. »Eine reiche Familie ...« Durch meine Arbeit war ich es gewöhnt, leicht Kontakte zu knüpfen. Warum machte mich die Aussicht, Pauls alte Freunde kennen zu lernen, beklommen? Je näher unsere Ankunft rückte, desto unruhiger fühlte ich mich.

»Nick ist sehr charismatisch«, riss mich Paul aus meinen Gedanken. »Das war er schon in der Schule. Mit siebzehn hat er wie ein florentinischer David ausgesehen. Und irgendwie ist er immer unser Capitani gewesen.«

»Capitani?«

»Ja. Unser Anführer eben.« Pauls Tonfall war sachlich.

Ich lächelte etwas. Paul hatte ein Schweizer Internat besucht. Seine Eltern waren Ärzte, beide Psychiater, die bis vor wenigen Jahren eine gemeinsame Praxis geführt hatten. Für ihren Sohn hatten sie keine Zeit gehabt. Paul sprach mit Hochachtung von ihnen, besuchte sie jedoch so gut wie nie.

Wir fuhren durch Martinsbruck. Die Straße führte auf der Sonnenseite des Tales entlang, das hier weiter wurde. Ein paar Häuser am Wegrand. Wieder ein Dorf. Die nächste Ortschaft war Largan.

Ich klappte die Sonnenblende herunter und musterte mich im Spiegel. Blauäugig. Winterhelle Haut und auf der Nase verblasste Sommersprossen. Kleines, energisches Kinn. Meine Mundwinkel waren von Natur aus ein wenig nach oben gebogen, was mir für gewöhnlich einen sorglosen, heiteren Ausdruck verlieh. Ich zupfte die Ponyfransen zurecht. Kinderblond nannte meine Friseurin Carlotta mein Haar. Seit einem halben Jahr schnitt sie es sehr viel kürzer als früher und hellte es so weit auf, dass es mein Gesicht wie zarte Federn umgab. Es wirkte sehr großstädtisch so, was in Pauls Augen reizvoll war.

Noch einmal las ich den Zettel mit der Wegbeschreibung und verglich ihn mit der Straßenkarte. Das Ferienhaus lag etwas außerhalb des Ortes. Nach meiner Schätzung befanden wir uns ein oder zwei Kilometer vor der Stelle, wo wir vor Largan nach links, in Richtung Innufer, abbiegen sollten. Angestrengt starrte ich nach vorn, bis ich ein Schild sah, das zum Val Tosta wies.

»Hier musst du runter«, sagte ich erleichtert.

Das Val Tosta lag auf der anderen Seite des Flusses, der Schattenseite, die dicht bewaldet war.

»Ich fürchte, jetzt wird es glatt«, sagte Paul. Die Nebenstraße war nur notdürftig geräumt. Sie schraubte sich steil nach unten, und Paul steuerte den Wagen langsam durch die engen, zahlreichen Kehren.

Vielleicht würden wir selbst bald ein abgelegenes Häuschen kaufen ... Der Gedanke gefiel mir. Ich beugte mich zu Paul hinüber und küsste ihn auf die Wange. Erschrocken bremste er zu stark ab. Um ein Haar wären wir mit dem Auto in einen Schneehaufen gerutscht.

»Verzeihung!« Ich musste lachen.

Paul fuhr wieder an. Ich schaute nochmals zu ihm hinüber. Etwas hatte mich bei meinem flüchtigen Kuss irritiert. Paul roch gut – aber nicht nach dem Eau de Toilette, das ich immer für ihn besorgte. Seit wann kaufte er sich sein Rasierwasser selbst?

Wir hatten die letzte Kehre hinter uns gebracht, vor uns lag der Talgrund. Eine überdachte Holzbrücke führte über den Inn. Bisher war unser Weg von der Sonne beschienen gewesen. Hier war bereits alles in tiefe Schatten getaucht. Mit einem Mal wirkte die Gegend düster. Kahle Sträucher säumten das Ufer. Aus der Ferne hatte das Wasser des Inns grün gewirkt. Nun war seine Farbe verblasst, mehr grau als türkis, und von dem weiß schäumenden Fluss schien eisige Kälte auszuströmen.

Jäh erinnerte ich mich an den seltsamen Traum, aus dem ich in der vergangenen Nacht aufgeschreckt war: Ich war durch eine starre und leblose Landschaft, ähnlich wie diese, geirrt, durch kaltes Wasser und über Geröll gestolpert. Ringsum war es dunkel. Das flößte mir Angst ein. Ich war nackt, und ich schämte mich, ich fühlte mich verloren, ich fror. Und dann hüllte mich etwas Wärmendes ein, vielleicht das Fell eines Tiers. Ein Gefühl, das gleichermaßen schön und befremdlich gewesen war ...

Die Härchen an meinen Unterarmen richteten sich bei der flüchtigen Erinnerung auf.

Um mich abzulenken, schaltete ich das Radio ein und suchte nach einem Musiksender. Die ersten Takte von Fleetwood Macs »Angel« waren zu hören. Ich ließ den Radioknopf los. Ich liebte das Lied. Doch diesmal lief mir ein Schauer über den Rücken, während ich Stevie Nicks' dunkler Stimme lauschte, und mit einer hastigen Bewegung schaltete ich das Radio wieder aus.

»Was ist los?«, fragte Paul und musterte mich.

Ich zuckte die Achseln »Nichts. Vielleicht Reisefieber.« Meine Worte wurden vom Grollen der Holzbohlen unter dem Wagen verschluckt.

Auf der anderen Seite der Brücke wurde der Weg schmaler. Er führte zwischen dicht stehende Nadelbäume hindurch. Schwarz und abweisend starrten sie uns entgegen. Unter den Baumkronen wurde es finster. Der Wald wich schroffem Fels. Der Zugang zum Val Tosta erwies sich als eine tiefe Schlucht.

Wir überquerten eine Steinbrücke und fuhren in Serpentinen bergauf. Hier wuchs nur karges Gestrüpp. Der Weg war sehr schmal, zu eng für zwei Autos nebeneinander.

»Hoffentlich kommt uns hier niemand entgegen«, murmelte ich.

Fast senkrecht fiel das Gelände zu einem Bachbett hinab, in dem Wildwasser über Felsen und mitgerissene Baumstämme schäumte. Mir schwindelte, als ich an Paul vorbei in den Abgrund blickte.

Wir fuhren an einer Ausweiche vorüber und durch ein dunkles Felsentor. Dahinter war das Gelände flacher und wieder bewaldet. Der Bach lief hier munter neben der Straße her. Ich atmete auf.

Es war erst kurz nach vier, aber das Tageslicht schwand bereits, und der fast runde Mond stand blass am Himmel über den Bergen. Der Kiefernwald, durch den der Weg eine Zeit lang leicht bergauf geführt hatte, lichtete sich, und das Hochtal Val Tosta lag vor uns. Paul bremste, und das Auto kam zum Stehen.

Wieder fühlte ich mich in meinen befremdlichen Traum versetzt. »Das kann es doch unmöglich sein?«, sagte ich.

Das weite Tal wirkte einsam und kalt, aber von erhabener Schönheit. Die Wiesen, die sich im Sommer tiefgrün zeigen mochten, waren grauweiß von Reif, gesprenkelt mit Steinbrocken. Mitten hindurch wand sich der klare Gebirgsbach, dem die Straße gefolgt war. Nadelwälder begrenzten das Hochtal. Dahinter erhoben sich mächtige Gipfel. In der einsetzenden Dämmerung rückten sie scheinbar näher heran.

Ein Kastell stand in der Mitte des Tals. Im ersten Moment sah es nicht aus wie ein Bauwerk, sondern wie ein gewaltiger Monolith, der aus dem Boden hervorgebrochen war. Im schwindenden Tageslicht erschien es fast unwirklich, so als wäre es gar nicht von Menschenhänden geschaffen worden.

Paul atmete laut hörbar aus. Ich öffnete das Fenster ein Stück, und eisige Schneeluft drang herein. Wir schwiegen beide und starrten auf die Burgmauern.

Schließlich räusperte sich Paul. »Nick hat nur gesagt, dass er hier ein Ferienhaus hat.« Kopfschüttelnd legte er den ersten Gang ein und fuhr wieder los.

Während wir uns dem ungewöhnlichen Bauwerk im Schritttempo näherten, rötete sich hinter uns der Himmel, und das Kastell wurde noch dunkler. Aus keinem der zahlreichen Fenster drang ein Lichtschein. Wurden wir nicht erwartet? Links hinten, ein Stück entfernt, stand an einen Hügel geschmiegt noch ein zweites Gebäude.

Ich deutete durchs Autofenster darauf: »Dort drüben, schau! Das sieht wie ein Bauernhof aus. Vermutlich ist das Nicks Haus. Die alte Burg ist vermutlich gar nicht bewohnt.«

Der Weg führte an der Nordseite des Kastells vorbei. Doch als wir uns den hohen Steinmauern näherten, flammten auf einmal Lichter auf. Eine gepflasterte Einfahrt bog zu einem breiten, geöffneten Tor ab, dahinter lag ein beleuchteter Innenhof.

Wieder stoppte Paul unschlüssig. »Vielleicht sollten wir doch ...« Noch bevor er den Satz zu Ende gesprochen hatte, trat jemand aus dem Durchgang und kam auf uns zu.

3

PAUL LACHTE AUF. ER LÖSTE DEN GURT, stieß die Autotür auf und stieg aus. »Das gibt's nicht! Nick! Wir wären beinahe vorbeigefahren. Wieso hast du nicht gesagt, dass du in einer Burg Silvester feiern willst?«

Nick Mattan grinste breit. Pauls Überraschung schien ihm zu gefallen. Die Männer reichten sich die Hände und schlugen sich lachend auf die Schultern. Ich stieg aus und blieb zögernd stehen. Die beiden wandten sich zu mir um.

»Mein Freund Nick Mattan. – Anne Jani, meine Verlobte«, machte Paul uns bekannt.

Mattan war sehr groß, kräftig und breitschultrig. Er verbeugte sich, nahm lächelnd meine Hand und sagte ein paar nette Sätze zu meinem Willkommen. Sein gepflegtes, kurz geschnittenes Haar war bereits leicht ergraut. Er strahlte Selbstbewusstsein und Autorität aus.

Vielleicht hatte er einmal, wie Paul behauptet hatte, Michelangelos David geähnelt. Doch in den Zügen dieses vierzigjährigen Mannes war davon nichts mehr zu entdecken. Sein Blick hatte alles Weiche und Schwärmerische der Jugend verloren. Das Gesicht mit der klassisch geraden Nase war geprägt von fleischigen Wangen, Brauen und Kinn. Ein jovialer Genussmensch? Seine Mundpartie erschien mir seltsam roh.

Ich bedankte mich für die Einladung und war erleichtert, als Nick Mattan sich wieder Paul zuwandte. Der Mann hatte etwas Animalisches an sich, das mir Angst einjagte. Ich senkte den Kopf und biss mir auf die Lippen. Manchmal schämte ich mich für meine Phantasie. Wer sagt, dass ein Bankier ein blasser und distinguierter Finanzmensch sein muss?

Während Paul das Auto in den Innenhof fuhr, wo bereits mehrere Fahrzeuge parkten, ging ich neben unserem Gastgeber her durch das Tor und quer über den quadratischen Burghof. Auf allen vier Seiten säumten Arkaden das Pflaster. Auch im ersten und zweiten Obergeschoss des Gebäudes gab es einen offenen Umgang rings um den Innenhof. Es roch angenehm nach dem Rauch eines Holzfeuers.

Nick Mattan musterte mich. »Wie finden Sie es?«, fragte er voller Besitzerstolz.

»Eindrucksvoll«, antwortete ich wahrheitsgemäß. »Es sieht beinahe wie ein Renaissancebauwerk aus, aber ...« Ich zögerte.

Mattan lachte. »Sie haben Recht, es ist erst viel später entstanden«, sagte er mit volltönender Stimme. »Das Kastell ist nicht einmal ganz zweihundert Jahre alt. Men Mattan, einer meiner Vorfahren, hat es innerhalb eines einzigen Jahres erbauen lassen. Das war in der napoleonischen Zeit. Eine gigantische Leistung, vor allem, wenn man die Lage hier oben bedenkt.«

Pflichtschuldig nickte ich. Wir waren beim Auto angelangt. Paul stellte gerade unsere Gepäckstücke auf das Kopfsteinpflaster. Mattan griff nach den zwei großen Koffern, und Paul nahm die Taschen.

Drei Steinstufen führten zu einem geschnitzten Portal. Gerade als Nick einen Koffer absetzte, um es zu öffnen, wurden die Türflügel von innen aufgezogen. Eine ausgesprochen schöne Frau stand vor uns. Sie war etwa fünfunddreißig bis vierzig Jahre alt. Ihre Züge erinnerten an ein Botticelli-Porträt. Das längliche, schmale Gesicht und ihr damenhaftes, freundliches Lächeln, das uns willkommen hieß, wirkten sehr aristokratisch.

»Elisa«, sagte unser Gastgeber. »Meine Frau.«

Elisa Mattan war auffallend schlank und hielt sich kerzengerade. Ihr kinnlanges, glattes Haar glänzte kastanienbraun und kontrastierte perfekt mit der Perlenkette und den passenden Ohrsteckern. Ihr Outfit – das Twinset und der elegant geschnittene Rock sowie ihre Pumps – sah aus, als trüge sie es zum ersten Mal.

Nach der Autofahrt war meine Bluse unter dem Mantel zerknittert und meine Hose an den Knien ausgebeult. Zu Hause trug ich gern Jeans und Pullover oder lässige Hemdblusen. Korrekte Kleidung gehörte für mich zum Arbeitsalltag, und ich genoss es, die hochhackigen Schuhe von meinen Füßen zu streifen und die Kostümjacke an die Garderobe zu hängen, sobald ich meine Wohnung betrat. Für die Reise hatte ich mich leger, aber nicht nachlässig angezogen. Trotzdem fühlte ich mich neben Elisa Mattans makelloser Erscheinung schlampig, als hätte ich einen Jogginganzug an.

Wir betraten eine holzgetäfelte Halle mit Steinboden, die bis auf einige Schränke unmöbliert war. Trotz der Größe war es ein angenehmer Raum. Dazu trugen neben den orientalischen Teppichen mit den wärmenden Farben vor allem die vielen Leuchter bei. Zahllose Kerzen verströmten einen zarten Duft von Bienenwachs. Eine breite Treppe führte in den ersten Stock. Rechts und links gingen Flure ab, von denen Bogenfenster auf die Arkaden im Burghof blickten.

Elisa Mattan legte ihrem Mann eine Hand auf den Arm. »Vielleicht richtest du deinen Freunden etwas zu trinken her?«

»Gern. Ich bringe die Koffer nachher hinauf«, sagte Nick.

Aber Paul winkte ab. »Das mache ich schon.«

»Die Gästeräume befinden sich alle im zweiten Stock. Hier unten«, erklärte Elisa Mattan und deutete nach links, »sind Speisezimmer, Salon und Bibliothek – und dort drüben«, ihre Hand wies nach rechts, »liegen die Küche und ein paar Wirtschaftsräume. Kommen Sie, ich zeige Ihnen Ihr Zimmer.«

Auf dem Treppenabsatz im ersten Stock blieb sie stehen. Die Flügeltüren zu beiden Seiten waren geschlossen.

»Das ist unsere Beletage«, sagte sie. »Hier sind unsere eigenen Räume.« Sie ergänzte mit einem winzigen Augenzwinkern: »Auch Nicks Herrenzimmer natürlich.«

Wir lachten, und Paul sagte: »Beneidenswert.« Es war ihm anzusehen, dass er es tatsächlich so meinte.

Elisa gefiel seine Bewunderung offenbar. Ihre Miene belebte sich. »Wir nutzen das alte Gebäude erst seit etwa zehn Jahren. Sie hätten die Räume sehen sollen, als ich sie zum ersten Mal zu Gesicht bekam! Seit einer Ewigkeit war nichts gemacht worden – und zudem ...« Sie unterbrach sich. »Nun ja. Um es kurz zu machen: Wir mussten das ganze Kastell zunächst aufwändig renovieren. Wir haben viel Liebe und Zeit investiert«, – und vermutlich viel Geld, dachte ich –, »und nun hängen wir natürlich daran ... Ich habe inzwischen angefangen, passende Antiquitäten zusammenzutragen ...«

Wir waren im zweiten Stock angekommen und folgten Elisa Mattan in einen Gang. Vor einer der Türen blieb sie stehen und legte die Hand auf die Klinke.

»Ich hoffe, es gefällt Ihnen. Wir nennen es unser Rokokozimmer.« Sie öffnete es. »Leider stammen nur der Sekretär und der Wäscheschrank zwischen den Fenstern aus dieser Zeit.«

»Danke«, murmelte ich und trat ein. Paul folgte mir.

Es war ein eleganter, heller Raum. Mit den geschnitzten, cremeweiß lackierten Wandvertäfelungen wirkte er, obwohl er nicht klein war, intim. Ein tief hängender Lüster verbreitete gedämpftes Licht. Bett und Kleiderschrank waren komfortable moderne Möbel, im gleichen gebrochenen Weiß wie die Wandpaneele gehalten und mit stilisierten Rocailles und Vergoldungen verziert.

Rechts neben der offenen Tür zum Badezimmer stand der von Elisa erwähnte originale Rokokosekretär. Zwei zierliche Sessel mit Petit-Point-Stickerei und ein Beistelltisch waren vor eines der beiden Fenster gerückt, neben den Wäscheschrank. Die Wände zierten ein paar kleinformatige Bilder im Stil Bouchers.

»Falls Sie sich noch etwas ausruhen möchten ... Wir essen um sieben.«

Mit diesen Worten schloss Elisa Mattan die Tür von außen. Ich streifte die Schuhe ab, schaute das Bett an und sehnte mich plötzlich nach Schlaf.

Etwa zwei Stunden später weckte mich Paul aus dem Tiefschlaf. Wo war ich? Ich mühte mich, wach zu werden. Paul rief noch einmal »Anne!« und rüttelte mich an der Schulter.

»Nicht«, murmelte ich. »Ich steh ja schon auf.« Es gelang mir, die Augen zu öffnen. Ich versuchte zu lächeln.

»Du hast gesagt, du willst dich nur etwas ausruhen. Es war nicht die Rede davon, dass du erst morgen früh wieder aufstehen willst«, beklagte sich Paul in spöttischem Ton.

»Es tut mir leid ...«

»In zehn Minuten gibt's Abendessen.«

»Ich bin gleich so weit.« Ich erhob mich vom Bett, auf dem ich, ohne mich auszuziehen oder die Tagesdecke zurückzuschlagen, eingenickt war. Benommen tappte ich ins Bad.

Mit zusammengekniffenen Augen sah ich zur Decke. Die Räume hier mussten mehr als drei Meter hoch sein. Ich fror. Doch als ich an den Heizkörper unter dem Fenster griff, war dieser heiß.

»Zieh dir was Hübsches an«, hörte ich Pauls Stimme.

Er hatte meinen Kulturbeutel schon auf den Waschtisch gelegt. Eilig putzte ich mir die Zähne, zog die zerknitterte Bluse aus und wusch Gesicht und Oberkörper erst mit warmem, dann mit kaltem Wasser ab. Make-up, Rouge und Wimperntusche. Als ich sie auftrug, blinzelte ich. Die Farbe verschmierte. Ich wischte sie ab und tuschte erneut.

Ich sah müde aus. In letzter Zeit hatte ich zu wenig geschlafen. Unter den Mitarbeitern der Neuesten Münchner Nachrichten hatte eine Grippewelle grassiert. Eine Krankmeldung nach der anderen flatterte auf Karla Bauers Tisch, und ich sprang ein für Kollegen, die mit Fieber im Bett lagen. In den vergangenen beiden Monaten hatte ich kaum ein freies Wochenende gehabt.

»Wieso sagst du nicht einfach nein?«, hatte Paul, wenn er anrief, immer wieder gefragt. »Du hörst doch dort eh bald auf.« Aber daran wollte ich lieber nicht denken ...

Ich trug rosig glänzenden Lippenstift auf.

»Trödelst du?«, erkundigte sich Paul.

»Nein.«

Ich entschied mich für mein blaues Etuikleid. »Hoffentlich ist es elegant genug für den Abend. Ich bin nicht für einen Besuch im Schloss ausgestattet. Ich hatte mir gemütliche Tage in einem Schweizer Chalet vorgestellt. Natürlich ist dieses Kastell viel interessanter, aber ...«

Paul tippte auf seine Uhr.

Ich seufzte leise. »Machst du mir bitte den Reißverschluss zu?«

Wie schön wäre es jetzt gewesen, sich in Jeans und Pullover an einen Küchentisch zu setzen und Bratkartoffeln mit Eiern und Speck zu essen! Nun, in zwei bis drei Tagen ist es vorbei, dachte ich.

Tom Stiegler, der gemeinsame Schulfreund von Nick und Paul, war noch nicht angekommen.

»Aber er hat auch nicht abgesagt. Wahrscheinlich wurde er aufgehalten. Tom hat beruflich viel um die Ohren«, erläuterte Nick Mattan, während er uns durch die Halle in Richtung Speisezimmer führte. Aus den Fenstern im Gang fiel Licht auf die Arkaden im Burghof, dahinter war alles finster.

»Er hat schon in der Schule immer davon geredet, einmal viel Geld zu verdienen«, erinnerte sich Paul belustigt.

Unser Gastgeber blieb vor einer der Türen stehen. »Stimmt. Aber so einfach ist das natürlich nicht.« Er wandte sich mir zu. »Tom ist Broker. Die Geschäfte an der Börse gehen im Moment nicht besonders gut. Die Zeiten sind schwierig ...« Schwungvoll öffnete Nick. »Hier essen wir meistens. Es war früher das Frühstückszimmer«, sagte er und ließ uns den Vortritt.

Eine ausladende Kredenz und ein langer Tisch, der weiß eingedeckt war, prägten den Raum mit den gekalkten Wänden, an denen nur ein Stillleben mit Blumen und Früchten sowie ein Kruzifix hingen.

Vor einem der Fenster stand ein schmaler, blonder Mann, etwas jünger als Paul und Nick. Trotz seiner nonchalant lässigen Haltung, mit der er an der Fensterbank lehnte, erweckte er den Eindruck, durch und durch kultiviert zu sein. Er setzte das Glas ab, das er in der Hand hielt, richtete sich auf und kam auf uns zu.

»Ulrich Kämp, mein Adlatus«, stellte Mattan ihn vor. Er gab dem Wort Adlatus einen scherzhaften Klang.

Während wir uns begrüßten, setzte er ernsthaft hinzu: »Tatsächlich ist Ulrich in den vergangenen Jahren nicht nur zu meiner rechten Hand in der Bank geworden. Ihm habe ich es zu verdanken, dass ich mich aus den Tagesgeschäften weitgehend zurückziehen kann. Die Verbandsarbeit liegt mir inzwischen mehr am Herzen. Ich bin mir darüber klar geworden, dass meine wahre Leidenschaft die Politik ist. Ein Engagement, das ziemlich zeitintensiv ist und manchmal ein steiniger Weg, aber, wie ich finde, durchaus befriedigend ...«

»Wenn man auf dem Gipfel steht«, entfuhr es mir.

Mattan lachte. »Genau.«

Ulrich Kämp griff wieder nach seinem Glas, aber er trank nicht. Sein Blick ruhte auf Nick und Paul, dann schaute er mich an, zurückhaltend und höflich interessiert. Während wir sprachen, schwieg Kämp und hörte zu. Das feingeschnittene Gesicht mit den nachdenklichen Augen wirkte sensibel – und sehr attraktiv, obwohl um seinen Mund ein etwas bitterer Zug spielte. Als Elisa Mattan kurz nach uns das Speisezimmer betrat, veränderte sich sein Gesichtsausdruck fast unmerklich. Er zeigte ein schwaches Lächeln, und sein Blick lebte auf.

»Nun«, sagte unsere Gastgeberin, »im Augenblick sind wir wohl vollzählig. Ich muss Sie bitten, in den kommenden Tagen nachsichtig mit der Küche zu sein. Unsere Haushälterin hat uns sonst immer ins Val Tosta begleitet. Aber diesmal hat sie leider sehr kurzfristig darauf bestanden, in Zürich zu bleiben – ihre Mutter ist krank –, und wir müssen uns daher allein behelfen.«

Während Elisa uns mit eleganter Geste die Sitzplätze anwies, fuhr sie im Plauderton fort: »Eine Frau aus dem Dorf kümmert sich zwar um das Kastell, wenn wir nicht da sind, sie will aber auf keinen Fall für uns kochen. Sie hat mir am Nachmittag für ein paar Stunden zwei Helferinnen aus dem Dorf besorgt, die waren jedoch nur heute verfügbar – und natürlich kein Fachpersonal. Glücklicherweise gibt es in Largan einen Metzger mit Partyservice ...«

»Ich bin überzeugt, meine Liebe, dass wir es ein paar Tage lang überleben werden«, unterbrach Nick sie ungeduldig.

Elisa seufzte. »Hoffen wir es ...«

Der Duft der Gemüsesuppe, die in einer großen Terrine dampfte, stieg mir verlockend in die Nase. Auf einmal war ich sehr hungrig und freute mich auf das Essen.

Nick Mattan trank einen Schluck aus seinem Weinglas und musterte Paul aufmerksam.

»Ich kann es kaum glauben, dass wir uns so lange aus den Augen verloren haben. Seit der Matura ...« Er nahm einen weiteren Schluck und schloss genießerisch die Augen. »Es ist doch bemerkenswert, wie wenig du dich in all den Jahren verändert hast. Nicht einmal zugenommen hast du«, stellte Nick fest. »Zu mir sagt Elisa jedes Mal, wenn ich von der Waage steige, ich hätte erneut an Format gewonnen.« Er grinste, als mäße er Äußerlichkeiten keine Bedeutung bei.

Paul lachte und griff nach meiner Hand. »Dass ich noch in die alten Anzüge passe, habe ich nur der Tatsache zu verdanken, dass Anne mich so selten bekochen kann. Aber ich fürchte, ich werde bald Schwierigkeiten bekommen ...«

Auf Elisas Nachfrage berichtete er von unseren Hochzeitsplänen. Ich legte den Löffel hin und begegnete Nick Mattans taxierendem Blick. Er sah nicht zur Seite. Ich fühlte mich unbehaglich.

Beim Hauptgang nahm Kämp nur vom Kartoffelgratin und dem Salat, aber kein Fleisch. Mattan dagegen schmeckte der Braten offensichtlich gut, auch dem Wein sprach er sehr zu, und Paul stand ihm nur wenig nach. Ulrich Kämp trank kaum ein halbes Glas.

Ich unterhielt mich mit Elisa. Wir kamen vom Rokokozimmer auf ihr Züricher Haus und die Kinder zu sprechen, die fünfzehnjährige Theresa und Daniel, den älteren, der im vorletzten Schuljahr war.

»Die Kinder werden so schrecklich schnell groß«, sagte sie. Sie sah, dass die Tischgesellschaft den Hauptgang beendet hatte. »Entschuldigung«, unterbrach sie sich selbst. »Ich will mich nur rasch ums Dessert kümmern.«

Sie hatte mein Anerbieten, ihr behilflich zu sein, schon mehrfach abgelehnt. Doch diesmal fragte ich nicht und räumte einfach Bestecke und Teller auf ein bereitgestelltes Tablett. Sie hob die Brauen und ließ mich gewähren.

4

Ich folgte Elisa Mattan durch die Halle in eine Küche von ungewöhnlichen Ausmaßen. In der Mitte des Raumes stand ein großer Tisch mit einer Arbeitsplatte aus Marmor. Dort stellte ich das Geschirr ab. Dann sah ich mich um.

Elisa Mattan, die mein Erstaunen bemerkte, sagte: »Wir haben die alte Einrichtung, so gut es ging, beibehalten und sie nur ergänzt. Allerdings stammt das wenigste noch aus der Zeit, als das Kastell erbaut worden ist. Zum Beispiel das Waschbecken dort.« Sie deutete auf breite Spülsteine an der Seite. »Der Wasseranschluss wurde erst später gelegt, und auch der Fußboden ist neu.«

Die pastellfarbenen Steinfliesen waren ein wenig uneben, ebenso wie die weiß gekalkten Wände. Der große Raum besaß nur ein paar halbrunde Fenster weit droben unter der Balkendecke. Gegenüber der Tür gab es einen Rauchfang über einem gemauerten Herd, der längst von den Spuren des ehedem offenen Feuers gereinigt war.

Zwischen altertümlichen, weiß lackierten Vitrinen und Schränken standen moderne Küchengeräte aus Edelstahl. Aber nirgendwo stand etwas herum, keine Schalen mit Obst, keine halb vollen Getränkeflaschen oder Körbe für Knoblauch und Zwiebeln. Von den Deckenbalken hingen keine getrockneten Küchenkräuter. Der ganze Raum wirkte unbenutzt.

Die Spülmaschine stand neben den Waschbecken. »Wenn es Ihnen recht ist, räume ich das Geschirr gleich in die Maschine«, sagte ich, an Elisa Mattan gewandt.

Sie nickte. »Das ist sehr aufmerksam.« Dann lachte sie plötzlich. »Aber eigentlich müssen Gäste bei uns nicht in der Küche helfen ...«

»Ich mache es gern«, sagte ich ehrlich und griff nach den Tellern.

Elisa Mattan öffnete einen bauchigen Kühlschrank und nahm eine Schüssel heraus. Aus einer Anrichte holte sie Schälchen, in die sie die gekühlte Nachspeise verteilte. »Maraschinocreme«, antwortete sie auf meinen fragenden Blick hin.

»Oh, lecker!« Ich freute mich. »Maraschinocreme habe ich seit einer Ewigkeit nicht mehr gegessen. Eine meiner Tanten hat uns früher an besonderen Festtagen damit verwöhnt. Wir waren verrückt danach.«

Elisa griff nach einem Löffel, um zu probieren. Sie fuhr sich mit der Zunge über die Lippen und nickte. »Schön. Es sieht so aus, als hätten wir mit unseren Köchinnen Glück gehabt.«

Während ich das Besteck einsortierte, suchte ich an das Tischgespräch anzuknüpfen und fragte Elisa, weshalb ihre Kinder nicht mit ins Val Tosta gekommen waren.

»Nun ja ...« Sie zuckte die Achseln. Ihr Blick verriet, dass sie die beiden vermisste. Aber sie antwortete in ihrem ruhigen, beherrschten Ton: »Theresa ist von einer Freundin und deren Eltern eingeladen worden, sie auf einer Karibikkreuzfahrt zu begleiten. Sie hat sich natürlich sehr darüber gefreut. Die Leute sind gute Bekannte von uns. Es gab keinen Grund, nein zu sagen ... Es ist das erste Mal, dass Theresa Silvester nicht mit uns feiert. Und Daniel ist über die Weihnachtsferien in England. Er nimmt an einem Sprachkurs teil.« Sie seufzte leise. »Er will unbedingt später in den USA oder in England studieren. Natürlich unterstützen wir ihn darin.«

Sie schaute nochmals in den Kühlschrank und holte eine Schale mit Kirschen und etwas geschlagene Sahne heraus.

»Allerdings ist mir auch wohler, wenn ich den Jungen in der Silvesternacht nicht in der Gesellschaft der Dorfjugendlichen weiß. In den vergangenen Jahren hat Daniel unbedingt drunten in Largan feiern wollen ...« Elisa brach kopfschüttelnd ab, gab jedoch für ihre Missbilligung keine Erklärung.

Sie machte sich an die Verzierung des Nachtischs. Offenbar brauchten Sahnetülle und Kirschen ihre ganze Aufmerksamkeit.

Nachdem ich das Geschirr eingeräumt hatte, ging ich zum Becken, um mir die Hände zu waschen. Elisa Mattan deutete auf einen der Schränke.

»Dort drinnen müssten saubere Handtücher sein.« Sie schob das letzte Schälchen zurück. »So. Wir können ...« Sie stutzte. Anscheinend war ihr noch etwas eingefallen. Ihr Blick ging zu einem klimatisierten Flaschenschrank. Hinter der Glastür waren die Regalfächer beinahe leer.

»Ach herrje! Nick hat vergessen, ihn aufzufüllen.« Sie schaute mich fragend an. »Da Sie schon so freundlich waren ... Würden Sie mir helfen, ein paar Flaschen aus dem Keller zu holen? Dann muss ich nicht zweimal laufen.«

Mich darum zu bitten schien sie verlegen zu machen. Dabei freute ich mich, auf diese Weise mehr von dem Gebäude zu sehen.

Bereitwillig folgte ich Elisa durch eine fast leere Speisekammer, von der eine Ziegeltreppe nach unten führte. Elisa zog die Schultern hoch. Es war kalt im Keller, es roch nach feuchtem Mauerwerk und nach altem, modrigem Holz. Auch ich fröstelte in den nur spärlich beleuchteten Gängen.

Endlich blieb Elisa vor einer Brettertür stehen. Sie drückte die Klinke, aber nichts rührte sich. »Er wird doch nicht abgesperrt haben«, murmelte sie.

Ich besah mir das altertümliche Schloss. »Das klemmt vermutlich«, sagte ich und versuchte es gleichfalls. Mit aller Kraft drückte ich die Klinke nach unten. Prompt gab sie nach, und die Tür schwang nach innen auf.

Noch kältere Luft schlug uns entgegen. Während Elisa den Lichtschalter suchte, starrte ich in die Dunkelheit vor uns. Als es hell wurde, atmeten wir beide auf.

Wir blickten uns an und mussten mit einem Mal lachen. »Wie die Kinder, nicht wahr?« Elisa flüsterte unwillkürlich. Es stimmte. Als kleines Mädchen hatte ich mich im Keller immer gefürchtet. Die Angst vor dem Dunkeln war noch nicht ganz verschwunden.

Nick Mattans Weinkeller erwies sich als ein verwinkeltes Ziegelgewölbe mit zahlreichen Nischen. An den Wänden in der Nähe des Eingangs standen neue Regale. Elisa griff nach einem der Flaschenkörbe neben der Tür.

Ich ging in dem niedrigen Raum weiter nach hinten. Bereits nach wenigen Schritten war das Weinlager ungeordnet, es sah aus, als wäre es lange Zeit nicht mehr betreten worden. Auf alten Regalbrettern, in offenen Anrichten und Schränken mit geflochtenen oder durchbrochenen Türen lagen zahllose Flaschen. Die Etiketten waren unter Spinnweben und grauem Staub teilweise unleserlich. Überall stapelten sich leere Kisten.

Schon in der Nähe der Tür hatte es ein wenig muffig gerochen. Je weiter ich vordrang, desto unangenehmer wurde der Geruch. Ich konnte ihn nicht auf Anhieb einordnen, aber mit zunehmender Intensität wurde mir klar, woran er mich erinnerte. Wer einmal im Sommer an einem Schlachthof vorbeigekommen ist, vergisst den Geruch nie.

Hinter einem Bretterverschlag am Ende des Weinlagers war ein Scharren zu hören. Ich zuckte zusammen. Gab es hier möglicherweise Ratten? Die Latten waren in Abständen von einigen Zentimetern genagelt. Standen dahinter Möbel? Dort könnte sich alles mögliche Ungeziefer verbergen.

Meine Augen hatten sich an das Dämmerlicht gewöhnt und ein Umriss erschien hinter dem Lattenverschlag. Im ersten Moment glaubte ich, da stünde ein Mann. Fast hätte ich aufgeschrien. Doch es war nur ein Mantel, der über einem Brett oder Bügel hing. Ein Mantel mit Schulterklappen?

»Anne!« Hinter mir kam Elisa Mattan näher. »Alles in Ordnung?«, fragte sie. Offenbar bemerkte auch sie den schwachen Verwesungsgeruch. »Du liebe Güte ... Wo kommt denn dieser Gestank her?«

Ich deutete auf den Lattenverschlag. »Vielleicht von dort hinten? Ich habe etwas gehört. Möglicherweise gibt es hier Mäuse ... oder auch ...?«

»Ratten?« Elisa klang ziemlich entsetzt.

Ich zuckte die Achseln und spähte noch einmal in den Verschlag.

Elisa nahm mich beim Arm. »Sie wollen doch nicht etwa dort drinnen nachsehen? Ich denke, das überlassen wir anderen.« Sie zog mich in Richtung des Ausgangs.

Als wir die Küche wieder betraten, hörten wir von der Halle her Stimmen.

»Oh, Tom ist wohl angekommen«, sagte Elisa.

Wir stellten die Körbe mit den Weinflaschen ab, und sie eilte zur Tür. Bevor sie sie öffnete, wandte sie sich zu mir um. »Er hat uns sonst immer mit seiner Familie besucht – aber heuer ... Vorgestern hat er Nick angerufen und ihm mitgeteilt, dass er diesmal allein kommen würde. Offenbar ... offenbar hat Susanne, seine Frau, ihm am Weihnachtsabend erklärt, dass sie die Scheidung will ...« Elisa klang besorgt. Ich nickte verständnisvoll.

Sie ging hinaus, und ich folgte ihr. In der Eingangshalle stand breitbeinig ein korpulenter, fast kahlköpfiger Mann. Er bemerkte uns nicht gleich. Er sprach lebhaft mit Nick, und Paul und lachte dröhnend. Die Freunde stimmten laut ein. Kämps Mund verzog sich zu einem gequälten Lächeln.

»Schön, dich zu sehen, Tom«, sagte Elisa Mattan und ging auf ihn zu.

Stiegler drehte sich rasch zu ihr um. Er schwankte. Unbeholfen küsste er seine Gastgeberin auf beide Wangen, betrachtete sie dann strahlend und erging sich in Komplimenten. Elisa stimmte in das fröhliche Lachen der Männer mit ein.

Ich trat rasch hinzu und reichte, während Nick uns bekannt machte, Tom Stiegler die Hand. Es war nicht zu übersehen, dass er stark betrunken war.

»Wie bist du denn hergekommen?«, fragte Elisa beunruhigt.

»Mit dem Zug«, erwiderte Stiegler. »Ich wollte in Scuol ein Taxi nehmen – und da treffe ich zufällig auf Jon. Er hat mich in ein schrottreifes Auto gesetzt und hergefahren …«

Stiegler deutete auf die Eingangstür, und ich drehte mich um. In der offenen Tür, im Halbdunkel, stand ein schlanker, hochgewachsener Mann. Er war unrasiert, trug eine auffallend schäbige Lederjacke und ausgewaschene Jeans. Vermutlich hatte er Stiegler geholfen, das Gepäck in die Halle zu bringen.

»Ach, Jon, danke dir. Willst du nicht reinkommen?«, fragte Nick. Sein Ton klang etwas gezwungen.

»Ich habe noch zu tun«, erwiderte der Mann. Befremdet registrierte ich, dass seine dunklen Augen unverwandt auf mich gerichtet waren. Er lächelte nicht.

Nicks Blick ging zwischen ihm und mir hin und her. Er zögerte. Schließlich sagte er beiläufig: »Das ist mein Cousin Jon. Er wohnt zurzeit in dem Hof, den Sie vielleicht beim Herfahren gesehen haben.« Und an den Mann gewandt: »Anne Jani ist Pauls Verlobte, Jon.«

Ich nickte Jon zu. Offenbar war er mit Paul schon bekannt, denn Nick stellte die beiden einander nicht vor.

»Willst du wirklich nichts mit uns trinken?«, fragte Nick noch einmal.

»Nein danke, ich gehe gleich wieder.« Trotz seiner Beteuerung blieb er weiter in der Tür stehen und starrte mich an. Es irritierte mich, und ärgerlicherweise errötete ich. Hastig wandte ich mich ab.

Elisa trat zu Jon. Sie redeten leise, und ich verstand ein paar Worte. Ich hörte: »Es hat scheußlich gerochen …« und Jons Erwiderung: »Hinter dem Weinkeller? Dort, wo die Holzrutsche ist?« Elisa flüsterte etwas, worauf der Mann antwortete: »Ich kümmere mich darum. Sei unbesorgt.«

Gegen meinen Willen drehte ich mich noch einmal zur Tür – und begegnete prompt wieder Jons Blick. In seinen Augen glomm ein verborgener Funke. Ich griff nach Pauls Hand.

Jon ging, und Elisa schloss die Tür hinter ihm ab.

5

Nach dem Dessert tranken wir den Kaffee im Salon. Wir saßen in Biedermeier-Fauteuils um den offenen Kamin, in dem ein helles Feuer brannte. Nur wenige Lampen spendeten zusätzliches Licht.

Sessel und Sofas waren mit geblümten und gestreiften Seidenstoffen bezogen, die Zimmerwände in einem tiefen Rotbraun bespannt. Dunkles Rot und ein sattes Taubenblau waren die im Raum vorherrschenden Farben. Dicke Teppiche und üppige Vorhangstoffe dämpften jedes laute Geräusch. Auf kleinen Tischen und Anrichten im Biedermeier- und Empirestil standen passende Vasen und kleine Schalen. Gegenüber dem Kamin stand ein schönes altes Klavier.

Pauls Freunde besprachen die Touren, die sie für die nächsten Tage planten. »Motta Naluns«, wurde genannt, »Jonvrai«, und »Salaniva«. Bergstationen? Ich war müde und hatte Mühe, ihrem Gespräch zu folgen. Ab und an tätschelte Paul meine Hand, als hoffte er, mich damit wach zu halten.

»Es ist schade, dass Sie nicht Ski oder Snowboard fahren«, sagte Nick Mattan zu mir. »Wollen Sie es nicht einmal versuchen? Wir melden Sie für zwei Tage in einer Skischule an. Sie passen bestimmt in Theresas Skianzug, und Skier finden wir auch für Sie.«

Mir graute bei diesem Gedanken. »Nein, danke, ich ... ich habe es schon einmal probiert, aber ... es hat mir keine Freude gemacht.« Nick lächelte ungläubig. Ich fügte eilig hinzu: »Ich sehe mich lieber in Largan um. Auf die Sgraffitohäuser bin ich schon sehr gespannt.« Eine Kollegin, die gern im Unterengadin Urlaub machte, hatte mir von den kunstvoll dekorierten Häusern erzählt.

»Schade.« Nick zuckte die Achseln. »Natürlich ist Largan sehr malerisch und durchaus sehenswert. Aber es ist nur ein kleines Dorf. Ich weiß nicht recht, ob Sie sich damit den ganzen Tag unterhalten können?«

»Nun, morgen ist beispielsweise das Heimatmuseum geöffnet«, kam mir Elisa zu Hilfe.

»Und außerdem liebe ich es zu faulenzen«, behauptete ich.

»Recht so!«, sagte Tom Stiegler. »Wagen Sie es, sich dem Capitani zu widersetzen!«

Alle lachten, am lautesten Tom. »Susanne hat auch manchmal nicht mitgemacht«, sagte er.

Bisher hatten es alle vermieden, Toms Frau zu erwähnen. Das Lächeln auf den Gesichtern war ein wenig bemüht, als Stiegler sich über sein Whiskyglas beugte und mit verwaschener Stimme erklärte: »Ich denke, nächstes Silvester ist sie auch wieder dabei. Wir haben gerade eine kleinere Krise, na ja. Aber das geht bald vorüber. Das meint Susanne nicht ernst ...«

Wieder lachte er geräuschvoll. Er wandte sich an Nick und Elisa: »Ich soll euch sehr herzlich grüßen. Habe ich das schon gesagt? Vielleicht wäre sie doch noch mitgekommen, aber die Kinder ... Die Buben wollten mit ihren Freunden diesmal unbedingt bei uns zu Hause feiern.«

Tom Stieglers Lachen verstummte. Er nahm einen kräftigen Schluck. Der Blick, den er Nick zuwarf, war auf einmal mürrisch. »Kann man ihnen auch nicht verdenken, nicht wahr? Nach dem, was sie im vergangenen Jahr in Largan erlebt haben ... Moritz hatte hinterher noch wochenlang Albträume. Susanne hat sogar erwogen, ihn zu einem Psychologen zu schicken ...« Er sprach das Wort Psychologe mit einem verächtlichen Unterton aus.

Auch Elisa hatte erwähnt, dass sie Daniel in der Silvesternacht nicht noch einmal im Dorf wissen wollte. Neugierig fragte ich nach: »Was ist denn passiert?«

»Ach, gar nichts. Toms Frau übertreibt gern.« Nick war aufgesprungen und mit großen Schritten zum Kamin gegangen. Er nahm einen Schürhaken vom Ständer und stocherte in der Glut.

»Die Kinder haben ja gar keine Ahnung mehr von den alten Bräuchen«, sagte er grollend. Er wandte sich um und sah mich starr an. Wie Tom hatte Nick schon eine Menge getrunken. »Wissen Sie irgendetwas über die Nachtdämonen und ihre wilde Jagd?«

Ich schüttelte den Kopf.

»Sie sind vor allem in den Nächten zwischen Weihnachten und Neujahr unterwegs ... ein alter Volksglaube, der früher sehr verbreitet gewesen ist. Die Burschen sind losgezogen, Nachtbuben hat man sie genannt, und haben mit Peitschenknallen und Glocken und Schellen ein wenig Rabatz gemacht. Sie haben sich Tierfelle umgelegt oder Masken getragen. Höhepunkt war die Silvesternacht ...«

Nick grinste in sich hinein. »Der Brauch war fast schon eingeschlafen. Aber vor zwei oder drei Jahren haben ein paar Larganer Jugendliche wieder damit angefangen. Letztes Jahr sind auch Toms Jungen mitgelaufen. Die Kinder sind nichts gewöhnt. Sie haben sich ein wenig erschreckt.«

Tom Stiegler hatte inzwischen ein weiteres Glas Whisky hinuntergestürzt. Sein Lallen war nicht mehr zu überhören: »Nicht so wie wir früher!«

Nick lächelte grimmig.

Paul grinste. »Wisst ihr noch, früher, unsere Silvesternächte? Das eine Mal, damals, im Internat ... Du, Nick, und ich und Tom ... Mein Gott, das war etwas! Ich hab den Geruch von dem Zeug nicht mehr aus der Nase bekommen ...«

»Paul!« Nicks Stimme klang warnend.

Paul verstummte. Nach einer Weile sagte er lahm: »Lange her, nicht wahr?«

»Das ist es, ja.« Tom Stiegler seufzte sentimental. »Wann sind wir das letzte Mal so zusammengekommen? Nach der

Matura? Da waren wir zwanzig! Das letzte Silvester, das wir drei gemeinsam gefeiert haben! Ehrlich gesagt, kann ich mich nicht mehr an alles erinnern ... Ich fürchte, ich hatte ein bisschen zu viel getrunken.«

Paul grinste wieder, und Tom lachte bellend. »Wir drei Nachtburschen, ja ... hier in Largan.« Er überlegte. »Und ist nicht Jon zu der Zeit ebenfalls hier gewesen?«

Paul wurde nachdenklich. »Stimmt, du hast Recht«, sagte er. »Damals ist doch dieses Mädchen verschwunden ...«

»Verschwunden? Ein Mädchen?«, fragte ich nach. Ein ungutes Gefühl regte sich. Warum hatte mir Paul nicht gesagt, dass er früher schon einmal in Largan gewesen war?

»Ach, Unsinn«, Nick winkte ab. Er setzte sich wieder, und Elisa brach eine leise geführte Unterhaltung mit Ulrich Kämp ab.

»Ein Mädchen aus dem Dorf«, sagte Nick. »Sie ist in der Nacht verunglückt und leider erst zwei Tage später gefunden worden.«

»Ach ... Das habe ich gar nicht mehr mitbekommen. Sie hat einen Unfall gehabt?«, fragte Paul. Es klang betroffen.

Nick bejahte schroff. »Sie ist im Inn ertrunken. Gab viel böses Blut damals. In den Jahren darauf hat kein Silvestertreiben mehr stattgefunden.«

Elisa sah in die Runde. »Das klingt fast so, als ob Largan ein gefährliches Pflaster wäre«, sagte sie. »Aber ich kann mit gutem Gewissen versichern, dass es, seit wir hier im Val Tosta unsere Ferientage verbringen, keinen schlimmen Unfall gegeben hat.«

»Das stimmt nicht ganz«, sagte Tom. Er verzog leidend das Gesicht. »Ich erinnere an diverse Sportverletzungen auf den hiesigen Pisten.«

»Ach ja, du Armer! Natürlich.« Elisas Stimme war nur ein bisschen ironisch. Sie beugte sich vor und berührte Toms Schulter. »Ich habe ganz vergessen zu erwähnen, dass du wenigstens dreimal in den vergangenen Jahren mit einem Gipsfuß oder Verband abgereist bist!«

Tom stimmte in das gutmütige Lachen der anderen ein. Das Gespräch wandte sich wieder dem kommenden Urlaubstag, dem Tag vor Silvester, zu.

Ich löschte die Lichter in Bad und Schlafzimmer und ließ nur die Nachttischlampen brennen. Über unserem Bett hing ein Bild mit einer romantischen Schäferszene. Ich schlüpfte unter die Decke. Paul legte den Reiseführer, in dem er gähnend geblättert hatte, zur Seite und beugte sich über mich. Ich erwiderte seinen Kuss, war aber mit den Gedanken woanders.

Tierfelle oder Masken hatten die Nachtbuben nach Nicks Schilderung in der Silvesternacht getragen. Das war nichts Ungewöhnliches, oder? Ähnliche Bräuche gab es auch in anderen Alpenregionen – wie die am Nikolausabend umherziehenden Klausen oder den Perchtenlauf. Hier in Largan schien das Treiben noch nicht zu einer bloßen Touristenattraktion geworden zu sein. Eigentlich reizte es mich, solch eine urwüchsige »wilde Jagd« einmal mitzumachen ...

»Was ist los?«, fragte Paul und strich mir mit dem Handrücken über Wange und Hals. »Wieso bist du so fahrig?«

»Bin ich nicht. Sag mal ... Du hast gar nicht erzählt, dass du schon einmal hier warst?«

Er sah mich verständnislos an. »Hier? Nein. Ach, du meinst in Largan, in dem Jahr nach der Matura? Stimmt. Wir wollten damals eigentlich ins Val Tosta hinauf. Aber Nicks Großvater war kurz vorher gestorben. Wir konnten nicht in sein Ferienhaus. Wir haben unten im Ort gewohnt.« Paul grinste. »Nick hat nicht verraten, dass dieses Ferienhaus eine Burg ist. Wahrscheinlich wollte er sich an unserer Überraschung ergötzen.«

»Und was habt ihr damals im Internat angestellt?«, fragte ich neugierig weiter.

»Wie bitte?« Paul wirkte verblüfft. Er rückte ein wenig von mir ab.

»Nun, diese eine Silvesternacht, die du erwähnt hast. Du wolltest etwas erzählen, aber Nick hat dich zum Schweigen gebracht!«

»Wie bitte? Nick hat mich zum Schweigen gebracht?« Paul klang verstimmt.

Ich war belustigt. »Du brauchst es nicht abzustreiten. Offenbar wollte Nick nicht, dass du davon erzählst.«

Paul verdrehte die Augen und stöhnte in gespielter Verzweiflung: »Womit habe ich ein derart ungehemmt phantasierendes Weib verdient?«

Ich musste lachen. »Mich interessiert nur ...«

»Ja?«

Ich hielt mir ein Kissen vor das Gesicht und lugte vorsichtig darüber: »... weshalb du gleich so beflissen warst.«

»Beflissen? Ich?« Er schnaubte und zerrte am Kissen, aber ich ließ es nicht los. »Ich habe nicht weitergeredet, weil es nichts zu erzählen gab. Wir waren ein paar betrunkene Jungen, sonst nichts.«

Ich musterte ihn. »Das glaube ich nicht! Was habt ihr gemacht?«

Paul ließ sich auf sein Bett zurückfallen. »Schatz, bitte! Es ist eine romantische Urlaubsnacht, und du ...«

Ich legte den Kopf an seine Schulter und flüsterte: »Bitte! Lass mich ein kleines bisschen neugierig sein.« Ich küsste ihn leicht. »Nur eine klitzekleine von deinen Jugendsünden!«

Seufzend legte Paul seinen Arm um mich. »Jugendsünden! Ich schwöre dir, es war keine. Nur etwas, na ja, heute würde ich sagen, nur eine Kinderei. Damals haben wir es natürlich ernst genommen.«

»Und ihr habt euch verpflichtet zu schweigen bis ins Grab.«

»So ähnlich, ja.«

»Aber wenn es wirklich nur eine Kinderei war ...«

»Ja?«

»Dann kannst du es mir doch erzählen, oder?«

»Wieso bist du nur so ein Plagegeist?« Paul legte den Mund an mein Ohr und flüsterte in übertrieben schaurigem Tonfall: »Na gut, dann wirst du fürderhin mit einem grauenvollen

Geheimnis leben. Höre also: In jener fernen Silvesternacht wollten wir uns im Lichte des Vollmonds in blutrünstige Wölfe verwandeln. Der schreckliche Werwolf in uns sollte entfesselt werden.« Paul kitzelte mich, und ich wehrte mich strampelnd und lachte, bis ich mich verschluckte.

Als ich mich wieder beruhigt hatte, fragte ich grinsend: »Ist das wirklich wahr?«

Er zog mich an sich. »Ja.«

»Und?«

»Was, und?«

»Ist es geglückt?«

»Na, was glaubst du wohl?«

Ich zuckte die Achseln. »Es könnte doch sein, oder?« Ich bemühte mich, ernst zu bleiben.

»Na ja ...«

»Und wer ist auf diese Idee gekommen?«

»Anne, ich weiß, dass es in deinen Ohren sehr albern klingt, aber bitte, wenn ich es dir erzähle, versprich mir, dass du Nick gegenüber nichts davon verlauten lässt und auch nichts zu Elisa sagst!« Der scherzhafte Ton war verschwunden.

Ich drehte mich zur Seite und stützte mich auf den Ellenbogen. Mit den Fingern der anderen Hand streichelte ich über Pauls Lippen.

»Erzähl!«

»Du musst bedenken, dass wir junge Burschen waren! Seit ich Nick kenne – ich bin in der sechsten Klasse ins Internat gekommen, da waren wir zwölf oder dreizehn – also schon als Kind ist Nick ganz versessen auf diese Wolfsgeschichten gewesen. Ich meine damit keine Märchen, sondern ... Er hatte alles über Wölfe gelesen, was irgendwie greifbar war, und da hat es offenbar eine Menge gegeben. Nicks Großvater, bei dem er hier im Val Tosta meistens die Ferien verbracht hat, muss ein richtiger Sammler gewesen sein.«

Er besaß nach Nicks Schilderungen nicht nur zahllose populäre und wissenschaftliche Werke, sondern auch Bücher mit Mythen, die um das Thema Wölfe kreisten.

»Du weißt schon, die Wölfe von Odin oder die Geschichten der Ragnarök über den Weltuntergang – altnordische Mythologie eben … Und natürlich auch Werwölfe. In dem Alter ist das sehr faszinierend gewesen. Und Nick steckte uns mit seiner Begeisterung an.« Paul lächelte. »Wir wollten so stark und so fähig wie Wölfe sein.«

Er drehte sich gleichfalls zur Seite, so dass er mir zugewandt dalag. Sein welliges Haar fiel ihm in die Stirn.

»Vermutlich ist es Nick peinlich, sich daran zu erinnern. Eines Tages – es muss bereits in der zehnten Klasse gewesen sein, Nick hatte wieder einmal seinen Großvater besucht –, als er ins Internat zurückkam, erzählte er uns, dass sein Vorfahr, ein Mann namens Men Mattan, ein … nun ja, im Geheimen ein machtvoller Werwolf gewesen wäre. Irgendjemand hatte Nick diesen Floh ins Ohr gesetzt.«

»Nein!« Men Mattan war, wie mir Nick gesagt hatte, der Erbauer dieses Kastells. Ich kicherte. »Und das hat Nick ernst genommen?«

»Er ist Feuer und Flamme gewesen. Es soll früher im Val Tosta Wölfe gegeben haben, die Nicks Vorfahren dienten. Man sagte, dass sie Men Mattan, der Soldat in der Armee der Franzosen gewesen war, aus Russland gefolgt wären. Du weißt schon, 1812: Napoleons Feldzug. Auch Schweizer Soldaten hatten daran teilgenommen.«

»Aha, lass mich weiterraten!«, warf ich amüsiert ein. »Nick wollte wie sein Vorfahr ein Wolfsrudel um sich scharen. Er hat sich in einer Silvesternacht als heimlicher Werwolf entpuppt und seine Internatsfreunde gebissen. Ihr seid alle zu Bestien geworden. Oje! Und jetzt liege ich mit einem Werwolf im Bett!«

Pauls Antwort war eine Mischung aus Lachen und Knurren. Er machte Miene, sich auf seine kichernde Beute zu stürzen.

»Halt! Erst will ich wissen, was in dieser Silvesternacht tatsächlich geschehen ist!«

Paul schickte sich an, wölfisch zu heulen, und ich hielt ihm erschrocken den Mund zu.

»Hör auf! Wenn dich jemand hört! Die glauben, wir spinnen.«

»Na gut.« Augenzwinkernd fuhr er fort. »Nick hat uns erklärt, Männer, die insgeheim Werwölfe wären, würden sich in ihre zweite Gestalt verwandeln, wenn sie sich mit Wolfsfellen bekleiden ...«

Irgendwann hatte ich einmal gelesen, dass das einst ein verbreiteter Aberglaube war. Werwölfe also ... Ich fror ein wenig und schaute zum Fenster hinüber. Die Seidenvorhänge wurden von einem Luftzug gebauscht. Unwillkürlich zog ich die Bettdecke höher hinauf.

»Und weiter?«, drängte ich.

»Nun ja. Nick hatte irgendwo Felle besorgt. Sie stanken entsetzlich. Ich glaube, mir ist davon schlecht geworden. Vermutlich waren sie nicht gegerbt. Alle haben sich darauf gestürzt, und dann sind wir zusammen losgezogen. Irgendwann habe ich die anderen aus den Augen verloren.«

Ich musterte Paul. Er atmete rascher.

»Ja, und dann?«

»Dann? Der Mond schien hell. Ich bin mit einem stinkenden Fell um den Bauch herumgesprungen und kam mir sehr albern vor. Ich hatte mich an dem Spaß nur Nick zuliebe beteiligt. Ich bin zurückgeschlichen und habe mich schlafen gelegt.«

»Keine Verwandlungen? Keinerlei Werwolf gesehen? Selbst nichts gespürt?«

»Leider nein. Ich fürchte, du musst wohl endgültig mit einem gewöhnlichen Mann vorlieb nehmen. Bist du enttäuscht?«

Ich schürzte die Lippen. »Ein bisschen, ja ... Und du hast dort draußen wirklich gar nichts gesehen, das wie ein Wolf aussah?«, bohrte ich noch einmal nach.

Paul zögerte kurz. »Nein ... nein, nur einen Hund. Der ist vermutlich vor den Silvesterraketen erschrocken und weggelaufen.«

»Und Nick?« Ich hatte das unbestimmte Gefühl, dass Paul mir etwas verschwieg.

»Ich glaube nicht, dass er in dieser Nacht etwas Bemerkenswertes erlebt hat. Sonst hätte er danach von nichts anderem mehr gesprochen. So weit ich mich erinnere, hat keiner von uns die Sache je wieder erwähnt. Ich sage dir ja, ich bin mir sicher, dass es Nick peinlich wäre ...«

»Das kann ich mir vorstellen«, flüsterte ich.

6

Ich fuhr verstört hoch. Mein Herz pochte wild. Es war dunkel im Zimmer. Ich hatte geträumt. Wieder war ich durch eine kalte, karge Landschaft geirrt. Nackt, frierend und voller Angst. Bis ich das Fell eines Tiers auf meiner Haut gespürt hatte und etwas mit mir geschah ... Eine schmerzhafte Sehnsucht, Entzücken und Scham hallten in meinem Bewusstsein wider. Dann entglitt mir die Ahnung und sank ins Vergessen.

Mondlicht drang durch einen Vorhang. Graue Schemen traten im Raum hervor. Schlafzimmermöbel. Ich war im Val Tosta. Im Kastell der Mattans. Friedlich schlafend, lag Paul neben mir.

Leise, um ihn nicht zu stören, schlüpfte ich aus dem Bett und ging zum Fenster. Ich schob die kühlen, glatten Seidenvorhänge zur Seite, die Fensterflügel standen ein kleines Stück offen. Trotz der Winterkälte, die hereinströmte, zog ich sie weiter auf und beugte mich hinaus. Gierig sog ich die frische Nachtluft ein.

Froststarr und still, wie verwunschen, lag die Landschaft vor mir. Gewaltige unzugängliche Gipfel schlossen das Hochtal von der Außenwelt ab. Nick Mattan hatte von ruhigen Seen erzählt, die es jenseits der Wälder gab. Um diese Stunde spiegelte sich in ihnen noch der Mond.

Aus einem Fenster des abseits gelegenen Bauernhofs drang Lichtschein. In diesem Moment öffnete sich die Haustür, Helligkeit umfing einen Schatten, und die Tür schloss sich wieder.

Für einen Spaziergang wäre es eine außergewöhnliche Zeit. Nick hatte gesagt, dass sein Cousin Jon in dem Haus wohnte. War Jon vor die Haustür getreten? Oder von draußen zurückgekehrt? Hatte er mich bemerkt? Vermutlich nicht, denn ich stand im Dunkeln. Wie er mich am Abend angesehen hatte! Als hätte er alles andere um sich herum vergessen. Sein Blick hatte mich in Verlegenheit gebracht. Trotzdem schlug mein Herz rascher, wenn ich daran dachte ...

Ich fröstelte. Es war viel zu kalt, um im dünnen Hemd am offenen Fenster zu stehen, und an der Zeit, wieder ins Bett zu gehen.

Ich trat zurück und zog den Vorhang vor. Unter der Decke schmiegte ich mich an den ruhig atmenden Paul. Aber ich war hellwach. Neben mir tickte der Wecker, es war kurz vor vier. Da ich nicht schlafen konnte, wollte ich lesen. Zu meinem Reisegepäck gehörten stets etliche Bücher. Ich drückte den Schalter des Nachttischlämpchens. Das Licht ging an. Wohin hatten wir die Tasche mit der Urlaubslektüre gestellt? Ich setzte mich auf. Die Tasche war nirgends zu sehen. Hatte Paul sie in den Schrank geräumt?

Erneut glitt ich aus dem Bett und ging durchs Zimmer. Ich zog die Türen des Kleiderschranks auf. Nein. Die Bücher waren nicht hier. Vermutlich hatten wir die Tasche im Auto vergessen.

Auf der Schreibplatte des Rokokosekretärs standen in Leder gebundene antiquarische Bücher neben Federn und einem Tintenfässchen. Ich griff nach einem Band und schlug ihn vorsichtig auf. Es war ein vor rund zweihundert Jahren gedruckter Reiseroman, wie er damals in Mode war. Ein anderes Buch war Hallers Alpengedicht. Ich hielt es ins Licht der Nachttischlampe und las ein paar Zeilen.

Ein Werk trug den Titel: »Ansichten von der Nachtseite der Naturwissenschaft«, von Gotthilf Heinrich von Schubert. Es war 1808 in Dresden erschienen. Im Exlibris stand Men Mattan. Ich lächelte. Der Werwolf war ein gebildeter Mann gewesen.

Aus einem Fach unter dem Aufsatz des Schreibschranks zog ich einen Band einer vierteiligen »Anleitung, die Schweiz zu bereisen« von 1805. Laut dem gestochenen Exlibris hatte dieser Ratgeber einst einem Herrn Leonhard Kammerer gehört.

Schließlich nahm ich ein schwarzes, unscheinbares Büchlein in die Hand. Als ich es aufschlug, stellte ich fest, dass es sich um ein Tagebuch handelte. Die mit schwarzer Tinte geschriebenen, runden, lateinischen Buchstaben waren gut leserlich. Oben auf der ersten Seite stand:

Tagebuch von Anna Kammerer

Darunter:

Augsburg d. 8. September 1814 frühmorgens
Wie fremd mir der Name noch ist! Und doch wird er heute mein Eigen – so wie ich in wenigen Stunden dem Leonhard Kammerer, meinem Verlobten, als Eheweib anvertraut bin ...

Ich war auf ein altes Diarium gestoßen. Interessiert betrachtete ich das schmale Buch. Jene Anna Kammerer, die an ihrem Hochzeitsmorgen mit Bangen zur Feder gegriffen hatte, war schon seit mehr als hundert Jahren tot. Es würde sie nicht mehr stören, wenn ich in ihren Aufzeichnungen las. Wer sie wohl gewesen war?

Die feinen Papierseiten waren eng beschrieben. Mit dem aufgeschlagenen Buch in der Hand ging ich zum Bett zurück. Ich blätterte und überflog ein paar Seiten. Geburtstage wurden erwähnt. Anna Kammerer war bei ihrer Eheschließung zwanzig Jahre alt, ihr Mann Leonhard, aus einer Augsburger Kaufmannsfamilie, rund zehn Jahre älter als sie. Es war von einer Hochzeitsreise in Richtung Italien die Rede. Namen von Orten, durch die wir gestern auch gekommen waren, fielen mir auf. In Martinsbruck nahmen Anna und Leo Kammerer am 9. Oktober, abends, Quartier. Überrascht las ich:

Heute, den zehnten Oktober 1814, habe ich um unser Leben gebangt! Wie danke ich Gott, dass wir aus dieser entsetzlichen Prüfung gerettet sind! Nie ahnte ich, mit welcher Grausamkeit uns hier im Gebirge entfesselte Elemente begegnen.

Als ich am Morgen durch die Hoftür des Gasthauses trat, lag draußen frisch gefallener Schnee. »Es ist doch gerade erst Herbst geworden ...«, sagte ich verwundert zu Leo, der aus Richtung des Pferdestalls kam.

Leo nickte beklommen. »Der Wirt behauptet, dass es in dieser gebirgigen Gegend keinen einzigen Monat gäbe, in dem man nicht mit Frost oder Schneefall rechnen müsste.« Er war hörbar bemüht, mit fester Stimme zu sprechen. »Nun, vielleicht bleibt er nicht lange liegen«, suchte er mich und sich selbst zu beruhigen und fügte hinzu: »Aber du wirst dich erkälten, mein Schatz. Geh besser wieder hinein. Wir werden uns ein wenig gedulden müssen.« Er erklärte, dass der Kutscher, der uns seit Landeck gefahren hatte, mit seinen Pferden spurlos verschwunden sei. Leo ärgerte sich über sich selbst, weil er dem Mann bereits gestern seinen Lohn gezahlt hatte.

Ich fror und schlang die Arme um mich. Leo nahm mir in einer fürsorglichen Geste den leichten Wollschal aus der Hand und legte ihn mir um die Schultern. Sein Blick hellte sich auf. »Du bist so schön! Und so schmal und zerbrechlich, so zart«, flüsterte er.

Dabei ist Leo doch selbst eher ein schmächtiger Mann! Ich glaube, er liebt mich, weil ich den Eindruck erwecke, noch schwächer als er zu sein.

Der Wirt hatte Leo gesagt, er wolle so rasch wie möglich für frische Pferde und einen zuverlässigen Kutscher sorgen. Aber zwei Burschen hatten inzwischen angeboten, uns mit ihren Schlitten bis Scuol zu bringen. Bei der jetzigen Witterung kämen wir auf diese Weise besser voran als mit unserem Reisewagen. Die Straße bis Zernez soll nämlich auch dann, wenn kein Schnee liegt, schlecht zu fahren und felsig sein.

Kurze Zeit später brachen wir auf. Es begann wieder leicht zu schneien. Ich sah, wie der dicke Wirt über die Schlitten und unsere bis zu den Nasenspitzen vermummten Führer den Kopf schüttelte. Doch er behielt, was er dachte, für sich.

Nur vor dem Wetter warnte er uns: »Sie sollten lieber in aller Ruhe hier abwarten, bis es sich bessert. Für heute Mittag bereite ich Ihnen gerne ein Wildbret zu. Schauen Sie, der Wind frischt schon auf! Es wird arge Schneefälle geben, glauben Sie mir. Meine schmerzenden Knochen irren sich nie.«

Aber Leo schlug den Rat aus. »Bis Scuol kommen wir heute allemal«, sagte er.

Ich saß bereits warm eingepackt im Schlitten. Leo wandte sich zu mir. »Ich kann die Trinkkur in Scuol so gut wie in Sankt Moritz machen«, erklärte er mit gezwungener Munterkeit. »Derweil wird es wieder milder werden. Dann lasse ich unseren Wagen von hier nachholen.«

Ich nickte ergeben. Leo glaubte vermutlich, dass seine zur Schau getragene Sicherheit beruhigend auf mich wirkte. Doch da irrte er sich. Als wir anfuhren, blickte ich in unguter Vorahnung mehrmals zum Wirtshaus zurück.

In den ersten zwei Stunden kamen wir zügig voran. Vornweg wurde Leos Schlitten geführt, darauf folgten ein weiteres Kufengefährt sowie ein Saumpferd mit unserem Gepäck und der zweite Bursche, der neben meinem Schlitten herlief. Niemand außer uns war auf der Straße nach Scuol unterwegs.

Das winterliche, weißgraue Tal war auf eine unheimliche Weise still und verlassen. Links unter uns verlor sich der Blick auf den Inn in eisigem Dunst. In dieser Einsamkeit erschien es undenkbar, noch einmal auf geschäftige Menschen zu treffen. Bei diesem Gedanken beschlich mich eine grundlose Angst.

Der Wind heulte auf, wurde stärker. Binnen Minuten schwoll er zum lauten Sturm an und trieb den immer dichter fallenden Schnee in rasenden Wirbeln vor sich her. Es wurde immer dunkler, und bald war es zu dieser Vormittagsstunde nahezu Nacht, kaum dass der Weg noch zu erkennen war.

Der Schlittenzug stockte. Leos Führer wandte sich um. Durch den tosenden Schneesturm drangen die Sätze zu mir:

»Ich gehe ein Stück weit voraus. Bleiben Sie hier. Mir war, als hätte ich eben ein Donnern gehört.«

Ein Donnern! Ängstlich fragte ich mich, ob ich an diesem Morgen schon Glocken gehört hatte. Wurde das Läuten nicht um diese Jahreszeit eingestellt, damit der Schall nicht Lawinen auslöste? Mancher hielt es für eine Narrheit, gegen die Winterszeit durch das Gebirge zu fahren. Wie viele Warnungen Leo missachtet hatte!

Der Bursche kehrte zurück und keuchte: »Der Weg ist verschüttet.«

»Kehren wir um?«, fragte Leo erschreckt.

Nachdrücklich schüttelte der Bursche den Kopf. Fast schreiend versicherte er, dass er uns um die unpassierbare Stelle herumführen könne. Ganz in der Nähe gebe es eine Brücke über den Inn. Auf der anderen Flussseite seien keine Lawinenabgänge zu fürchten. Mit den Schlitten könne er uns auf dem einfachen Pfad genauso wie über die Straße nach Scuol bringen.

Leo schaute sich nach mir um, als suchte er meinen Blick. Doch der Schnee fiel zu dicht, nur sein Umriss war zu erkennen. Wenn er sich eigens aus den Decken schälte, um zu mir zu kommen, musste er sich nachher wieder umständlich vom Oberkörper bis zu den Füßen einwickeln lassen. In diesen Weiberschlitten, wie sie von den Burschen genannt worden waren, war es unmöglich, die Fahrt selbst abzubremsen oder sein Gleichgewicht wiederzufinden, wenn man einmal ins Schlingern kam.

Leo blieb sitzen. Wir fuhren weiter und bogen auf einen Pfad, der sich in engen Kehren hinunter zum Talgrund wand. Anstatt Leos Schlitten hier abzubremsen, trieb sein Bursche das Pferd weiter an, so dass mein Ehemann unsanft von einer Seite des Weges zur anderen geworfen wurde. Mein Gefährt blieb immer weiter hinter seinem zurück.

In rascher Fahrt ging es für Leo bergab und im Schuss auf die glatten Bohlen einer hölzernen Brücke. Das Bauwerk war überdacht. Ich erwartete, sein Schlitten würde an der geschütz-

ten Stelle anhalten und auf den meinen warten. Doch er glitt geschwind über den Fluss und erreichte bereits das andere Ufer. Für kurze Zeit verlor ich ihn ganz aus den Augen. Als Leos Schlitten wieder vor mir auftauchte, war der Bursche, der sein Pferd führte, verschwunden. Führerlos glitt das Gespann dahin. Leo versuchte, sich aufzurichten. In dem Moment erhob sich ein helles Geheul. Es war nicht das Sausen des Sturms.

Augenblicklich stockten die Pferde und legten angstvoll die Ohren an. Meines wurde von seinem Führer gehalten. Doch Leos ungezügeltes Tier tat einen Satz, der Schlitten kippte um und warf Leo in hohem Bogen hinaus. Der Schreck raubte mir den Atem.

Zum Glück fiel Leo in tiefen Schnee. Im ersten Moment blieb er regungslos liegen. Doch fand er rasch wieder zu sich und drehte sich auf den Rücken. Er war imstande, Arme und Beine zu bewegen. Leo hob den Kopf. Doch er blickte nicht mich an. Wenige Schritte vor uns stand ein hochgewachsener Mann. Er trug den Mantel eines Soldaten.

Und dann sah ich zwei Wölfe, die neben dem Fremden saßen.

Das kann nicht sein, dachte ich flüchtig, und wandte den Blick von dem Mann mit den Tieren wieder zu Leo zurück, der mit aller Macht aufzustehen versuchte. »Nein!«, wollte ich rufen. Leo schwankte unsicher. Ich sprang aus dem Schlitten. Sein Gesicht war so weiß wie der Schnee. Plötzlich sackte er kraftlos zusammen. Als wäre alles Leben von ihm gewichen, lag mein Ehemann still vor mir auf dem Weg.

Die Augen fielen mir zu. Gegen meinen Willen musste ich das Tagebuch aus den Händen legen. Bevor ich einschlief, dachte ich noch, dass Annas Abenteuer glücklich geendet hatte. Sie hatte ja, als sie es aufschrieb, für ihre Rettung gedankt …

30. Dezember

7

AM NÄCHSTEN MORGEN ERWACHTE ICH SPÄT. Paul lag nicht mehr neben mir. Aus dem Badezimmer drang kein Geräusch. Das schwarze Tagebuch auf meinem Nachttisch lockte mich weiterzulesen, doch um halb neun Uhr war das Frühstück angesetzt. Bis dahin blieb nur noch zum Duschen Zeit.

Als ich aus dem Bad kam, zog ich bequeme Jeans und einen hellblauen Norwegerpullover an. Ich machte das Bett und ging zum Fenster. Der Tag brach strahlend an. Die Luft war glasklar, und der Himmel über den weißen Berggipfeln zeigte sich makellos blau.

Nick und Paul waren schon draußen. Angeregt plaudernd, schlenderten sie nebeneinander über die Wiese auf das Kastell zu. Ich wunderte mich über den Ernst auf ihren Gesichtern. Nick sprach nachdrücklich auf Paul ein. Die beiden blickten nicht zu mir nach oben. Sie blieben stehen. Paul erwiderte etwas, und Nicks Miene verdüsterte sich. Aber dann lachte er, machte eine Bemerkung und schlug Paul auf die Schulter; wie in kameradschaftlichem Einvernehmen ließ er seine Hand darauf liegen, während sie weitergingen.

Als Paul und Nick mir wenig später in der Halle begegneten, strahlten sie Vorfreude auf einen sonnigen Urlaubstag aus. Auch Tom, Elisa und Ulrich – wir alle waren am vergangenen Abend zum Du übergegangen – waren bester Laune.

Nick versuchte noch einmal, mich zu überzeugen, dass aus mir eine begeisterte Skiläuferin werden könnte: »Du brauchst nur den richtigen Lehrer, Anne!«

Ich winkte lächelnd ab: »Ich habe dazu kein Talent. Und Angst, mir die Knochen zu brechen. Aber falls ich mich langweilen sollte, werde ich deinem Rat folgen.«

Ich erbot mich, das Frühstücksgeschirr abzuräumen. Dann folgte ich Paul und den anderen in den Hof des Kastells. Sie verstauten ihre Ausrüstung in den Autos. Nicks großer Jeep bot Platz für alle fünf, aber Paul hielt es für bequemer, mit einem zweiten Wagen zu fahren. Er würde ihnen mit Tom im Mercedes folgen.

Paul hatte seine Skier und Stiefel am Vorabend nicht aus dem Auto geräumt und war bereit aufzubrechen. Er stand draußen vor dem offenen Hoftor, sein Blick schweifte über das sonnenbeglänzte Tal. Ich trat zu ihm und küsste ihn auf die Wange. Heute roch er nach dem vertrauten Eau de Toilette.

»Worüber hast du mit Nick heute Morgen gesprochen?«, fragte ich. »Gibt es ein Problem?«

»Ein Problem? Was meinst du?«

»Ihr habt so ernst gewirkt. Ich habe euch vom Fenster aus gesehen.«

»Ist permanente Neugier eine Berufskrankheit von Journalisten?«, fragte Paul grimmig.

»Das ist liebevolles Interesse und keine Neugier. Also, was hat es gegeben?«

Er zuckte die Achseln. »Gar nichts. Ich weiß nicht. Wir haben uns einfach unterhalten.« Paul schien zu überlegen, wie viel er preisgeben sollte. Schließlich sagte er vage: »Es ging um Berufliches.« Was sollte das heißen? Aber gut. Wenn er es mir nicht erzählen wollte ... Ich fragte nicht weiter nach.

Paul wechselte rasch das Thema. »Also, was hast du bis zum Nachmittag vor? Willst du mit uns nach Largan hinunterfahren? Sollen wir dich dort absetzen?«

»Ich weiß nicht recht.« Bei dem herrlichen Wetter wäre es schön, einen Spaziergang zu machen. »Ich denke, ich laufe lieber. Elisa hat doch erwähnt, dass das Museum im Dorf geöffnet ist. Ich schaue mir alles in Ruhe an und dann ...« Ich zögerte. Es war sicher kein Problem, zwei Stunden lang bergab zu wandern – aber der Rückweg bergauf würde beschwerlich sein.

Als hätte er meine Gedanken gelesen, schlug Paul vor: »Dann nehmen wir dich im Auto mit zurück, wenn wir am Nachmittag heimfahren. Ich will ohnehin nicht länger als bis drei auf der Piste bleiben. Es wird schon früh dunkel, und außerdem bin ich nicht trainiert. Wahrscheinlich werden die anderen mir ständig davonfahren.« Paul grinste. Er joggte regelmäßig und spielte viel Tennis. Er wusste, er war gut in Form.

Ich lächelte. »Wo sollen wir uns treffen?«

»Sagen wir, du wartest an der Kirche in Largan? Das ist ein Treffpunkt, den wir beide leicht finden. Um halb vier?«

»Wunderbar.« Ich griff nach Pauls Hand, und er zog mich an sich, um mich zärtlich zu küssen. Ich spürte seine warmen, liebkosenden Lippen und wusste, dass in seinen Augen ein ganz bestimmtes Lächeln erschien ... Das Leben war schön. Wir würden diesen Urlaub genießen! In ein paar Stunden war Paul wieder bei mir.

Ich hörte hinter mir ein Geräusch. Wir lösten uns voneinander. Ich schaute mich um und kniff die Augen zusammen, weil die Sonne mich blendete. An der Ostseite des Gebäudes war ein Mann aufgetaucht. Nicks Cousin Jon. Er verhielt seinen Schritt und grüßte knapp.

»Guten Morgen!«, rief ich ihm gut gelaunt zu.

Sein Gesicht war der Sonne abgewandt und der Ausdruck darauf nicht zu erkennen. Jon ging in Richtung des Bauernhofs weiter. Was tat er hier? Mir fiel ein, dass Elisa mit ihm über den Keller gesprochen hatte ...

»Anne!«

Ich wandte mich wieder Paul zu. »Ja?«

»Ich wollte dich noch etwas fragen.«

Erwartungsvoll sah ich ihn an. Er warf einen Blick in den Innenhof, wo uns die anderen auf die Entfernung sicher nicht hören konnten, und sagte: »Könntest du ... kannst du dir vorstellen, eine Zeit lang ins Ausland zu gehen?«

Ich fragte bestürzt: »Ins Ausland? Aber warum denn? Wohin?« Noch gestern hatten wir davon gesprochen, ein Haus im Grünen in der Gegend von Frankfurt zu suchen!

»Es ist nur so eine Idee, aber ... wir reden heute Nachmittag darüber. Ich wollte nur ... ich möchte nur, dass du es dir durch den Kopf gehen lässt«, erwiderte Paul unentschlossen.

Ich schnappte nach Luft. »Ja, aber ...«

Nick unterbrach uns. Er kam über das Pflaster des Innenhofs und rief: »Seid ihr so weit? Können wir fahren?«

Paul nickte und ging ohne ein weiteres Wort zum Mercedes. Ernüchtert folgte ich ihm.

Nick hielt mich auf. Er legte die Hand auf die Haube des Kleinwagens, der neben seinem Jeep parkte, und sagte: »Nimm den Polo, falls du nach Largan willst! Die Papiere liegen im Handschuhfach, und am Brett in der Halle hängen die Schlüssel. Auch für die Haustür.«

Er wartete keine Antwort ab, sondern hob grüßend die Hand und setzte sich in den Jeep, um zu starten. Auch Paul stieg in sein Auto, und hintereinander fuhren sie aus dem Hof.

Ich machte mich auf den Weg nach Largan. Ein Stück weit lief ich über die Wiesen talwärts. Der Schnee knirschte unter meinen Schritten. Trotz des hellen Sonnenscheins war es ein kalter Tag. Ich ging rasch, um nicht auszukühlen. Die frische Luft tat mir gut.

Binnen kurzem erreichte ich wieder die Straße. Sie führte in einen glitzernden Winterwald. Es herrschte friedvolle Stille. Lichtsprenkel fielen durch Baumkronen. Der Weg folgte dem Bach, der nach Westen auf die Val-Tosta-Schlucht zufloss.

Nach einer Weile passierte ich das Felsentor, den Zugang zur Klamm. Daneben stürzte das Wasser tosend über den Abbruch und bahnte sich zwischen Steinblöcken wirbelnd und schäumend seinen Weg. Die Sonne verschwand. Eine kalte, silbrige Gischt stieg von unten auf. Kehre um Kehre fraß sich die enge Straße steil in den Tobel. Unten im Schatten lagen die Steinbrücke und der Ausgang zum Inn.

Während ich lief, klärten sich meine Gedanken. Ich atmete durch. Pauls Frage, ob es für mich denkbar wäre, ins Ausland zu gehen, hatte mich völlig überrascht. Hatte er vor, irgendwo in Europa eine neue Stelle anzunehmen? Oder in Asien? In Übersee? Wieso hatte er bisher nie etwas davon erwähnt?

Paul hatte gesagt, dass es bei seinem Gespräch mit Nick vor dem Frühstück um etwas Berufliches gegangen war. Hing seine Frage damit zusammen? Hatte ihm Nick einen Job in der Schweiz angeboten? Waren wir deshalb hier?

In mir stieg Ärger auf. Anstatt mir von Anfang an reinen Wein einzuschenken, beunruhigte Paul mich aus heiterem Himmel mit kryptischen Andeutungen! Und nie hatte er Zeit! Wie oft hatte er seit Oktober Gespräche oder Besuche verschoben? Wie oft hatte ich den Hörer enttäuscht auf die Gabel geworfen oder sein Telefon minutenlang läuten lassen und dann ratlos aufgelegt?

Wieder regte sich in mir das Gefühl, dass irgendetwas an dieser Reise nach Largan nicht stimmte. Was verbarg Paul vor mir?

Ich überlegte, ob es wirklich nur seine Arbeit war, die Paul in den vergangenen Monaten daran gehindert hatte, konkrete Zukunftspläne mit mir zu schmieden. Bisher gab es nur den Hochzeitstermin. Nicht einmal der Ort unserer Feier stand fest. Aber er hatte die Verlobung gewollt …

Ich trat an den Rand der Straße. Welche Gewalt das tosende Wildwasser dort unten besaß! Ein Vogel schoss durch die Schlucht und flog nach oben, dem Sonnenlicht zu. Gedankenverloren sah ich ihm nach.

Lag es an mir, dass Paul mich immer wieder vor vollendete Tatsachen stellte? Allzu gern schob ich jede Entscheidung, die mein Leben verändern würde, hinaus …

Ich musste mit Paul über sein Verhalten sprechen. An diesem Nachmittag würden wir Zeit dafür haben. Bis dahin brachte es wenig, über Pauls Frage zu grübeln. Ins Ausland gehen … Hatte er nicht gesagt, es wäre nur eine vage Idee? Nein, ich wollte mir den Tag nicht verderben. Zuversichtlich hob ich den Blick.

Doch ich sah nichts als Nebel, der vom Grund der Klamm aufstieg. Fröstelnd zog ich die Kapuze meines Anoraks über den Kopf und steckte die Hände in die Taschen. Die Jacke war mir zu groß. Aber ich mochte den blauen Baumwollstoff und den altmodischen Webpelz, der die Kapuze säumte. Ich hatte den Anorak bei meiner Mutter in einem Schrank mit abgelegten Kleidern gefunden. Das durfte Paul nicht wissen. Alte Sachen mochte er nicht. Es war mir bisher nie in den Sinn gekommen, Paul mehr als solche Belanglosigkeiten zu verschweigen. Und er? Was behielt er für sich?

In nachdenklicher Stimmung erreichte ich Largan. Ich wanderte durch die gepflasterten Gassen und über die Brunnenplätze. Wuchtige Mauern prägten die Bauernhäuser und alten Palazzi. Die trutzigen Hausfassaden prunkten mit Giebeln und Erkern. Viele waren üppig verziert.

In einem kleinen Lebensmittelladen trat der Besitzer im weißen Kittel mit mir vor die Tür, um mir zu erläutern, wie man Sgraffito-Dekorationen mit Nägeln in den noch weichen Verputz und die darübergestrichene helle Kalkmilch ritzte. Auf diese Weise kam die dunklere Mörtelschicht darunter wieder zum Vorschein. Lebhaft gestikulierend, zeigte er auf die Symbole, die besonders häufig zu sehen waren: ein Wellenband für das Wasser, den Sonnenwirbel für die männliche und den Venusstern für die weibliche Kraft. Gleich stark sollten sie an den Häusern vertreten sein. Er rückte die Brille zurecht und lächelte mich beifallheischend an.

Ich setzte mich auf eine Bank in die Sonne und verzehrte das Sandwich, das ich im Laden gekauft hatte. Während ich aß, kam Wind auf, und Wolken zogen über die Berge herein. Die Sonne verschwand, ich begann zu frieren. Das Heimatmuseum öffnete um ein Uhr. Ich war froh, als die Kirchturmuhr schlug. An dem Museum war ich bei meinem Spaziergang schon mehrfach vorbeigelaufen. Es war in einem archaisch anmutenden Bauernhaus untergebracht. An der Rampe zum Eingangstor stand eine Hausbank – ein gemauerter Sockel mit verwittertem Sitzbrett und einer Rückenlehne aus Holz.

Als ich eintrat, rutschte mir die schwere Tür aus der Hand und fiel krachend ins Schloss. Ein alter Mann, der gegenüber an einem Tisch saß und schrieb, sah stirnrunzelnd auf.

»Oh, Verzeihung! Grüß Gott«, sagte ich und lächelte ihn entschuldigend an.

Einen Moment lang machte der Mann einen verwirrten Eindruck. Er nahm seine Lesebrille ab und fasste mich scharf ins Auge. Offenbar war er mit meinem Anblick zufrieden, denn er nickte freundlich.

Ich zahlte und schaute mich um. In das Steingewölbe mit den niedrigen Fenstern drang wenig Tageslicht. Ringsum standen alte Handwerksgeräte, Schlitten und eine kleine, offene Kutsche. In einer Ecke des Raumes war eine Garderobe angebracht, aber ich zögerte, den Anorak auszuziehen. In dem Haus war es kaum wärmer als draußen.

Mein unentschlossener Blick bewog den alten Mann, umständlich aufzustehen und mit steifen Schritten um den Tisch herumzugehen. Sicherlich war er der Leiter des Heimatmuseums. Er mochte an die achtzig Jahre alt sein, aber er wirkte nicht hinfällig. Er war groß und sehr mager, mit eingefallenen Wangen und weißgrauem, dünnem, ein wenig zu langem Haar. Die Schultern waren vom Alter gebeugt. Unter der Weste, die zu seinem braunen Anzug gehörte, zeichneten sich Hosenträger ab.

»Dies ist der piertan oder Sulèr des Hauses«, sagte er gemessen. »Er war früher Arbeits- und Abstellraum, mit den Heuwagen konnte man bis zur dahinter gelegenen Tenne fahren. Im Sommer oder bei Festen aß man im Sulèr. Auch getanzt wurde hier. Auf dieser Seite, hinter den Türen, sind Wohnstube, Küche und Vorratskammer. Sie finden in diesem Haus das gewöhnliche Leben von früher dokumentiert. Wenn Sie Fragen haben …«

Er schaute mich aufmunternd an. Sein Museum lag ihm offensichtlich am Herzen.

Ich nickte. »Ich würde gern mehr erfahren.«

Zwei Stunden später hatte ich im Schlepptau des alten Herrn jeden Winkel des Hauses gesehen. Er hatte mir einen Abriss der Unterengadiner Geschichte gegeben und von Bronzezeitfunden, Rätern und der danach benannten einstigen römischen Provinz erzählt, vom Gotteshausbund, den Konflikten zwischen Parteigängern von Frankreich und Österreich und von den Wirren der napoleonischen Zeit. Zweimal hatte die Tischglocke im Sulèr weitere Besucher angezeigt. Das ältere Ehepaar und die junge Familie, die eintraten, schlossen sich seiner Führung nur für kurze Zeit an. Sie verloren rasch die Geduld und schlenderten lieber allein durch die Räume.

Am Ende standen wir wieder im Sulèr, und ich fragte den Museumsleiter nach den italienisch anmutenden Palazzo-Häusern im Ort. Er erklärte, dass im achtzehnten Jahrhundert viele Bewohner von Largan ihre Heimat verlassen hätten, um in Venedig, in der Toskana, ja, in ganz Europa und sogar in Russland zu arbeiten und dort als Zuckerbäcker oder Kaffeehausbesitzer, als Kaufleute und später als Industrielle ihr Glück zu machen. »Man hat sie Randulins, Schwalben, genannt.« Die Auswanderer waren ihrer Heimat treu geblieben und manchmal, reich geworden, zurückgekehrt, um in Largan Häuser oder Palazzi nach italienischem Vorbild zu bauen und hier, wenn auch meist nur in den Sommerferien, zu leben.

»Und natürlich haben sich auch viele als Söldner verdingt. Bei den Franzosen vor allem …«, fügte der Museumsleiter hinzu.

Das erinnerte mich an Nicks Vorfahren. Paul hatte erwähnt, dass Men Mattan Napoleons russischen Feldzug mitgemacht hatte und nach seiner Heimkehr als Werwolf verrufen war.

Eine der gelbstichigen alten Fotografien, die an der getäfelten Wand in der Stube hingen, erregte meine Aufmerksamkeit. Zwei Männer posierten stolz mit einem getöteten Bären, den sie, an eine Stange gebunden, geschultert hatten.

Ich deutete auf die Aufnahme. »Wissen Sie, wann das gewesen sein mag?«, fragte ich.

»Ganz genau sogar. Das war 1904. Der letzte in der Gegend geschossene Bär.«

»Und wie lange hat es hier Wölfe gegeben?«

»Wölfe? Bis in die Mitte des neunzehnten Jahrhunderts etwa. In manchen Seitentälern des Inns haben sich Raubtiere länger als anderswo halten können. Aber wann immer Wölfe auftauchten, waren die Männer einer Gemeinde verpflichtet, sie zu jagen. Andernfalls mussten sie Strafe zahlen. Der letzte Wolf soll 1848 unweit von hier, bei Tarasp, erlegt worden sein. Allerdings«, der alte Mann wiegte den Kopf, »mag das nicht für alle Zeit gelten. In Italien – in den Abruzzen, nicht wahr? – gibt es ja immer noch Wölfe. Man sagt jetzt, sie wanderten auch wieder in die Alpen ein. Unlängst hat solch ein Tier im Bergell Schafe gerissen.«

»Im Bergell? Das ist doch gar nicht weit von hier?«

»Ja. So etwas sorgt natürlich für helle Aufregung. Es gibt Naturschützer, die auch bei uns gern wieder Wölfe sehen würden. Aber die meisten Menschen fürchten sich vor ihnen. Nicht nur, weil sie Schafe reißen. Es gibt so viele Geschichten über den bösen Wolf. Ob das gut ist für den Fremdenverkehr? Tja ...« Der Museumsleiter reckte die Schultern, als ob er müde wäre. »Wie sind wir jetzt auf das Thema gekommen?« Bei dieser Frage fasste er mich scharf ins Auge.

Schon mehrmals war mir aufgefallen, dass mich der alte Herr bei unserem Rundgang von der Seite gemustert hatte. Einmal, als ich mich rasch zu ihm umwandte, glaubte ich, auf seinem Gesicht einen bekümmerten Ausdruck zu sehen. Aber weshalb? Vermutlich hatte das, was ihm durch den Kopf ging, gar nichts mit mir zu tun.

»Mich interessiert, ob es hier in der Gegend um achtzehnhundert noch Wölfe gab«, sagte ich. »Ich habe in einem Tagebuch aus dieser Zeit über eine Begegnung mit Wölfen – oder wolfsähnlichen Hunden – gelesen und frage mich, was an der Sache dran ist.«

»Ein altes Tagebuch? Wenn Sie noch etwas Zeit haben, können wir uns gerne ausführlicher unterhalten.«

Er führte mich in die Stube nebenan und bot mir einen der Stühle am Tisch an. Ich setzte mich dankend, er nahm ebenfalls Platz.

8

ALS ICH DEM ALTEN HERRN SAGTE, dass ich mich zu Besuch im Val Tosta aufhielt, wirkte er überrascht.

»Bei den Mattans?«, fragte er. Er sah aus, als wollte er weitersprechen, schwieg dann aber und blickte mich abwartend an.

»Ja, bei den Mattans«, erwiderte ich. »Mein Name ist Anne Jani, ich bin aus München.«

Daraufhin erhob sich der alte Mann nochmals vom Stuhl, verbeugte sich förmlich und stellte sich vor: »Clot Vallun.« Er nahm erneut Platz. »Ich war bis zu meiner Pensionierung mehr als vierzig Jahre lang Lehrer in Largan. 1970 haben wir angefangen, das Heimatmuseum einzurichten. Seitdem bin ich auch Ortschronist.«

»Mein Verlobter ist ein Schulfreund von Nick Mattan«, erläuterte ich. »Wir bleiben ein paar Tage und wollen zusammen Silvester feiern. Heute Nacht habe ich in einem alten Tagebuch von 1814 geblättert, das ich in unserem Zimmer fand. Eine junge Frau namens Anna Kammerer schildert, wie sie vermeintlich auf Wölfe traf, die einen Mann in einem Soldatenmantel begleitet haben …«

»Ah ja.« Vallun nickte. »Anna Kammerers Tagebuch.«

»Sie kennen es?«, fragte ich verblüfft.

»Ich weiß davon, aber ich habe es nicht gelesen. Vor gut zwanzig Jahren, als der alte Mattan noch lebte, beschäftigte ich mich mit dieser Geschichte. Es war zu der Zeit, als ich unsere Chronik verfasste. Wissen Sie, wie das Kastell im Val Tosta gebaut worden ist?«

Ich nickte. »Von Men Mattan innerhalb eines einzigen Jahres, nicht wahr?«

»Domenic Mattan, ja. Ein undurchsichtiger Mann, Offizier und steinreich gewordener Söldner. Ein Augsburger Kaufmann namens Leonhard Kammerer war während des Winters 1814 auf 1815 mit seiner jungen Frau Anna bei Men Mattan zu Gast. Doch eines Tages verschwand er spurlos.«

»Wer? Leonhard Kammerer?«

»Ja. Zuvor hatte dieser Kammerer wilde Gerüchte verbreitet. Er schien sich in einen Wahn hineingesteigert zu haben. Er behauptete, Men Mattan lebe in seinem Kastell mit wilden Wölfen zusammen; er sei ein Werwolf und der Anführer des Rudels, eine gefährliche Nachtgestalt. Kammerer schrieb deswegen zahllose Briefe, unter anderem an die Gemeinde Largan. Freilich nahm man seine Beschuldigungen nicht ernst. Offenbar hatte Eifersucht Verstand und Urteilsvermögen des jungen Kaufmanns zerrüttet. So was kommt ja auch heute noch vor.«

Clot Vallun schaute mich Zustimmung heischend an, und ich nickte.

»Nachdem Leo Kammerer auf unbegreifliche Weise verschwunden war, führte seine reiche Augsburger Verwandtschaft eine Korrespondenz mit der Gemeinde. Sie ist, wie ein Teil von Kammerers Briefen, im Archiv aufbewahrt. Ich habe sie, als ich die Chronik schrieb, aufmerksam studiert.«

»Aber das Tagebuch der jungen Frau ...?«

»Nun, damit hatte ich leider kein Glück. Der alte Mattan, der Großvater des jetzigen Eigentümers vom Val Tosta, hat es einmal erwähnt. Als ich nachgefragt habe, hat er mir halb zugesagt, dass ich es für die Chronik verwenden könnte. Doch bevor es dazu gekommen ist, ist der Alte leider an einer Herzattacke gestorben.«

»Und seine Erben?«

Vallun hob in einer bedauernden Geste die Hände. »Sein Sohn hat sich nicht im Geringsten für das Kastell und das Dorf interessiert. Ich kann mich nicht erinnern, ihn nach dem Tod seines Vaters noch ein einziges Mal hier in der Gegend gesehen zu haben. Und ihn deswegen anzuschreiben ...« Er wiegte den Kopf. »Es war mir nicht wichtig genug. Letztlich hätte es nur die alten Wolfsgeschichten vom Val Tosta wieder aufgewärmt – die manche Leute hier nie vergessen haben –, und daran ist die Gemeinde sowieso nicht interessiert. Wir wollen schließlich keine Touristen vertreiben.«

Clot Valluns Lachen wirkte befangen. »Wissen Sie, die Mattans stehen noch immer im Ruf, wolfsverrückt zu sein«, fügte er leise hinzu.

Das passte zu dem, was mir Paul erzählt hatte.

»Es kommt ab und zu vor, dass ein Einwohner von Largan glaubt, nachts ein Heulen zu hören. Dann heißt es sofort, die Mattans hätten sich wieder Wölfe ins Val Tosta geholt ... Unvorsichtigerweise hat der jetzige Eigentümer offene Sympathien für eine Wiederansiedlung von Wölfen, Luchsen und Bären in den Alpen geäußert. Das wurde von einigen in der Gemeinde nicht allzu gut aufgenommen ...«

Nebenan fiel die Eingangstür schwer ins Schloss. Vallun wandte den Kopf.

»Clot!« Es war eine weibliche Stimme.

»Ah. Das ist meine Frau. Einen Moment, bitte.«

Vallun stand schwerfällig auf und ging nach nebenan. Gleich darauf kam er in Begleitung seiner Frau zurück. Sie war eine schmächtige kleine Person mit freundlichen Augen, einem runden Gesicht und weißem Haarknoten. In den Armen, fest gegen die Brust gedrückt, hielt sie einen Korb. Als sie durch die Türe trat, schlug sie eine Hand vor den Mund und hätte den Korb beinahe fallen gelassen.

Ungläubig fragte sie: »Das kann doch nicht sein? Nesa?« Sie stockte und schaute Hilfe suchend zu ihrem Mann.

»Nein, nein«, sagte Vallun rasch. »Aber sie sieht ihr sehr ähnlich, nicht wahr?«

Er wandte sich an mich. »Bitte entschuldigen Sie! Meine Frau hat Sie verwechselt. Als Sie vorhin das Museum betraten, bin ich dem gleichen Irrtum erlegen – für einen kurzen Moment.«

Sie hatten mich für eine Frau namens Nesa gehalten. Das war ein harmloser Irrtum. Was war daran so erschreckend? Ich trat zu ihr und nahm ihr den Korb ab, um ihn auf den Tisch zu stellen.

»Danke.« Sie lächelte und stieß einen Seufzer aus. »Ich habe gerade an meinem Verstand gezweifelt.«

»Das ist Anne Jani aus München, Lina. Sie ist mit ihrem Verlobten zu Gast bei den Mattans. – Meine Frau, Lina Vallun.«

»Ich freue mich, Sie kennen zu lernen«, sagte ich.

Mit einer herzlichen Geste nahm die alte Frau meine Rechte in beide Hände. »Ich freue mich auch, mein Kind. Verzeihen Sie mir. Vielleicht sollte ich meine Brille doch lieber aufsetzen, anstatt sie daheim liegen zu lassen.« Ihr Lachen klang unbefangen und fröhlich. Ich fühlte mich in ihrer Gesellschaft sogleich wohl.

Lina Vallun nahm ein kariertes Leinentuch, eine Thermoskanne, zwei große Porzellantassen und einen Teller mit Kuchen aus ihrem Korb.

»Wir trinken immer um drei Uhr Kaffee, wissen Sie«, sagte sie munter und fügte hinzu: »Es wäre nett, wenn Sie uns dabei Gesellschaft leisten würden.«

»Ja, das müssen Sie unbedingt tun«, bekräftigte Clot Vallun die Einladung.

Seine Frau breitete das Tuch auf dem Tisch aus, und stellte den Kuchenteller und die Tassen darauf. Der Becherverschluss der Thermoskanne diente als weiteres Trinkgefäß. Wir setzten uns. Lina schenkte Kaffee ein und schob den Nusskuchen zu mir hin.

»Bitte. Bedienen Sie sich!«

Ich griff dankend zu.

»Wenn man älter wird, schätzt man seine festen Gewohnheiten mehr und mehr, wissen Sie! Deshalb komme ich an den Tagen, an denen Clot im Museum ist, mit dem Kaffee herüber. Wir wohnen gleich nebenan – und unsere eigene Stube sieht nicht viel anders aus als diese hier!« Die alte Frau strahlte mich an.

»Ich kann mich nicht erinnern, in einem Museum jemals so freundlich betreut worden zu sein«, sagte ich lächelnd. »Ihr Mann hat mir so viel über den Ort und seine Geschichte erzählt ...« Einen Augenblick stockte ich. »Aber ich würde Sie gerne fragen ... Weshalb sind Sie wegen Ihrer Verwechslung so erschrocken?«

»Ach ja.« Sie senkte den Blick. Ihr Lächeln verschwand. »Wegen Nesa. Das arme Mädchen«, murmelte sie.

»Sie sehen nämlich einer jungen Frau ähnlich, die wir gut gekannt haben«, mischte Clot Vallun sich ein. »Nesa war die beste Freundin von Claudia, unserer jüngsten Tochter, und sie ist sehr oft bei uns gewesen. Damals sind die Kinder, bis auf unseren Ältesten, in den Ferien noch alle nach Hause gekommen. Da ging es meistens hoch her ...«

»Damals?«, fragte ich neugierig nach.

»Ja, nun ... es wird wohl so zwanzig Jahre her sein.«

Lina nickte. »Das stimmt. Die arme Nesa ist auf ganz schreckliche Weise gestorben. Sie ist im Inn ertrunken.«

»Ertrunken? Vor zwanzig Jahren?« Ich wunderte mich, was es für Zufälle gab. »Ist das an Silvester geschehen? Und man hat zwei Tage lang nach ihr gesucht?«

»Genau. Ja. Sie wissen davon?« Clot Vallun war sichtlich erstaunt.

»Gestern Abend bei den Mattans ist das Gespräch darauf gekommen. Paul, mein Verlobter, hat sich an eine Silvesterfeier in Largan erinnert, in dem Jahr, in dem er die Matura abgelegt hatte. Und dabei wurde das Unglück erwähnt.« Allerdings hatte keiner gesagt, dass ich der Toten ähnlich sähe. Aber Paul und seine Freunde hatten sie vermutlich nur flüchtig gekannt.

»Die jungen Leute, ja ...« Vallun wiegte in der für ihn typischen Weise den Kopf. »Rund um den Jahreswechsel hat man in den Dörfern schon immer ein wenig über die Stränge geschlagen. An Dreikönig vor allem spielte die Jugend den Larganern immer ein paar dumme Streiche. Da kam es vor, dass man seine Fensterläden am nächsten Morgen im Quartiersbrunnen wiedergefunden hat.«

Der alte Mann trank einen Schluck Kaffee. »Irgendwann«, fuhr er fort, »hat dieser junge Mattan, Nick, eine Art wilder Jagd aufgebracht. Er kannte den Brauch aus dem Internat. Hier ist es nicht üblich gewesen, sich als Dämon oder Tier zu verkleiden oder untreue Mädchen zu strafen, aber ... Für die Jungen war es ein Spaß, und alle haben sich gut unterhalten. Ein bisschen austoben müssen sie sich. Wir haben uns damals jedenfalls keine Gedanken gemacht.«

Der Nachdruck, mit dem der alte Herr dies versicherte, sprach dafür, dass sich diese Menschen nach dem tödlichen Unglück mit Selbstvorwürfen gequält hatten.

»Nick Mattan hat gesagt, dass es nach dem Tod des Mädchens kein Silvestertreiben mehr gab. Jedenfalls bis vor kurzem noch?«, fragte ich nach.

Mit einem Ruck setzte Vallun seine Kaffeetasse ab. »Ja. Bis sein Sohn, wie heißt er gleich wieder?«

»Daniel, nicht wahr?«, warf Lina ein, und ich nickte.

»Ja, bis dieser Daniel, der übrigens die gleiche Schule wie früher sein Vater besucht, wieder damit angefangen hat. Und ein paar Buben vom Dorf haben sich natürlich gleich angeschlossen.« Der alte Herr seufzte. »Uns wäre es lieber, sie würden sich für den Silvesterabend einen anderen Zeitvertreib suchen. Sie haben sich scheußliche Kostüme und Masken besorgt und jagen den Kindern teilweise furchtbare Angst ein. Es hat auch schon Prügeleien gegeben. Aber natürlich wird auch heuer wieder während der wilden Jagd durch das Dorf alles auf den Beinen sein.«

Offenbar täuschte sich Elisa Mattan in Daniels Rolle bei dem Silvestertreiben. Ich hatte bei unserem Gespräch den Eindruck gewonnen, dass sie sich wegen des Einflusses von Larganer Jugendlichen auf ihren Sohn sorgte – nicht umgekehrt.

Ich aß den letzten Bissen vom Kuchen und fragte unverblümt: »Was hatte das Ertrinken des Mädchens mit dem Silvestertreiben zu tun?«

Clot und Lina Vallun sahen sich an. Schließlich antwortete der alte Herr zögernd: »Es ist nun einmal in dieser Nacht geschehen. Wäre Nesa zu Hause geblieben, anstatt durch das Dorf zu ziehen ... Sie hat Claudia am Abend abgeholt. Die beiden wollten sich mit ein paar Burschen treffen. Sie waren damals achtzehn Jahre alt. Nesa ist mit einem aus dem Mattan-Clan befreundet gewesen, mit Jon.«

»Der im Val Tosta wohnt?«, fiel ich Clot Vallun ins Wort und murmelte gleich darauf, als Vallun bejahte: »Verzeihung. Ich wollte Sie nicht unterbrechen.« Hatte mich Jon so merkwürdig angestarrt, weil ich ihn an seine ertrunkene Freundin erinnerte? »Was ist an dem Abend mit Nesa geschehen?«, drängte ich.

»Das weiß niemand«, antwortete Lina leise und fuhr mit beiden Händen so nachdrücklich über das Tischtuch, als könnte sie damit außer den Kuchenkrümeln auch alles Schreckliche, das sich ereignet hatte, beiseite wischen.

»Claudia ist gegen zwei Uhr nach Hause gekommen«, erläuterte Vallun. »Doch Nesa ... Am frühen Morgen haben ihre Eltern angerufen und gefragt, ob sie bei uns sei.« Er stockte. »Es ist furchtbar gewesen. Claudia wusste lediglich – genau wie alle anderen, die in der Gruppe waren –, dass Nesa kurz vor Mitternacht nach Hause gehen wollte. Sie hatte sich mit ihrem Freund gestritten. Er wollte sie heimbegleiten, aber sie hat ihn zurückgewiesen. Sie ist nie daheim angekommen.«

Tonlos ergänzte Lina Vallun: »Erst Tage später hat man sie gefunden. Ein ganzes Stück weit flussabwärts hatte sich ihre Leiche am Ufer zwischen Ästen verfangen. Die Untersuchungsbehörden haben erklärt, dass sie vermutlich in der Nacht, als sie verschwunden ist, starb.«

»Und wie ist sie gestorben? Weiß man das?«

Clot Vallun schüttelte den Kopf. »Man hat es nie sicher feststellen können. Sie soll ertrunken sein, aber es gab keinen Knochenbruch, keine Prellung, nichts, was auf einen Sturz in den Fluss hätte deuten lassen. Es waren keine Drogen oder Medikamente im Spiel. Oder irgendein Gift. Nesa hatte auch nur wenig Alkohol getrunken. Aus irgendeinem Grund muss sie hinunter zum Innufer gelaufen sein, anstatt nach Hause zu gehen. Womöglich ist sie im Dunkeln ausgerutscht und ins Wasser gefallen. Selbst wenn sie um Hilfe gerufen hätte ... Der Fluss führte damals viel Wasser, er war eiskalt. Und sie war allein. Es hat sie keiner gehört.«

»Sie war völlig unverletzt?«

Lina gab einen seltsamen Ton von sich, ein kurzer, japsender Laut.

Ihr Mann tätschelte begütigend ihre Hand. »Nicht ganz«, sagte er. »Aber die Gerichtsmediziner haben behauptet, dass Nesa die Verletzungen erst nach ihrem Tod beigebracht worden sind.« Vallun räusperte sich, seine Stimme klang rau: »Es gibt Tiere dort draußen. Füchse und Dachse und Raubvögel. Offenbar haben sie ... also ... ihr Hals, ihre Kehle, sie war ...« Er konnte es offensichtlich nicht aussprechen.

»Haben Tiere an ihr gefressen?« Auch meine Stimme klang plötzlich belegt.

Clot nickte. »Ihre Kehle war zerfleischt. Aber das Wasser ... Die Spuren sind nicht mehr zu bestimmen gewesen.«

»Und wenn es ein Mensch war, der sie getötet hat?«, fragte ich widerstrebend.

Vallun hob die Hände in einer ratlosen Geste. »Die Polizei hat gesagt, es gäbe keinen Hinweis darauf. Natürlich sind alle, die Nesa kannten, ausführlich befragt worden. Besonders die jungen Leute. Und ganz besonders ihr Freund. Manche verdächtigten ihn, ihr Mörder zu sein. Aber Claudia und alle anderen, mit denen Nesa in dieser Nacht zusammen gewesen war, haben geschworen, sie hätten bis gegen zwei Uhr morgens zusammen gefeiert. Danach ist Nesas Freund mit seinem Vetter und ein paar anderen Burschen zu einem von ihnen nach Hause gegangen. Alle seien betrunken gewesen, besonders Jon, sagten sie übereinstimmend aus. Kaum habe er auf seinem Schlafsack gelegen, sei er eingeschlafen. Schließlich wurden die Ermittlungen eingestellt und den Eltern erklärt, Nesas Tod sei ein Unfall gewesen. Man habe keinen Anhaltspunkt für einen Verdacht gegen die jungen Leute oder gegen irgendjemanden sonst gefunden.«

Ein junges Mädchen, das sich in der Silvesternacht mutterseelenallein auf den Heimweg machte ...

Ich begegnete Linas Blick.

Nachdenklich sagte sie: »Eigenartig, dass ich Sie für Nesa gehalten habe. Nicht allein, weil es unmöglich ist – das ist mir zunächst gar nicht in den Sinn gekommen ... natürlich war sie der gleiche Typ wie Sie, und ein wenig zu zart, nicht wahr? Bitte entschuldigen Sie, wenn ich das so sage! Aber sie hat ihre Haare ganz anders getragen, sehr lang, und sie waren auch dunkler als Ihre ...«

Zu ihrem Mann gewandt, sagte Lina Vallun: »Wir werden wohl alt, mein Lieber.« Und zu mir: »Wissen Sie, manchmal ist mir die Vergangenheit näher als der gegenwärtige Tag.«

Die Kirchturmuhr schlug halb vier. Ich hatte die Zeit völlig vergessen.

»Ich muss leider gehen!« Bedauernd stand ich auf. »Mein Verlobter will mich an der Kirche abholen. Er wartet sicher bereits ... Bitte entschuldigen Sie, dass ich mich so überstürzt verabschiede! Und vielen Dank für alles! Ihr Kuchen hat sehr gut geschmeckt.«

»Das freut mich«, sagte Lina Vallun lächelnd.

Clot Vallun ging mit nach draußen. Er nahm eine Karte vom Tisch im Sulèr und reichte sie mir. »Es ist mir ein Vergnügen gewesen. Vermutlich werden Sie nicht mehr viel Gelegenheit haben, in Anna Kammerers Tagebuch weiterzulesen – aber, falls Sie darin noch etwas entdecken sollten, was für einen Chronisten von Interesse wäre, würden Sie es mich wissen lassen?«

»Sehr gern, ja, natürlich.«

»Und falls Sie noch irgendetwas fragen möchten – unsere Telefonnummer, auch die private, steht auf dem Kärtchen. Ich würde mich freuen, von Ihnen zu hören.« Der alte Herr gab mir die Hand. »Alles Gute, Frau Jani. Und schöne Urlaubstage!«

»Vielen Dank. Alles Gute auch Ihnen. Vielleicht bis bald.«

Ich freute mich, dass ich den Valluns begegnet war.

Eilig lief ich zur Kirche. Ich hatte nur zwei Minuten zu gehen. Als ich ankam, war es nicht später als fünf nach halb vier. Paul war noch nicht da. Meistens war er überpünktlich. Dagegen kam ich öfter zu spät, was ein häufiger Streitpunkt zwischen uns war.

Graue Wolken bedeckten den Himmel. Der Wind war stärker geworden und fegte schneidend kalt über den zugigen Platz. Ich stellte mich unter das Kirchenportal, wo es ein wenig windgeschützt war, und trat von einem Fuß auf den anderen, um mich zu wärmen.

Gleich um die Ecke befand sich ein kleines Hotel. Sollte ich dort warten? Nein, es konnte nicht mehr lange dauern. Paul musste jeden Augenblick eintreffen.

Um Viertel vor vier Uhr begann ich, mir Sorgen zu machen. Hätte ich selbst fünfzehn Minuten Verspätung gehabt, dann hätte sich niemand darüber gewundert. Doch Paul? Hatte er sich verfahren? Unwahrscheinlich, er war doch mit Tom unterwegs, und der kannte sich in der Gegend gut aus. Hatte Paul einen Unfall gehabt? Eine Panne? Hatte er auf seinen Skiern die sichere Piste verlassen und sich verirrt?

Ich zitterte vor Kälte, meine Füße wurden zu Eiszapfen. Kurz vor vier Uhr beschloss ich, nicht länger zu warten. Zum Val Tosta führte nur eine einzige Straße, wir konnten uns nicht verfehlen. Paul konnte nicht damit rechnen, dass ich endlos in der Kälte auf ihn warten würde. Wenn ich zügig marschierte, würde mir wieder warm werden.

9

MEINE SCHRITTE HALLTEN UNTER DEM DACH der Holzbrücke. Ringsum waren alle Geräusche bis auf das Plätschern des Wassers verstummt. Es dämmerte früh. Der düstere Talgrund des Inns wirkte einsam und beklemmend still.

Ganz in der Nähe war Nesa gestorben.

Und dort, wo der Weg in den Wald führte, war der Fremde vor Anna und Leonhard Kammerer aufgetaucht. Damals hatten an dieser Stelle Wölfe geheult. Jetzt war kein Laut zu hören. Nicht einmal ein Vogel rief.

Ich zögerte. Was bewegte sich dort am Waldrand? Es duckte sich ... Ein Strauch, den der Wind niederdrückte. Befangen sah ich mich um. Niemand folgte mir. Paul wird sicher bald auftauchen, redete ich mir gut zu.

Zügig lief ich weiter. Unter den dichten Zweigen war der Weg schwer auszumachen. Ich stolperte über eine Baumwurzel, und hin und wieder schlug mir ein Zweig hart ins Gesicht. Aber schließlich lichtete sich das Waldstück und gab den Blick auf Schlucht und Wildbach frei. Ich überquerte die Steinbrücke. Von hier ab schraubte sich die Straße bergauf.

Ich ging langsam, um nicht zu ermüden. Der kalte Wind biss. Es fing an zu schneien. Bald fiel der Schnee schwer und dicht. Er blieb auf der Straße liegen. Ich sah es mit Sorge. Auf meinem Anorak schmolzen Schneekristalle. Ich schüttelte mich und drehte mich im Kreis. Weich und weiß hüllten große, wirbelnde Flocken jede Wegmarke ein. Sogar das Rauschen des Wildbachs erschien wie unter einem Kissen gedämpft. Bald würde es dunkel sein. Vergeblich lauschte ich auf den Klang eines Automotors. Warum kam Paul nicht?

Im Gestrüpp an den Rändern der Straße formten sich eigenartige Schemen. Furcht beschlich mich. »Nein!«, sagte ich und hob beschwörend die Hände, als könnte ich mir damit Kälte und Nässe – und den Grund meiner Ängste – vom Leib halten. Ich riss mich zusammen. Ich war kein Naturkind, aber ich wollte mich nicht vor der Dämmerung und einer verlassenen Straße fürchten. Grimmig stapfte ich weiter.

Als hätte der Wind einen Vorhang zurückgezogen, hörte für ein paar Augenblicke das Schneetreiben auf. Dort vorn bog der Weg durch das Felsentor. Das hieß, dass ich noch rund eine halbe Stunde bis zum Kastell laufen musste. Wenn ich ankam, würde es Nacht sein. Ich hatte keine Taschenlampe bei mir. Wieso nur war ich am Morgen nicht mit dem Polo gefahren?

Die Kapuze war durchnässt und kein Schutz mehr gegen den Schnee. Ich wischte die Eiskristalle aus meinem Haar. Mein Gesicht brannte in der Kälte.

In dem Moment war von vorn ein Motorengeräusch zu hören: ein Auto, das sich aus Richtung Val Tosta näherte. Die Straße war glatt. Der Wagen bewegte sich nur langsam. Vermutlich machte der Schneefall dem Fahrer zu schaffen. War es Nick oder Elisa? Oder Paul? Hatte er vergessen, dass er mich abholen sollte – und war nun zu mir unterwegs?

Noch tauchte das Auto nicht auf.

Plötzlich drang aus Richtung des näher kommenden Wagens ein dumpfer Schlag, Bremsen quietschten, dann krachte es. Der Motor erstarb. Jemand schrie.

Ich rannte auf das dunkle Felsentor zu. Der kurze Tunnel führte um eine Biegung der Straße. Ich blinzelte in helles Scheinwerferlicht. Schneeflocken wirbelten vor meinen Augen. Aus dem Weiß schälten sich die Konturen des Unfallfahrzeugs heraus.

Es war ein weißer Lieferwagen. Vielleicht hatte er zu stark gebremst. Er war ins Rutschen geraten und mit dem vorderen Kotflügel gegen den Felsen geknallt. Ich dachte erleichtert: Das ist bloß ein Blechschaden. Im gleichen Augenblick fiel mein Blick auf die Frau, die steif hinterm Steuer saß.

Sie klammerte sich an das Lenkrad und schrie. Ich rannte hin und öffnete die Tür auf der Beifahrerseite. Trotz ihrer weit aufgerissenen Augen schien mich die Frau nicht zu sehen. Erschrocken bemühte ich mich, den Grund für das blanke Entsetzen auf ihrem Gesicht zu erkennen.

»Fehlt Ihnen etwas? Sind Sie verletzt?«, fragte ich atemlos. Doch die Fahrgastzelle war unbeschädigt, und auch die Frau schien äußerlich unversehrt. Ich versuchte, ruhig auf sie einzureden. »Ich helfe Ihnen. Haben Sie keine Angst. Es ist alles in Ordnung.«

Statt einer Antwort schlug die Frau beide Hände vors Gesicht. Ihr Schreien wich einem heillosen Schluchzen. »Was ist mit dem Mann? Ist er tot?«, fragte sie.

Lähmendes Entsetzen erfasste mich. »Oh Gott«, stöhnte ich. Der dumpfe Schlag kurz vor dem Krachen! War ein Mann überfahren worden? Ich musste mich auf das Auto stützen, als ich zum Heck lief.

Bremsspuren zogen sich durch den matschigen Schnee. Ich spähte in das flache Bachbett links neben der Straße. Hier oberhalb der Schlucht war das Wasser seicht und sehr klar. Selbst in dem Dämmerlicht war offensichtlich, dass niemand hineingestürzt war.

Auf der anderen Seite war Wald. Dort, vor den Bäumen, etwa fünfzig Meter vom Lieferwagen entfernt, lag etwas Dunkles im Schnee.

Mein Herz raste. Ich atmete flach. Obwohl meine Beine mir nicht gehorchen wollten, zwang ich mich, auf das Opfer zuzugehen. Während ich näher kam, erkannte ich maßlos erleichtert, dass es kein Mensch war. Die Frau im Lieferwagen hatte ein Tier überfahren.

Es sah wie ein großer, kräftiger Hund aus. Ich beugte mich über ihn. Atmete er? Er tat mir leid, aber eine unklare Scheu hielt mich davor zurück, das zottige Fell zu berühren. Vielleicht war es die Furcht, dass das Tier, falls es noch lebte, vor Angst und Schmerz zubeißen könnte. Aber im Grunde war mir auf den ersten Blick klar, dass es mit voller Wucht am Kopf erfasst worden sein musste – und dass es verendet war. Ein schweres Tier ... Erst auf den zweiten Blick gestand ich mir ein, dass der Hund ungewöhnlich aussah.

Ich ging zum Lieferwagen zurück und erklärte der Frau, was geschehen war. Doch anstatt durchzuatmen und sich zu beruhigen, zeigte sie keine Reaktion. Ich fragte sie nach ihrem Namen. Sie schüttelte weinend den Kopf und gab keine Antwort.

Geduldig versicherte ich, dass sie keinen Menschen angefahren hatte, sondern ein Tier. Ihre Tränen flossen ungehemmt weiter. Schluchzend bestand sie darauf: »Ich habe ihn doch gesehen! Es ist ein Mann gewesen. Er trat plötzlich zwischen den Bäumen hervor. Es ging alles so schnell. Ich konnte nicht ausweichen...«

Ich dachte: »Die Frau ist hysterisch.« Zeigte sich auf diese Weise ein Unfallschock? Ich wusste es nicht. Mein letzter Erste-Hilfe-Kurs lag einige Jahre zurück.

Hätte ich die Frau nur dazu bewegen können, auszusteigen und sich mit eigenen Augen zu überzeugen! Dort hinten lag das tote Tier. Aber sie reagierte auf mein Drängen nur mit weiteren Schluchzern.

Im Licht der Innenbeleuchtung musterte ich die weinende Frau. Sie mochte vielleicht fünfunddreißig Jahre alt sein. Das dicke, blonde Haar trug sie im Nacken geflochten. Das war nicht modisch, sah jedoch hübsch aus. Ihre regelmäßigen Züge waren vom Weinen verquollen, Wimperntusche und Make-up unter den Tränen zerflossen. Das schicke Kostüm wirkte in dem Lieferwagen fehl am Platz.

Ich trat von der Beifahrertür zurück und las die Aufschrift, die außen angebracht war. Es war der Werbeaufdruck eines Metzgers mit Partyservice aus Largan: *Corinna & Peder Manz*.

Schnee schmolz auf der Windschutzscheibe. Die Frau fror sicherlich. Ich beugte mich noch einmal in den Wagen. Hinter den Sitzen lag eine Decke. Ich zog sie hervor.

»Versuchen Sie, sich zu entspannen! Sie können sich hinlegen, schauen Sie, hier!«, sagte ich und hielt ihr die Wolldecke hin. »Wenn Sie sich zur Seite drehen und die Beine ein wenig anziehen …« Aber die Frau hörte nicht zu.

Ratlos wischte ich mir das feuchte Haar aus der Stirn. Ich hatte nachgesehen, ein Handy lag nicht im Wagen. Meines hatte ich nicht dabei. Ich überlegte. Ich musste wohl oder übel die Frau in ihrem Lieferwagen nach Largan hinunterfahren.

»Bitte rutschen Sie auf den Beifahrersitz!«, sagte ich. »Ich werde Sie nach Hause bringen. Dort wird sich doch jemand um Sie kümmern? Oder wir rufen einen Arzt …«

Die Frau ignorierte mich. Ich beugte mich weiter hinein und griff nach dem Autoschlüssel. Sie stieß meine Hand weg und schaute mich feindselig an.

Hatte sie Drogen oder Medikamente genommen? Nach Alkohol roch sie nicht. Wie sollte ich sie überzeugen, dass ich nichts Böses im Schilde führte?

Während ich sie hilflos betrachtete, spürte ich, wie sich ihr Entsetzen auf mich übertrug. In mir regte sich ein verrückter Gedanke: »Sie kann doch nicht Recht haben?«, dachte ich. Natürlich wusste ich, dass dort hinten ein Tier lag, kein Mensch. Dennoch spürte ich die Versuchung, noch einmal nachzusehen.

Ich wandte mich zu dem dunklen Häuflein um. Da röhrte erneut aus Richtung Val Tosta ein Automotor. Gleich darauf tauchten Scheinwerfer auf. Ein großer Wagen stoppte neben dem toten Tier. Der Fahrer beugte sich aus dem Fenster. Er verharrte lange. Endlich lenkte er das Auto, einen Pick-up, weiter, bis er zwei Meter vor mir hielt. Der Motor wurde abgestellt, der Fahrer stieg aus. Es war Nick Mattans Cousin.

Kaum hatte ihn die Frau im Lieferwagen bemerkt, als sie laut: »Jon!«, rief und zu der geöffneten Beifahrertür rutschte. Sie stieg aus, lief auf den Mann zu und warf sich in seine Arme.

Verblüfft beobachtete ich das Geschehen.

Mit einem Blick erfasste Jon die Situation. »Bist du verletzt?«, fragte er die verunglückte Frau. Behutsam löste er ihre Arme von seinem Nacken, hielt ihre Hände fest und trat etwas zurück, um sie besorgt zu mustern.

»Nein. Aber der Mann, den ich überfahren habe«, sagte sie flüsternd.

Jon ließ ihre Hände los. »Was für ein Mann?«, fragte er.

Ohne den Blick von Jon zu wenden, wies die Frau hinter ihn, wo der Kadaver neben der Straße lag. Fragend sah Jon zu mir her.

Ich zuckte die Achseln. »Sie glaubt einfach nicht, dass niemand tot ist. Außer dem Hund dort ...«

»Ein Hund ist das nicht«, unterbrach mich Jon.

»Was?« Mein Herz schlug auf einmal sehr laut.

»Sie hat einen Wolf überfahren.«

»Einen ... Wolf? Oh ...«, sagte ich ungläubig. Wie konnte das sein? Mir wich das Blut aus dem Gesicht.

Jon kam näher. Er bewegte sich mit nachlässiger Selbstverständlichkeit. Trotz der Witterung hatte er die Hemdsärmel hochgekrempelt. Seine alte Lederjacke lag im Pick-up über dem Beifahrersitz. Er legte eine Hand auf die geöffnete Tür des Lieferwagens und schaute mich forschend an.

Jons Haltung war auf eine sorglose Art selbstbewusst. Er besaß diese unerklärliche achtlose Anmut, die manche Männer unwiderstehlich macht. Er war um einiges größer als Paul und erweckte einen beinahe schlaksigen Eindruck. Doch die Muskeln seiner schlanken Unterarme zeichneten sich deutlich ab.

Jon sah wie ein Mann aus, der im Freien arbeitete, einer, der auf dem Bau oder im Forst tätig war. Er könnte auf den Schafweiden hier droben zu tun haben. Nick hatte erzählt, dass sie verpachtet waren. Die Tiere, die im Herbst nicht verkauft wurden, standen den Winter über unten im Tal in Ställen.

Die Cousins waren etwa gleichaltrig. Aber trotz ihrer Verwandtschaft konnte ich keine Familienähnlichkeit zwischen ihnen feststellen.

Ich nahm an, dass Jon seinen Dreitagebart nicht aus modischen Gründen, sondern aus Bequemlichkeit stehen ließ. Sein dunkles, von Grau durchzogenes Haar bildete über der Stirn einen widerspenstigen Wirbel. So gut aussehend wie Paul war Jon nicht. Sein männlich klar konturiertes Gesicht mit den vollen Lippen wirkte ein wenig unregelmäßig, die Nase war etwas schief. Dennoch war er attraktiv. Sogar wenn sich, wie in diesem Moment, ein leicht spöttischer Zug um Augen, Brauen und Mund stahl.

Im Zwielicht glänzte die Iris kohlschwarz. Der Ausdruck in Jons Augen veränderte sich. Unter seinem Blick wurde mir warm, und mich beschlich das Gefühl, auf der Hut sein zu müssen.

Ich schürzte die Lippen und starrte zurück.

Jon erwachte aus seiner Versunkenheit. Er fuhr sich mit der Hand über die Stirn. »Verzeihung, ich wollte nicht unhöflich sein.«

Er wandte sich an die verunglückte Frau. Sie hatte die Tränen weggewischt. »Corinna, ich bringe dich heim.«

»Und was ist mit dem Mann?«

»Dir ist ein Wolf ins Auto gelaufen.« Mit Nachdruck fasste Jon die Frau des Larganer Metzgers am Arm, um ihr zurück in den Lieferwagen zu helfen.

Corinna Manz folgte ihm. Aber sie sagte: »Wir müssen zur Polizei.«

»Wir rufen Bucher an. Er macht eine Unfallaufnahme – für den Fall, dass du eine für die Autoversicherung brauchst.« Jon drehte sich zu mir um und sagte: »Um den Wolf kümmere ich mich später. Ich nehme das Tier mit, wenn wir zurückkommen. Sind Sie imstande, den Pick-up zu fahren?«

»Ich denke schon, aber ...«

Zum ersten Mal lächelte er. »Es wäre nett, wenn Sie uns damit folgen würden. Sonst sitze ich nachher im Dorf fest. Nur noch einen Moment!« Er ging zum Pick-up und griff sich seine Jacke. »Ich schaue mir den Wolf noch mal an.« Ohne auf meine Antwort zu warten, lief er zurück.

Auf der Ladefläche seines Wagens lag eine Plane. Darunter verbarg sich ein länglicher Gegenstand – wie ein Gewehrlauf. Jagte Jon? Ich stieg in den Pick-up ein und nahm die Kapuze ab. Wo waren die Schalter für Licht und Scheibenwischer? Auf dem Beifahrersitz lag ein Telefon.

Ich wartete, bis Jon zurückkam, dann drehte ich das Autofenster herunter, beugte mich hinaus und rief: »Ich würde gern Paul Bescheid sagen. Darf ich Ihr Handy benutzen?«

»Bitte, nur zu!«

Ich wählte Pauls Nummer. Verwundert musste ich hören, dass er nicht erreichbar war. Auch seine Mailbox schaltete sich nicht ein. Paul hatte das Handy am Morgen in seine Anoraktasche gesteckt, er hatte es also bei sich. Wieso war es ausgerechnet jetzt, wo er unsere Verabredung nicht einhielt, ausgeschaltet? Ständig predigte Paul, ich sollte mein Telefon mitnehmen, um leichter erreichbar zu sein. Wenn ich nicht arbeitete, ließ ich es meistens daheim liegen. Ich bevorzugte es, meine Ruhe zu haben. Paul dagegen tat ohne sein Handy keinen Schritt.

»Keine Verbindung?« Jon wartete neben dem Pick-up. Es schien ihm nichts auszumachen, dass der Schnee seine Kleidung durchnässte.

Ich zuckte die Achseln. »Wissen Sie zufällig, ob Nick und die anderen schon ins Kastell zurückgekehrt sind?«

»Ja. Vor gut einer Stunde.« Jon stützte einen Arm auf das Autodach und neigte den Kopf, um durch das Seitenfenster zu mir hereinzuschauen.

»Haben Sie Nicks Telefonnummer?«, fragte ich. »Vermutlich hat Paul sein Handy im Zimmer liegen gelassen.«

Jon sah mich verblüfft an. Er schwieg einen Moment. Dann sagte er sehr behutsam: »Sie wissen noch gar nicht, dass Paul weggefahren ist?«

Ich fiel aus allen Wolken. »Wie bitte?«

»Entschuldigen Sie, ich bin gar nicht auf den Gedanken gekommen ... Aber Sie hatten ja kein Handy dabei ...« Er wirkte verlegen und zögerte weiterzusprechen: »Nick hat es mir vorhin erzählt. Paul musste dringend nach Frankfurt zurückfliegen. Er hat Nick angerufen. Sie wollten sich mittags in der Liftstation treffen, aber kurz vorher hat Paul Bescheid gegeben, dass er nicht kommen würde. Weil er abgereist ist.«

Ich war fassungslos. Jon sagte ruhig: »Mehr kann ich Ihnen nicht sagen, aber reden Sie doch mit Nick.«

Ich hielt Jon stumm das Telefon hin, er wählte und drückte mir den Apparat wieder in die Hand.

Nick meldete sich sofort. Ich fragte atemlos, ob es stimme, dass Paul abgereist sei? Ob Nick mir sagen könne, aus welchem Grund? Ob er mir nichts ausrichten solle? Und: »Wann kommt Paul zurück?«

»Ja«, sagte Nick. »Ja.« – »Natürlich.« – »Das weiß er noch nicht.« Als ich Luft holen musste, versuchte Nick, mich zu besänftigen: »Hör zu: Es gibt keinen Grund, dich zu beunruhigen. Paul wollte dich selbstverständlich anrufen, aber ...«

»Mein Handy ist in meiner Büchertasche.« Und die lag vermutlich noch immer im Kofferraum von Pauls Mercedes.

»Genau. Ich habe in der Mittelstation auf die anderen gewartet – wir hatten verschiedene Abfahrten ausgesucht –, als Paul sich gemeldet hat. Er hatte die Nachricht erhalten, dass er sofort nach Frankfurt zurückkommen müsste. In der Bank hat sich etwas Unvorhergesehenes ereignet. Womöglich stand es im Zusammenhang mit dem Jahresabschluss – oder hat er einen Vertrag erwähnt ...? Entschuldige, aber es ist mir entfallen. ›Ein Problem, das ich lösen muss‹, hat Paul zu mir gesagt. Du sollst dir keine Sorgen machen, falls er nicht dazu kommt anzurufen. Er wird unter Hochdruck arbeiten müssen, aber er rechnet damit, dass es nicht länger als ein oder zwei Tage dauert. Sobald die Sache erledigt ist, kommt er wieder zurück, und ihr fahrt nach Venedig weiter.«

»Aha«, sagte ich tonlos. Ich war wie betäubt.

Während ich mit Nick telefonierte, ging Jon zum Lieferwagen hinüber. Er sprach mit Corinna.

Ich fragte Nick: »Hat Paul nicht gesagt, dass wir verabredet waren? Er wollte mich in Largan an der Kirche abholen ...«

Einen Moment lang blieb das Telefon still. »Nein. Das muss er in der Eile vergessen haben. Er ist nicht mehr ins Kastell zurückgefahren, weißt du? Er hat sich sofort zum Flugplatz aufgemacht. Vielleicht konnte er von St. Moritz aus starten. Er wollte keine Zeit verlieren ... Ich bin froh, dass du dich gemeldet hast, Anne! Wir wussten nicht, wo du bist. Jon hat dich am Morgen gesehen, als du zu einem Spaziergang aufgebrochen bist.«

»Ja. Ich bin nach Largan gelaufen, und Paul ... Na, das ist ja jetzt nicht mehr wichtig ...«

»Elisa fragt mich gerade, bis wann du zurück sein wirst? Wegen des Abendessens. Ach, herrje! Entschuldige bitte! Anne, wo bist du jetzt? Noch unten in Largan? Sollen wir dich abholen?«

»Nein. Nein, danke. Ich habe Jon auf dem Weg nach oben getroffen und ... na ja, ich fürchte, es wird noch ein wenig länger dauern, bis ich zum Abendessen kommen kann. Es hat einen Unfall gegeben ...«

Unterdessen war Jon erneut an mein Autofenster getreten. Als er mich die letzten Sätze stammeln hörte, streckte er seine Hand aus, murmelte leise: »Pardon«, und nahm mir das Telefon ab.

»Nick!«, sagte er. »Ich erkläre es dir ...« In knappen Sätzen schilderte er, was geschehen war.

Ich hörte kaum hin. Pauls plötzliche Abreise war mehr als sonderbar. Und Nick: War da ein falscher Ton in seiner Stimme gewesen? Klang die Geschichte, die er erzählt hatte, einstudiert? Aber wieso sollte Nick mir nicht die Wahrheit sagen? Mir fiel kein Grund dafür ein.

Jon schaltete das Handy ab und schob es in seine Jackentasche. Er sagte: »Alles in Ordnung. Sie warten mit dem Abendessen auf Sie. Fahren wir.«

Er kletterte an Corinna vorbei auf den Fahrersitz von Manz' Lieferwagen, setzte das Auto ein Stück zurück und fuhr los. Ich folgte den beiden im Pick-up.

10

MIT EINEM KLACKEN SPRANG DER ZEIGER der Uhr in Jons Pick-up um eine Minute weiter. Ich gähnte und schob meine Hände tief in die Jackenärmel. In dem Fahrerhaus war es eiskalt. Es war bereits mehr als eine halbe Stunde vergangen, seit Jon mit dem Lieferwagen vor Manz' Haus gehalten hatte.

Die Metzgerei lag am Hauptplatz von Largan. Wie auf den meisten der kleinen und größeren Plätze im alten Teil des Ortes stand dort ein Brunnen. In der Dunkelheit waren die trutzigen Mauern, die Erker und barock geschwungenen Giebel der Häuser ringsum kaum zu erkennen. Einige Fenster waren erleuchtet, aber der Platz und die umliegenden Gassen wirkten verlassen. Eine Haube von Schnee dämpfte das Licht einer Straßenlaterne, und die Flocken fielen so dicht, dass ich kaum bis zu Manz' Haustür sah.

Vorhin war Jon an das Autofenster getreten und hatte gefragt: »Kommen Sie mit hinein?«, aber ich wollte lieber im Wagen bleiben. Dass es so lange dauern würde, hatte ich nicht erwartet.

In dem Pick-up roch es nach Schmieröl, Zigarettenkippen und Rauch. Ich hatte den randvollen Aschenbecher zugeschoben und die Scheiben heruntergekurbelt, um frische Luft hereinzulassen. Dabei war die Wärme verflogen. Ich fror. Außerdem wurde ich müde. An stundenlange Spaziergänge war ich nicht gewöhnt. Ich rollte mich auf den Vordersitzen zusammen und schloss für ein paar Minuten die Augen. Dabei schlief ich ein.

Ein Knacken weckte mich. Erschreckt fuhr ich hoch. Jon hatte die Fahrertür aufgezogen.

Er sagte belustigt: »Ich dachte schon, Sie wären verschwunden, als ich Sie nicht mehr im Auto sitzen sah. Tut mir leid, dass es etwas länger gedauert hat. Wenn Sie zur Seite rücken, können Sie weiterschlafen.«

Ich saß bereits kerzengerade.

»Oder wollen Sie fahren?«

»Nein, danke«, erwiderte ich. Ich war glücklich, den Pritschenwagen auf der glatten Fahrbahn unfallfrei nach Largan gesteuert zu haben. Mir stand der Sinn nicht nach einer weiteren Zitterpartie. Ich schwang meine Beine über den Schaltknüppel und rutschte auf den Beifahrersitz.

Unbeeindruckt vom Schneetreiben und den Straßenverhältnissen, lenkte Jon den Pick-up aus Largan hinaus. Konzentriert blickte er geradeaus und sagte kein Wort.

Nachdem wir die Holzbrücke überquert hatten, konnte ich meine Neugierde nicht länger bezähmen und fragte: »Geht es der Frau besser? Sie waren ziemlich lange im Haus ...«

»Ich habe herumtelefoniert. Corinna bestand darauf, die Polizei anzurufen. Deshalb habe ich mit Not Bucher gesprochen. Ansonsten wäre zu befürchten gewesen, dass er aufgrund ihrer Unfallschilderung einen Notarzt und einen Einsatzwagen zu dem Kadaver schickt.«

Die Vorstellung entlockte mir ein Lächeln. Doch der Gedanke, dass der Unfall der Frau merkwürdig war, ließ mich nicht los. »Sie kennen Corinna Manz gut, nicht wahr? Finden Sie es nicht merkwürdig, wie sie sich verhalten hat? Ist das eine normale Reaktion auf einen Wildunfall?«

»Da müssen Sie schon Duri Kämp fragen, der ist Psychologe.«

»Duri Kämp? Heißt er nicht Ulrich? Ich dachte, er wäre Betriebswirt?«

»Er hat auch Psychologie studiert. Hier bei uns heißt Ulrich Duri.«

Duri, Jon, Men ... »Ziemlich ungewöhnlich, diese rätoromanischen Namen.«

Achselzuckend sah Jon zu mir herüber. »Nicht für die Menschen, die hier leben. Sie sollten Vallader lernen. Das ist das Idiom in der Gegend.«

»Liebe Güte! Gewiss nicht. In zwei oder drei Tagen bin ich wieder fort!« Kaum hatte ich den Satz ausgesprochen, wurde mir bewusst, wie unfreundlich er klingen musste. »Damit will ich natürlich nicht sagen, dass es im Val Tosta nicht schön wäre«, fügte ich eilig hinzu.

»Natürlich nicht.« Jon verstummte wieder.

Der Schnee fiel so dicht, dass man kaum die Straße sah. Aber mir war bewusst, dass dort unmittelbar neben dem Pick-up der Abgrund gähnte. Obwohl Jon sich keine Mühe gab, mich zu unterhalten, war ich froh, nicht allein im Auto zu sitzen.

»Sie sagten, sie haben herumtelefoniert?«, fragte ich, als mir das Schweigen zu lange währte.

»Peder Manz war nicht zu Hause. Ich musste ihn erst finden. Nach ein paar Telefonaten habe ich ihn in einer Café-Bar aufgetrieben.«

»Und was hat er gesagt?«

»Er war der Meinung, dass Corinna sich albern verhielte. Aber er hat versichert, binnen zehn Minuten zu Hause zu sein.«

»Sie war überzeugt davon, einen Menschen überfahren zu haben. Was ist, wenn tatsächlich ein Mann in der Nähe gewesen ist? Vielleicht ist er aus dem Wald auf die Straße getreten. Sie hat ihn gesehen, gebremst, dann lief ihr sein Hund in den Wagen ...«

»Aber es war kein Hund. Es war ein Wolf, und Wölfe sind scheu. Sie wagen sich nicht in die Nähe von Menschen. Um uns aus dem Weg zu gehen, entwickeln sie nahezu übersinnliche Fähigkeiten.«

Jon beugte sich über das Lenkrad, als könnte er unmittelbar hinter der Windschutzscheibe mehr von der Umgebung erkennen. »Wissenschaftler sind bei Untersuchungen auf Wölfe gestoßen, die vorauszusehen vermochten, wann auf einsamen

Straßen Autos fuhren und wann sie vermutlich ungestört bleiben würden. Sie sammeln Erfahrungen – und verhalten sich entsprechend.«

»Dann hat sich unser Wolf wohl geirrt. Es ist auch nicht der erste Wolf, der überfahren wurde. In den Abruzzen zum Beispiel ...«

Jon warf mir einen überraschten Seitenblick zu. »Sie haben sich mit dem Thema beschäftigt? Dann habe ich mich wohl in Ihnen geirrt? Ich hatte vorhin den Eindruck, Sie gehören zu denen, die erbleichen, wenn man einen Wolf nur erwähnt?«

»Nein, aber ...«

»Aber?«

»Nichts.« Ich hatte nicht vor, Jon von Pauls Werwolfgeschichte oder von Anna Kammerers Tagebuch zu erzählen. Stattdessen sagte ich: »Ich weiß über Wölfe, was man gemeinhin mitbekommt.«

»Haben Sie Erik Zimen gelesen?«

»Ist das von Bedeutung? Ich bin Journalistin. Es gibt kaum etwas, was mich nicht irgendwann interessiert ...«

Plötzlich bremste er scharf. »Journalistin?« Er stoppte. »Recherchieren Sie hier?«

»Ich bin im Urlaub ... Was ist denn los? Wieso halten Sie hier?« Erschrocken sah ich aus dem Autofenster.

»Wir sind an der Unfallstelle. Ich werde den Kadaver mitnehmen, das sagte ich schon.« Jon stieß die Wagentür auf und sprang hinaus.

Kurz entschlossen folgte ich ihm, um mich in der Nähe des Wolfes nach menschlichen Fußspuren umzuschauen. Bereits nach wenigen Schritten musste ich einsehen, dass ich nichts finden würde. Es schneite zu stark. In der vergangenen Stunde waren einige Zentimeter Neuschnee gefallen. Das pulvrige Weiß deckte alles zu.

Und trotzdem war ich überrascht. Hier am Waldrand, im Licht des Autoscheinwerfers, hatte der Kadaver gelegen ... Verwundert schaute ich zweimal hin: Von dem Tier war nichts mehr zu sehen.

»Kann es sein, dass der Wolf vollständig unter dem Schnee begraben ist?«, fragte ich zweifelnd.

Jon wirkte genauso überrascht wie ich. »Nein«, sagte er und ging in die Hocke. Er grub mit beiden Händen im Schnee. »Schauen Sie, dieser Baumstumpf hier: Er ragt noch deutlich heraus. Der Wolf hat gleich daneben gelegen, und er hatte mindestens die gleiche Größe.«

»Vielleicht war er nicht tot, sondern nur betäubt? Er ist wieder zu sich gekommen ...«

»Das Tier hatte seinen letzten Schnaufer getan. Ich habe mich selbst davon überzeugt.«

Das stimmte. Jon war ja eigens noch einmal zu dem Kadaver zurückgegangen. Ich ließ meiner Phantasie freien Lauf. »Wölfe leben in Rudeln. Hat ihn womöglich ein zweites Tier in den Wald gezogen?«

»Das wäre höchst ungewöhnlich. Wölfe beerdigen sich nicht.« Ich hatte den Eindruck, dass Jons beißender Tonfall nicht mir galt. Sein Blick wanderte nervös über die dunkle Umgebung.

»Würden Sie mir die Taschenlampe aus dem Wagen holen?«, fragte er. »Sie müsste im Handschuhfach sein.«

Fügsam kramte ich zwischen Schraubenziehern, Zigarettenschachteln und Schnüren, bis ich die Lampe gefunden hatte. Ich drückte sie ihm in die Hand. Jon leuchtete im Kreis, dann bückte er sich und kroch unter die Bäume und Sträucher.

Ich wartete. Vor Kälte und Unruhe bebte ich innerlich. Während ich in die Dunkelheit lauschte, jagte mir jedes Knacken im Wald einen Schauer über den Rücken. Wie groß und schwer dieser Wolf gewesen war! Ein Rudeltier ... Was, wenn mich in diesem Moment gelbe Wolfsaugen aus dem Dickicht belauerten?

Vom Schein der Taschenlampe war nichts zu sehen. Ich hätte nicht sagen können, in welche Richtung Jon sich bewegte. Obwohl ich auf seine Rückkehr hoffte, schrak ich zusammen, als er nach einigen Minuten plötzlich wieder vor mir auftauchte.

»Hier gibt es keine Spur mehr von dem Wolf«, sagte er und streifte den Schnee von seinen Hosenbeinen. »Vermutlich ist jemand vorbeigefahren und hat ihn mitgenommen.«

Ich fand das sehr eigenartig. Wer würde einen Kadaver in sein Auto laden? Und wer kam überhaupt um diese Zeit hier vorbei? »Wer nimmt ein totes Tier mit? Ein Waldarbeiter oder ein Forstbeamter?«, dachte ich laut nach.

»Wenn es einer von ihnen war, dann erfahre ich das«, sagte Jon zerstreut. Er hielt die Autotür auf. »Kommen Sie. Steigen Sie ein.«

Während wir weiterfuhren, suchte Jons Blick den Straßenrand ab. Nach einer Weile fragte er: »Hat Nick Sie wegen Pauls plötzlicher Abreise beruhigen können?«

»Nun ja, er ist ja nicht endgültig abgereist, er kommt in ein oder zwei Tagen wieder zurück. In der Bank, in der er arbeitet, ist irgendein Problem aufgetaucht. Wenn es nicht wirklich dringend wäre, hätten sie ihn nicht aus dem Urlaub geholt …« Ich brach ab. Weshalb rechtfertigte ich Pauls Verhalten?

»Der nette Paul«, sagte Jon mit eigenartiger Betonung. »Und er ist einfach losgefahren, ohne mit Ihnen zu reden?«

Die Frage verärgerte mich. »Na und? Er musste überraschend aufbrechen und konnte mich nicht erreichen. Ich bin es gewöhnt, dass nicht alles wie geplant verläuft. Das macht mir nichts aus.«

Jon hatte sich mir zugewandt. Sein Blick besagte: »Du kannst mir nichts vormachen.« Er sollte besser auf den Fahrweg achten.

»Vermutlich hat Paul seine Gründe«, sagte Jon. »Aber«, er zögerte, »ich hätte Sie hier sicher nicht allein gelassen.«

Jons Tonfall verunsicherte mich. Gegen meinen Willen erwiderte ich: »Warum? Ich bin doch nicht allein. Ich bin bei Pauls Freunden zu Gast.«

Vor uns tauchte das Kastell auf. Ein dunkler Schatten in einem einsamen Tal. Jon trat auf die Bremse, der Wagen hielt an.

»Was ist jetzt schon wieder?«, fragte ich irritiert.

Jon legte den Arm auf die Rückenlehne des Beifahrersitzes und betrachtete mich. Er wirkte, als kämpfe er mit sich. Ich versuchte, meine Befangenheit zu verbergen, und begegnete ungerührt seinem Blick. Insgeheim beunruhigte mich das düstere Feuer in seinen Augen.

Jon schwieg. Auf einmal stieß er mit leidenschaftlicher Heftigkeit aus: »Anne, ich schwöre Ihnen, ich an Pauls Stelle, ich hätte Sie mitgenommen!«

Es verschlug mir die Sprache. Furcht schnürte mir die Kehle zu. Mein Herz flatterte plötzlich, und womöglich wäre ich im nächsten Moment aus dem Wagen gesprungen, wenn Jon sich nicht abrupt abgewandt und wieder losgefahren wäre. Er fuhr so unsanft an, dass der große Wagen auf dem Weg schlingerte.

Ich wollte protestieren. Stattdessen fasste ich nach Jons Hand – und ließ sie sofort wieder los.

Jons Ausbruch wirkte auf mich wie ein Erdstoß, der einen Schutzdamm erschütterte. Steinchen begannen zu rieseln, größere Stücke brachen heraus: Paul ließ mich allein. In diesem abgelegenen Tal. Für einen verrückten Moment glaubte ich wirklich, das Heulen von Wölfen zu hören. Es war dunkel, es schneite.

Wir fuhren durch das Tor in den Hof. Ich hatte mich wieder gefasst. Jon begleitete mich in die Halle. Ich war froh, als uns Elisa aus der Küche entgegenkam.

11

DIESMAL ZÖGERTE JON, als Elisa ihn fragte: »Du bleibst doch zum Essen, oder?«

In dem Moment kam Nick die Treppe herunter, und Jon murmelte: »Ich fürchte, ich kann nicht, Elisa. Ich möchte so rasch wie möglich ein paar Telefonate erledigen.«

Nick trat zu uns. Stirn und Wangen waren kräftig gerötet. Er polterte los: »Ein Wolf! Hier im Val Tosta. Und diese Person fährt ihn tot!«

»Er ist Corinna ins Auto gelaufen«, versuchte Jon zu besänftigen. »Das hätte jedem passieren können. Es war bereits dämmrig.«

»Wo ist er? Hast du ihn mitgebracht?« Nick wollte zur Tür, Jon hielt ihn zurück.

»Er war nicht mehr da, als wir zurückkamen.«

»Was?« fragte Elisa überrascht. Auf Nicks Stirn schwollen die Adern.

»Wir haben Corinna nach Hause gebracht. Sie ist durch den Unfall so durcheinander gewesen, dass sie nicht selbst fahren konnte. Auf dem Rückweg wollte ich den Wolf mitnehmen, doch er war spurlos verschwunden.«

»Er ist also doch nur betäubt gewesen?«, vermutete Nick.

»Nein. Er war tot. Irgendjemand ist mir zuvorgekommen. Ich hoffe, dass ich um diese Zeit noch jemanden im Jagdinspektorat erreiche. Sonst werde ich mich ein wenig umhören. Ihr entschuldigt mich bitte, aber ...« Mit einer bedauernden Geste verabschiedete sich Jon und ging.

»Kannst du dir das vorstellen?«, brauste Nick auf. Er sprach mit Elisa. Meine Gegenwart hatte er anscheinend völlig vergessen. Von der guten Laune, die er am Morgen zur Schau getragen hatte, war nichts mehr zu sehen.

»Vielleicht hat Jon sich getäuscht«, sagte Elisa leise. »Wir hätten doch davon gehört, wenn in der Gegend Wölfe entdeckt worden wären!«

Nick beherrschte sich mühsam. »Jon? Einen Wolf nicht erkennen?« Sein Tonfall triefte von Hohn. Ich schaute ihn überrascht an. Er bemerkte den Blick. Sein Gesichtsausdruck änderte sich.

Er lächelte und sagte: »Entschuldige bitte. Ich fürchte, wir sind hungrig und abgespannt. Dabei sollten wir dich über Pauls Abwesenheit hinwegtrösten.« Seine Stimmung schien wie ausgewechselt.

Ich fragte mich, welches Gefühl bei ihm nur Pose war: die Wut über den Tod eines gefährdeten Raubtiers – oder die Freude auf ein gemütliches Abendessen mit Gästen. Ich durchschaute Nick nicht. Er war Politiker und daran gewöhnt, eine Maske zu tragen.

Wir saßen im Esszimmer. Corinna Manz, die Frau des Larganer Metzgers, hatte ein italienisches Abendessen geliefert, bevor sie den Wolf überfuhr.

»Gut, dass der Unfall nicht auf dem Herweg geschehen ist«, sagte Tom Stiegler.

Tom war mir gegenüber unter dem Kruzifix platziert und lud sich heiße Crostini auf seinen Teller. Während des Essens machte er ein paar lauwarme Scherze über Pauls Unentbehrlichkeit für seinen Arbeitgeber. Nach zwei Martinis zum Aperitif und einigen Gläsern von dem guten Chianti schien er meine wortkarge Nachdenklichkeit gar nicht zu bemerken.

Neben mir saß Ulrich Kämp. Er war als Letzter zum Abendessen gekommen und hatte bei seinem Erscheinen erhitzt gewirkt. Ich nahm an, dass er sich nach dem Skifahren hingelegt hatte. Sein blondes Haar war im Nacken noch feucht. Vermutlich war er eingeschlafen und hatte dann in Windeseile geduscht.

Bei den Antipasti griff er zurückhaltend zu. Er ließ sich von den Tortellini mit Trüffeln geben, lehnte jedoch ab, als ihm Elisa Truthahn mit Kastanien und Pflaumen anbot. Genauso hatte er am vergangenen Abend den Braten verschmäht.

»Du isst kein Fleisch?«, fragte ich ihn.

Kämp hatte Elisa selbstvergessen zugesehen, wie sie die Platte an Nick weiterreichte. Widerstrebend riss er sich vom Anblick der Gastgeberin los.

»Fleisch? Nicht allzu oft, nein«, sagte er beiläufig. Ich wartete auf eine Erläuterung, und er fügte hinzu: »Nicht aus ideologischen Gründen. Ich habe nicht vor, einen Feldzug zu führen und irgendjemandem den Appetit zu verderben. Es ist nur – eine kleine, schon halb vergessene Sentimentalität.«

Kämp nahm einen Schluck Wasser. An seinem Rotwein hatte er bislang nur genippt.

Elisa, die zugehört hatte, mischte sich ein: »Ein Kindheitserlebnis ...«

Kämp hob die Hand, als wäre ihm die Geschichte unangenehm. »Die meisten Menschen schütteln den Kopf, wenn man ihnen so etwas erzählt«, sagte er.

Er musterte mich forschend, und ich war kurz davor, mich zu entschuldigen, als hätte ich mich mit meiner Frage allzu intimer Neugierde schuldig gemacht.

Kämp setzte sein Wasserglas ab. »Unser Gärtner, der in einem alten Pförtnerhaus wohnte, hat Kaninchen gehalten. An der Gartenmauer hinter den Holzschuppen. Ich bin oft dort gewesen, um sie zu streicheln und mit Löwenzahnblättern zu füttern. Einmal bin ich dazugekommen, wie er eines geschlachtet hat. Ein Belgischer Riese. Am nächsten Tag wurde bei uns zu Hause Kaninchenbraten serviert.« Kämp zuckte die Achseln. Wir schwiegen. Versonnen fügte er hinzu:

»Mein Vater hat keine Empfindlichkeiten geduldet. Es ist – ziemlich unschön gewesen.« Er lächelte melancholisch. »Ich war damals acht.«

Ich nickte. Während ich in Ulrich Kämps beherrschte Gesichtszüge schaute, hatte ich einen unglücklichen kleinen Jungen vor Augen.

Elisa deutete in gespielter Verzweiflung auf Kämps unberührten Teller. »Ulrichs vegetarische Neigungen machen ihn manchmal zu einem schwierigen Gast.«

Ihr neckender Tonfall bewirkte, dass sich sein Lächeln vertiefte und die angedeutete Schwermut daraus verschwand.

Er erwiderte: »Ich hoffe, deswegen gnädig Verzeihung zu finden. Vielleicht, edle Frau, wisst Ihr eine Aventiure für mich, mit der ich Euch milde stimmen und meine Ergebenheit zeigen darf?«

Elisa errötete überraschend. »Wir werden sehen«, gab sie leise zurück.

Nick, der am Kopfende der Tafel saß und mit Tom Stiegler über ein Börsenproblem disputierte, streifte seine Frau und seinen Adlatus mit einem unergründlichen Seitenblick.

Ich probierte den Truthahn. Meine Gedanken schweiften ab. Insgeheim wartete ich ungeduldig darauf, dass Paul mich anrief. Auch wenn er viel zu tun hatte – für ein paar erklärende Sätze blieb doch in jedem Fall Zeit?

Das Telefon klingelte, als wir den Nachtisch aßen. Wie elektrisiert fuhr ich auf. Aber ich konnte nicht einfach zum Apparat in der Halle laufen. Ich musste warten, bis Elisa den Dessertlöffel auf ihren Teller mit Panna cotta gelegt hatte, sich mit der Serviette die Lippen abgetupft und sich erhoben hatte, um gemessen nach draußen zu gehen.

Als sie wieder hereinkam, legte sie das Telefon gedankenverloren neben ihr Weinglas und setzte sich. Da sie nichts sagte, fragte Nick: »Was gibt's?«

»Es war die Frau vom Metzger – die vorhin den Unfall gehabt hat. Corinna Manz.«

Ich war enttäuscht.

»Und?« fragte Nick weiter.

Seufzend strich Elisa ihr Haar hinters Ohr. Die Verlegenheitsgeste war für sie ungewöhnlich. »Sie wollte wissen, ob wir jemanden vermissen.«

»Was?« Nicht nur Nick war verblüfft.

»Vermissen?« Ulrich Kämp blickte auf Elisas unruhig mit dem Telefon spielende Hand.

»Ja. Sie hat mich gefragt, ob unsere Gesellschaft vollzählig ist.« Elisa zuckte die Achseln und zupfte an ihren Ärmeln. »Zuerst habe ich gar nicht verstanden, worum es ihr ging. Die Frau klang nervös, sehr aufgeregt. Sie fragte, ob ich schon von ihrem Unfall gehört hätte. Als ich bejahte, hat sie behauptet, sie hätte vorhin einen Mann überfahren, aber niemand würde ihr glauben. Man habe versucht, ihr einzureden, es wäre ein Tier gewesen. Sie wisse aber genau, was sie gesehen habe.«

»Und was hat sie gesehen?«, fragte Nick knapp.

Elisa schüttelte ratlos den Kopf. »Keine Ahnung. Sie redete wirr. Als ich ihr versicherte, dass wir alle beim Abendessen zusammensitzen, ist sie erleichtert gewesen. Aber gleich darauf wollte sie wissen, ob ich von Soldaten in der Gegend gehört hätte.« Elisa hob ihre Hände. »Keine Ahnung, wie sie darauf kommt.«

Mir fiel Anna Kammerers Tagebuch ein. Der Mantel des Fremden, den Wölfe begleitet hatten. »Soldaten?«, entfuhr es mir. Ich biss mir auf die Lippen. Was für ein Blödsinn!

»Du warst doch mehr oder weniger dabei?«, sagte Nick an mich gewandt. »Was meint die Frau mit dem Gerede?«

»Ich bin erst kurz nach dem Unfall dazugekommen. Den Aufprall habe ich nicht gesehen, bloß ein Krachen gehört. Selbstverständlich war es ein Wildunfall. Am Auto entstand Blechschaden, der Wolf lag tot neben der Straße. Und Corinna Manz ... Es stimmt, sie hat behauptet, sie hätte einen Menschen angefahren. Aber weit und breit ist niemand gewesen. Nur dieser Wolf. Ich dachte zuerst, es wäre ein Hund, aber Jon ...«

Nick unterbrach mich. »Gibt es für so etwas eine Erklärung?«, fragte er ungeduldig, an Ulrich Kämp gewandt. »Ein Schock vielleicht?«

Kämp, der, wie ich von Jon wusste, Psychologie studiert hatte, zuckte die Achseln. »Ohne mit der Frau selbst gesprochen zu haben, kann ich natürlich nichts sagen. Und wie du weißt, gehören seelische Störungen nicht zu meinem Fachgebiet.« Er überlegte. Er fragte Elisa: »Sie ist doch, als sie dich anrief, nicht allein zu Hause gewesen? Hoffentlich kümmert sich jemand um sie?«

Elisa hatte ihre Gelassenheit wiedergefunden. »Ihr Mann, ja. Er hat ihr das Telefon aus der Hand genommen und sich bei mir entschuldigt. Seine Frau sei noch völlig aufgelöst, hat er gesagt. Das sei sonst nicht ihre Art.« Elisa sah Nick an. »Das stimmt auch, nicht wahr? Wir kennen sie freilich nur flüchtig, über ihren Partyservice. Aber sie hat uns schon mehrmals beliefert. Auf mich hat sie immer einen kompetenten Eindruck gemacht. Wir sind sehr zufrieden mit ihr. Als ich sie vorhin im Hintergrund schluchzen hörte …«

Wir schwiegen. Corinna Manz tat mir leid. Doch ich konnte mir beim besten Willen nicht erklären, wie ein unglücklicher Wildunfall, für den niemand ihr einen Vorwurf machte, das seelische Gleichgewicht eines gesunden Menschen dermaßen durcheinander bringen konnte.

Und warum rief Paul nicht an?

An der Schlafzimmertür klopfte es. Das Nachttischlicht brannte noch. Der Wecker zeigte Viertel vor eins. Neben mir lag Anna Kammerers Tagebuch aufgeschlagen auf dem Bett. Ich hatte nur wenige Zeilen gelesen und war darüber eingenickt.

Es klopfte noch einmal. Draußen im Gang flüsterte Elisa Mattans Stimme: »Darf ich dich stören, Anne? Bist du noch wach?«

Ich stand schwerfällig auf, schlurfte zur Tür und öffnete. Elisa zuckte zusammen, als hätte sie nicht mehr erwartet, dass ich erschien. Sie trug einen Morgenmantel.

»Bitte verzeih!«, sagte sie leise. Sie hielt mir ein Telefon hin. »Ich habe im Türspalt noch Licht gesehen. Sonst hätte ich dich nicht um diese Uhrzeit belästigt, aber ... Ich habe einen Anruf für dich. Die Frau lässt sich einfach nicht abweisen.«

Also war es wieder nicht Paul.

»Würdest du ...?« Verlegen lächelnd, drückte mir Elisa den Apparat in die Hand. »Es ist Corinna Manz. Sie will dich unbedingt sprechen und behauptet, es wäre fürchterlich wichtig.« Sie hob die Schultern.

Ich brachte ein »Danke« heraus. Mit einem Nicken und: »Schlaf gut!«, schloss Elisa die Tür.

Zögernd hob ich das Telefon ans Ohr und hauchte ein »Ja?«.

»Anne Jani?« Die Stimme bemühte sich um Festigkeit.

»Ja. Wie geht es Ihnen, Frau Manz?«, fragte ich leise ins Telefon.

»Corinna. Es wäre mir lieb, wenn Sie mich Corinna nennen würden. Ich fühle mich schon etwas besser, aber ...« Ein kläglicher Ton, wie ein Maunzen, war zu hören. »Ich muss ... also ich muss Sie warnen!«

Ich hob die Brauen. »Wovor?«, fragte ich.

Sekundenlang blieb es still in der Leitung. Ich stand mit bloßen Füßen im Zimmer, im Hemd, und fror. Bevor ich zu Bett ging, hatte ich die Heizung zurückgedreht und einen Fensterflügel geöffnet. Ich angelte nach meinen Hausschuhen, tappte ins Bad und zog die Tür hinter mir zu. Hier war es wärmer. Ich lehnte mich an den Heizkörper unter dem Fenster. Im Mondlicht schimmerte seidiger Marmor. Ich fröstelte immer noch. Der Raum war zu groß für ein Bad.

Endlich sprach Corinna Manz wieder. »Hören Sie zu«, flüsterte sie. »Das ist wirklich kein Wolf gewesen, den ich getötet habe. Nein, bitte. Unterbrechen Sie mich nicht! Ich weiß inzwischen, dass Sie es nicht zugeben werden. Ich habe Jon und dem Polizisten, Not Bucher, den Mann beschrieben und ...«, es klang wie ein angstvolles Wimmern, »... und diesen Soldatenmantel, den er getragen hat.«

»Was für ein Mantel?«, fragte ich überrascht.

»So ein langer, dunkler – ein uralter Uniformmantel, würde ich sagen, wie man sie manchmal auf historischen Bildern sieht. Hören Sie! Als ich den Mantel Jon gegenüber erwähnte ... Ich kenne Jon. Er hat nichts gesagt, aber ich schwöre, ihm ist etwas eingefallen. Er weiß etwas. Sie müssen mir glauben. Und auch Not Bucher. Ich habe genau gemerkt, wie er stutzte. Aus irgendeinem Grund wollen die beiden über die Sache nicht reden. Sie behaupten, ich bilde mir nur etwas ein. Verstehen Sie, was ich meine?«

Was hatte die Frau sich zusammengereimt? Ein alter Soldatenmantel, so wie in Anna Kammerers Tagebuch? Vermutlich hatte Corinna von den Wolfsgeschichten aus dem Val Tosta gehört, die der Museumsleiter erwähnt hatte.

Ich suchte nach Worten.

Mein Schweigen interpretierte Corinna Manz auf ihre Art. »Sie glauben mir nicht.«

»Ich finde nur, dass ...«

»Schon gut.« Corinna seufzte vernehmlich. »Aber, was Jon angeht ... Sie und Jon, meine ich ...« Sie holte tief Luft. Mit einem Mal war ihre Stimme entschlossen: »Wenn Ihnen Ihr Glück und Ihr Seelenfrieden irgendetwas bedeuten, lassen Sie sich, um Himmels willen, nicht mit ihm ein ...«

»Wie bitte? Was reden Sie da?«, unterbrach ich sie verblüfft. »Wie kommen Sie darauf? Ich habe mit diesem Mann nicht das Geringste zu tun!« Was für ein neurotisches Weib!

»Entschuldigen Sie«, sagte Corinna Manz erneut tonlos. »Ich dachte ... Wenn ich mich geirrt habe, tut es mir leid. Also, Verzeihung. Es ist schon spät. Schlafen Sie gut!« Das Gespräch war beendet.

Die Frau war nicht recht bei Trost.

Ich trat ans Waschbecken, füllte ein Glas mit eiskaltem Wasser und trank. Mein Spiegelbild über dem Becken war blass, und die Augen wirkten sehr groß und sehr ängstlich.

Ich ging zurück ins Schlafzimmer und trat an das offene Fenster. Ein kräftiger Wind teilte die Wolken über dem mondhellen nächtlichen Tal. Seine Schönheit rührte mich.

Leere und Größe machten mir Angst. Ringsum war die Landschaft weißsilbern erhellt. In Jons Haus brannte wie in der Nacht zuvor Licht. Zeigte sich an der Tür wieder ein Schatten?

Ich stellte mir vor, dass er dort stand und mich sah …

31. Dezember
Silvester

12

AM NÄCHSTEN VORMITTAG, dem Silvestermorgen, brachen die Skiläufer zeitig auf. Ich schlief lang aus. Als ich die Treppe zur Halle hinunterging, war es im Haus mäuschenstill.

Im Frühstückszimmer empfing mich der Duft von Kaffee und Butterhörnchen. Ich hob die Kaffeekanne und schenkte mir eine Tasse ein. Es war hell in dem Raum mit den nach Osten blickenden Fenstern. Doch der Himmel draußen zeigte sich trüb, überzogen von milchigem Dunst. Ein idealer Tag zum Lesen.

Am Vorabend, als Elisa und ich gemeinsam die Küche aufgeräumt hatten, hatte ich ihr von dem alten Tagebuch erzählt.

»Schön, wenn du etwas gefunden hast, das dir gefällt«, hatte sie erwidert. »Ich weiß nicht genau, welche Bücher im Sekretär stehen. Wenn es dich interessiert, kannst du auch gerne in der Bibliothek stöbern. Dort findest du sicher noch mehr zur Geschichte dieser Gegend. Es ist die zweite Tür nach dem Esszimmer. Was du lesen magst, nimm dir gern mit.«

Nach Clot Valluns Andeutungen war ich neugierig, mehr über das Schicksal Anna Kammerers und ihres Mannes – und über Men Mattan, in dessen Haus sie wohnten – zu erfahren. Rasch aß ich ein Hörnchen, dann kehrte ich in mein Zimmer zurück. Ich hatte gelüftet und schloss die Fenster wieder. Von Jon war nichts zu sehen. Sein Pick-up stand neben dem Bauernhaus. Ich rückte einen der Sessel ins Licht. Dann schlug ich das Tagebuch auf.

Ich wollte dort fortfahren, wo ich Anna Kammerer bei dem Schlittenunfall verlassen hatte. Doch da ich die Stelle nicht sogleich wiederfand, blätterte ich zum Anfang des Buches zurück und las den Eintrag vom 8. September 1814.

... Zum letzten Mal sitze ich hier in meiner Kammer im Haus meiner Tante am Schreibtisch. Vor mir scheint die frühe Morgensonne durchs Fenster und taucht den Tag und den neuen Lebensabschnitt, der auf mich wartet, in frischen Glanz.

Meine teure Freundin Bettina hat mir dieses Tagebüchlein zu meiner heutigen Hochzeit geschenkt. Es soll mein Vertrauter werden. Ihm will ich meine Erlebnisse schildern und mein Herz ausschütten. Denn bald bin ich ganz von meinen Lieben getrennt.

Wie viele Billetts und Briefe an Verwandte und Freunde ich an diesem Möbel in den vergangenen Monaten schrieb! Wie oft ging die Post nach Kaufbeuren an meinen unglücklichen Vater, der sich nach dem Konkurs des Geschäftes und dem Tod meiner Mutter gänzlich in seinem Kummer vergräbt! Und an meine zärtliche Schwester, die sich seit ihrer Heirat stets wunschlos nennt.

Wenn mein Blick sich vom Blatt hebt, wandert er durch das Fenster hinaus in den Garten. Rabatten und Blumenschmuck erinnern an den einstigen Park meiner herzliebsten Großmama. Wie schön wäre es, wenn sie hier bei mir säße und eine ihrer Patiencen legte! Wäre sie mit mir zufrieden? Auch wenn ihre Familie leider ihr Vermögen verlor, ist sie doch eine respekteinflößende Dame von Adel geblieben! Sie hat sich immer einen Baron oder Grafen für mich zum Mann gewünscht ... Bis an ihr Lebensende hat sie die barbarische Revolution beklagt, die von Frankreich aus alles vergiftet hat. Danach, sagte Großmama stets, seien wirkliche Schönheit und Grazie aus der Gesellschaft verschwunden.

Meine Schwester rät mir in jedem Brief, praktisch zu denken. Wie eindringlich mahnte sie mich, Leo bei einem Antrag nicht abzuweisen! Kaufbeuren ist nur eine Tagfahrt von Augs-

burg entfernt, doch meine Schwester kann nun nicht reisen. Sie steht vor ihrer dritten Niederkunft, und so wird sie mich heute ebenso wenig wie unser kranker Vater beim Gang in die Kirche begleiten.

Doch wird meine liebenswürdige Tante mir die Familie ersetzen. Wie viel verdanke ich ihr! Seit sie mich einlud, Gast in ihrem Haus in Augsburg zu sein, hat sie mir täglich nur Gutes erwiesen. Nachdem ihre eigenen Kinder alle verheiratet sind, hatte sie sich vorgenommen, auch mich unter die Haube zu bringen. Sie sagte es mir am ersten Tag, als ich ankam.

»Ich bin dir von Herzen zugetan, Nichtchen. Du besitzt zwar keine Mitgift, doch so viel Liebreiz, dass wir im Kreis der in Frage kommenden jungen Leute für dich gewiss rasch Verehrer finden!« Und sie hat, wie immer, Recht behalten.

An meine erste Begegnung mit Leo kann ich mich zu meiner Beschämung nur vage erinnern. Beim Ball einer befreundeten Augsburger Familie hat man uns einander vorgestellt. Sein Gesicht war sehr blass, sein weißblondes Haar flog wie Flaum. Er selbst hat mir wieder und wieder von seinem ersten Eindruck erzählt. Wenn Leo darüber spricht, lächelt er jedes Mal gerührt: »Ich habe den Arm um eine zierliche, kleine Person gelegt und mich mit ihr zum Wiener Walzer gedreht. Zu meiner Verwunderung rühmte sie nicht die beliebten neuen Gesellschaftstänze. Mit gekräuselten Lippen sagte sie vielmehr leise, in ihren Augen käme nichts davon der Eleganz eines Kotillons gleich. Sie sprach diese Worte ganz ernsthaft und ohne Koketterie. Ich glaube, dass mich ihr entzückendes Wesen vom ersten Moment an bezaubert hat.«

Leo machte mir alsbald den Hof. Ich senkte den Kopf, als meine Tante mich dazu befragte. Ich hätte nicht sagen können, ob ich ihn lieber als irgendeinen anderen jungen Mann an meiner Seite sähe.

Die Tante nickte milde, als sie meine Verlegenheit sah. Sie sagte: »Ich denke, Leonhard Kammerer ist sich dessen bewusst, dass er in Gestalt und Gesicht bestenfalls durchschnittlich wirkt und dass er, wenn er sich in Gesellschaft bewegt, als eher farblos und langweilig gilt. Und das kann ein Glück sein, mein Kind! Wenn du ihn liebtest, würde er dich enttäuschen. So ist dein Blick klar. Du fühlst gewiss Sympathie, das genügt. Er ist solide, aus guter Familie, nicht unvermögend. Und gewillt, dich auf Händen zu tragen. Mit ein wenig Klugheit wirst du eine gute Ehe führen. Du musst dein Glück nur ergreifen!«

Ich nahm mir ihre Worte zu Herzen. Im Juni, bei einer Landpartie, machte mir Leo erwartungsgemäß seinen Antrag. Wir saßen auf einer Bank unter blühenden Heckenrosen. Ich trug meine leichte Chemise aus weißem Musselin und drehte in meiner Hand eine Blüte. Als Leo mich fragte, hielt ich den Blick geziemend gesenkt. Ich zögerte nicht, sondern antwortete ganz natürlich mit »Ja«. Dann sah ich auf. Leo wirkte in diesem Moment so erleichtert und dankbar, dass ich darüber Rührung empfand. Er behauptete später, er hätte auf meinen Wangen eine sanfte Röte bemerkt. »Ich liebe Sie«, versicherte er mir leidenschaftlich. »Es war eine Fügung des Schicksals, die uns zusammenführte.«

Die ersten Sonnenstrahlen des jungen Tages wandern hinüber zum Tischchen, auf dem das Hochzeitsgeschenk für meinen Bräutigam liegt. Die Tante ließ ein kleines, ovales Porträt von mir malen – in jenem Musselinkleid auf einer von Rosen beschatteten Bank. Ich saß einem Künstler, der auch sie selbst sowie all ihre Kinder schon aquarelliert hat. Es ist ein in Würden ergrauter Mann voller Courtoisie. Als er seine Arbeit vollendet hatte, bezeichnete er sie galant als das Abbild des bezauberndsten, blondesten Wesens, das ihm je begegnet sei! Daraufhin ließ ihn Tantchen gleich auch ihr liebes Windspiel malen.

Bald werde ich also meinen eigenen Hausstand besitzen. Zunächst werden wir nur einige neu ausgestattete Räume in der großen Villa von Leos Eltern beziehen – aber Leo hat Pläne! Wenn er, wie ich bestimmt glaube, Erfolg hat, werden wir in Augsburgs Gesellschaft unsere Rolle spielen. Ich träume von einem geschmackvollen Heim. Ein gepflegter Salon. Ausflüge, Bälle, Freunde zum Abendessen.

Doch zunächst werden wir reisen, etwas von der Welt kennen lernen! Auch wenn unsere Hochzeitsreise nach Mailand keine Grand Tour ist, wie sie sich die vornehme Welt leisten kann. Leo soll für den Leinwandhandel seiner Familie Geschäftsverbindungen neu knüpfen, die sich in den Wirren der Kriegszeit gelockert haben. Doch werden wir dabei die Schweiz durchqueren! Sie ist sehr in Mode gekommen und, wie man sagt, zum festen Bestandteil der üblichen Tours d'Europe avanciert. Und wir werden Italien sehen! Das Land der Schönheit und der Künste.

Von Mailand hofft Leo weiter nach Venedig zu fahren. Er sieht die Gelegenheit, im großen Stil mit den Luxuswaren zu handeln, die die Lagunenstadt noch immer zu bieten hat: mit gold- und silberdurchwirkten Seidenstoffen, mit Filigranschmuck und mit venezianischem Glas. »Nun, nachdem Napoleon besiegt ist, werden diese schönen, kostbaren Dinge wieder begehrt sein«, hat er mir erklärt. Mit welcher Freude werde ich ihn begleiten! Morgen in aller Frühe beginnt unsere Hochzeitsreise!

Ich setze die Feder ab, denn auf der Treppe sind leichte Schritte zu hören. Gleich wird die Kammerjungfer an meine Tür klopfen. Es ist an der Zeit, mich zu baden und anzukleiden. Ich bin etwas aufgeregt.

Draußen schlug eine Autotür. Ich sah hoch. Vom Sessel aus konnte ich nichts erkennen. Ich stand auf und trat an die Fensterscheibe. Jons Pick-up näherte sich dem Kastell. Bog er in den Innenhof? Nein. Das Motorengeräusch entfernte sich. Fuhr Jon ins Dorf? Ich dachte an mein nächtliches Gespräch mit Corinna Manz und drängte die Erinnerung an ihre eigenartige Warnung vor Jon beiseite.

Das Telefon lag vor mir auf dem Tisch. Ich hatte schon mehrmals versucht, Paul zu erreichen. Umsonst. Ich wählte wieder. Sein Handy blieb stumm. Dass Paul sich nicht meldete, empfand ich zunehmend als merkwürdig. Ich rief in seiner Wohnung an und wartete lange, bevor ich wieder auflegte.

Auch dort schaltete sich der Anrufbeantworter nicht ein. Es beunruhigte mich. Doch vermutlich brütete Paul mit ein paar Kollegen in einem Konferenzraum der Bank über Computerausdrucken oder Vertragsunterlagen. Ich beschloss, noch zu warten, bevor ich ihn an seinem Arbeitsplatz störte, und wandte mich erneut dem Tagebuch zu.

Freitag, d. 9. September
gegen Morgengrauen

Gott! Ich habe gebetet, dass er Leo nicht in der Hochzeitsnacht sterben lässt! Nun sind seine Leibschmerzen wohl abgeklungen. Er schlummert, der Arzt ist gegangen. Ich habe mein Tagebuch an dem reizenden kleinen Toilettentisch in unserem Schlafgemach aufgeschlagen, denn ich bin noch nicht fähig zu ruhen. Leos ungleichmäßiger Atem greift mir ans Herz.

Wie hat er vor Schmerzen gestöhnt und geschrien! Er krümmte und wand sich und suchte unter Tränen nach Worten. Ich war voller Mitleid und Angst!

Der Arzt, den man rief, hat nur den Kopf geschüttelt und erklärt, dass solcherart Koliken leider sehr häufig durch starke Gefühlsaffekte geweckt werden. Und dazu das allzu reichliche Hochzeitsmahl und die Getränke, die schwächend wirkten ...

Am Morgen hat noch kein Wölkchen am Himmel den Glanz unseres Festtags getrübt. Die Trauung im Dom war sehr bewegend. Als ich vor dem Altar meinen Schleier zurückschlug und der Priester gemessen die Trauformel sprach, war Leo sichtlich ergriffen. Ich blieb ruhig und ernst.

Im Stadthaus der Tante war für die Bewirtung der zahlreichen Gäste mit Musik und Zerstreuungen an nichts gespart worden. Der Tag war so sonnig und warm, dass sich nach dem Festmahl zu Mittag alles draußen im großen Garten erging. Tische und Bänke waren gerichtet. Es gab Limonaden, Sorbette und süße Weine. Ein leichter Wind fächelte durch die Zweige der schattenspendenden Bäume. Ich glaube, ich strahlte vor Glück.

Abends wurde soupiert und dann im großen Ballsaal getanzt. Schon beim Mahl trat kalter Schweiß auf Leos Stirn.

Sich an den aufgetischten Köstlichkeiten zu freuen schien ihm unmöglich zu sein. Sein Blick wanderte unruhig über die Runde. Ich fragte ihn mehrmals, ob ihm nicht wohl wäre, doch er verneinte stets und sagte, es ginge ihm gut.

Die Sorge um meine liebste Freundin Bettina lenkte mich zunächst von Leos Zustand ab. Der junge Mann, der ihr so lange den Hof gemacht hat, hat sich vor drei Tagen mit ihrer Cousine verlobt! Ist das nicht grausam!? Die Heiterkeit ringsum an meinem Freudentag vermochte es nicht, ihre stille, traurige Miene aufzuhellen.

Als ich den Blick wieder auf Leo richtete, war mir, als ob etwas ihm plötzlich den Atem lähmte. Seine Augen weiteten sich. Später gestand er mir ein, dass es ein schneidender Schmerz war, der ihn in diesem Moment überfiel. Doch er versuchte, mich anzulächeln.

Nach dem Souper begann der Tanz. Mehrmals schien Leo kurz davor aufzustöhnen, doch er sprach erst von dem Anfall, als er vor Schmerzen kaum noch stehen konnte. Ihm war übel, ihn schwindelte. So war es noch lange nicht Mitternacht, als wir überstürzt den Ballsaal verließen und man Leo zur Kutsche halb tragen musste.

In meinem neuen Heim wurde das Brautgemach zu einem Krankenzimmer voller hilfreicher Menschen. Der Arzt mahnte mich ernsthaft, Leo ohne Störungen ruhen zu lassen. Was dachte er sich?

Die Glocken schlagen fünf Uhr. In einer Stunde wären wir abgefahren. Ich sehe in meinen Gedanken den Weg durch die Berge vor mir. Nun, ich will darauf hoffen, dass wir trotz allem bald reisen können. Leo wird sich erholen. Ich will mich leise zu Bett begeben, doch ich möchte nicht schlafen. Wenn Leo die Augen öffnet, soll er meinem lächelnden Blick begegnen!

Das Telefon läutete. Hastig griff ich danach.

Aber es meldete sich Elisa. »Ich habe gestern zu fragen vergessen, ob du den heutigen Nachmittag im Kastell verbringst?«

»Ja, das habe ich vor. Ich mache mir einen gemütlichen Lesetag.«

»Das ist schön. Das Buffet für heute Abend wird nämlich irgendwann ab zwei Uhr angeliefert, und unsere Hilfe vom Ort, die eigentlich mittags hätte kommen sollen, hat mir abgesagt. Wenn du also nichts vorhast …?«

»Ich bin im Haus, keine Sorge.«

»Gut. In der Speisekammer steht ein großer Kühlschrank. Lass einfach alles dort hineinstellen. Leider habe ich vergessen, ihn einzuschalten … Entschuldige, sonst kümmert sich unsere Haushälterin immer darum.«

»Ich mache es gleich.«

Elisa bedankte sich. »Und sonst?«, fügte sie hinzu. »Ist bei dir alles in Ordnung?«

»Ja, danke. Natürlich.«

»Es tut mir leid, dass ich dich heute Nacht gestört habe. Hat die Manz irgendetwas gesagt, was ihr seltsames Verhalten erklärt hätte?«

»Eigentlich nicht. Ich glaube … Vermutlich hat sie irgendwelche Probleme.«

»Nun, Eheprobleme in jedem Fall.« Elisas Stimme klang spöttisch. »Nick hat im Ort munkeln gehört, dass sie etwas mit Jon haben soll.«

»Ah, ja?« Das war mir völlig egal.

»Scheint auch nicht der Erste zu sein, mit dem sie rumpoussiert. Aber die Leute reden ja gerne.«

Ich lachte betont unbekümmert. »Wir doch auch!«

Elisa stimmte ein. »Ja. Also noch einmal danke, Anne! Bis heute Abend!«

Ich ließ das Tagebuch liegen und ging in die Küche hinunter. Dort schenkte ich mir ein Mineralwasser ein, trank es und öffnete die Tür zur Speisekammer. Der große, leere Kühlschrank blitzte vor Sauberkeit. Ich schaltete die mittlere Kühlstufe ein. Irgendeine Gedankenkette – Kühlung? Verderb? Fleisch? – erinnerte mich an den unangenehmen Geruch im hinteren Weinkeller von vorgestern Abend.

Und an den Mantel, der dort gehangen hatte. Ein Mantel mit Schulterklappen. Es mochte freilich ein alter Uniformmantel sein, aber weshalb spürte ich plötzlich den dringenden Wunsch, ihn mir nochmals anzusehen? Es gehörte sich nicht, im Keller der Mattans zu stöbern. Dennoch lief ich über die Ziegeltreppe nach unten.

In dem schlecht beleuchteten Gang wurde mir bewusst, dass ich in dem großen Gebäude allein war. Oben im Licht hatte es mich nicht gestört. Aber hier ... Meine Schritte beschleunigten sich. Sie hallten von den feuchtkalten Wänden wider. Ich zählte die Ecken und Quergänge. Dort hinten musste der Weinkeller sein.

Diesmal ließ sich die Brettertür mühelos öffnen. Hatte Jon gestern die Klinke geölt? Er hatte Elisa versprochen, im Keller nach dem Rechten zu sehen. Ich knipste das Licht an. Das Lager sah auf den ersten Blick unverändert aus.

Ich ging zwischen Regalen und Schränken nach hinten und sog prüfend die Luft ein. Der Verwesungsgestank war verschwunden. Es roch nur etwas muffig, nach kalten Ziegelwänden und dumpfer Feuchtigkeit. Dort war der Bretterverschlag. Ich spähte nach dem dahinter hängenden Mantel, aber der Mantel war nicht mehr da.

13

Ich trat näher an den Verschlag und schaute mich nach einer Lichtquelle um. Die am nächsten hängende Glühbirne brannte nicht. Daher war es in diesem hinteren Teil des Weinkellers besonders düster.

Ein leises Geräusch drang von der Eingangstür. Erschrocken fuhr ich herum. Ich war nicht mehr allein. Jemand hatte das Gewölbe betreten und näherte sich mit kaum hörbaren Schritten. Wer immer es war, er wurde von Weinregalen und Nischen verdeckt.

Instinktiv suchte ich mich zu verstecken. Der Zugang zum Bretterverschlag war nicht verschlossen. Ich schob die Lattentür auf. Das Holz schrammte über den Boden. Ich spürte, wie der Eindringling hinter mir stutzte. Ohne auf den Lärm, den ich machte, zu achten, wollte ich in den voll gestellten Verschlag. Kopflos drückte ich gegen die Tür.

In dem Moment warf sich ein großer, lautloser Schatten auf mich. Ich wurde gepackt und zurückgerissen. Ich taumelte und verlor das Gleichgewicht, fiel nach hinten und wäre beinahe lang auf den Boden geschlagen. Der Angreifer fing mich gerade noch auf. Ich fühlte mich hochgehoben und kam wieder auf die Beine.

Trotz meines Schreckens gab ich keinen Laut von mir. Auch der Mann, der mich festhielt, blieb stumm. Empört stieß ich seine Hände zurück und drehte mich um. Die Knie zitterten mir.

»Jon! Was fällt Ihnen ein? Sind Sie verrückt geworden?« Ich schwankte zwischen Angst und Erleichterung.

Jon atmete ebenfalls schwer. »Verzeihung, aber ...« Statt weiterzusprechen deutete er auf etwas am Boden, unmittelbar hinter der Lattentür.

»Nicht!«, sagte er, als ich mich danach bücken wollte. »Bleiben Sie hier!«

Es war zu dunkel, um zu erkennen, vor was er mich zurückhielt.

»Warten Sie!« Jon schaute sich um und griff nach einer Axt, die an einem Weinfass lehnte. Er beugte sich vor, und ich hörte einen kräftigen Schlag. Dann hob er den Axtstiel. Daran hingen zwei kräftige, mit spitzen Zähnen besetzte Metallbügel. Sie waren um die Axtschneide zugeschnappt.

Fragend sah ich Jon an.

»Ein Tellereisen. Nur um einiges größer und schwerer als üblich. Groß genug für einen menschlichen Fuß. Sie wären direkt hineingetreten, wenn Sie durch die Tür gegangen wären.«

»Sie meinen, es ist eine Tierfalle?« Schaudernd musterte ich das grässliche Ding. Was für schwere Verletzungen mochte es seinem Opfer beim Zuschlagen beibringen! Dieses Tellereisen würde selbst das kräftige Bein eines Menschen schlimm zurichten. »Haben *Sie* es hier aufgestellt?«, fragte ich Jon voller Abscheu.

»Um Himmels willen! Ich würde solch ein Foltergerät niemals verwenden. Wenn ich ein Tier fangen will, nehme ich Lebendfallen ... Und hier im Keller – das ist nicht nur grausam, es ist kriminell.«

Jons Blick wanderte über die Decke zu der dunklen Glühbirne. Er ging hin und drehte daran, das Licht flammte auf.

»Es sieht so aus, als hätte jemand sich absichtlich daran zu schaffen gemacht«, sagte er. »Die Birne ist ein Stück herausgeschraubt worden, und Sie konnten deshalb das Tellereisen nicht sehen.«

»Und auf welche Weise haben *Sie* es bemerkt?« Wenn er es nicht selbst dort aufgestellt hatte – wie hatte Jon aus der Entfernung erkennen können, was hinter der Tür lag? Er hatte einen gewaltigen Satz gemacht ...

»Ich hab es gerochen«, murmelte er.

»Wie bitte?«

Ohne auf meine ungläubige Frage zu achten, beugte sich Jon über die Falle, die an einer Kette hing. »Wo ist ...?«

Ich erspähte einen Widerhaken an ihrem Ende. Er saß an einem Schrankfuß fest. Ich bückte mich.

»Vorsicht!«

Jons Warnung kam zu spät. Ich hatte hinter den Holzfuß gelangt, um den Haken zu lösen, und dabei in einen rasiermesserscharfen Anker gegriffen. Erschreckt zog ich die Finger zurück. Mein Blut tropfte von Zeigefinger und Daumen.

»Liebe Güte! Fassen Sie bloß nichts mehr an!« Trotz seines rauen Tons war Jons Griff, mit dem er meine Hand fasste und drehte, so dass er die Verletzung betrachten konnte, behutsam. Er zog ein sauberes Taschentuch aus seiner Hemdtasche und hielt es mir hin. »Lassen Sie mich das verarzten! Wie sieht es mit Tetanus aus?«

»Ich bin erst kürzlich geimpft worden«, antwortete ich mechanisch und zerknüllte das Tuch zwischen meinen blutenden Fingern.

Jon bewegte sich mit dem Tellereisen in Richtung Ausgangstür. Ich warf einen raschen Blick in den Verschlag. An der Außenmauer gab es eine schmale, halbrunde Öffnung nach draußen. Ein Brett führte zu Boden. Die Holzrutsche. Es lagen noch ein paar Scheite und ein Häufchen Kohlen herum. Davor standen die zusammengerückten Möbel, die ich schon beim letzten Mal hinter den Latten gesehen hatte. Nur der alte Mantel war und blieb verschwunden. Ich entdeckte auch keine Spuren von Mäusen, Ratten oder anderen Tieren.

Der Boden war frisch gefegt, und es lag, anders als auf den Regalen des Weinkellers, kein Staub auf den Möbeln.

Jon drehte sich zu mir um. »Kommen Sie mit?«

Ich weiß nicht, warum ich ihm ohne weitere Fragen folgte. War es Neugierde? Misstrauen, das mich zum Nachforschen reizte? Oder Vertrauen? Jon wirkte sehr bestimmt. Hatte ich Angst? Suchte ich Schutz? Fühlte ich mich in Jons Nähe sicher?

Er sperrte das Eingangsportal ab. Der Pick-up stand im Hof. Jon warf das Tellereisen hinten auf die Ladefläche. Ich stieg in das Auto ein.

Zum ersten Mal sah ich das alte Bauernhaus, das Jon bewohnte, aus der Nähe. Unter einem eingesunkenen Giebel duckten sich krumme Wände aus weiß gekalktem Mauerwerk. Das Dach war mit Lärchenholzschindeln gedeckt, die mit Steinplatten beschwert waren. Die Fenster waren sehr klein, manche nur Luken, und unregelmäßig angeordnet. Seit einer Ewigkeit schien hier nichts verändert worden zu sein. Zum Hauseingang führte eine verwitterte Stufe, seitlich etwas abgesunken, ein unebener, von zahllosen Schritten ausgetretener Stein. Jon schloss die Tür auf, die so niedrig war, dass er sich auf der Schwelle bücken musste, und bat mich hinein.

Der Sulèr, in den ich trat, war zu meiner Überraschung in ein großes, warmes Studierzimmer verwandelt worden. Ringsum reichten überladene Bücherwände bis an die Balkendecke. Sie ließen kaum Platz für Fenster und Türen sowie eine Treppe, die an der hinteren Wand nach oben führte. Die Holzdielen bedeckten Baumwollteppiche in kräftigem Rot und Blau. Auf einem großen Schreibtisch, linker Hand vor einer Fensterluke, lagen Papiere und Bücher. Auf einem zweiten, mitten im Zimmer, standen Computer, Bildschirm und Drucker. Auf dem Boden stapelten sich weitere Bücher und Skripten.

Um einen Tisch voller Gläser, Teller und Kaffeetassen waren Sessel und eine Chaiselongue gerückt, über die ein bunter Kelim gebreitet war. Aufgeschlagene Zeitungen lagen auf Aschenbechern. In den Geruch von warmem Rauch, Kaffee und verschrumpelten Äpfeln, die in einem großen Weidenkorb lagerten, mischte sich ein unbestimmbarer, männlich anmutender Duft. Es roch angenehm. Rechts stand die Tür zur Stube offen. Der gemauerte Ofen heizte kräftig ein.

»Bitte, setzen Sie sich!«, sagte Jon.

Er durchquerte den Raum und lief die Treppe hinauf. Ich wartete. Oben schlug eine Tür. Jon kam wieder herunter.

»Bitte!«, sagte er und wies auf die Chaiselongue.

Zögernd nahm ich Platz. Jon setzte sich auf die Lehne des mir am nächsten stehenden Sessels und nahm mir das durchgeblutete Taschentuch ab. Er griff nach meinen zerschnittenen Fingern und führte sie an seinen Mund. Wie ein Kind, das eine blutende Wunde aussaugt. Ich zuckte zurück. Er ließ die Hand sofort sinken.

»Tut mir leid.« Er wirkte kein bisschen verlegen. »Alte Gewohnheit.« Lächelnd zog er Pflaster, ein Fläschchen mit einer Tinktur und eine verpackte Kompresse aus seiner Hosentasche. Er desinfizierte die kleine Verletzung und verpflasterte sie geschickt.

»Die Schnitte sind glücklicherweise nicht tief. Bis Sie wieder abfahren, dürften sie so gut wie verheilt sein.«

»Danke.« Ich wich Jons Blick aus. Vor mir auf dem Tisch lag eine zoologische Fachzeitschrift. Das Titelblatt zierte ein Wolf.

Verblüfft sagte ich: »Oh … ist das Zufall?« Ich deutete darauf.

»Reden Sie von dem verunglückten Wolf?« Jon räumte das Verbandszeug zur Seite. »Das ist ein Zufall, ja. Einer, der mich natürlich sehr interessiert. Wölfe sind mein Spezialgebiet. Ich bin Wildbiologe …«

Überrascht unterbrach ich ihn: »Sie sind Zoologe? Dann haben Sie von dem Wolf in der Gegend gewusst? Arbeiten Sie deshalb hier?«

»Nein. Nein, das hat andere Gründe. Derzeit bin ich nicht mit einem Forschungsprojekt befasst. Ich habe mich an der Uni für ein Jahr beurlauben lassen, um ein Buch zu schreiben.«

»Über Wölfe?«

»Nun – über bestimmte Aspekte, ja.« Jon erhob sich. Offenbar wollte er auf den Inhalt des Buches nicht eingehen. Er fragte: »Was möchten Sie trinken?«

»Gar nichts, danke. Ich gehe gleich wieder.«

Ohne auf meine Ablehnung zu achten, ging Jon in die Küche und kehrte mit einem Glas Wasser zurück. Er stellte es vor mich auf den Tisch und setzte sich. »Was hat Sie eigentlich in den Keller geführt?«, fragte er neugierig. Er beugte sich vor und berührte mit seiner Rechten noch einmal meine zerschnittenen Finger.

Jons Hand war wohlgeformt und so gebräunt, als ob es noch Sommer wäre. Verlegen blickte ich auf – in sein beunruhigend nahes, attraktives Gesicht. Er wartete auf meine Antwort.

Ich bemühte mich um einen sachlichen Tonfall. »Ich habe nach einem Mantel gesucht, der mir vorgestern Abend in dem Verschlag aufgefallen war – als ich mit Elisa Wein holte. Corinna Manz behauptet, der Mann, der ihr ins Auto gelaufen wäre, habe einen alten Soldatenmantel getragen.«

»Ah, ja ...« Seltsamerweise fragte Jon nicht, was ich mit meiner Suche herauszufinden hoffte.

»Und Sie?«, sagte ich tonlos. »Wieso sind Sie mir in den Keller gefolgt?«

Jon lachte leise. Vergeblich versuchte ich, etwas aus diesem Lachen herauszuhören. Es klang weder spöttisch noch abwehrend oder verlegen.

»Ich wusste gar nicht, dass Sie im Weinkeller waren. Elisa hat mich gebeten, wegen des Verwesungsgeruchs nach dem Rechten zu sehen. Das habe ich gestern Morgen getan. Heute wollte ich mich vergewissern, ob sich der Gestank verflüchtigt hat.«

»Und wovon ist der Geruch ausgegangen?«

»Von einem verendeten Marder. Sie können beruhigt sein – es gibt keine Ratten in den Gewölben.«

»Weshalb hat Elisa *Sie* darum gebeten, sich um den Keller zu kümmern?«

Jon zuckte lächelnd die Achseln. »Ich vermute, weil ich ihr gerne behilflich bin. Außerdem bin ich als Biologe ja quasi Experte. Ich nehme an, sie würde nicht zögern, mich auch bei der Bekämpfung von Küchenschaben um Unterstützung zu bitten.«

Ich griff nach dem Wasserglas und nahm einen Schluck. »Können Sie sich an den Mantel im Keller erinnern?«, fragte ich.

»Nein. Aber ich habe auch nicht darauf geachtet.«

»Und Sie wundern sich gar nicht darüber?«

»Ich bin ein wenig verwundert, dass Sie Corinnas Geschichte so ernst nehmen.« In Jons Tonfall lag bei diesen Worten eine überraschende Schärfe. Seine Augen verdunkelten sich.

Ich sagte nervös. »Sie hat mich gestern Nacht angerufen und behauptet, Sie und der Dorfpolizist wüssten etwas über den Mann im Soldatenmantel.«

Jon verzog keine Miene.

»Und sie hat ... sie hat mich vor Ihnen gewarnt.«

»Gewarnt? Und weshalb?«, fragte er unbewegt. Weder Spott noch Ärger lagen in seiner Stimme.

Ich senkte die Augen. »Sie sorgt sich um meinen Seelenfrieden.« Es klang nicht so scherzhaft, wie ich es beabsichtigte. Als ich wieder aufsah und Jons eindringlichem Blick begegnete, bebten meine Lippen. Unwillkürlich wich ich im Sessel zurück.

Jon stand auf, ging zu dem Schreibtisch am Fenster, drehte sich um.

»Ihren Seelenfrieden!« Er lächelte merkwürdig zärtlich. Nach kurzem Schweigen sagte er leise: »Ich nehme an, dass es bisher wenig gegeben hat, was Ihren Seelenfrieden hätte erschüttern können. Sie sind behütet und glücklich aufgewachsen, Sie lieben Ihre Familie und Freunde – und Ihre Zuneigung findet Erwiderung. Sie haben Freude an Ihrer Arbeit.«

Jon lehnte sich an die Schreibplatte und fuhr kaum hörbar fort: »Sie sagen, Sie wollen Paul Walentin heiraten. Anne, das ist nicht wahr. Sie wollen ihn gar nicht. Weil Sie sich nach etwas anderem sehnen. Nach einer Liebe, die Sie verstören kann. Die an das Innerste Ihrer Seele rührt. Aber dazu muss man auch das Bittere kennen. Das, was uns Angst macht – was uns die Seele zerreißt.«

Ich wollte ihm widersprechen. Trotz regte sich. »Sie wissen doch gar nichts von mir!«, begehrte ich auf.

»Oh doch. Ich habe Augen im Kopf.« Jon seufzte. Es war ein eigenartig wehrlos anmutender Laut. Einen verrückten Moment lang wäre ich am liebsten zu ihm gelaufen und hätte mich an ihn geschmiegt.

Ich spürte eine Welle von Scham. Was ließ ich mir einreden? Dieser Mann war mir doch vollkommen fremd! Ich dachte an Paul, und der Gedanke bekümmerte mich. Corinna Manz hatte Recht. Es wäre besser, ich würde Jons Gesellschaft meiden.

»Sie benehmen sich ungewöhnlich«, sagte ich offen und erhob mich in der Absicht, mich zu verabschieden.

Jon lachte. »Mag sein. Vielleicht bin ich in letzter Zeit zu viel allein gewesen.«

Aus irgendeinem Grund widerstrebte es mir zu gehen. Ich zögerte es hinaus. Ich sah mich noch einmal in dem Studierzimmer um und sagte: »Sie sind also Wolfsforscher.« Ich wandte mich zu den Wandregalen und studierte die Titel auf den Buchrücken.

Ein großer Teil war in kyrillischer Schrift gedruckt. Es war nur natürlich, dass in einem Land wie Russland, wo es immer noch nennenswerte Wolfspopulationen gab, mehr als in Deutschland darüber gearbeitet wurde. Von Wissenschaftlern wie Bibikov hatte ich schon gehört. Daneben fanden sich zahlreiche Bände in englischer Sprache, Haber und Pimlott, und endlich auch Publikationen in Deutsch.

Jon hatte jedoch weit mehr als die engere zoologische Fachliteratur in dem Raum zusammengetragen. Vor allem anthropologische Themen, Philosophie und Verhaltensforschung, Soziologie, Psychologie und eine Auswahl von Lehrbüchern der modernen Naturwissenschaften standen in den Regalen. Ich war beeindruckt.

Ein paar Fächer unter der Treppe waren mit Kriminalromanen und Thrillern bestückt. Jon hatte also auch triviale Interessen.

»Und Sie haben vor, Ihr Sabbatjahr in diesem Haus zu verbringen?«, fragte ich schließlich, da er keinerlei Anstalten machte, auf meine Feststellung einzugehen.

Er trat neben mich. »Man ist hier für gewöhnlich ungestört.« Bei diesen Worten zeigte sich wieder der spöttische Zug um seine Augen.

»Seien Sie unbesorgt. Ich mache es mir nicht zur Gewohnheit, Ihre Ruhe zu stören!«

»Schade. Das wäre mir nämlich sehr angenehm.«

Mein Blick wich Jon aus. Ich deutete auf ein Buch mit dem Titel: Der Wolf. »Wieso sind Sie Zoologe geworden? Und weshalb sind gerade ... Wölfe Ihr Forschungsgebiet?« Jons Schweigen auf meine Frage verunsicherte mich. »Bin ich zu neugierig?«

»Aber nein!« Er rang sich zu einem verbindlichen Lächeln durch. »Diese Frage kommt meistens, wenn ich von meinem Beruf erzähle. Es gibt kaum einen Menschen, der nicht nachfragt. Zu Wölfen fällt jedem etwas ein. Selbst kleine Kinder haben schon einmal vom Wolf und den sieben Geißlein oder dem Rotkäppchen gehört. Der Grund für meine Wahl war banal.«

Ich ging zur Chaiselongue hinüber und setzte mich erwartungsvoll.

Jon ließ sich erneut auf der Lehne des Sessels nieder. »Zunächst habe ich Philosophie studiert«, sagte er. »Mein Vater hat das als Spielerei empfunden. Er drängte darauf, dass ich in ein vernünftiges Fach wechsele. Deshalb hat er mich ziemlich knapp gehalten. Er war Architekt und hat sich zugleich als genialen Künstler gesehen. Seine Kunden fühlten sich davon sehr angezogen, und er hat mit seiner Arbeit unglaublich viel Geld verdient.« Jon grinste und kramte auf dem Tisch.

»Er gab auch gern viel aus. Nur eben nicht für die Philosophie.«

Er fand die Zigarettenpackung, nach der er gesucht hatte, unter einer aufgeschlagenen Neuen Zürcher Zeitung und zündete sich eine Zigarette an. »Ich war auf diverse Jobs angewiesen. Unter anderem machte ich Übersetzungen für das zoologische Institut. Aus dem Russischen. Das kann ich ganz ordentlich.« Er streifte die Asche von seiner Zigarette ab und schaute den aufsteigenden Rauchkringeln nach.

»Der Professor arbeitete über Maßnahmen, ausgerottete oder vertriebene Raubtiere in Kulturlandschaften wieder anzusiedeln. Sein besonderes Interesse galt dem Wolf. Er korrespondierte sehr viel mit Kollegen in der damaligen UdSSR. Die Materie hat mich fasziniert. Ich habe mich gründlich eingelesen und schließlich am Institut eingeschrieben.« Jon zuckte die Achseln. »So wurde ich Zoologe statt Philosoph.«

»Und hier im Val Tosta ...?«

»Hier oben? Sagen wir, ich versuche etwas herauszufinden.«

»Über ... Wölfe?«

»Über Wölfe und Menschen. Es gibt da Ähnlichkeiten.« Jon lächelte mich nachdenklich an. »Ich würde sie gerne studieren.«

»Wozu?«, fragte ich leise.

Jon antwortete nicht.

»Und was für Ähnlichkeiten?«, fragte ich weiter.

»Nun, zum Beispiel weiß ein Wolf, wie gefährlich es ist, seine Gefährtin ungestört der Werbung eines anderen zu überlassen«, sagte er leichthin. »Einem Mann wie Paul sollte das ebenfalls klar sein.«

»Ich dachte, Wölfe sind monogam?«

»Nicht immer, nein.«

»Werben Sie etwa um mich?«, fragte ich spaßhaft.

Jon anwortete ruhig: »Das würde ich gern.«

Ich wusste nicht, was ich darauf erwidern sollte. Ich versuchte zu lachen. »Die Psyche eines Menschen ist doch wohl komplizierter als die eines Wolfs!«

»Schon möglich. Die hellen Seiten. Aber die dunklen? Leidenschaften, Begehren? Begierden und Wünsche? Wie oft streifen wir nicht durch düstere Grenzgebiete ...«

Ich schluckte. Ich dachte an meinen seltsamen Traum. »Gestern im Dorf hat mir jemand erzählt, dass man die Leute hier oben für ... ›wolfsverrückt‹ hält.«

Jons Miene verfinsterte sich. Er schwieg.

Ich sah auf die Uhr. »Ich muss ins Kastell zurück.«

»Soll ich Sie fahren?«

»Nein danke. Ich gehe zu Fuß.«

»Wie Sie wollen.«

Mein Herz klopfte heftig wie nach einem Dauerlauf.

14

Im milchigen Licht dieses Tages verblasste die Schönheit der Gegend, sie wirkte karg und leer. Die kalte Luft brannte in meinen Lungen. Ich lief rasch und war außer Atem, als ich die wenigen hundert Meter zum Tor des Kastells zurückgelegt hatte. Ich ging über den Hof zur Treppe am Eingang und schloss das Portal auf. Da fuhr Manz' Lieferwagen schon vor.

Ich hatte angenommen, dass Corinna das bestellte Buffet liefern würde. Vom Fahrersitz sprang jedoch ein Mann in blütenweißem Kittel. Er stellte sich höflich als Peder Manz vor. Corinnas Ehemann war muskulös wie ein Bodybuilder. Er hatte dunkles, lockiges Haar und einen kräftigen Schnurrbart. Unübersehbar war er auf sein Äußeres sehr bedacht.

Peder Manz öffnete die hinteren Wagentüren und streifte ein Paar weiße Handschuhe über, bevor er nach dem ersten Behälter griff.

»Wie immer?«, fragte er knapp.

»Es soll alles in den Kühlschrank der Speisekammer.«

Manz nickte. Ich hielt ihm die Türen auf, und er folgte mir. Nachdem er alles eingeräumt hatte, ohne dabei ein Wort zu verlieren, fragte ich ihn auf dem Rückweg nach draußen: »Wie geht es Ihrer Frau heute? Hat sie sich inzwischen von dem Schrecken erholt?«

Der Metzger blieb vor dem Eingangsportal stehen und blickte nachdenklich auf den zerbeulten Kotflügel des Lieferwagens.

»Tja. Sie hat sich geweigert, zu Ihnen heraufzufahren. Sie sagt, dass sie Angst hat. Ich musste deswegen alles andere stehen und liegen lassen …«

»Ach«, murmelte ich. »Das tut mir leid.«

»Tja, ja. Meine Frau.« Er wandte den Kopf in meine Richtung, ohne mich direkt anzusehen. »Wissen Sie, sie ist nicht von hier. Sie kommt aus Chur. Manchmal, also, da hat sie ihre Allüren.« Offenbar hing dies nach Peder Manz' Überzeugung mit ihrer städtischen Herkunft zusammen.

Mir fiel darauf nichts zu erwidern ein, als Corinna Manz Grüße zu schicken und alles Gute zu wünschen. Ihr Mann dankte und wünschte seinerseits einen schönen Silvesterabend. Dann stieg er in den Lieferwagen und lenkte ihn sehr flott rückwärts durch das Tor.

Ich ging noch einmal durch die Küche und vergewisserte mich, dass alles verstaut war. Hungrig griff ich nach einem vom Frühstück übrig gebliebenen Brötchen und aß es im Stehen. Dann kehrte ich in mein Zimmer zurück – zu einem weiteren Kapitel in Anna Kammerers Tagebuch. Ich setzte mich wieder in den Sessel am Fenster und las.

den 7. Oktober 1814, am Fernpass
spätabends

Heute haben wir also den Weg ins Gebirge genommen. Hier auf der Passhöhe fanden wir eine Herberge. Nun sitze ich in einer düsteren Kammer an einem wackligen Tisch und suche das Ungewohnte in eine Ordnung zu bringen. Leo schläft schon erschöpft. Es sind erst zwei Reisetage, die uns von Augsburg weggeführt haben, doch ist mir, als hätte ich mich schon weit von allem, was mir vertraut ist, entfernt.

Als wir uns gegen Abend dem tirolischen Fernpass genähert haben, trieben uns tiefhängende Wolken entgegen und verhüllten die Landschaft mit dauerndem Nieselregen. Die Stille und Kühle der Luft, das Dunkel der Wälder und die gewaltigen Höhen, die vor uns liegen, ließen mich schaudern.

Ich spähte angestrengt durch die schlierigen Scheiben der Kutsche. Seit unserem Aufbruch fällt es mir schwer, den Blick von den vielfältigen Eindrücken draußen zu lösen.

Leo beugte sich vor, um meine Hand zu nehmen und sie an seine Lippen zu führen. Lächelnd wandte ich mich ihm zu, um zu fragen: »Hast du die Säumer gesehen? Wie schwer ihre armen Pferde bepackt sind! Wo sie wohl herkommen?«

Leo zuckte die Achseln. Es war ihm nur unangenehm aufgefallen, dass unser Wagen am Wegrand gehalten hatte, um den Stab von acht Pferden und einem Füllen sicher passieren zu lassen. Offenbar haben die Tragtiere mit ihren Führern den Vorrang vor Reisenden.

Leo scheint an dem, was wir sehen, wenig Vergnügen zu haben. Meist gilt seine ganze Aufmerksamkeit mir. Aber sollte ich mich darüber nicht freuen? Und vor allem dankbar sein?! Wochenlang musste er krank und matt das Bett hüten, während ich frei war, mit meiner neuen Familie zu plaudern, Besuch zu empfangen, spazieren zu gehen, zu lachen …

Ich war sehr betroffen, als Leo mir deswegen Vorhaltungen machte. Ich hätte mit seinem Bruder gescherzt, dem er Spottlust vorwarf. Auch schätzt Leo meine liebe Freundin Bettina nicht sehr. Als wir über unseren Abschied weinten, kam er hinzu und machte eine Bemerkung, die wenig zartfühlend war. Ich nahm Bettina schweigend am Arm und führte sie fort in den Garten. Leo war darob sehr gekränkt.

Doch ich sollte nicht klagen! Ich will mich vielmehr bemühen, dem ernsten Rat meiner Tante zu folgen und Leo in jeder Hinsicht ein sanftes und zärtliches Weib sein. Ich habe versucht, mich Leo nach seiner Genesung in allem, was offenbar sein muss, zu fügen, und er wird nicht müde, mir zu versichern, dass ihn das glücklich macht.

Nur wenn er, wie in der vergangenen Nacht, als ich mich aus seiner Umarmung löste, von unserer vollkommenen Liebe redet und sagt: »Wir beide werden einander von nun an genügen, nicht wahr? Ich will, dass du nur noch mit mir lachen und weinen magst!« – dann regt sich in mir eine heimliche Sorge. Es scheint mir nicht richtig zu sein.

Vorhin hat mich Leo nach meinem Diarium gefragt. Er hat mir erzählt, er habe im Sommer bei einer Gesellschaft einen Zeitungsmann kennen gelernt, einen Redakteur namens Stegmann: »Er ist für die ›Allgemeine Zeitung‹ tätig. Wir plauderten. Und dabei tauchte in mir der Gedanke auf, ihm einen Reisebericht anzubieten, über die Schweiz. Man weiß ja, wie gern solche Sachen gelesen werden. Nun, dieser Stegmann wirkte nicht uninteressiert. Ich kann durchaus sagen, dass er mich ermutigt hat.«

Ich weiß, dass für Johann Friedrich Cottas Augsburger Tageszeitung zahlreiche bekannte Publizisten und Schriftsteller schreiben, doch ist Leo in dieser Hinsicht bisher nicht in Erscheinung getreten. Natürlich vermied ich es, meinen Zweifel zu äußern.

Aber Leo sagte zu mir: »Es ist gut, dass du Tagebuch führst. Nach unserer Reise will ich es für meinen Bericht verwenden. Und vielleicht findest du einiges davon in der ›Allgemeinen‹ wieder!«

Im ersten Augenblick fiel mir auf dieses Ansinnen kein Wort der Erwiderung ein. Ich war wie vor den Kopf geschlagen. Schließlich sagte ich matt: »Ich bin keine Schriftstellerin. Ich finde, ein Tagebuch sollte etwas Persönliches sein. Es könnte doch sein, dass ich darin etwas erwähne, was nicht für fremde Augen bestimmt ist.«

»Das würde ich doch nicht weitergeben!«

»Und was würdest du dir dabei denken?«

»Ich? Aber Anna! Ich bin dein Ehemann. Ich werde doch sowieso alles erfahren, was dich bewegt, nicht wahr?«

In dem Moment nahm ich mir vor, dass Leo mein Tagebuch gewiss nie!!! zu lesen bekommt!

Kopfschüttelnd blätterte ich mehrmals um. Mein anfängliches Mitgefühl für den kranken Bräutigam war über Annas Tagebuchseiten verflogen. Womöglich war Leonhard Kammerer nicht allein körperlich krank. Er war bestimmt überzeugt, Anna ehrlich zu lieben. Ich schlug das Buch zu.

Das Telefon war die ganze Zeit stumm geblieben. Ein voller Tag war seit Pauls Verschwinden vergangen, und er hatte noch immer nicht angerufen. Ich seufzte. Leonhard Kammerers Haltung war unerträglich, doch Pauls unbegreifliches Schweigen empfand ich als beinahe ebenso schlimm.

Seit Jahren war ich daran gewöhnt, dass mich Paul allein ließ. Meist dachte ich gar nicht darüber nach. Ich kam zurecht. Auch wenn ich mich manchmal danach sehnte, mich an Paul anzulehnen – doch wenn ich es getan hatte, war es nicht mehr als eine körperliche Berührung gewesen.

Paul würde es freilich nie in den Sinn kommen, in einem Tagebuch, das ich führte, zu lesen. Aber wozu auch? Was ich dachte und fühlte, war für ihn zweitrangig. Er war sich meiner Zuneigung sicher – und leidenschaftlicher würde sein Interesse an mir niemals sein. Jäh gestand ich mir das ein. Es tat weh.

Ich dachte an Jon: »Anne, ich schwöre Ihnen, ich an seiner Stelle, ich hätte Sie mitgenommen!« Was hatte er in mir ausgelöst? Ich war immer froh gewesen, mich unabhängig zu fühlen und zu wissen, dass ich allein mit allem zurechtkam. Was war auf einmal anders als sonst?

Ich griff nach dem Telefon und wählte Pauls Handy-Nummer. Nichts. Niemand meldete sich. Wo war Paul?

Draußen wurde es dunkel, und es begann wieder leise zu schneien. Gegen fünf kehrten die Skifahrer ins Kastell zurück. Elisa kam mir auf der Treppe mit geröteten Wangen entgegen. Sie schwärmte von einer herrlichen Tour und wirkte sehr angeregt.

Als ich ihre Frage, ob Paul sich gemeldet hätte, verneinte, wirkte sie einen Moment lang besorgt.

»Und du?«, wollte sie wissen. »Hast du schon versucht, ihn zu erreichen?«

»Ja ... ohne Erfolg.«

»Männer!« Elisa schüttelte den Kopf. »Wenn sie sich in etwas verbeißen …«

Sie steuerte ihre Wohnräume im ersten Stock an. »Nimm es dir nicht zu Herzen. In jedem Fall wollen wir heute geziemend Silvester feiern. Ich habe zwei junge Mädchen mitgebracht, die sich etwas hinzuverdienen wollen. Sie bleiben bis um halb elf. Das heißt, dass wir uns auch um das Aufräumen nicht kümmern müssen. Ich habe die beiden schon in die Küche geschickt.« Elisa klang sehr zufrieden. »Und jetzt nehme ich erst einmal ein heißes Bad.« Sie öffnete eine der Etagentüren und fügte hinzu: »Bis später dann. Acht Uhr im großen Speisesaal, Anne. Weißt du, irgendwie mag ich Silvester. Ich finde, es sollte etwas Besonderes sein.« Ihre Augen blitzten übermütig. »Vielleicht trinke ich mir heute Abend einen kleinen Schwips an.«

In meinem Zimmer zog ich die Vorhänge zu, setzte mich in den Sessel, legte die Füße hoch und tippte Pauls Handy-Nummer ins Telefon. Ohne Ergebnis. Dann probierte ich es mit dem Festanschluss in seiner Wohnung. Ich sah in Gedanken das knallrote Sofa in dem Apartment vor mir und den Blick aus dem großen Fenster auf die abendliche Stadt. Keiner nahm ab. Ich rief in Pauls Büro an. Vergeblich.

Als Nächstes versuchte ich es über die Telefonzentrale der Bank, aber um diese Zeit war dort niemand mehr zu erreichen. Auch in den Büros zweier Kollegen, mit denen Paul eng zusammenarbeitete und deren Durchwahl ich kannte, nahm niemand ab. Wo Paul sich auch aufhielt und was immer er in diesem Augenblick tat, er legte offensichtlich keinen Wert darauf, erreichbar zu sein.

Ich musste mich auf den späteren Abend vertrösten. Es war Silvester. Spätestens um Mitternacht würde ich doch von Paul hören!?

15

Als ich mein Zimmer verliess, brannte das Licht im Flur nicht. Treppe und Halle lagen im Halbdunkel, an den Wänden flackerten Kerzen. Vollkommene Stille lastete auf dem alten Kastell. Außer mir schien sich niemand in den Fluren aufzuhalten. Während ich durch die düstere Halle lief, ergriff mich zunehmende Nervosität. Es war auffallend warm. Über dem gewohnten Geruch von Rauch und Honig schwebte ein moschusartiger Duft.

Ich folgte dem Gang, der an Frühstückszimmer, Salon und Bibliothek vorbeiführte, und bog um die Ecke. Hier öffneten sich hohe Flügeltüren zu einem Saal.

Auf der Schwelle blieb ich bewundernd stehen. Wachskerzen auf Kandelabern und Lüstern erhellten den prunkvollen Raum. Sie schwebten dicht über der glänzenden Tafel und leuchteten von allen Seiten aus matten Rokokospiegeln wider. Ihr Schein fiel auf Seidendamast, Silber und kostbare Gläser. Er schimmerte auf Porzellan und tanzte über weiße Lilien und Rosen.

Pauls Freunde warteten schon. Elisa kam mir entgegen und reichte mir einen Aperitif. In ihrem nachtblauen Korsagenkleid sah sie elegant und verführerisch aus. Nick, Tom und Ulrich waren im Abendanzug erschienen. Ich trug eines meiner Lieblingskleider, ein halblanges, schmal geschnittenes Kleid aus champagnerfarbener Seide.

Als wir unsere Plätze an der Tafel einnehmen wollten, öffnete sich nochmals die Tür. Ich wandte mich um und sah mich überrascht Jon gegenüber. Obwohl für sechs Personen gedeckt war, schienen Nick und Elisa nicht mit ihm gerechnet zu haben. Nick stutzte ein wenig. Elisa bat Jon, neben mir Platz zu nehmen. Er hatte zum dunklen Anzug weder Tuch noch Krawatte gewählt, sondern trug sein weißes Hemd mit offenen Kragenknöpfen. Ich fand ihn sehr anziehend. Aber war das von Bedeutung? Vermutlich würde ich ihn nach diesem Silvesterabend nie wiedersehen.

Das Souper verlief zwanglos. Doch glaubte ich eine Spannung zu spüren, eine seltsame atmosphärische Störung.

Nach dem Essen öffnete Nick die erste Champagnerflasche. Er reichte die Gläser reihum und hob seines zum Trinkspruch. »Auf unsere Gäste«, sagte er mit verhaltener Stimme. »Und auf die Wölfe, die im Val Tosta immer willkommen sind!« Er lächelte unergründlich. Der Zug um seinen Mund konnte genauso gut maliziös wie sentimental sein. Nick trank und hob nochmals das Glas. »Stoßen wir auch auf den an, der ein unrühmliches Ende gefunden hat!«

Jon verzog keine Miene. Tom Stiegler leerte sein Glas mit einem Zug und griff nach der geöffneten Flasche. Elisa lachte ein wenig lauter als sonst. Kämp lächelte mit hochgezogenen Brauen.

Nick fragte Jon: »Und, hast du schon herausgefunden, wo unser verschwundener Toter gelandet ist?«

Im ersten Augenblick glaubte ich, er spräche von einem verstorbenen Menschen.

Jon zuckte die Achseln. »Nein. Der Jagdaufseher wusste nichts. Ich habe mit den Jägern und einigen Bauern der Gegend gesprochen, auch mit ein paar Straßenarbeitern. Jemand, der einen Tierkadaver gewöhnlich beseitigt, hat ihn vermutlich nicht weggeschafft.«

»Hat es zuvor keine Spuren von einem Wolf in der Gegend gegeben? Kein gerissenes Wild? Tote Schafe, verschwundene Haustiere?«, fragte Kämp.

»Es ist nicht gesagt, dass sich der Wolf längere Zeit hier aufgehalten hat. Die Tatsache, dass er auf der Straße zu Tode kam, spricht eher dagegen. Wenn ein Wolf sein gewohntes Revier durchstreift, meidet er Wege mit Autoverkehr. Es war kein junges, sondern ein älteres, erfahrenes Tier ...«

»Und woher, glauben Sie, stammte es?«

Jon musterte Kämp. »Schwierig zu sagen. Ausgewachsene Wölfe durchstreifen oft ein weites Gebiet. Sie können in einer Nacht gut vierzig bis sechzig Kilometer zurücklegen. Allerdings ist Wolf nicht gleich Wolf.«

»Ach nein?«

Jon stellte sein Glas ab. Er beugte sich vor: »In den Abruzzen sind Wölfe als standorttreuer beschrieben worden als in den großen amerikanischen Wäldern. Auch gibt es in dem italienischen Gebirgszug nur kleinere Rudel, oft Einzeltiere. Dort leben Wölfe zum Teil von Abfällen. Doch der Druck von Seiten der Menschen in ihrer Nähe ist groß. Ein entschlossener Einzelgänger mag einen weiten, gefahrvollen Weg in Kauf nehmen, um sich ein neues Revier zu erobern. Man weiß, dass dies mittelitalienische Wölfe seit den achtziger Jahren tun. Sie sind über die französischen Alpen und das Piemont bis in die Schweiz gekommen. Allerdings wandern zunächst vor allem jüngere Rüden ein.«

»Müsste man einen Wolf in der Gegend nicht heulen hören?«, wollte ich wissen. War es nicht das Wolfsgeheul, das den Menschen früher bekanntermaßen das Blut in den Adern gefrieren ließ?

»Vielleicht. Aber das geschieht im Allgemeinen im Rudel. Ein verstoßener Einzelgänger mag auch einmal klagend heulen. Aber wenn unser Wolf keine Artgenossen in seiner Umgebung vermutet hat ...«

Und wenn es ein Rudel gab? Unverhofft regte sich dieser Gedanke. Ich dachte an die weite Leere des Tales, die Wälder und an die gewaltigen Bergmassive. Wer wusste, was sich dort draußen verbarg ...

Es ging auf Mitternacht zu. Die beiden jungen Mädchen, die sich um die Küche gekümmert hatten, waren vor gut einer

Stunde gefahren. Wir wechselten in den Salon. Auch hier brannte außer dem Kaminfeuer, vor dem wir saßen, nur ein Kreis flackernder Kerzen.

Nick und Tom erzählten komische Geschichten aus der Finanzwelt. Jon blickte ins Feuer. Hörte er überhaupt zu? Elisa war vom Kamin weggerückt. Sie wirkte erhitzt. Ihre Schultern überzog ein rosiger Hauch. Sie sprach mit Ulrich Kämp über eine Londoner Kunstauktion, auf der sie ein bestimmtes Bild erwerben wollte. Es war für einen Bekannten von Kämp bestimmt. Kämp ließ sich witzig über die Eigenheiten des Mannes aus, und Elisa lachte perlend. Nick runzelte unwirsch die Stirn.

Kämp bemerkte es. Er erhob sich mit einer Entschuldigung, um kurz hinauszugehen. Elisa schob ihren Sessel noch ein Stückchen weiter zurück, so dass sie nun beinahe im Dunkeln saß.

Sie hielt mir ihr leeres Champagnerglas hin. »Würdest du mir noch einmal einschenken?« Ich goss ihr Glas voll. »Komm, setz dich zu mir!«, sagte sie. Ich folgte ihr und nahm Kämps Platz ein. »Du bist so still?! Ist Paul der Grund?«

Ich zuckte die Achseln. »Es ist ein sehr schöner Abend, Elisa.«

Sie beugte sich vor. »Es ist unverzeihlich, dass er nicht hier ist.« Sie seufzte. »Paul und Nick scheinen sich ähnlich zu sein. Vielleicht hat man ihnen das im Internat beigebracht. In unseren ersten Ehejahren habe ich nichts anderes gemacht, als meinem Mann den Rücken freizuhalten, das Haus zu führen und die Kinder zu erziehen. Nick ist gar nicht auf den Gedanken gekommen, dass sich mein Ehrgeiz auf Dauer nicht darin erschöpfen könnte. Wichtig war, dass alles in seinem Sinn reibungslos funktioniert hat. Irgendwann hat er wohl vergessen, dass ich ein lebendiger Mensch mit eigenen Wünschen bin.«

Ich lächelte schwach. »Das ist keine verlockende Aussicht. Aber du arbeitest doch?« Elisa war erfolgreich als Kunsthändlerin tätig. Ihre Kunden waren große Firmen und solvente Privatleute.

»Glücklicherweise. Aber das war eher Zufall als Planung. Auch während meiner Zeit als Hausfrau habe ich die zeitgenössische Kunstszene aufmerksam verfolgt.« Elisa lachte. »Nicht nur durch die Art Basel. Aber selbst etwas Nennenswertes zu schaffen ... Mir fehlte die Kraft, als die Kinder noch klein waren. Und dann ... Ich habe erkannt, dass Talent, Fleiß und Willen in dem Metier nicht ausreichend sind. Und ich habe mich nie als Produzentin von Hobbykunst sehen wollen.« Elisa lachte. Es lag keine Bitterkeit darin.

»Nick hat gesagt, dass du mit deiner Agentur gut im Geschäft bist.«

»Ja. Und ich habe viel Freude daran. Vor allem, weil meine Kunden oft Neues suchen, Gegenwartskunst, die noch nicht zu etabliert ist. Das deckt sich mit meinen Interessen. Ich habe mir mittlerweile ausgezeichnete Kontakte geschaffen ...«

Elisa trank ihr Champagnerglas in einem Zug aus. Dann lehnte sie sich zu mir herüber und flüsterte wie ein Schulmädchen, das ein Geheimnis verrät: »Leider bringt Nick dafür kaum Interesse auf. Kämp dagegen ...« Sie blickte sich um. Ulrich war noch nicht wieder im Raum.

»Ja?«, fragte ich lächelnd.

»Was den Kunsthandel angeht, ist er nahezu selbst Experte. Weißt du, dass er es war, der mich mit meinem ersten Kunden zusammengebracht hat? Wir haben uns zufällig bei einer Vernissage getroffen. Er hatte eine Französin im Schlepptau. Sie war kurz zuvor in den Vorstand einer großen Bank berufen worden und suchte nach einem atemberaubenden Gemälde für ihr Büro.« Elisa kicherte. »Sie hatte sehr interessante Vorstellungen. Ich habe ihr einen Vorschlag gemacht, und sie war begeistert. Das war der Anfang. Wenn es um Einfluss und Geld geht, kennt Ulrich Gott und die Welt. Dabei macht er gar nicht diesen Eindruck, nicht wahr? Er wirkt so zurückhaltend.«

Elisa beugte sich erneut an mein Ohr. »Für mich ist er ein Geschenk des Himmels.«

Vielleicht fiel ihr auf, dass diese Bezeichnung reichlich euphorisch klang, und sie fügte kichernd hinzu: »Nein, nein. Nichts, was Anlass zu Klatsch bieten könnte. Es ist eine Seelenfreundschaft, im altmodischen Sinn. Ulrich teilt meine Vorlieben und meine Begeisterung. Er ist da, wenn ich seine Hilfe brauche. Nie aufdringlich. Immer taktvoll.«

Kämp kam zurück und sah mich im Sessel neben Elisa sitzen. Für den Bruchteil einer Sekunde stand Enttäuschung in seinen Augen zu lesen. Merkte Elisa nicht, was in Kämp vorging? Es war offensichtlich, dass Nicks engster Mitarbeiter sie nicht nur platonisch verehrte.

Ich erhob mich und sagte: »Ich fange an, den Champagner zu spüren. Ich werde mir ein Wasser holen.«

Elisa nickte. Ulrich Kämp setzte sich wieder zu ihr. Jon wandte den Kopf, als ich hinausging. Doch er kam mir nicht nach.

Ich durchquerte die nur spärlich beleuchtete Halle und drückte den Lichtschalter neben der Küchentür. Gewöhnlich flammten mehrere Lampen zugleich auf. Diesmal blieb es dunkel. Vermutlich hatte es einen Kurzschluss gegeben, aber ich wusste nicht, wo sich der Sicherungskasten befand. Ich ging zurück in die Halle und holte einen der Kerzenleuchter. Ein Küchenfenster stand offen. Schnee wehte von draußen herein. Ich machte das Fenster zu. Die Wasserflaschen standen auf einer Anrichte neben dem Kühlschrank. Ich nahm mir ein Glas.

Durstig goss ich mir ein, trank das Wasser in großen Schlucken und schenkte mir ein weiteres Glas ein. Die Kerzen brannten unruhig. Schatten bewegten sich. Irgendetwas hing zwischen Spülstein und Wand. War es ein Stoffstreifen? Ich beugte mich prüfend darüber, griff danach – und zuckte zurück. Der Fetzen war haarig, nass und eiskalt. Ich leuchtete hin. Es war ein Stück Fell. Die Wasserschlieren darunter glänzten rosig. Ich schrieb es dem Kerzenlicht zu.

Angewidert warf ich den Fetzen in den Abfall. Dann wusch ich mir gründlich die Hände und vergewisserte mich, dass die

Kühl- und Gefrierschränke nicht von dem Kurzschluss betroffen waren. Sie funktionierten normal.

Die Zeiger der Uhr zeigten Viertel vor zwölf. Ich klemmte mir eine Wasserflasche unter den Arm, nahm mein Glas und den Leuchter und ging zurück zum Salon.

Als ich eintrat, verstummten alle. Ich hatte den vagen Eindruck zu stören. Jon saß nicht mehr dem Kamin zugewandt, er war aufgestanden. Die Haltung der Übrigen sprach von einer lebhaft geführten Debatte. War es dabei um mich gegangen?

Alle fünf starrten mich an. In den Augen von Nick und Tom Stiegler glaubte ich einen grausamen Funken zu sehen, vermischt mit einem eigenartigen Bedauern. Elisa wirkte befangen, und Jon – nein, ich irrte mich nicht –, Jon war zornig.

Im nächsten Moment kehrte das Partylächeln auf die Gesichter zurück. Allein Jons Miene wechselte zu außergewöhnlichem Ernst. Er trat auf mich zu. Ich stellte mein Glas und das Wasser auf dem Tisch ab. Mein Herz begann ängstlich zu schlagen. War in der Zwischenzeit etwas passiert? Ein Anruf? Hatte Paul einen Unfall gehabt?

»Möchten Sie tanzen?«

Im ersten Moment verstand ich Jons Frage nicht. Dann lächelte ich aufatmend. Es gab keine schlimme Nachricht.

Im Hintergrund lief leise ein Foxtrott. Ulrich und Elisa bewegten sich bereits in die Mitte des Raumes. Ohne meine Antwort abzuwarten, legte Jon den Arm um mich und zog meine rechte Hand an seine Schulter. Wie ein flatternder Vogel wollte sie sich ihm entziehen, aber er hielt sie fest. Es war ein verlockend süßes Gefühl, Jon zu folgen. Er tanzte gut, und bald genoss ich es, seine Nähe, den sanften Druck seiner Hände und seinen Körper zu spüren. Nun – es war nur ein Tanz.

Nick öffnete weitere Wein- und Champagnerflaschen. Toms Blick folgte den Tänzern. Er wippte mit dem Fuß im Takt und grinste angelegentlich. Elisa hatte tatsächlich eine Menge Champagner getrunken, doch wirkte sie nur ein wenig aufgekratzt und noch schöner als sonst.

Dann schlug die Kaminuhr zwölfmal. Nick reichte uns die Champagnerkelche, wir stießen auf das neue Jahr an, hauchten einander Küsse auf die Wangen und wünschten uns Glück.

Jon war zur Seite getreten. Als die Telefone von Nick, Elisa und Tom gleichzeitig klingelten, fasste er nach meiner Hand. Er beugte sich rasch zu mir herunter, und seine Lippen berührten mich. Sein Kuss war kaum als freundschaftlich zu bezeichnen. Unwillkürlich errötete ich. Ich wandte verlegen den Kopf und begegnete Ulrich Kämps Blick. Er lächelte mich verständnisvoll an.

Die Minuten vergingen, Paul rief nicht an. Ich schluckte meinen Stolz hinunter und wählte. Sein Handy blieb stumm. In seiner Wohnung und in seinem Büro hob niemand ab. Während das Telefon läutete, wurde aus dem Unbehagen, das ich schon den ganzen Tag spürte, Angst.

Ich versuchte mir einzureden, dass Paul in diesem Moment irgendwo in Frankfurt feierte: Vermutlich hatte er mit seinen Kollegen ein kompliziertes Problem gelöst, und sie waren gemeinsam noch etwas trinken gegangen. Oder man hatte ihn auf ein privates Fest eingeladen. Vielleicht war er betrunken und hatte darüber vergessen, dass es eine Verlobte gab, die sehnsüchtig auf ein Lebenszeichen wartete?

16

ELISA TRAT NEBEN MICH. »Und?«, fragte sie leise. »Was ist mit Paul?«

Ich zuckte verlegen die Achseln.

Tom fragte: »Hat er nicht angerufen?«

»Nein. Und ich erreiche ihn nirgends, und sein Handy ist ausgeschaltet. Ich verstehe das nicht. Hoffentlich hat er keinen Unfall gehabt ... oder ist plötzlich krank geworden ...«

Tom räusperte sich, als wollte er etwas sagen, aber ein Blick von Elisa hinderte ihn daran. Nick und Ulrich betrachteten mich seltsam unschlüssig. Einen Moment lang hatte ich den Eindruck, sie wüssten etwas von Paul – etwas, das sie mir verheimlichen wollten. Aber war das nicht töricht? Was sollte das sein?

Ein paar unangenehme Sekunden schwiegen alle. Dann klatschte Nick in die Hände, als scheuchte er eine Gruppe von Pensionatsfräulein auf.

»Nun?«, fragte er. »Wollen wir?«

»Wir müssen Stiefel anziehen, es schneit«, mahnte Elisa, auf dem Weg zur Salontür. Offenbar galt die Silvesterregel, die alle Feiernden um Mitternacht ins Freie trieb, auch für das einsame Hochtal Val Tosta.

Als ich Paul in einem Münchner Treppenhaus kennen lernte, waren wir auf verschiedenen Silvesterpartys eingeladen gewesen. Seine Bekannten wohnten im ersten, meine im dritten Stock. Schlag Mitternacht gingen die Türen der meisten Wohnungen auf, und Nachbarn und Fremde drängten sich fröhlich, um mit Sekt, Wein und Kaffeetassen auf das neue Jahr anzustoßen. Anschließend liefen alle auf die Straße hinaus. Jemand stand am offenen Fenster und spielte Saxophon. Paul und ich hatten uns angelächelt und das Feuerwerk bestaunt.

Bestimmt wollten die Mattans keine Silvesterraketen abfeuern. Dennoch zog es uns vor die Tür.

Elisa drehte sich zu mir um: »Pelze haben wir hier genügend. Du musst dir nur ein paar warme Schuhe holen.«

Ich eilte nach oben und schlüpfte in meine Winterstiefel. Vermutlich würden wir nicht lange draußen bleiben, daher zog ich mich nicht weiter um. Eine unvernünftige, kindische Freude hatte mich ergriffen. Beschwingt lief ich in die Halle zurück.

Elisa hatte einige Pelze auf einen Sessel neben der Treppe geworfen. Sie zog einen von unten heraus. »Nimm diesen, ich glaube, er passt dir! Das sind alles Erbstücke. Leider trägt sie sonst niemand mehr.«

Es war, als ob wir uns verkleiden würden. Elisa in ihrem üppigen Zobelmantel war sehr mondän. Sie setzte sich und mir große russische Pelzkappen auf. Es fehlte nur noch, das wir uns wie Natascha und Sonja in »Krieg und Frieden« mit angebranntem Kork Schnurrbärte aufmalten. Nick trug einen langen, zottigen Umhang, Tom einen Herrenpelz, wie er vor dreißig Jahren modern war. Kämp hatte einen altertümlichen Gehpelz gewählt und Jon eine Redingote, einen pelzgefütterten Reitmantel, der dem Soldatenmantel im Keller ähnelte.

Vor dem Tor des Kastells war es so kalt, dass uns eisweiße Atemluftwolken vorausflogen. Ich legte den Kopf zurück und sah hinauf zu den jagenden Wolken über dem Tal. Der Mantelkragen kitzelte meinen Nacken. Der Pelz war leicht und angenehm warm. Ich spürte einen Geschmack von der Nacht, von Champagner und Schneeluft in meinem Mund.

Wir hatten die Gläser mit hinausgenommen, und als wir sie geleert hatten, ließen wir sie beim Tor zurück. Um uns tanzten einzelne Flocken. Die Nacht war tiefschwarz. Nick bahnte mit seinen Fußstapfen einen Weg durch den Schnee. Wortlos folgten ihm Elisa, Ulrich und Tom nach Osten, talaufwärts. Ich zögerte.

Nick drehte sich um: »Was ist, Anne? Komm!«

Wollten Pauls Freunde um diese Zeit einen Fußmarsch machen? Ihre sportlichen Ambitionen waren mir fremd.

»Geht ruhig voraus. Ich will nicht so weit laufen. Ich werde mir nur ein bisschen die Füße vertreten«, antwortete ich.

»Nun komm schon!«, drängte auch Tom. »Du wirst es genießen, Anne. Glaub mir, in dieser Weite dort draußen ... Es ist eine einzigartige Nacht!«

Nick machte Miene, umzukehren und mich zu holen.

Jon trat neben mich. Er sagte bestimmt: »Du hörst doch, dass sie keine Lust auf eine Wanderung hat.«

Nicks Gesichtsausdruck war in der Dunkelheit nicht zu erkennen. »Es wäre besser, wir würden zusammenbleiben, Anne.«

Warum?

Nicks Stimme grollte. Doch er kam nicht näher.

»Geht nur, ich werde mich nicht weit vom Haus entfernen.«

Nick stieß einen Laut aus, der wie ein trockenes Husten klang. Für einen Moment fiel das Licht vom Kastell auf sein maskenhaftes Gesicht und glänzte in seinen Augen. Abrupt wandte er sich um und setzte seinen Weg in die Nacht fort. Jon blieb dicht bei mir stehen.

»Schade, dass der Himmel nicht klar ist«, sagte ich, von seiner Nähe befangen. »Heute ist eigentlich Vollmond ...« Im gleichen Augenblick rissen die Wolken vor dem Mond auf, und die Dunkelheit wich einem diffusen, lichten Grau.

»Eine Nacht, wie gemacht für eine Schlittenfahrt mit einer Troika, nicht wahr?«, fragte Jon, und ich nickte.

Ja, so wie in Tolstois Roman. Natascha und Sonja und Nikolai Rostow am dritten Weihnachtsabend ... Ich schaute Jon an. Am Himmel gab es kein Feuerwerk, aber den Mond und die Sterne, die hier viel heller als über den Städten strahlten. Ja, es wäre schön, in einem Pferdeschlitten dahinzujagen. Ich fühlte mich Jon nahe.

Ich dachte an Anna Kammerers Tagebuchseiten, die den Schlittenunfall vom 10. Oktober 1814 geschildert hatten. Ich hatte sie vor dem Abendessen gelesen:

Zu Tode erschrocken eilte ich zu Leo und warf mich neben ihm auf die Knie. Doch all mein ängstliches Flehen rief ihn nicht ins Bewusstsein zurück. Ich bettete seinen Kopf in meinen Schoß und rief nach den Burschen, um meinen reglosen Mann aus dem Schnee aufzuheben.

Da hörte ich neben mir eine Stimme: »Lassen Sie mich Ihnen helfen, Madame!«

Der Fremde beugte sich zu Leo herab. Er fasste ihn unter Oberkörper und Beine und trug ihn, als ob ihm dies gar keine Mühe machte, zu meinem Gefährt. Dann winkte er kurz, und durch das Schneegestöber näherte sich ein geräumiger Schlitten. Die Sitzbänke waren durch ein Verdeck vor Nässe geschützt. Zwei Pferde wurden von einem vermummten Alten gelenkt. Flüchtig sah ich im Hintergrund die hochbeinigen, wölfischen Hunde davontrotten.

Gemeinsam mit den zwei jungen Burschen, die endlich herbeikamen, legte der fremde Mann Leo unter das Verdeck, drehte ihn seitlich, von ein paar Polstern gestützt, und hüllte ihn sorgsam in Felldecken ein. Noch immer wich Leos Ohnmacht nicht.

Der Fremde sagte zu mir: »Er ist bei dem Sturz nicht hart aufgeschlagen. Vermutlich ist es ein Schwächeanfall.«

Ich nickte und sah zu ihm auf, in ein Gesicht mit hohen Wangenknochen, schönen, energischen Zügen. Ein großer, kräftiger Mann um die dreißig in einem Soldatenmantel. Der Mantel war alt und abgenutzt und ließ nicht darauf schließen, welcher Rang seinem Träger zukam. In allem Übrigen war der Fremde eine gepflegte Erscheinung. Die Art, wie er auftrat, sprach dafür, dass er von Stand war, womöglich ein Mitglied des hiesigen Landadels. Seine Haltung war die eines Offiziers.

»Mein Mann ist leidend. Er hat vor, in Sankt Moritz – oder in Scuol – eine Trinkkur zu machen. Können Sie ... würden Sie uns denn nach Scuol bringen? Es dürfte nicht mehr allzu weit sein.«

Der Mann lächelte. »Steigen Sie erst einmal ein. Es wird Ihren Gatten nicht auf die Füße bringen, wenn Sie sich hier einen Husten holen.«

Er hielt mir die Hand hin, um mir in den Schlitten zu helfen, aber ich zögerte. Der unergründliche Blick, mit dem der Fremde mich ohne jede Zurückhaltung ansah, setzte mich in Verlegenheit. Ich hatte den Mann – und den Blick – nämlich wiedererkannt.

Ich war am gestrigen Morgen, als wir von Landeck aufbrachen, nach draußen zur Kutsche gegangen. Der Wirt hatte Leo an der Gasthaustür aufgehalten, und ich wartete auf ihn. In einer Hand trug ich Leos Mantel und eine Reisetasche, in der anderen einige Decken. Der Kutscher war nicht zu sehen, und der Boden ringsum war tief und schlammig, so dass ich die Sachen nirgendwo ablegen konnte. Den Wagenschlag konnte ich auf diese Weise nicht öffnen.

Da trat der gleiche Mann, den ich nun vor mir sah, höflich, mit einer Verbeugung, heran. Er nahm mir ohne viele Worte Tasche und Decken ab, hielt mir die Tür auf und stützte, als ich dankend einstieg, sanft meinen Arm. Schließlich reichte er mir das Gepäck in den Wagen.

Er war an dem Morgen nicht im Soldatenmantel, sondern sehr vornehm gekleidet gewesen. Ich erinnere mich zudem, ihn schon am Abend vorher im Hof des Wirtshauses bemerkt zu haben.

Der Mann war gerade vom Pferd abgesessen, und ich fing seinen Blick auf, als ich mich zur Treppe am Eingang wandte. Der Ausdruck in seinen Augen hatte mich sehr irritiert. Er war nicht bewundernd und höflich gewesen, wie ich es in Gesellschaft gewohnt bin, auch nicht betrunken und dumpf oder gierig, wie in manchen Wirtsstuben. Er war besitzergreifend.

Nun begegnete ich dem Fremden erneut. Er flößte mir eine unklare Furcht ein, doch zugleich bemerkte ich, dass sein Lächeln charmant sein konnte, und wenn man mich danach fragte, müsste ich ihn als einen gut aussehenden Mann bezeichnen.

Ich suchte in der Förmlichkeit Halt: »Leider wurden wir einander nicht vorgestellt.«

»Mein Name ist Men Mattan. Mein Haus ist ganz in der Nähe, und vielleicht ist es das Beste, wenn wir Ihren Mann erst einmal dorthin ins Warme und zu kundiger Pflege bringen.«

Ich atmete auf. Bestimmt hatte dieser Men Mattan eine freundliche Gattin. Der Gedanke beruhigte mich. Ich nickte dankbar. »Wir kommen aus Augsburg. Leo und Anna Kammerer. Mein Mann ist Kaufmann.«

Ich ließ es geschehen, dass Men Mattan mich ohne viel Federlesens in seinen Schlitten hob und mir einen Fellmantel über die Schultern legte. Er sprach kurz mit den zwei jungen Burschen und bezahlte sie offenbar, dann hieß er den Lenker des Schlittens loszufahren. Mattan selbst schwang sich auf ein Pferd, das in der Nähe gewartet hatte, und ritt neben uns her.

Während ich inständig betete, dass Leo erwachen möge, tobte der Sturm immer schlimmer um uns. Auch wenn mich die schreckliche Sorge um Leo kaum atmen ließ und ich mich vor dem Schneesturm sehr fürchtete – Mattans ruhige Gegenwart war mir in all dem ein unerklärlicher Trost.

Was für ein ungewöhnlicher Zufall, hatte ich bei der Lektüre gedacht, dass Men Mattan just in dieser Notlage auf die beiden Reisenden gestoßen war – und überdies in der Nähe ein rettender Schlitten wartete ...

Jon und ich gingen langsam nebeneinander her. Wolkeninseln, die sich zu Kontinenten ballten, trieben hoch über uns durch das sternenglitzernde Himmelsmeer. Bald würde der Mond wieder bedeckt sein und das Tal erneut im Dunkeln versinken.

Pauls Freunde strebten eilig einem unbekannten Ziel zu, sie waren kaum noch zu erkennen. Jon deutete auf die vier Schemen und sagte leichthin: »Schauen Sie! Nick führt, und die Übrigen folgen, wie es ein Wolfsrudel in einer Winternacht täte, wenn es Beute sucht. Hintereinander, in der Spur des Alphatiers.«

Der Vergleich befremdete mich. Ich erwiderte: »Im Schnee zu laufen ist nun einmal beschwerlich.«

Jon lächelte. Sein Blick folgte den Wanderern. »Der Leitwolf trabt an der Spitze und bahnt einen Pfad. Er wählt das Ziel der Jagd und den erfolgversprechendsten Weg. Er trifft die Entscheidungen, und seine Strategie wird vom Rudel mitgetragen – wobei Leitwölfe nicht autokratisch herrschen, sie haben ein hohes Maß an sozialer Intelligenz. Wölfe organisieren sich hierarchisch, mit zugleich komplexen Entscheidungsprozessen – so wie es menschliche Gruppen in aller Regel ebenfalls tun. Es sieht vielleicht zufällig aus ...«

Spöttisch unterbrach ich ihn: »Wenn das so ist, was tun wir dann hier? Abseits vom Rudel?«

Jon schaute mich an. »Nun, was wir beide tun, das ist ganz etwas anderes, Anne.«

Sein Blick und sein Tonfall machten mich verlegen.

Meine Augen hatten sich an das Mondlicht gewöhnt. Ich vergrub meine Hände in den Manteltaschen und schritt kräftiger aus.

Ich wollte nicht über Jon und mich reden. »Sie sagten, dass Sie an einem Buch schreiben?«

»Ja.«

»Über bestimmte Aspekte, was Wölfe angeht ...?«

»Hier ist es felsig, passen Sie auf!«, sagte Jon und nahm mich beim Arm.

»Worum handelt es sich genau? Oder ist das zu kompliziert für einen Laien wie mich?«

Jon lächelte. »Nein. Zu kompliziert ist es gewiss nicht. Ich arbeite nicht an einer wissenschaftlichen Studie. Es wird eher eine Art Traktat oder ein spekulatives Gedankenspiel. Ein Traktat über Menschen und Wölfe.«

Er richtete seinen Blick nach vorn und kniff die Augen zusammen. Konnte er die Gruppe immer noch ausmachen? Mir gelang das nicht mehr.

»Würden Sie es mir näher erklären?«, hakte ich nach.

»Nun, zwischen Menschen und Wölfen gibt es – wie soll ich sagen? – Verbindungen. Nicht nur die Ähnlichkeiten im Verhalten und im sozialen Leben, Dominanz und Unterordnung zum Beispiel, oder die Verteilung von Aufgaben. Es finden sich auch interessante Gruppenzeremonien. Betrachten Sie einmal, wie sich befreundete Menschen und wie sich Wölfe im Rudel begrüßen! Oder auch das Verspielte, das Zärtliche ...« Jons Schritt stockte. Er nahm meine Hände, hob sie an sein Gesicht und hauchte sie wärmend an. »Wissen Sie, Anne, es hat einmal Zeiten gegeben, da glaubte man, dass Wölfe verwandelte Menschen wären ...«

»Werwölfe?«, warf ich zweifelnd ein.

»Werwölfe gehören natürlich ins Reich des Phantastischen«, erwiderte er mit einem unergründlichen Lächeln. »Ich hoffe, das steht außer Frage.«

»Für mich schon«, sagte ich und entzog ihm meine verfrorenen Finger. »Ich dachte nur ... Was meinen Sie mit Verbindungen?«

Jon zuckte die Achseln. »Ein intuitiver Gedanke. Zum einen existieren da Fähigkeiten, die anziehend sind ... Menschen empfinden sich Wölfen – sagen wir – seelenverwandt.«

Ich betrachtete ihn aufmerksam und suchte in seinen Augen zu lesen, ob er von sich selbst sprach. War es das, was Clot Vallun, der alte Lehrer aus Largan, »wolfsverrückt« nannte? Aber Jon war doch Wissenschaftler.

Er schlug seinen Kragen hoch. »Gemeinhin ist es ja Mode geworden, in Wolfsrudeln nur freundliche Familienverbände zu sehen, Naturwesen, die allein für ihr Futter töten.« Nach seinem Tonfall zu schließen, war er nicht dieser Meinung.

Irgendwo in der Nähe knackte ein Zweig. Jon hob den Kopf und blickte angespannt in die Richtung. Er lauschte und schwieg.

Als er fortfuhr zu sprechen, wandte er mehrmals forschend den Kopf. »Unter Wölfen gibt es aber auch das Phänomen des Massentötens von hilflosen Beutetieren. Oder das Vernichten des Konkurrenten, der sich nicht unterwürfig ergibt und nicht weichen will. Vermutlich haben Sie von den Berserkern gehört, die sich in den Wikingerkriegen in knurrende Bestien verwandelten, um wie im Blutrausch zu wüten! Der Schutzgott jener Berserker war Odin, der Toten- und Kriegsgott, der von Wölfen begleitet wird. Im alten Griechenland lebten angeblich Burschenschaften in Wäldern mit Wölfen zusammen. Auch im alten Rom wurden jährlich sogenannte Luperkalien gefeiert, bei denen die Priester, die Luperci, entfesselte Umzüge abhielten.«

»Wie die wilde Jagd, drunten in Largan?«, fragte ich rasch. Während wir uns unterhielten, tobte sie wenige Kilometer von hier durch das Dorf.

Jon sagte ironisch: »Ich hoffe, dass die Larganer Jugend auf Sie nicht zu zügellos wirkt.«

Ich verkniff es mir, etwas über das tote Mädchen Nesa zu sagen. Widerstrebend gestand ich mir ein, dass mich die Wolfsmenschen interessierten. Ich dachte an Pauls Erzählung von einer fernen Silvesternacht und an die Gefährten, die sich in Wölfe verwandeln sollten. »Ich glaube, ich würde bei diesem Umzug im Dorf gern einmal dabei sein«, entfuhr es mir.

»Tatsächlich?« Jon schaute mir in die Augen, nahm meine Hand wieder in seine und hob sie, nur für den Bruchteil einer Sekunde, an seine Wange. »Dann kommen Sie, fahren wir hin!«

»Aber ...«

Ich sah sie vor mir: rennende Menschen, Glocken und Peitschen, schrilles Gelächter, ohrenbetäubender Lärm. Es ließen sich keine Gesichter erkennen, nur Masken, unter denen zottiges Fell hervorquoll. Ein unnennbarer Schrecken trieb die

Jagd rascher und rascher voran, und in dem Knäuel war nicht mehr zu erkennen, wer Jäger und wer Gehetzter war.

Es war durchaus verlockend, Angst und Erregung zu spüren, sich lebendig zu fühlen, jedoch ... Da war Jon. Längst war mein Seelenfrieden dahin. Innerlich zitterte ich. Ich wollte nicht wissen, wovor.

»Ja?«, fragte er leise.

Nicht heute. »Vielleicht ein andermal, wenn ... wenn Paul dabei ist«, murmelte ich schwach.

Jon stand dicht vor mir, er hatte den Kopf geneigt, seine Wange streifte mein Haar. Es war mir unmöglich, mich umzudrehen und einfach zu gehen. Aber ich wollte nicht ... ich wollte nicht Jons leichte Berührung spüren ... keinen noch so flüchtigen Kuss ... keine Nähe ... und nicht dieses Begehren, dieses leidenschaftliche Verlangen. Ganz sicher würde ich in dieser Nacht nicht mit Jon ...

»Anne!«

Erschrocken fuhr ich herum. Jemand näherte sich aus dem Dunkeln. Unruhig sah ich dem grauen Umriss entgegen. Er nahm Gestalt an, es war Ulrich Kämp. Sein melancholisches Lächeln war, wie vorhin im Salon, voller Verstehen.

17

KÄMP TRAT AUF JON UND MICH ZU. In seinem aristokratischen, schmal geschnittenen Gehpelz und dem Seidenzylinder wirkte er noch kultivierter als sonst. Bis zu diesem Moment war mir nicht bewusst gewesen, dass Kämp und Jon sich nicht mochten. Sie hatten wenig miteinander gesprochen, das Geplauder war höflich und oberflächlich gewesen. Die Art und Weise, wie die beiden Männer sich im Mondlicht musterten, zeugte jedoch von unverhohlener Abneigung.

Kämps Lächeln galt allein mir. »Für heute ist mein Bedarf an Frischluft gedeckt«, sagte er. Sein blondes Haar unter der Hutkrempe war bereift. »Kommst du mit zurück ins Haus, Anne?«

»Ja, gern. Es ist wirklich empfindlich kalt. Was ist mit den anderen? Frieren sie nicht?«

»Das sind begeisterte Wintersportler. Denen macht die Kälte nichts aus.«

Kämp ging ein paar Schritte in Richtung Kastell. Jon rührte sich nicht. Ich sah ihn fragend an. Er reagierte nicht. Wortlos schloss ich mich Ulrich Kämp an. Eine Weile liefen wir schweigend nebeneinander her. Es begann wieder stärker zu schneien. Als ich mich nach Jon umsah, war er verschwunden.

»Ich habe Loyalität immer für unverzichtbar gehalten«, sagte Ulrich plötzlich zusammenhanglos. Sein Ton war gedämpft. »Was meinst du? Kann etwas schwerer wiegen?«

Im ersten Moment dachte ich, er zielte mit seiner Frage auf mich, Paul und Jon, und wusste darauf keine Antwort. Was berechtigte ihn – einen Fremden – mir einen Vorwurf zu machen?

Doch es ging ihm nicht um mich. Der gequälte Ausdruck auf seinem Gesicht sprach Bände. Offenbar redete er von seinem Verhältnis zu Nick und Elisa. Kein Wunder, dass Kämp verständnisvoll lächelte, wenn er Jon und mich ansah. Verwirrungen der Gefühle waren ihm sicher vertraut.

»Kommt es nicht auf den Grund unserer Loyalität an?«, erwiderte ich nach kurzem Zögern. »Und darauf, wie eng die Verbindung ist, der wir uns verpflichtet fühlen? Schließlich gibt es durchaus widerstreitende Loyalitäten im Leben, nicht wahr?«

»Du meinst also, es wäre keine Prinzipienfrage?«

»Nun, eine Prinzipienfrage, was ist das schon? Wenn wir versuchen, die Wirklichkeit so wahr wie möglich und in möglichst vielen Facetten zu sehen, dann wird es immer komplizierter, sich an eng gedachte Prinzipien zu halten, nicht wahr? Sie sind ja nicht dazu da, zwei oder mehr Seiten abzuwägen ...«

»Jon, der Wolfsexperte, würde vermutlich behaupten, dass unsere Loyalität immer dem gilt, der mächtiger ist. So wie sich ein Wolfsrudel stets auf die Seite des Stärkeren schlägt«, erwiderte Kämp mit einem Anflug von Bitterkeit.

Nun, wenn Jon Recht hatte ... Ich hatte zwar über die Alpha-Weibchen der Wölfe gelesen, dass sie bei der Auswahl des Leitwolfes Einfluss hatten, aber der Leitwolf Nick Mattan besaß wirkliche Macht. Er hatte Ulrich Kämp durch berufliche Förderung fest an sich gebunden. Illoyalität gegen den einflussreichen Bankier mochte Ulrich Kämps Karriere rasch und womöglich unwiderruflich beenden. Daher vermutete ich, dass Kämp auf seinen Liebestraum notgedrungen verzichtete. Er kaschierte diesen Verzicht vor sich selbst mit dem Begriff der Loyalität. Das war nicht schwer zu verstehen.

Plötzlich durchbrach ein langgezogenes, klagendes Heulen die Bergstille. Ich zuckte erschrocken zusammen und fuhr hastig herum. Ich starrte in die Richtung, aus der das Geheul kam.

»Was war das? Klang das nicht wie ein Wolf?«, stieß ich atemlos hervor und klammerte mich an den Ärmel von Ulrich Kämps Gehpelz.

Weitere Stimmen fielen in die schaurigen Laute ein. Also war es ein Wolfsrudel, wie ich vermutet hatte. Aber so angestrengt ich auch ins Dunkel spähte, ich entdeckte keines der Raubtiere.

Kämp lachte spröde. »Das sind bestimmt keine Wölfe«, beschwichtigte er. »Das ist Nicks Art von Humor. Er spielt den Leitwolf, und Elisa und Tom heulen mit.«

Tatsächlich? Ich war nicht überzeugt. »Ich möchte ins Haus. Ich … mir ist kalt«, stammelte ich.

Kämp erwiderte: »Dann beeilen wir uns.«

Wir waren viel weiter vom Haus entfernt, als ich gedacht hatte. Wolken und wirbelndes Weiß verschluckten das Mondlicht. Das Schneefeld wurde dunkler und kälter. Es war, als ob sich ein Ring um uns schlösse. Der Schnee schien sich an meinen Stiefeln festzusaugen, und auf dem unebenen Untergrund strauchelte ich immer wieder. Erneut trat ich in ein Schneeloch und stieß mir den Fuß an einem kantigen Stein. Ich hastete weiter und rang nach Luft. Zugleich lauschte ich beklommen.

Etwas folgte uns.

Abrupt blieb ich stehen und wandte mich um. Ich starrte in lichtlose Leere. Kalt und einsam erhoben sich ringsum die gewaltigen Berge. Kein Mensch und kein Tier. Dennoch lief mir ein Schauer über den Rücken. Warum glaubte ich plötzlich, Jons Blick zu spüren?

Während ich versuchte, schneller zu laufen, achtete ich kaum auf den Weg. Als ich zum wiederholten Mal stolperte und beinahe hinfiel, nahm mich Kämp bei der Hand, um mich zu führen. Aber er lief viel zu langsam. Am liebsten hätte ich seinen Griff abgeschüttelt und wäre gerannt.

Ich bekam Seitenstechen. Ich keuchte. Mein Gesicht war feucht von Schnee.

Das Heulen hob erneut an. Es hallte von allen Seiten wider. Ich fühlte mich ausgeliefert. Waren wir eingekreist? Hilflose

Beute? Ich wusste, dass meine Ängste keinen vernünftigen Grund hatten. Wir waren nicht in Gefahr. Wölfe mieden die Menschen. Wir waren nicht schwach und halb tot. Keine Kleinkinder. Nicht hilflos. Aber …

Vermutlich hatte ich Ulrich Kämp mit meiner Nervosität angesteckt. Auch er blieb mehrmals stehen, drehte den Kopf, lauschte, als witterte er eine Gefahr.

Warum war es so weit bis zum Tor?

Endlich erreichten wir es. Erst als wir unter den finsteren Bogen traten, fiel mir auf, dass das Licht, das die Zufahrt und den Innenhof des Kastells vorher hell beleuchtet hatte, nicht brannte. Doch ich dachte nicht darüber nach, ich war nur froh, ins Haus zu kommen. Aufatmend durchquerte ich den dunklen Hof.

Nie war mir die Eingangshalle so behaglich erschienen wie in dem Augenblick, als die Tür hinter mir schwer ins Schloss fiel und die eisige Winternacht ausschloss.

Kämp nahm mir den Pelz ab. Er musterte mich im schwachen Licht einiger Kerzen. »Du hast dich wirklich gefürchtet, Anne?«, fragte er lächelnd.

Ich hob verlegen die Schultern. Nachdem wir uns wieder im sicheren Haus befanden, konnte ich mir meine Angst kaum noch erklären. Waren die Schweizer Berge etwa dafür bekannt, dass dort Wolfsrudel Jagd auf Touristen machten?

»Die einsame Winterlandschaft regt offenbar meine Phantasie an«, murmelte ich und folgte Kämp in den verlassenen Salon. Vom Kamin strahlte eine kräftige Hitze aus. Ich ließ mich aufs Sofa sinken und zog erleichtert die Stiefel aus.

»Ja, das Val Tosta ist ein besonderer Ort«, bestätigte Kämp. Er füllte unsere Gläser und setzte sich in einen Sessel. Er beugte sich vor und stieß mit mir an. Doch er sah mir nicht in die Augen, vielmehr richtete er seinen Blick auf das Kaminfeuer. »Ich glaube, in diesen Mauern die Leidenschaft spüren zu können, die Men Mattan vor zweihundert Jahren getrieben hat … Diese Leidenschaft, der er alles geopfert hätte. Und er hat es geschafft. Er hat seine Festung gegen alle Widerstände gebaut.«

Ulrich Kämps Augen funkelten angeregt. Ich schwieg. Man musste wirklich besessen sein, um sich in solcher Einsamkeit diese Trutzburg zu bauen. Ich selbst würde mich wie eine Gefangene fühlen, wenn ich ständig hier leben müsste.

Kämp war in der Stimmung zu reden, ohne dass es einer Antwort von meiner Seite bedurfte. »Meines Erachtens ist ein Mensch, der keine Leidenschaft kennt, nur eine leblose Hülle.«

Ich war müde und hörte kaum hin. Entspannt lehnte ich mich zurück.

»Nehmen wir Paul.«

Überrascht hob ich die Lider.

»Ich weiß, ich kenne ihn kaum. Widersprich mir, falls ich mich irre. Mir erschien dein Verlobter nicht wie ein Mann, der sich für einen Traum mit all seiner Kraft einsetzen wird. Er ist charmant, er wirkt erfolgsverwöhnt. Aber die Leidenschaft, Anne? Könnte es je etwas geben, das ihm das Herz zerreißt?« Kämp hatte sich mir bei diesen Worten zugewandt. Doch er sprach, als ob er völlig vergessen hätte, dass jemand zuhörte.

Ich war in einer eigenartigen Stimmung befangen. So kam ich nicht auf den Gedanken, Kämps Worte in Frage zu stellen. Vielmehr trösteten sie mich darüber, dass Paul wortlos verschwunden war. Denn ihm fehlte nun einmal etwas ...

»Es sind die Leidenschaften, die uns wirklich leben lassen«, fuhr Kämp versonnen fort. »Egal, ob unsere Umgebung sie gutheißt oder für verdammenswert hält. Wir wissen, dass wir uns das, wofür wir brennen, nicht aussuchen. Mancher wird glücklich, mancher zerfleischt sich – und mancher wird einmal unsterblich sein.« Seine Stimme klang schwärmerisch. Offenbar hatte er eine romantische Ader.

Ich war zu müde, um Kämps Worten aufmerksam zu folgen. Daher nickte ich nur und blieb stumm, während er leise weitersprach. Was er sagte, erschien mir ein bisschen wirr.

Irgendwann ging ich schlaftrunken nach oben und ließ Kämp allein im Salon zurück. Es war nach zwei Uhr. Von den anderen war bislang noch keiner zurückgekehrt.

In Largan war das Silvesterfeuerwerk verpufft, die Glocken und Schellen waren verklungen. Die Jäger hatten sich ihrer Masken entledigt, die wilde Schar war erschöpft. Paare würden sich jetzt in die Arme sinken … Ich legte das Telefon in die Schublade des Nachttischs.

Bevor ich das Licht löschte, las ich noch ein paar Seiten in Anna Kammerers Tagebuch. Am Abend des 10. Oktober 1814 hatte sie geschrieben:

Das Haus unseres Retters ist eine einsame, düstere Burg in den Bergen. Im heftigen Schneesturm nahm ich unseren Weg in die Höhe nur bruchstückhaft wahr. Ich lief neben Leo, als ihn Bediente an Schultern und Füßen aus dem Hof durch ein dunkles Portal in eine Halle schleppten. Das Vestibül war kahl und roh, nur Stein und Holz. Durch einen finsteren Gang ging es weiter in einen Raum, wo die Männer Leo vor einem warm prasselnden Kaminfeuer auf einen Diwan legten.

Endlich entrang sich Leos Lippen ein krächzender Laut. Im ersten Augenblick fürchtete ich, dass er mich nicht erkennen würde, denn er schenkte mir keine Aufmerksamheit. Vielmehr stierte er auf die Wand hinter mich. Verwirrt wandte ich mich dorthin um.

Wir befanden uns in einem sehr großen, reich ausgestatteten Bibliothekszimmer. Ringsum reihten sich halbhohe Regale und Bücherschränke. Darüber befand sich ein Arvenholztäfer mit einem Gesims, das von kunstvoll geschnitzten Statuen getragen wurde. Doch anstelle menschlicher Köpfe krönten haarige Wolfsschädel die Atlanten!

Erschreckt sah ich genauer hin. Hatte ich tatsächlich Figuren der verhassten, grausamen Räuber vor mir? Unlängst erst war in der Zeitung zu lesen gewesen, dass sie im Posenschen etliche Kinder zerrissen hätten. Napoleons fliehende Grande Armée hatte Unmengen von Wölfen aus der russischen Tiefe weit in den Westen gelockt. Zahllose gefallene Soldaten wurden in dem schrecklichen Winter von diesen Bestien verschlungen.

Die Tierköpfe über den Bücherreihen waren zu meinem Erstaunen kunstvoll geschnitzte Porträts. Als hätten Geschöpfe Modell gestanden, deren Züge verschieden wie die von unterschiedlichen Menschen waren! Zudem zeigten einige starke Gefühle, sie drohten und fletschten die Zähne, oder sie erschienen schreckensvoll schreiend, manche auch angstvoll geduckt.

Einen Moment lang stieg eine lähmende Schwäche in mir auf. Was für ein Mann würde sich solche Monstren zum Schmuck eines Raumes, der der Kultur diente, wählen? All diese Folianten und ledergebundenen Werke – unter dem Sinnbild des Wilden, Barbarischen.

»Anna!« Leo versuchte, sich aufzurichten. Ich fühlte Erleichterung.

»Leo, mein Liebster! Ich bin so froh.« Ich wollte voller Zuversicht lächeln, doch meine Stimme schlug in ein Schluchzen um.

Unser Gastgeber Mattan trat vor den Diwan. Leos Blick weitete sich, ihn überlief sichtlich ein Schauder. Er hauchte: »Der Wolfsmann!«, und schien nach Luft zu ringen. Freilich war das Letzte, was Leo vor seiner Ohnmacht gesehen hatte, ein Fremder inmitten von Wolfsgestalten gewesen. Dennoch rührte sein panischer Schrecken mich peinlich an.

Als wären ihm Leos Worte entgangen, sagte Mattan freundlich: »Sie beide sind uns willkommene Gäste, mein Herr. Sobald Sie sich etwas erwärmt haben, werden meine Männer Sie in Ihr Zimmer führen. Sie befinden sich hier im Val Tosta, im Haus von Men Mattan. Ihre Frau hat mir bereits von Ihren Plänen erzählt.«

Leo warf mir einen misstrauischen Blick zu. Ich kannte ihn gut genug, um zu begreifen, dass jedes Wort, das ich mit diesem fremden Mann wechselte, in seinen Augen eine tadelnswerte Vertraulichkeit war. Ich wollte Leo sagen, dass Men Mattan uns aus größter Not gerettet hatte! Doch er war noch zu mitgenommen. Unter dem Blick unseres Gastgebers ging sein Atem rascher, als hätte er Schmerzen oder als plagte ihn eine Übelkeit. Sichtlich benommen, versuchte Leo, sich zu erheben. Aber er war zu schwach.

Besorgt beugte ich mich über ihn: »Du wirst wieder zu Kräften kommen, mein Liebster. Sei nur vollkommen ruhig. Ich will dir eine Brühe bringen.«

Mattan rührte meinen Ellbogen an und sagte mit sanftem, fürsorglichem Nachdruck: »Sie brauchen jetzt selbst Erholung, Madame. Legen Sie das Wohl Ihres Gatten vertrauensvoll in die Hände von Helfern, die sich mit der Pflege von Leidenden auskennen. Kommen Sie!« Sein ruhiger Tonfall duldete keinen Widerspruch. Wie selbstverständlich reichte er mir den Arm.

Gegen meinen Willen stahl sich ein dankbares Lächeln auf meine Lippen. Ich drückte Leo behutsam die Hand und folgte Mattan.

Wir hatten die Bibliothek kaum verlassen, als ein markerschütternder Schrei mich erstarren ließ. Hastig fuhr ich herum. Leo! Was war ihm geschehen? Ich stürzte zurück.

Leo saß auf dem Diwan, vor Schüttelfrost zitternd, die Hände in Pein vors Gesicht geschlagen. Er stöhnte gequält. Ich kniete vor ihm, griff nach den eiskalten Fingern, löste sie und sah in seinen Augen unerträgliche Furcht.

Vor dem Kamin standen zwei Diener in Pelzwesten. Einer hielt eine Felldecke für den Patienten vor sich auseinander gebreitet. »Brauchen Sie etwas? Sie scheinen zu frieren?« Ich nahm ihm die Decke ab und legte sie über Leos Beine.

Verwirrt blickte Leo zu ihnen hin, und von einem Moment auf den anderen wich seine Anspannung und machte Erschöpfung Platz.

»Ich habe ein Knurren gehört«, murmelte Leo betroffen. »Ich hob den Blick und glaubte, zwei Wölfe zu sehen. Sie sind plötzlich aufgetaucht, hinter dem Diwan. Sie haben die Fänge entblößt und mich blutdürstig angestarrt.«

Ich legte ihm meine Hand auf die Stirn. »Mir scheint, du fieberst, Liebster. Ich fürchte, die kaum überwundene Krankheit, der Sturz aus dem Schlitten und die Ohnmacht waren für deine kaum zurückgewonnenen Kräfte zu viel.«

Mattan stand in der Tür und betrachtete uns. Mein Blick war sprechend genug, ihm zu bedeuten, dass er nicht willkom-

men war. Er winkte den Dienern und schloss die Tür hinter ihnen und sich.

Ich überredete Leo, sich wieder hinzulegen, und setzte mich neben ihn. Dann berichtete ich, so gut ich es konnte, was sich nach dem Unfall begeben hatte und wer unser Gastgeber war.

»Er lächelt so eigenartig«, murmelte Leo und schaute mich forschend an. »Es drückt mir ganz seltsam das Herz zusammen. Als gäbe er mir zu verstehen ... Ich glaube, er ist mir feindlich gesinnt.«

»Du täuschst dich, Leo«, versicherte ich. »Wir haben sehr großes Glück gehabt. Men Mattan ist überaus hilfsbereit. Und er hat sich in jedem Moment comme il faut verhalten.« Mein Blick wanderte unwillkürlich zu den Wolfschimären. »Nur sein Kunstgeschmack ist ein wenig außergewöhnlich – und seine Hunde. Ich selbst war verwirrt und habe sie im ersten Augenblick für Wölfe gehalten. Das erklärt deine Fiebererscheinung, nicht wahr?«

Leo verzog die Lippen zu einem angedeuteten Lächeln. »Du hast Recht, meine Liebe. Aber es geht mir schon besser. Ich fühle mich wieder gefasst.«

Seitdem habe ich neben Leo gewacht. Man brachte ihn in ein Zimmer, das warm und behaglich ist. Bald war er tief eingeschlafen.

Ich griff nach Tinte und Feder und nach dem Tagebuch.

1. Januar
Neujahr

18

MEIN EIGENES SCHLUCHZEN WECKTE MICH. Ich hatte geträumt. Im Traum war ich bestürzt gewesen, hatte haltlos geweint. Ich konnte mich nicht erinnern, warum. Blind suchte ich nach einem Taschentuch. Da ich es im Dunkeln nicht finden konnte, tastete ich nach der Nachttischlampe. Ich drückte den Schalter.

Nichts tat sich. Schon wieder. Kurzschlüsse grassierten wie Masern in diesem alten Bau. Auch der Deckenlüster blieb dunkel. Die Leuchtziffern am Wecker zeigten auf kurz nach sechs. Erst in gut zwei Stunden würde der Neujahrstag heraufdämmern. Aber ich wollte nicht wieder einschlafen und weiterträumen.

Ich ging zum Fenster und zog den Vorhang zurück. Der Himmel war sternenklar. Diesmal drang kein Lichtschimmer aus Jons Bauernhaus. Draußen war alles still. Ich drehte mich um und tastete auf dem Tisch nach dem Kerzenleuchter. Streichhölzer lagen in einem Porzellanaschenbecher daneben.

Während ich die Kerzen anzündete, dachte ich an die Bibliothek, die Anna Kammerer vor zweihundert Jahren beschrieben hatte. Ob sie noch genauso aussah wie im Jahr 1814? Es lockte mich, den Raum aufzusuchen. Ich ging in das finstere Badezimmer, zog eine Hose und einen warmen Pullover an und machte mich ins Erdgeschoss auf.

Den Kerzenleuchter nahm ich mit. Nirgends, wo ich auf einen Lichtschalter drückte, ging eine Lampe an. Wenigstens war die Heizung nicht ausgefallen. Wie am Abend zuvor war es warm.

War Anna Kammerer einst so wie ich durch die Gänge und über die Treppe gelaufen? War sie ruhig und unbefangen gewesen, oder hatte sie sich in der fremden Umgebung beklommen gefühlt?

Von dem Haus ging in der Dunkelheit etwas Bedrohliches aus. Mehrmals war ich versucht, umzukehren und in meinem Zimmer zu warten, bis es heller Tag war. Der schwankende Lichtschein der Kerzen ließ die Umgebung seltsam bewegt erscheinen. Ich blinzelte, glaubte ein Huschen wie von einem schleichenden Tier, dann wieder das flüchtige Wehen eines Gewandes vor mir zu sehen. Außer meinen eigenen Schritten, die ich zu dämpfen suchte, war nichts zu hören.

»Es ist die zweite Tür nach dem Esszimmer«, hatte Elisa gesagt, als sie mir vorschlug, mich in der Bibliothek umzuschauen. Jetzt stand ich davor. Ich drückte leicht auf die Klinke, der Türflügel schwang auf. Beim Eintreten hob ich den Leuchter in Augenhöhe.

Ich war auf düstere Wolfsschädel gefasst. Dennoch schrak ich zusammen, als ich mich umsah und plötzlich in die eigenartig lebendigen Augen einer Schimäre aus Männerkörper und Wolfskopf blickte. Durch den jähen Luftzug meiner Bewegung schnurrten die Flammen der Kerzen zu Fünkchen zusammen. Zu meiner Erleichterung loderten sie gleich wieder auf.

Ihr Licht erhellte nur einen Ausschnitt des großen Raums. Langsam schritt ich von Figur zu Figur. Die Köpfe wirkten tatsächlich lebensecht. Ich hatte einige Filme über Wölfe gesehen, und es verblüffte mich nicht, dass es in Wesen und Aussehen unterschiedliche Individuen gab. Die kunstvoll geschaffenen Abbilder, die von den Simsen über den Bücherwänden herabstarrten, waren dank ihrer naturgetreuen Nachahmung und einer unverhüllten Gewalt der Gefühle schön und beklemmend zugleich.

Im Kerzenschein schienen die Wölfe zu atmen. Es war, als brauchten sie ihre ganze Beherrschung, um still hinter mir zu verharren. Wenn ich mich rasch genug umdrehte, würde ich sie dabei ertappen, wie sie mir den Kopf zuwandten und genüsslich ...

Ich zwang mich, meine Gedanken in eine andere Richtung zu lenken. Ringsum standen halbhohe Schränke und Regale, in denen sich die Bücher reihten: uralte Folianten, in brüchiges Leder gebunden, neben neuen Bildbänden, gebundenen Ausgaben und billigen Taschenbüchern.

Die Bibliothek war vernachlässigt. In dem Raum hing ein abgestandener, modriger Geruch. Vor dem unbeheizten offenen Kamin stand ein durchgelegener Diwan mit abgewetztem Bezug. Ein paar Kissen lagen darauf. Die Ränder des abgetretenen Perserteppichs waren zerschlissen. Über allem lag eine weißgraue Staubschicht.

Ich schmökere gern in alten Büchern, aber dieser Raum wirkte wenig einladend. Ich ging zur Tür und griff nach der Klinke. Doch bevor ich sie berührte, öffnete sich die Tür wie von Geisterhand. Fast hätte ich laut aufgeschrien. Doch es war nur Tom Stiegler, der unverhofft vor mir stand.

Noch immer trug er den weiten Pelzmantel. Das Fell war tropfnass. Toms rechte Wange war blutunterlaufen und aufgeschürft. Er schwankte.

»Bist du verletzt?«, fragte ich erschrocken. »Was ist passiert?«

Die Art und Weise, wie er den Kopf schüttelte, ließ vermuten, dass er selbst für seine Verhältnisse zu viel getrunken hatte. Seine Antwort war nicht zu verstehen. Er musste sie wiederholen. »Kein Problem. Gar nichts. Bin bloß über etwas gefallen ... oder wo gegengelaufen ... Gar kein Problem, Anne. Ich hab noch Durst. Will vor dem Schlafengehen bisschen was trinken, aber ...« Er schaute sich unsicher um. »Sieht gar nicht aus wie Nicks Salon.«

Offenbar irrte Tom auf der Suche nach einem Schlummertrunk durch das stockfinstere Haus.

»In Ordnung. Ich hole dir rasch ein Glas Wasser. Es dauert nur einen Moment«, sagte ich und achtete nicht auf seinen gelallten Einwand, er habe dabei nicht an Wasser gedacht.

Als ich zurückkehrte, stand er in seinem erbarmungswürdigen Zustand immer noch aufrecht und ohne sich anzulehnen vor der Tür zur Bibliothek. Ich hielt ihm das Wasser hin, und er trank es ohne Widerspruch in einem Zug aus.

»Besser?«, fragte ich ihn mit gedämpfter Stimme.

Tom nickte und machte den Eindruck, als wollte er jeden Augenblick im Stehen einschlafen. Es war an der Zeit, dass er ins Bett kam. Hoffentlich war er noch in der Lage, die Treppen hinaufzusteigen. Ich bot ihm den Arm. »Lass uns nach oben gehen. Es ist schon sehr spät.«

Er schlurfte neben mir her. Sein Oberkörper kreiselte leicht. Ich hoffte, dass er nicht zu Boden ging. Als wir die Treppe in der Halle erreichten, stützte er sich fest auf das Geländer. Langsam, doch stetig, kamen wir voran.

Erst im zweiten Stockwerk, auf dem Weg zu seiner Zimmertür, blieb Tom schwer atmend stehen und lehnte sich gegen die Wand. Er machte einen Versuch, mein Gesicht zu fixieren.

»Bist ein reizendes Mädchen«, murmelte er mühsam. »Hab ich mir gleich gedacht. Drum kann ich auch nicht ... ich kann nicht verstehen, wie ein so nettes Mädchen wie du, Anne ... wie konntest du nur an einen Bastard wie Paul geraten?«

Offenbar drang der Anblick meines wenig erfreuten Gesichts durch seine Alkoholnebelschwaden. Er hob die Hand, um mich zu beschwichtigen. »Nicht böse sein, Anne! Aber du ... Jemand muss es dir doch sagen! So ein reizendes Mädchen ...« Toms Lallen war stärker geworden, und als er sah, dass ich mich seiner Zimmertür zuwandte, um ihn hineinzubugsieren, verstummte er ganz.

Ich nahm ihm den nassen Pelzmantel ab und fragte, als er sich auf sein Bett niederließ. »In Ordnung, ja? Kommst du zurecht?«

Ein Brummen, das wie beginnendes Schnarchen klang, reichte mir als Antwort, und ich ließ Tom im Dunkeln zurück.

Wie kam Tom Stiegler dazu, Paul als Bastard zu bezeichnen? Auch die Art, in der Jon ihn vorgestern Abend den »netten

Paul« genannt hatte, war seltsam gewesen. Selbst der höfliche Ulrich Kämp schien Paul nicht gewogen. War etwas vorgefallen? Aber was? War der Vorfall in der Bank für Paul in Wahrheit nur ein Vorwand für seine Abreise gewesen? Wieso war er dann allein, ohne mich, gefahren? In mir wuchs die Beklemmung.

Um sieben Uhr morgens musste Paul doch zu Hause sein! Ich ließ das Telefon endlos in seinem Frankfurter Apartment läuten. Als ich auflegte, war ich davon überzeugt, dass ihm etwas zugestoßen sein musste. Ein Autounfall. Oder sein Flugzeug war abgestürzt. Ich hatte seit unserer Ankunft im Val Tosta keine Nachrichten gehört.

Über mir schlug eine Welle von Panik zusammen. Ich versuchte, vernünftig zu bleiben. Wer wurde verständigt, wenn Paul etwas zugestoßen war? Seine Eltern? Sie reisten seit Monaten in einem Wohnmobil durch Australien. Ich wusste nicht, wie man sie erreichen konnte.

Paul hatte zu Nick gesagt, dass ihm vielleicht die Zeit fehlen würde, mich anzurufen. Offenbar war der Grund, weshalb man ihn in die Firma gerufen hatte, sehr ernst. Hatte er in eine Filiale der Bank reisen müssen? Mir fiel ein, was er über eine Arbeit im Ausland gesagt hatte. Womöglich hatte er schon geahnt, dass etwas auf ihn zukam.

Ich atmete durch und fasste den Entschluss, nach dem Frühstück bei Pauls Frankfurter Nachbarn, die ich kannte, anzurufen. Vielleicht konnten sie mir sagen, ob Paul in den vergangenen Tagen in seiner Wohnung gewesen war. In der Münchner Redaktion würde ich mich erkundigen, ob es einen Flugzeugabsturz gegeben hatte.

Paul, ruf mich an!

Um mich abzulenken, griff ich wieder nach dem Diarium. Aber diesmal blätterte ich nur lustlos darin. Stillzusitzen und abzuwarten fiel mir zusehends schwerer. Ich legte das Buch zur Seite und begann, im Zimmer aufzuräumen. Es war nicht viel zu tun.

Vor dem Schlafengehen hatte ich mein Abendkleid achtlos über den Sessel beim Fenster geworfen. Ich holte einen Bügel aus dem Schrank, um es aufzuhängen. Aber das Kleid war nicht mehr da. Verwundert beugte ich mich über die Lehne und spähte dahinter. Dort lag nichts. Ich kniete mich auf den Boden. Auch unter dem Sitz fand ich nichts. Hatte ich mich getäuscht? Ich war sehr müde gewesen. Wo war das Kleid?

Ich suchte das ganze Zimmer ab, ich schaute ins Bad, ohne Erfolg. Ich öffnete jede Schranktür, zog alle Schubladen auf, schaute unter das Bett, drehte mehrmals Kissen und Decken um. Ich suchte in Taschen und Koffern, öffnete das Fenster und spähte über den Sims. Hatte ich das Kleid zum Lüften nach draußen gehängt?

Schließlich ging ich ratlos nach unten und kochte Kaffee.

Zwei Stunden später war es draußen hell, und ich war mit dem Polo unterwegs nach Sankt Moritz, um mich am Flugplatz von Samedan umzusehen.

Ich musste unbedingt etwas über Pauls Verbleib in Erfahrung bringen. Im Grunde glaubte ich nicht, dass er von Sankt Moritz aus nach Deutschland geflogen war, aber falls sein Auto auf dem Parkplatz stand, wüsste ich wenigstens ... Was?

Ich scheute davor zurück, ernsthaft über meine dunklen Ahnungen nachzudenken.

Als Elisa und Kämp zum Frühstück erschienen waren, hatte ich sie gefragt, ob sie mich nach Sankt Moritz begleiten würden. Insgeheim war ich froh gewesen, dass beide abgelehnt hatten. »Wir machen eine Skitour und brauchen keines der Autos«, hatte Elisa gesagt. »Nimm, welches du möchtest, sie sind beide voll getankt.«

Es tat gut, für einen halben Tag vom Kastell fortzukommen.

Meine Telefonate hatten nichts Neues ergeben. Kein Flugzeug war in den vergangenen Tagen abgestürzt. Die Münchner Kollegin, die ich in der Redaktion erreicht hatte, war sehr beschäftigt gewesen und hatte nicht nach dem Grund meiner Erkundigungen gefragt. Sie hatte gesucht und geblättert und schließlich: »Nein, gar nichts, ganz sicher«, gesagt.

Pauls nette Nachbarn, ein älteres Ehepaar, hatten sich am Telefon eine Weile beratschlagt. Minutiös gingen sie die beiden vergangenen Tage miteinander durch. Am Ende kamen sie zu dem Schluss, dass sie mir leider nicht helfen könnten. Es war ihnen nicht möglich zu sagen, ob Paul in seiner Wohnung gewesen war.

»Gehört haben wir ihn bestimmt nicht, das wüssten wir. Aber der Herr Walentin ist ja immer sehr leise und rücksichtsvoll. Keine laute Musik, kein Geschrei oder Getrampel, wie bei den zwei jungen Leuten im Stock über uns. Es könnte schon sein, dass er da war. Wir waren ja nicht ständig zu Hause. Aber sein Auto, Frau Jani, hören Sie? Sein Auto stand jedenfalls nicht in der Tiefgarage. Und auch nicht vor dem Haus. Wenn ihm etwas zugestoßen wäre, dann wäre doch sicher jemand von der Polizei ins Haus gekommen, nicht wahr? Man wird doch verständigt.«

Ich hatte mich bedankt und sie gebeten, sich keine unnötigen Sorgen zu machen. Für alle Fälle hinterließ ich die Telefonnummer, unter der ich im Val Tosta zu erreichen war.

Paul hatte mir versichert, der Himmel im Engadin sei fast immer blau. Bei Tagesanbruch hatte ihn ein glühendes Morgenrot überzogen. Aber inzwischen dominierten wieder bleigraue Wolken. Bevor es nachts aufgeklart hatte, waren ein paar Zentimeter Neuschnee gefallen. Die weiße Decke war nicht mehr unberührt. Vor mir auf der Straße verlief eine frische Reifenspur.

19

Ich kam bis zur Ausweiche hinter dem Felsentor. Dort stand Jons Pick-up mit geöffneter Fahrertür und davor ein Polizeiauto quer über die Straße, das den Weg versperrte. Zwei Schritte daneben gähnte der Abgrund.

Ich stellte den Motor ab. Was war geschehen? War Jon etwas zugestoßen? Mir war plötzlich elend zumute. Ich brachte die Kraft nicht auf auszusteigen.

Hinter dem quer stehenden Polizeiwagen tauchte ein uniformierter Polizist auf, und hinter ihm kam Jon. Ich atmete auf. Jon legte dem Polizisten in einer freundschaftlichen Geste eine Hand auf den Arm, blickte zu mir herüber und sagte etwas. Der Uniformierte musterte mich. Die beiden Männer kamen auf mich zu.

Ich stieg aus und fragte: »Ist etwas passiert?«

Jon nickte ernst.

Der Polizist, ein auffallend hagerer Mann, der Jon um einen halben Kopf überragte, erklärte: »Es wird leider noch einige Zeit dauern, bis wir das Unfallauto geborgen haben.« Er sprach eigenartig gedehnt, was ihm eine Aura von Ruhe, wenn nicht gar von Gemütlichkeit gab. Es passte nicht recht zu seiner Aufgabe. »Die Kollegen sind noch nicht fertig, aber ich denke, sie werden bald aufbrechen. Falls Sie dringend ins Tal müssen, Frau Jani, nimmt man Sie sicher gern mit.« Jon hatte ihm also meinen Namen genannt.

»Das ist Not Bucher«, stellte Jon mir den Mann vor. Es war der Larganer Dorfpolizist.

Ich nickte und versuchte, an den beiden vorbeizuspähen. Offenbar war eine Reihe Beamter im Einsatz. Hinter dem Polizeiauto waren noch zwei andere, zivile Fahrzeuge zu sehen, aber kein Notarzt und auch kein Krankenwagen. Vielleicht war er schon abgefahren.

»Was ... wer ist denn verunglückt?«, fragte ich tonlos und dachte plötzlich: Bitte, lass es nicht Paul sein!

»Es ist Corinna, Anne.«

»Corinna Manz?«

Jon nickte wieder.

»Ist sie verletzt?«

Jons Stimme klang heiser, als er antwortete: »Sie ist tot.«

»Was?« Ich schlug die Hand vor den Mund.

»Genickbruch. Sie war sofort tot, hat der Notarzt gesagt«, fügte Bucher hinzu.

»Oh Gott, nein ... das ist ja furchtbar!«, flüsterte ich. Tränen stiegen mir in die Augen. »Wie ist ... wie ist es denn passiert?«

»Entweder ist sie zu schnell gefahren und ins Schleudern gekommen, oder sie hat versucht zu wenden und ist über den Rand geraten. Wir wissen es noch nicht genau.« Bucher deutete über sein Auto hinweg.

»Ja aber ... wie war das möglich?«, fragte ich verständnislos. »Sie hat sich doch nach ihrem Unfall dermaßen vor der Strecke gefürchtet, dass uns ihr Mann beliefern musste! Er hat mir erzählt, dass sie sich weigerte, nochmals ins Val Tosta zu fahren ...«

»Tatsächlich?« Bucher klang überrascht. Er beugte sich vor. »Sie sagen, Frau Manz hätte die Strecke nicht mehr fahren wollen? Dann hat sie sich aber sehr schnell wieder anders besonnen. Als sie um kurz vor drei Uhr letzte Nacht hier hinauffuhr, schien sie keineswegs ängstlich, sondern bestens gelaunt zu sein.«

»Sie haben zuvor mit ihr gesprochen?« Obwohl mich Corinna Manz' Tod betroffen machte, konnte ich meine Neugierde nicht zügeln.

»Ja.« Bucher nickte. »Ein Kollege und ich. Wir standen unten am Innufer, hinter der Brücke, wo der Weg zum Kastell hinauf abzweigt. Da gibt es einen Schleichweg nach Scuol, und wir dachten, wir könnten ein paar Betrunkene an der Weiterfahrt hindern. Wir haben den Lieferwagen angehalten und ein paar Worte mit Corinna gewechselt. Ich fragte sie noch, ob sie sich von dem Schrecken wegen des überfahrenen Wolfs erholt habe, und sie hat gelacht und gesagt, das beste Mittel sei, sich abzulenken.« Mit einem Seitenblick auf Jon, brach Not Bucher ab. Jon räusperte sich.

Ich trat an die Unfallstelle und blickte in die Tiefe.

Bucher folgte mir. »Der Wagen hat sich überschlagen, und Corinna Manz wurde herausgeschleudert.«

Etwa zehn Meter unter uns lag der weiße Lieferwagen auf dem Dach, mitten in dem schäumenden Wasser des Wildbachs. Er wirkte dermaßen zertrümmert, dass Corinna vermutlich auch im Innern des Wagens keine Überlebenschance gehabt hätte.

Ein Mann in hohen Gummistiefeln machte sich an dem Unfallfahrzeug zu schaffen. Ein zweiter – er trug einen Filzhut und Lodenmantel – kletterte mühsam auf die Straße zurück. Offenbar war die Tote schon geborgen worden.

Ich starrte auf den Ort des Unglücks hinunter und dachte an Corinna Manz' eigenartigen Anruf vorgestern Nacht. Wie hartnäckig sie bei der Behauptung, ein Mann sei ihr ins Auto gelaufen, geblieben war!

Mit leisem Unbehagen kam mir Corinnas Warnung vor Jon in den Sinn. Und dass Corinna vermutet hatte, er und der Dorfpolizist hätten ihr über den Mann im Mantel etwas verschwiegen.

Ich wandte mich an Not Bucher: »Frau Manz war nach dem ersten Unfall offenbar sehr durcheinander. Sie hat mir gesagt, sie hätte den Eindruck, Sie wüssten, von wem sie redete, als sie Ihnen erzählte, sie habe einen Mann in einem Soldatenmantel angefahren.«

Bucher zuckte die Achseln. »Ja. Da hat sie schon Recht

gehabt. Aber ich habe es für besser gehalten ... Schaun Sie, Frau Jani, es gibt da einen Alten, einen Landstreicher, der seit Jahrzehnten droben im Val Tosta die Sommer verbringt. Früher ist er hier Schafhirt gewesen. Im Winter verschwand er für gewöhnlich, vermutlich hat er irgendwo bei Verwandten gewohnt. Aber in diesem Jahr habe ich ihn auch in den Wintermonaten hier in der Gegend gesehen. Man kennt ihn von weitem an seinem alten Uniformmantel.«

»Und Frau Manz wollten Sie das nicht sagen ...«

»Natürlich nicht«, mischte sich Jon, der hinter mir an dem Polizeiauto lehnte, trocken ein. »Corinna wäre vermutlich nicht mehr davon abzubringen gewesen, dass sie den Mann überfahren hat. Aber wir haben nun einmal nur einen Wolfskadaver gefunden. Und keine Spur von einem verletzten Menschen.«

Und das war zweifellos wahr. Aber ich konnte mich nicht dagegen wehren, dass mich ihr plötzlicher Tod seltsam anrührte. Er mutete nicht nur sinnlos und traurig, sondern ebenso merkwürdig an.

Ich dachte laut nach. »Corinna ist aus dem Wagen geschleudert worden. Wieso war sie nicht angeschnallt?« Ich schaute Not Bucher an: »Sie haben sie doch heute Nacht angehalten! Wird denn bei einer Polizeikontrolle nicht darauf geachtet, ob ein Autofahrer den Gurt angelegt hat?«

»Wir haben sie nicht kontrolliert«, erwiderte Bucher geduldig. »Es gab keinen Grund dafür. Corinna war nicht betrunken. Aber, wenn ich es mir recht überlege ... Sie haben schon Recht. Mir ist der fehlende Gurt wirklich nicht aufgefallen. Also war sie vermutlich angeschnallt. Ja, da bin ich mir fast sicher. Sie muss ihn irgendwo auf der Strecke gelöst haben.« Not Bucher starrte hinunter auf das Autowrack. In sich gekehrt, murmelte er. »Man denkt sich, es hätte nicht sein müssen, nicht wahr? Wenn wir das gewusst hätten ... Tja.«

Der Mann im Lodenmantel kam um das Polizeiauto herum auf uns zu, nickte grüßend und sagte zu Bucher: »Scheußlicher Unfall. Aber kein Hinweis auf Fremdverschulden. Sie können die Strecke freigeben, sobald der Lieferwagen heraufgeholt ist.«

»Würden Sie Frau Jani hinunter nach Largan mitnehmen?«, fragte ihn Bucher.

Ich winkte rasch ab: »Danke, aber ich bin nicht in Eile. Ich will einen Ausflug nach Sankt Moritz machen.«

»Wäre aber gar kein Problem.« Der Ermittlungsbeamte lüftete zum Abschied höflich den Hut und ging gemessenen Schrittes zu seinem Wagen.

Bucher musste auf das Bergungsgerät und den Abschleppwagen warten. Meine Fragen schienen ihn nicht zu stören, und ich nutzte die Gelegenheit, mehr zu erfahren.

»Weiß man, um welche Zeit es passiert ist?«

Bucher grinste. Er wiegte den Kopf. »Sie sind Journalistin, hat Jon mir gesagt. Wollen Sie einen Artikel über gefährliche Bergstraßen im Winter schreiben?«

»Nein«, sagte ich ernst. »Aber ich bin ziemlich wissbegierig. Neugierig, sagt mein Verlobter immer.«

Not Bucher bedachte mich mit einem gutmütigen Lächeln. »Sie können gern fragen. Nach den Reifenspuren im Schnee zu schließen, hat sich der Unfall auf dem Hinaufweg zugetragen. Etwa um drei Uhr nachts. Das passt auch zu dem, was der Doktor sagt. Nach drei Uhr hat es nicht mehr geschneit, und auf der Toten lag kein Schnee. Die Spur des Lieferwagens ist in der Früh, als ich hier herauffuhr, noch klar zu erkennen gewesen. Ansonsten gab es auf dem Weg keinerlei weitere Spuren. An dem Unfall ist also kein zweites Fahrzeug beteiligt gewesen.«

Buchers Redefluss stockte. Er schaute an mir vorbei und sagte langsam: »Den Anblick werde ich nie vergessen. Wie sie da unten lag, weiß, und das Blut an ihrem Unterarm. Das war die einzige sichtbare Verletzung. Der Arm hat wie zerfleischt ausgesehen.«

»Zerfleischt?«

»Ja. Aber davon hat sie nichts mehr gespürt.«

»Haben denn *Sie* den Unfall entdeckt?«, fragte ich verwundert.

»Ja, allerdings. Aber nicht zufällig.« Not Bucher lauschte. Ein Brummen näherte sich vom Tal. Vermutlich kam das erwartete Bergungsgerät. »Ich bin heute Morgen dazugekommen, wie Peder Manz den Fiat seiner Frau starten wollte. Der ist nicht angesprungen. Darum hat sie wohl in der Nacht den Lieferwagen genommen. Als ich Peder einsteigen sah, ging ich zu ihm hin. Er hatte seinen Silvesterrausch noch nicht ausgeschlafen. Aber er ließ sich nichts sagen. Er brüllte mich an, seine Frau sei verschwunden, er müsse sie suchen. Also habe ich ihn ins Val Tosta gefahren. Peder war überzeugt, dass Corinna bei Jon wäre. Tja. Und dann haben wir sie hier gefunden.«

Peder Manz tat mir leid. Ich fand ihn nicht besonders sympathisch, aber mir vorzustellen, wie er hier herauffuhr, außer sich vor Eifersucht – und wie er dann seine Frau tot fand ...

Das Abschleppfahrzeug quälte sich langsam den Weg herauf. Not Bucher wollte dem Lastwagen entgegengehen.

Ich fragte eilig: »Was waren das für Verletzungen an Corinnas Arm?«

»Wie bitte?« Bucher wandte sich halb zu mir um. »Der Arm? Der Sachverständige meint, es könnte beim Herausschleudern durch die Autoscheibe passiert sein. Oder sie ist damit unter den Lieferwagen geraten. Wollen Sie wirklich keinen Zeitungsbericht über den Unfall schreiben?«

Bestimmt nicht. Aber Not Buchers Beschreibung von Corinnas Verletzung hatte mich an Nesas verstümmelte Leiche erinnert.

»Ach übrigens ...« Der Polizist blieb nochmals stehen. »Wenn Sie einen größeren Ausflug planen, Frau Jani ... Ab heute Mittag soll es wieder schneien. Die Meteorologen rechnen mit starken Schneefällen. Es könnte schon am Nachmittag schwierig werden, ins Val Tosta zurückzukommen. Wenn die Vorhersage zutrifft, brauchen wir alle Räumgeräte fürs Dorf und die Hauptstraßen.«

»Danke! Ich ... ich denke daran!«

»A revair«, grüßte Not Bucher und lief bergab.

Unschlüssig sah ich ihm nach. Mir war die Lust vergangen, nach Sankt Moritz zu fahren, aber das lag nicht an dem zu erwartenden Schneefall. Nachdem Paul so spurlos verschwunden war, hatte Corinna Manz' Unfalltod meine Stimmung vollends verdüstert.

Jon trat zu mir. »Wenn tatsächlich so viel Schnee fällt, kann es Tage dauern, bis die Straße ins Val Tosta wieder frei ist«, sagte er und schaute mich prüfend an.

»Was?« Mir wurde bewusst, was das bedeutete. Ich wäre solange im Kastell eingeschlossen. Und Paul könnte nicht zu uns hinaufgelangen. Der Gedanke erschreckte mich. Nein, ich wollte nicht bleiben. Ich musste zurück ins Kastell, um unsere Sachen zu packen. Dann würde ich Nick bitten, mich nach Scuol zum Bahnhof zu bringen. Ich wollte zurück nach München.

»Ich fahre nach Hause«, sagte ich leise, ohne Jon anzuschauen, und schickte mich an, in mein Auto zu steigen.

Ich war überrascht, als Jon mit großem Ernst darauf sagte: »Ja. Fahren Sie heim, Anne. Es ist schade, dass wir nicht ... dass wir uns nicht mehr sehen werden, aber ... Sie sind hier nicht gut aufgehoben.«

Jons Antwort brachte mich aus dem Konzept. »Wieso sagst du das?«, fragte ich voller Unmut, wobei ich ihn absichtslos duzte. »Wenn ich heute abreise, dann sicher nicht, weil ich Angst habe! Nicht vor dem Schnee, nicht vor Wölfen und nicht vor irgendjemandem im Val Tosta, Jon!«

Er lächelte. Und dieses Lächeln löste unerwünschte Gefühle in mir aus.

Anstatt mich ins Auto zu setzen, schloss ich die Wagentür wieder. »Wollte Corinna zu dir, als sie den Unfall hatte?«, fragte ich widerwillig.

»Nicht dass ich wüsste, nein.«

»Du hast sie also nicht eingeladen?«

»Gewiss nicht, aber ... Wieso interessiert dich das? Wärst du mit mir nach Largan gefahren, bräuchtest du mir diese Fragen nicht stellen.«

Jons sarkastischer Tonfall ärgerte mich. »Wie kommt Peder Manz dann dazu, seine Frau bei dir zu suchen?«

Jons Augen blitzten. Doch er erwiderte ruhig: »Da müsstest du ihn fragen, nicht wahr? Aber ich will dir gerne meine Vermutung mitteilen, wenn dir so viel daran liegt. Corinna ist eine nette und lebenslustige Frau gewesen. Sie hat den Ruf gehabt, gern zu flirten – und ihren Mann damit zur Weißglut zu treiben. Das war sicher nicht klug von ihr. Natürlich wurde darüber geklatscht. Die letzte Affäre, die man ihr nachgesagt hat, war eine mit mir. Und da du so neugierig bist, erspare ich dir die Frage, die dir sichtlich unter den Nägeln brennt: Zumindest dieses Liebesverhältnis hat es nicht gegeben.«

»Ah, ja.« Ich dachte daran, wie Corinna sich in Jons Arme geflüchtet hatte, aber ich zügelte mich. »Sie schien aber nicht abgeneigt?«

Jon zuckte die Achseln. Und plötzlich schämte ich mich. Corinna war tot. Jon hatte gesagt, sie sei eine nette, lebenslustige Frau gewesen. Es ging mich nichts an, mit wem sie zusammen war.

»Es tut mir leid«, sagte ich und senkte den Blick. »Ich weiß nicht, was in mich gefahren ist.«

Anstatt mir zu antworten, hob Jon seine Hand und strich mir sanft über die Wange. »Würdest du mir deine Adresse geben?«, fragte er unvermittelt. »Ich möchte dich anrufen, wenn du wieder in München bist.«

Stumm nickte ich. Unweit von uns wurde das Abschleppgerät in Position gebracht. Es herrschte ein beträchtlicher Lärm.

»Wartest du, bis der Weg frei ist?« Ich redete lauter, damit Jon mich verstand.

»Nein, ich fahre wieder zurück. Ich bin nur hergekommen, weil ... Not hat mich angerufen. Er erzählte mir von dem Unfall und warnte mich, dass Corinnas Mann drohe, mir alle Knochen zu brechen. Er hat einen Schock erlitten. Not hat ihn nur mit Mühe abhalten können, zu Fuß zu mir zu stürmen. Der Arzt hat ihm dann eine Beruhigungsspritze gegeben, und man hat ihn mit dem Rettungswagen nach Largan gefahren. Ich konnte nicht im Haus herumsitzen, ich wollte wissen, was mit Corinna geschehen ist.«

Ich stieg ins Auto. Jon half mir beim Wenden, indem er den Abstand zur Hangkante anzeigte. Bevor ich losfuhr, ließ ich das Seitenfenster herunter. Ich hatte meine Adresse auf ein Stück Papier gekritzelt und hielt sie Jon hin.

»A bun ans verer«, sagte ich unsicher. Es war der einzige Ausdruck, den ich in Vallader behalten hatte. Doch eigentlich wollte ich ihn gar nicht wiedersehen.

20

NACHDEM ICH MICH ENTSCHLOSSEN HATTE, die Mattans zu verlassen, hatte ich es eilig, zum Kastell zurückzukehren. Auf der schneeglatten Fahrbahn gab ich zu viel Gas, und der Kleinwagen fing prompt an, hin und her zu schwänzeln. Erschrocken mühte ich mich, ihn abzufangen und in die Mitte der Straße zu lenken. Es brauchte wirklich nicht viel, um auf dieser Strecke zu verunglücken. Glücklicherweise fand meine Rutschpartie auf dem flacheren Wegstück hinter dem Felsdurchbruch statt.

Mein Blick konzentrierte sich auf den Waldweg. Dort, wo vor zwei Tagen der Wolfskadaver zwischen den Bäumen gelegen hatte, wehte ein heller Gegenstand leise im Wind. Er hatte sich an einem Ast verfangen. Ein Tuch? Es sah fast aus wie ... Ich bremste, hielt an, sprang aus dem Auto und lief um den Kühler.

Es hätte nicht viel gefehlt und ich hätte laut aufgeschrien: Im Gebüsch hing mein Abendkleid. Ich riss es von den Zweigen und starrte es ungläubig an. Die Seide war am Rocksaum zerfetzt und zeigte blutige Spuren. Als hätte sich jemand daran seine besudelten Pfoten abgewischt – an meinem Kleid, das ich in der vergangenen Nacht in meinem Zimmer über den Sessel geworfen hatte und das heute Morgen nicht mehr zu finden gewesen war!

Wie konnte das sein? Begann ich zu phantasieren? Wurde ich krank wie damals Leonhard Kammerer?

Zweifellos lagen meine Nerven nach Pauls Verschwinden und Corinna Manz' tödlichem Unfall blank. Und nun, beim

Anblick des zerrissenen Kleides, war ich nahe daran, hemmungslos loszuheulen. Allein der Gedanke, dass Jon mich so sehen könnte, wenn er mir in seinem Pick-up folgte, half mir, mich zusammenzunehmen.

Ich wollte mich nicht, wie Corinna, schluchzend in seinen Armen wiederfinden. Doch wenn er erst vor mir stünde ... Ich stellte mir vor, dass er mich, vor was auch immer, beschützen würde. Dass er Eigenschaften besaß, über die ich bei keinem Menschen je nachgedacht hatte: Mut und Stärke und noch etwas anderes, das ich nicht ergründen konnte. Ich dachte daran, wie Jon den Kopf neigte und mich mit einem winzigen Zwinkern der Augen ansah. Ich wusste, ich würde mir wünschen, dass er mich an sich zog, festhielt. Dass er mich nicht mehr losließe.

Während ich auf die zerschlissene, fleckige Seide in meinen Händen starrte und mich in meinen abstrusen Gefühlen verlor, machte ich mir gleichzeitig klar, dass ich mich in eine Neigung verirrte, die falsch war. Ich stellte mir in Jon einen Menschen vor, den es nicht gab. Was wusste ich schon über ihn? Dass ich mich von einem Tag auf den anderen ohne Sinn und Verstand danach sehnte, mit ihm zusammen zu sein ...

Mich durchzuckte ein ernüchternder Gedanke: Vermutlich hatte ich das Stück Stoff vorhin beim Hinunterfahren nicht sehen können, weil es durch Zweige verdeckt worden war. Aber es musste bereits dort gehangen haben. Und wer war vor mir den Weg hinuntergefahren?

Nicht nur der Fund meines Kleides war rätselhaft, auch der Ort war es: Genau an der Stelle, wo vor zwei Tagen der Wolfskadaver gelegen hatte. Und wer wusste, wo das gewesen war?

Ich schaute mich um – auf der Straße war noch niemand zu sehen. Eilig stopfte ich das Kleid in meine Umhängetasche, stieg ins Auto und startete. Ich war entschlossen, erst wieder über die Geschehnisse nachzudenken, wenn ich sicher und glücklich im Zug Richtung München saß.

Als ich in den Hof fuhr, kamen mir Nick, Elisa und Kämp über die Treppe entgegen. Sie trugen die Langlaufskier geschultert und waren bis zu den Nasenspitzen vermummt. Tom Stiegler blieb hinter ihnen in der Eingangstür stehen. Seine bloßen Füße steckten in Filzpantoffeln, unter dem Hausmantel lugten gestreifte Schlafanzughosen hervor.

Ich sperrte das Auto ab. Die drei Skifahrer stapften näher.

Nick sagte: »Jon hat eben angerufen und berichtet, was Corinna Manz zugestoßen ist – schrecklich!« Es war Nick nicht anzusehen, ob ihn der Tod der Frau berührte, doch seine Stimme wirkte gedämpft.

Von Elisas Gesicht waren zwischen Mütze und Schal nur die Augen sichtbar. Sie schaute mich kopfschüttelnd an. »Ich kann es gar nicht verstehen. Ich meine, wozu ist sie um drei Uhr früh hier heraufgefahren? Aber sie ist auch bei den letzten Telefonaten schon recht seltsam gewesen. Das hast du doch auch so empfunden, Anne?«

»Ich wünschte, ich wüsste, was sie so durcheinander gebracht hat«, murmelte ich.

Ich fing Kämps nachdenklichen Blick auf. »In ihrer Verfassung hätte man Frau Manz nachts nicht allein in der Gegend herumfahren lassen sollen«, gab er zu bedenken.

»Apropos Anruf«, sagte Elisa rasch. Sie lockerte den dicken Schal vor ihrem Mund. »Es gibt auch gute Nachrichten, Anne! Paul hat vorhin angerufen.«

»Paul?!« Mir fiel ein Stein vom Herzen.

»Es hat ihm sehr leid getan, dass er dich verpasst hat. Du sollst ihm verzeihen, dass er sich nicht früher gemeldet hat. Sein Handy ist kaputt, und er kommt nicht dazu, sich ein neues zu kaufen. Du hast ihn in Frankfurt nicht erreichen können, weil man ihn sofort nach London weitergeschickt hat. Und dort sitzt er leider so lange fest, bis das Schlamassel, das irgendjemand mit irgendwelchen Devisengeschäften angerichtet hat, wieder in Ordnung gebracht ist. Das wird noch ein paar Tage dauern, sagt er. Er hat deshalb Venedig gecancelt, du sollst nicht böse sein.«

»Ah, ja.« Ich war enttäuscht, aber meine Freude darüber, dass mit Paul alles in Ordnung war, überwog bei weitem.

»Er ruft wieder an, hat er gesagt. Er weiß nur noch nicht, wann. Ach, ja, sein Auto steht in Zürich am Flughafen. Ich habe mir gedacht, wenn du willst, kannst du Ende der Woche mit uns zurückfahren und mit Pauls Auto weiter nach München.« Elisa blickte mich aufmunternd an.

»Ich habe leider für seinen Wagen keinen Schlüssel«, antwortete ich leicht überrumpelt. »Ich denke, ich nehme den Zug. Das Gepäck lässt sich vermutlich in Scuol aufgeben.«

Eigentlich hatte ich Nick darum bitten wollen, mich gleich zum Bahnhof zu bringen. Doch er schnallte bereits seine Skier an. Ich scheute mich, ihn von seiner Langlauftour abzuhalten.

Als ahnte er, was in mir vorging, sagte Nick: »Der Wetterbericht hat für den Nachmittag heftige Schneefälle vorausgesagt, Anne. Wir werden die Tour abkürzen müssen. Wir sind also bald wieder zurück.«

Das gab den Ausschlag. Ich würde in der Zwischenzeit packen und mir eine akzeptable Entschuldigung für meinen eiligen Aufbruch überlegen. Ich wollte nicht unhöflich sein. Meine Sorge um Paul war offenbar unbegründet gewesen. Aber wenn ich an Corinnas Unglück und an mein blutverschmiertes Abendkleid dachte ...

Ich fühlte mich unwohl. Ich wollte in jedem Fall fort. Noch schneite es nicht. Vor dem Abend würde ich noch leicht aus dem Val Tosta herauskommen.

Nick fuhr voraus, Kämp und Elisa befestigten ebenfalls die Skibindungen.

Elisa wandte sich nochmals an mich. »Ach, Anne, entschuldige bitte, dass ich dich schon wieder mit Haushaltssachen belästige, aber es geht um das Licht im Haus. Ich habe schon den halben Vormittag vergeblich versucht, unseren Elektriker zu erreichen. Er ist der Einzige, der sich mit den Leitungen im Kastell einigermaßen auskennt. Falls er zurückruft: Er soll so rasch wie möglich kommen. Die Sache ist lästig. Und wer weiß, ob nicht noch mehr ausfällt!«

Ich nickte. »Sag ich ihm. Gern.«

»Danke. Bis dann!« Elisa wickelte wieder den Schal um ihr Gesicht und fuhr hinter Nick und Kämp her.

Tom schlurfte in die Halle zurück. Ich folgte ihm. Aus der Küche roch es verlockend nach gebratenen Eiern und Speck.

»Hmm ... Das riecht köstlich.« Angesichts von Corinna Manz' Schicksal schämte ich mich dafür, dass mir das Wasser im Mund zusammenlief.

Tom öffnete breit lächelnd die Küchentür und lud mich mit großer Geste ein einzutreten. »Ich mache dir auch eine Portion, wenn du magst.«

»Danke. Das wäre fein. Ich gehe nur kurz nach oben.«

Das Packen war rasch erledigt. Zum Schluss zog ich das Abendkleid aus meiner Umhängetasche. Ich trat damit ans Fenster und hielt es prüfend ans Licht. Ich hatte mir eingeredet, dass es einfach verschmutzt war, aber das stimmte nicht. Ganz deutlich waren verschmierte Blutspuren auf der Vorderseite zu sehen. Als ob sich jemand damit gesäubert hätte. Und ein Stück über dem Saum sah man schwach, aber deutlich erkennbar, tatsächlich den Abdruck einer Pfote. Wie von einem sehr großen Hund.

Ich musste mich setzen. Bilder und Sätze stürmten auf mich ein. Der tote Wolf neben der Straße. Nesa. Corinna. Das Heulen des Rudels in der vergangenen Nacht.

Paul hatte mir erzählt, dass sich die Jungen im Licht des Vollmonds in Wölfe verwandeln wollten: Es soll im Val Tosta ein Rudel von Wölfen gegeben haben, die Nicks Vorfahren dienten. Ein Mann namens Men Mattan, der angeblich ein machtvoller Werwolf war.

Jon, der meine Hände an sein Gesicht hob: Es hat einmal Zeiten gegeben, da hat man geglaubt, dass Wölfe verwandelte Menschen wären.

Und Clot Vallun: Die alten Wolfsgeschichten ... die wolfsverrückten Mattans ... Weshalb hatte ich den Museumsleiter nicht gefragt, was das bedeutete?

Ich starrte den Abdruck auf meinem Seidenkleid an und holte tief Luft. Ich würde nach Hause fahren und den verdorbenen Urlaub vergessen. Ich würde, so rasch es ging, aufbrechen. Aber zuvor würde ich Clot Vallun fragen, welche Geschichten er gemeint hatte. Und ob es im Val Tosta noch mehr Wölfe geben könnte als diesen einen, den Corinna getötet hatte.

Ich legte das Kleid zur Seite und griff nach dem Telefon. Valluns Visitenkarte steckte als Lesezeichen in Anna Kammerers Tagebuch. Der Karte entnahm ich, dass das Museum heute geschlossen war. Ich wählte Valluns private Nummer.

Es hob niemand ab. Das alte Ehepaar mochte bei seinen Kindern sein, bei Freunden, Verwandten. Es war schließlich ein Feiertag.

Erneut nahm ich das verdorbene Abendkleid in die Hand. Am liebsten hätte ich es in den Abfalleimer geworfen. Doch der wurde irgendwann ausgeleert. Jemand würde sich kopfschüttelnd fragen, was damit geschehen war. Ich zögerte. Schließlich legte ich das Kleid zusammen und steckte es in einen Beutel zu meiner Schmutzwäsche.

Bevor ich das Zimmer verließ, vergewisserte ich mich, dass alles eingepackt war, was mir oder Paul gehörte. Anna Kammerers Tagebuch lag auf dem Nachttisch. Ich bedauerte, dass ich es nicht zu Ende lesen würde. Womöglich fände sich irgendwo auf diesen Seiten ein Hinweis darauf, wer oder was Men Mattan wirklich war. Und welche Bewandtnis es mit den Wölfen hatte. Ich steckte das Buch in meine Jackentasche. Vielleicht blieb mir, bis ich aufbrach, noch Zeit, etwas herauszufinden.

Ich ging zu Tom in die Küche. Der Raum sah verändert aus. Durch die Fenster unter der Decke drang wenig Tageslicht, dafür brannten auf dem großen Tisch in der Mitte armdicke Kerzen. Ringsum auf den Anrichten waren weitere Lichter verteilt. Ihr warmer, goldener Schein machte die große Küche behaglich.

Ein weißes Tischtuch lag halb aufgeschlagen auf einer herausgezogenen Schublade. Rund um den Tisch waren bequeme Sessel und Stühle gerückt. Die Reste eines ausgiebigen Frühstücks standen herum. Daneben hatte Tom ein frisches Gedeck aufgelegt. Ein Sammelsurium von Obsttellern und zerknüllten Leinenservietten, Gläsern, offenen Flaschen, Brotresten und Weinkaraffen bedeckte den Tisch und die Vitrinen.

Tom stand in Pantoffeln und Hausrock am Ofen und wendete Speckstreifen in einer gusseisernen Bratpfanne. Er hatte statt des Elektroherds den alten Holzherd befeuert, der wie ein Museumsstück neben der gemauerten Feuerstelle unter dem Rauchfang erhalten geblieben war.

Als ich näher kam, drehte Tom sich um. »Setz dich, es ist gleich so weit.« Er deutete auf die weiß emaillierte Ofenfront. »Das macht wirklich Spaß. Meine Großmutter hat immer an solch einem Holzherd gekocht. Als ich klein war, hat man mich kaum aus ihrer Küche gebracht. Ich habe immer schon gern gegessen. Angeblich sagte ich: ›Köchin‹, wenn man mich fragte, was ich später werden wollte.« Tom gluckste. Er fasste die Pfanne am Stiel, kam damit zum Tisch und ließ Eier und Speck behutsam auf meinen Teller gleiten.

Ich sank auf den nächsten Lehnstuhl und griff nach Messer und Gabel. Während ich hungrig aß, wusch Tom einige Äpfel und trocknete sie sorgfältig ab.

Er grinste. »Ich habe seit bald drei Jahrzehnten keine wirklich guten Bratäpfel mehr gegessen. Sie gelingen in den neuen Herden nicht richtig. Heb dir noch etwas Appetit für den Nachtisch auf!«

Ich nickte. Genüsslich aß ich Stück um Stück von dem knusprig aufgebackenen Weißbrot, während ich Tom zusah. Mit Schneidbrett und Messer setzte er sich zu mir an den Tisch. Er stach die Kerngehäuse sorgsam aus, dann rieb er die Äpfel dick mit Butter ein und füllte sie mit Zucker und Zimt, bevor er sie in den Herd setzte.

»So.« Er schob weitere Scheite ins Ofenloch. »Jetzt müsste die Hitze richtig sein.«

Ich schob mir den letzten Bissen Speck in den Mund. »Es hat köstlich geschmeckt.« Ich fing an, das gebrauchte Geschirr zusammenzustellen, doch Tom bat mich, es bleiben zu lassen. Er nahm in einem knarzenden Schaukelstuhl Platz.

»Wenn du aufräumst, wird es ungemütlich«, sagte er. »Ich beginne gerade, mich wohl zu fühlen. Und wie geht es dir? Paul hat ja vorhin angerufen. War auch höchste Zeit. Aber was ich dir sagen wollte ... Ich glaube, ich habe heute Morgen einen rechten Blödsinn dahergeredet. Ich weiß gar nicht, was ich mir dabei gedacht habe. Wegen Paul ... also, der ist schon in Ordnung.« Tom grinste wieder. »Vermutlich bin ich bloß eifersüchtig gewesen. Entschuldige, ja?«

Tom wirkte in dem Moment derart zufrieden mit sich, dass ich lachen musste. »Ich kann mich gar nicht erinnern, dass ich irgendwas Dummes von dir gehört hätte«, sagte ich.

»Ah, ja. Das ist gut.« Der Schaukelstuhl wiegte Tom sanft auf und ab. Tom wurde müde, er hatte den Kopf weit zurückgelehnt. Die Augen fielen ihm zu, und er döste ein.

Ich zog Anna Kammerers Tagebuch aus meiner Tasche, blätterte, fand jene Stelle, wo ich zuletzt aufgehört hatte, und las.

Allmählich mischte sich Bratapfelduft in die Wohlgerüche der Küche.

21

Val Tosta, d. 11. Oktober 1814
im Kastell Mattan

Die vergangene Nacht schlief ich erschöpft bis in den späten Morgen. Ich erwachte davon, dass Leo neben mir sich stöhnend herumwälzte. Die gestrigen Aufregungen haben bei ihm zu einer neuen Kolik geführt.

Ich zog hastig die Klingel, doch trat nicht, wie erwartet, eine Kammerjungfer ins Zimmer, sondern ein älterer Diener, der keine Livree trug, bloß eine schmucklose Weste über Hosen und Hemd. Ich warf mir einen Schal über die Schultern, suchte in unserem Gepäck nach dem Beutel mit den getrockneten Kräutern und gab dem Bedienten Anweisung, wie der lindernde Trank zuzubereiten war.

Mein Frühstück wurde gleichfalls von dem wortkargen Diener gebracht, der, wenn ich ihn etwas fragte, so unverständlich vor sich hin murmelte, dass ich keine Silbe verstand. Nachdem ich Leo versorgt und ihm den Tee löffelweise eingeflößt hatte, aß ich ein paar Bissen Brot, das in Milch eingeweicht war, und machte eilig Toilette. Leo schlief wieder ein.

Es war an der Zeit, unseren Gastgeber aufzusuchen. Die Ungewissheit, in der ich mich hier im Haus eines Fremden befinde, beunruhigte mich. Bei unserer Ankunft gestern musste ich leider erkennen, dass meine Hoffnung, an Men Mattans Seite eine Hausherrin zu finden, getrogen hatte. Bisher ist mir in diesem Haus noch überhaupt keine Frau begegnet. Jedoch sind die Männer in Men Mattans Diensten offenbar in der Pflege von Kranken geübt.

Ich zog den Kamm durch mein Haar und warf einen Blick aus dem Fenster. Die riesigen Bergmassive jagten mir Schauer über den Rücken. Felsen und Wälder und Gipfel – alles ist weiß. Und die trutzigen Mauern, die uns umschließen. Wir sind Mattan in eine Festung mitten in der Wildnis gefolgt.

Ich knotete meinen wollenen Schal über dem Kleid, deckte meinen Mann fester zu und ging zur Tür.

Auf der Schwelle fuhr ich erschrocken zusammen. Einer der großen Hunde, die Wölfen ähneln, lag im Gang vor dem Zimmer. Jaulend sprang er auf. Mir stockte der Atem. Doch der Hund duckte sich und zog sich ein paar Schritte zurück. Er hat hellwache, goldgelbe Augen und ein sehr dichtes und zottiges Fell. Da ich Hunde gern mag, streckte ich die Hand aus, um ihn daran schnuppern zu lassen, doch das trieb ihn noch weiter zurück. Er folgte mir mit den Augen, als ich zur Treppe ging, aber er lief mir nicht nach.

Als ich die Halle betrat, kam mir Men Mattan entgegen. Er war elegant gekleidet, nicht altmodisch höfisch, sondern mit weißem Halstuch nach englischer Art. Ich lächelte, sein Gesicht leuchtete auf.

»Wie schön Sie sind«, rief er aus. Das war nun keine Begrüßung, die den gesellschaftlichen Regeln entsprach. Mattans glutvoller Blick unterstrich, was er zu mir sagte, und ich errötete. Dieser Mann setzt mich in Verlegenheit, und das Schlimmste ist, dass ich mir nicht einmal wünsche, er würde sich anders verhalten.

Natürlich wollte ich darauf bestehen, dass er Leo und mich noch am gleichen Tag in ein Gasthaus nach Scuol bringt. Aber ich konnte es nicht. Mattan wusste auf alles, was ich zu ihm sagte, eine scheinbar vernünftige Antwort. Und alles lief immer nur darauf hinaus, dass es Leo schaden könnte, wenn er, solange er nicht wiederhergestellt ist, eine weitere Fahrt unternehmen muss. Am Ende war es mir unmöglich, Mattan nicht beizupflichten.

Mattan versicherte mir, er werde, sobald der Weg hinunter nach Largan wieder zu befahren sei, einen Arzt von ausgezeichnetem Ruf an Leos Krankenbett holen. »Im Laufe des Tages dürften die Schneefälle abklingen«, erklärte er.

Da Leo weiterhin bettlägerig ist, nahmen wir das Abendessen zu zweit ein. Mattan bemerkte, dass mich etwas bedrückte, und bat mich, es ihm anzuvertrauen. »Ich werde tun, was ich kann, um Sie unbeschwert froh zu sehen«, sagte er in so fester und ruhiger Art, dass es mir ganz seltsam zumute wurde.

Mattan gibt mir in jedem Moment das Gefühl, dass es ihn glücklich macht, mir eine Aufmerksamkeit zu erweisen. Also gestand ich ihm, dass ich es ungewohnt fände, ganz ohne weibliche Gesellschaft oder Bedienung zu sein.

d. 12. Oktober

Auch heute schneite es immer noch leicht. Dennoch ließ Men Mattan gegen Mittag den Schlitten anspannen und fuhr, gefolgt von den Hunden, die fast ständig um ihn sind, hinunter ins Dorf.

Leo hat sich von seinem Anfall erholt. Den Tag über saß er, in Decken warm eingepackt, zwischen dicken Federkissen im Bett und las in einer Anleitung darüber, wie man die Schweiz am besten bereisen sollte. Auch ich versuchte, mich durch die Lektüre eines Romans zu zerstreuen. Immer wieder ertappte ich mich jedoch dabei, wie ich auf das Klingeln der Schellen von Men Mattans Schlitten lauschte.

Als es am späteren Nachmittag anfing zu dämmern, nickte Leo ein. Ich verließ unseren Schlafraum und lief zu einem Fenster über der Toreinfahrt. Dort stand ich und schaute nach unserem Gastgeber aus.

Es wurde stockdunkel, bis sein von einer Laterne beleuchteter Schlitten auftauchte. Ich hätte meine Freude darüber verbergen sollen, doch ich vermochte es nicht. Ich lief Men Mattan in den Burghof entgegen. Er half einer gedrungenen, kleinen Gestalt auszusteigen. Zu meinem Erstaunen war es eine ältere Frau. Den erwarteten Arzt sah ich dagegen nirgendwo.

»Es tut mir sehr leid, Madame. Ich habe den Doktor nicht angetroffen. Er ist heute Morgen nach Fetan gerufen worden und wird wohl die Nacht dort verbringen, da er bis Sonnenuntergang noch nicht wieder zu Hause war. Ich hinterließ ihm die Nachricht, dass wir seine Dienste für einen schwer kranken Gast brauchen werden – und dass ich ihn noch einmal aufsuchen will.«

Ich nickte beklommen. Mein Blick begegnete dem der schlicht gekleideten Frau, die mich freundlich ansah.

Mattan sagte rasch: »Dies, Madame, ist Meta, meine ehemalige Kinderfrau. Sie hat meinen Vater während seiner letzten Jahre versorgt. Ich schilderte ihr Ihre Lage, und Meta wird Ihnen gerne zur Hand gehen. So lange, bis Ihrer glücklichen Weiterreise nichts mehr im Weg stehen wird.« Den letzten Satz fügte er leise hinzu, und ich glaubte, in seiner Miene zu lesen, dass ihm der Gedanke daran nicht gefiel.

d. 15. Oktober

Wir sind nach wie vor Men Mattans Gäste. Denn in der Nacht nach Mattans Rückkehr vom Dorf setzte in einer ungewöhnlichen Kapriole des frühen Winterwetters ein weiteres heftiges Schneetreiben ein. Seitdem will das Toben der Elemente nicht enden. Rings um das Kastell ist nichts als ein dichter Ring wirbelnder Flocken zu sehen, und es wird unter den tief hängenden Wolken niemals recht hell. Da wir das Haus nicht verlassen können, muss Leos schwankendes Wohlbefinden weiterhin ohne die Behandlung des Arztes bleiben.

Wie gut, dass ich Meta hier bei mir habe! Auch wenn sie schon alt ist, besitzt sie eine glückliche Tatkraft und Heiterkeit. Allein ihr ist es zu verdanken, dass Leo sich ohne Widerstand ins Unvermeidliche fügt. Er fühlt sich zu schwach, um zum Essen aufzustehen, doch wird er von Meta aufs Beste umsorgt. So darf ich mich ohne Gewissensbisse aus seinem Krankenzimmer entfernen.

Es würde mir wenig höflich erscheinen, wenn ich dem Wunsch unseres Gastgebers, ihm bei den Mahlzeiten Gesell-

schaft zu leisten, nicht freundlich entsprechen wollte. Nie habe ich solchen Reichtum erlebt wie an Mattans Tafel! Auf mein Erstaunen erklärte er mir, dass der Mundkoch aus Russland stammt – wie alle seine Bedienten im Haus. Mattans Umgang mit seinen Leuten scheint mir im Übrigen nicht der gewöhnliche zwischen Hausherrn und Dienern zu sein.

»Diese Männer und mich verbindet sehr viel«, hat er mir erklärt. »Gemeinsam sind wir dem Verderben des großen russischen Feldzugs entronnen. Ich stand damals im Dienst des französischen Kaisers, wie schon in vielen Unternehmen zuvor.« Unser Gastgeber ist kaum älter als Leo, doch hat er in zahlreichen blutigen Schlachten gekämpft.

Ich frage mich, was in den Weiten der russischen Wälder geschehen sein mag, dass diese Männer dem Feind, einem Offizier der Grande Armée, in die Schweiz, nach Graubünden, folgten? Mattan wich mir aus, als ich darauf zu sprechen kam. Er ist ein ungewöhnlicher Mann.

d. 16. Oktober

Wir nehmen den Kaffee im Salon, plaudern über Romane, über meine Familie und Freunde und über Musik. Mattan bittet mich häufig, am Klavier einige Lieder für ihn zu spielen, und dann bleibt er über das Instrument gebeugt stehen und schaut mich unverwandt an.

Bisher weiß ich nur wenig von ihm. Dass er in dem nahen Dorf Largan geboren wurde und dass er das Kastell im Val Tosta nach seiner Rückkehr vom russischen Feldzug erbaut hat. Den Baumeister und etliche Handwerker hatte er sich aus Süddeutschland hierher geholt. Auch beschäftigte er viele Männer aus den umliegenden Dörfern. In diesen Zeiten von Kriegen und Not ist jeder froh um einen guten Verdienst.

Während des Baus reiste er monatelang durch Europa. »Ich habe Geschäfte gemacht.« Welcher Art diese waren, erwähnte er nicht.

Manchmal spricht er über Paris, Wien und London und schildert mir ihre Moden, die unterschiedlichen Menschen, die schönen Plätze, Paläste und Straßen so anschaulich, dass ich gebannt an seinen Lippen hänge. Ich würde gern ewig so sitzen und lauschen – und fröhlich über die Anekdoten lachen, die er für mich ausspinnt! Doch wenn sich sein Blick, mit dem er mich ansieht, in einer gewissen Weise verändert, erstickt meine Heiterkeit jäh.

d. 17. Oktober

Ich habe ihn, nachdem ich zwei Gläser Wein während des Abendessens getrunken hatte, heute tatsächlich gefragt, weshalb er nicht verheiratet sei – ob er noch keine Dame gefunden hätte, die sein Herz fesselte?

Mattan trat zu mir – ich hatte, während ich sprach, einige Bücher betrachtet, es war in der Bibliothek – und nahm meine Hand, führte sie an die Lippen, um meine Fingerspitzen zu küssen, und sagte: »Sie irren sich. Es gibt ein Geschöpf, das meine Gedanken und meine tiefsten Gefühle beherrscht.«

Ich wusste nicht mehr, was ich darauf sagen sollte. Ist es sehr verwerflich, einer Konversation solche Richtung zu geben? Liebes Tagebuch, sage nun bitte nicht: ja!

In meiner Verwirrtheit schützte ich Müdigkeit vor. Ich wollte zu Bett gehen und eilte so rasch aus dem Zimmer, dass es, wie ich fürchte, als eine ängstliche Flucht gelten muss. Erst als ich den Schlafraum betrat, wo Leo ruhig und ungestört schlummerte, besann ich mich wieder auf meine Pflichten.

Ich will das verfängliche Thema der Liebe künftig in jeder Hinsicht meiden!

Natürlich hat Men Mattan auf keinen Fall andeuten wollen ... Wie dumm ich doch bin!!! Ich muss über meine Einbildung lachen.

d. 18. Oktober

Ich schreibe mein Tagebuch nunmehr in meinem eigenen Boudoir. Mattan hat mich gebeten, über das Kabinett zu verfügen. Es ist ganz im Geschmack einer eleganten Dame eingerichtet! Auch ein Ruhebett steht darin, damit, wie Mattan zu mir sagte: »... nebenan der Kranke, wenn nötig, ungestört schlafen kann – und auch Sie sich zurückziehen können, wann immer Sie sich nach Stille und Abgeschiedenheit sehnen.«

Ich fühle fast schuldbewusst, wie sehr ich diesen Luxus genieße!

Meist betrete ich kaum das Boudoir und setze mich an den Frisiertisch, um mein Haar zu lösen, da öffnet sich schon die Tür, und Meta tritt ein. Vor Zeiten, ehe sie Men Mattans Kinderfrau wurde, war Meta bei dessen Mutter Zofe gewesen. Nun geht sie mir freundlich plaudernd zur Hand.

d. 19. Oktober

Heute Abend, vor dem Zubettgehen, nippte ich an einer Trinkschokolade, die mir mit einer Empfehlung des Mundkochs serviert worden ist. »Mmh. Das schmeckt himmlisch. Wie werde ich hier von allen verwöhnt!«

Meta lächelte. »Es ist schön, Ihnen zuzusehen. Herrn Mattans Mama hat jeden Abend ein Tässchen Schokolade getrunken. Darauf hat sie nie verzichten müssen, auch nicht als ... aber ich will Sie nicht langweilen, Kind.«

»Men Mattans Mutter war nicht von hier, nicht wahr?«, fragte ich rasch. Ich klopfte auf einen gepolsterten Schemel, der neben mir stand. »Kommen Sie, setzen Sie sich!«

Ich erfuhr, dass Domenic Mattans Mutter in Frankreich zu Hause gewesen war, in einem Adelsschlösschen im Limousin. Anders als Mens Vater.

»Nun ja«, sagte Meta. »Er war kein so stattlicher Mann, wie sein Sohn es ist, und ihm fehlte dies je-ne-sais-quoi, dieses leidenschaftliche Drängen, dieser Wille, die Kraft, die sein Sohn scheinbar im Überfluss hat! Er ist ein stiller und vornehmer Mann gewesen, aus einem alten Bündner Geschlecht, der von seinem schrumpfenden Vermögen lebte und sich als Privatgelehrter ganz der Wissenschaft widmete. Im Gegensatz zu seinem Vater, der als Offizier in einer der Freikompanien dem französischen König diente. Die Botanik der Alpen war seine Leidenschaft.«

»Wie kommt es, dass Sie sich Meta nennen?«, fragte ich. »Das ist doch kein französischer Name, nicht wahr?«

»Nein. Mein Taufname ist Marguerite, Madame. Aber der kleine Domenic hat das nicht aussprechen können. Und statt Margarete wird hier in der Gegend oft Meta gesagt.«

»Und wann ist Ihr Schützling geboren worden?«

»Zu Ostern 84. Er bekam noch ein Schwesterchen. Doch die Kleine starb bereits wenige Tage nach der Geburt. So hat sich alle Liebe und Hoffnung auf den Jungen gerichtet.«

»Sicher hat er seinen Eltern viel Freude gemacht.«

»Das hat er wohl, ja«, Meta lachte. »Aber Men war auch ein Satansbraten, ungebärdig und wild. Doch er hatte ein offenes, glückliches Wesen, nahm Anteil an allem und an allen Menschen, und wenn man ihn lachen sah, liebte man ihn. Ihm wurde am Ende stets alles vergeben. Vermutlich auch deshalb, weil er zwar mutwillig, aber nie böse war. Im Gegenteil schien er ein weiches Herz zu haben und war leicht zu rühren. Er konnte in Tränen ausbrechen, wenn er einen halb verhungerten Bettler sah oder ein Kätzchen, das sich verletzt über die Straße schleppte. Umso größer war das Befremden, auf das er schließlich mit seiner Neigung bei seinem Vater gestoßen ist.«

»Was meinen Sie?«, fragte ich erstaunt.

»Nun, für Domenic stand es früh außer Frage, dass er Soldat werden würde. Seinen besorgten Eltern ist das ganz unverständlich gewesen. Doch mir schien es durchaus natürlich zu sein. Mattans Vorfahren waren nicht nur von seines Vaters Seite über Jahrhunderte in fremden Diensten gestanden – so wie zahllose andere Bündner und Schweizer. Auch die beiden Brüder seiner Mutter sowie etliche Großonkel hatten als Offiziere in Frankreich gedient. Men ist schon mit fünfzehn Jahren hochgewachsen und kräftig gewesen, und er besaß eine Autorität, die außerhalb der Familie kaum einer in Frage gestellt hat.«

Ich beugte mich vor. »Aber er wird doch nicht schon mit fünfzehn ...«

»Nein, nein. Er sollte ja zur Schule gehen. Sein Vater hätte ihn gerne später zum Studium ins Ausland geschickt. Ganz in der Nähe, in Fetan, hat der Herr Pfarrer Andreas Rosius a Porta ein Institut eröffnet. Men war damals neun, und man hat es für richtig gehalten, ihn aus der Betreuung durch wechselnde Hauslehrer herauszunehmen und in der reformfreundlichen Art des a Porta, nach dem Vorbild des Martin Planta in Haldenstein, erziehen und bilden zu lassen.« Meta lächelte in sich hinein.

»Allerdings ist die Schule schon im darauffolgenden Jahr einem Brand zum Opfer gefallen und erst 1797 wieder eröffnet worden. So lange wurde er wieder von Hauslehrern unterrichtet.« Sie schüttelte in einer Weise den Kopf, die ahnen ließ, dass es mit Domenic Mattans wissenschaftlicher Neigung damals nicht zum Besten stand.

»Sie werden nicht wissen, was es mit den Cumpagnias de mats auf sich hat?«, fügte sie hinzu.

»Nein. Davon habe ich noch nie gehört.«

Meta seufzte. »Das hatte ich auch nicht, bis ich hierher kam. Es sind überkommene Knabenschaften in Graubündener Dörfern – eine Art Miliz. Junge Männer ab vierzehn Jahren finden sich bis zu ihrer Heirat darin zusammen – unter dem Capitani, ihrem Hauptmann, der einen eigenen Stab hat. Mit fünfzehn war Men Capitani, und als im gleichen Jahr, 1799, das Tal – und die Schule – abwechselnd von den österreichischen und den französischen Truppen besetzt worden war, sprach er von nichts anderem mehr, als selbst in den Krieg zu ziehen. Wie die sogenannten Patrioten hat er sich für die französischen revolutionären Ideen und für Napoleon begeistert.«

Diese Neigung Mattans weckt in mir widersprüchliche Gefühle. Großmama hat im französischen Kaiser stets einen Usurpatoren und Schlächter gesehen. Andererseits ist es Napoleon gewesen, der das Königreich Bayern letztlich geschmiedet hat. Die Kaufleute in den ehedem reichsfreien Städten haben bereits manchen wirtschaftlichen Nutzen in den Neuerungen erkannt. Doch weiß ich im Grunde zu wenig über die politische Lage und die Ursachen all der schrecklichen Kriege in den vergangenen Jahren.

»Und wie ist es weitergegangen?«, fragte ich zögernd.

»Ein Jahr lang hat Domenic bitten müssen – dann gab ihm sein Vater nach. Men war sechzehn Jahre alt, als er Fähnrich im Heer des revolutionären Frankreich wurde.« Als wäre damit alles gesagt, erhob sich Meta von ihrem Schemel.

Ich war enttäuscht.

»Ich kann Ihnen nicht mehr erzählen, Madame«, sagte Meta. »Men Mattan ist in all den Jahren, als er Offizier war und kämpfte, kein einziges Mal nach Largan zurückgekehrt. Ab und zu kamen Briefe, nicht viele, in denen er seinen Eltern berichtet hat, dass es ihm gut ginge. Mens Mutter ist 1807, als hier die Pocken grassierten, gestorben. Erst im Januar 1813 tauchte er wieder hier auf.«

Meta holte mein Nachthemd. Während sie mir beim Auskleiden half und das Hemd überstreifte, fügte sie leise hinzu: »Als Men zurückkam, ist er nicht mehr derselbe gewesen. Natürlich war er kein halbwüchsiger Junge mehr. Und als er mit seinen Gefährten in Largan anlangte, schien er mit seinen Kräften am Ende. Aber das ist es nicht, was ich meine. Nein. Es war vielmehr sein innerstes Wesen, das sich verwandelt hatte.«

Meta erzählte, Men Mattan wäre ihr seitdem wie in eine eigenartige Düsternis versunken erschienen. Er habe stets rastlos und unfroh gewirkt, habe seine Pläne mit unnachsichtiger Eile vorangetrieben und schien wie besessen davon, sich so rasch wie möglich in das neu erbaute Kastell im Val Tosta zurückzuziehen. Er wollte sich von allem abschließen, außer von seinen seltsamen Russen und den Hunden.

»Ich habe ihn seitdem nie mehr fröhlich oder entspannt und zufrieden gesehen – bis er nach Ihrer Ankunft zu mir kam, um mich zu bitten, mich Ihrer anzunehmen. An jenem Nachmittag ist er wieder der charmante Causeur gewesen, der er schon als Knabe war«, sagte die einstige Kinderfrau.

Und dann fügte sie noch hinzu: »Zum ersten Mal hat er da wie früher gelacht. Ich kann es nur Ihnen zuschreiben, Madame, dass er an der Gesellschaft von Menschen endlich wieder Gefallen findet. Ich danke Gott für jeden Tag, den Sie noch bei uns bleiben.«

22

NICHT NUR ANNA KAMMERER war von Metas Bericht enttäuscht. Auch ich hatte gehofft, mehr über Men Mattan zu erfahren. Während ich las, war der Duft aus dem Backrohr stärker geworden. Waren die Bratäpfel fertig? Ich klappte das Tagebuch zu und schob es wieder in meine Jackentasche.

Bevor ich den Herd öffnen konnte, war Tom aus seinem Schaukelstuhl aufgeschreckt. Er schob mich zur Seite. Aus dem Ofen zischte und brutzelte es.

»Gerade noch rechtzeitig!«, murmelte Tom. Er hob die knusprigen Äpfelchen auf zwei kleine Teller.

Vorsichtig nahm ich einen ersten Bissen.

»Und?«, fragte Tom.

Ich hätte mir fast die Zunge verbrannt und schnappte nach Luft. »Sie könnten nicht besser sein«, lobte ich.

Tom strahlte. »Wie ich gesagt habe! Es ist ein Vergnügen, einmal in dieser Küche arbeiten zu können. Bei den bisherigen Silvestertreffen hat uns Nicks Haushälterin von morgens bis abends bekocht. Es hat vortrefflich geschmeckt. Aber wann immer ich den Kopf in ihre Küche steckte, schaute sie mich dermaßen grimmig an, dass ich nicht wagte, einen Schritt über die Schwelle zu tun.«

Tom deutete auf die vielen Kerzen, die nicht alle in Leuchtern steckten, sondern zum Teil mit Wachstropfen auf angeschlagenen Kuchentellern klebten. »Ich glaube nicht, dass sie solche Liederlichkeiten in ihrer Küche dulden würde.«

»Fällt das elektrische Licht häufiger aus?«, fragte ich und machte mich an den zweiten Bratapfel.

Tom überlegte. »Eigentlich nicht. Es ist zwei- oder dreimal vorgekommen. Aber bisher sind immer nur einige Räume betroffen gewesen, nie das ganze Haus.«

Ich sagte, dass Elisa auf den Anruf ihres Elektrikers wartete.

Tom schüttelte den Kopf. »Ich verstehe nicht, weshalb sie sich darum kümmert. Schließlich ist Jon da. Das wäre doch seine Sache.«

»Wieso?«, fragte ich verständnislos.

»Na, schließlich gehört ihm das alte Gemäuer.«

»Jon? Aber wieso ... Ich habe gedacht ...« Ich starrte Tom überrascht an.

Er grinste. »Ach ja? Nick erweckt liebend gern den Eindruck ... und tatsächlich will er das schöne Val Tosta, mit dem Kastell und dem alten Hof drüben, unbedingt kaufen, jedoch ...« Er zuckte die Achseln und griff nach einer Wasserflasche und einem Glas, um sich einzuschenken.

»Aber ich dachte, einer von Nicks Vorfahren hat das Gebäude errichten lassen?«

»So ist es auch. Der Urgroßvater von Jons und Nicks Urgroßvater war der Erbauer des Hauses. Die Mattans haben es in der Folge stets so gehalten, dass das Val Tosta, wie ein Familienstammsitz, an den jeweils ältesten Sohn übergegangen ist. Außer den Pachteinnahmen von ein paar Schafzüchtern hat es daran allerdings nichts zu verdienen gegeben. Das Geld lag von Anfang an in den Bankgeschäften und Investitionen der Familie Mattan.«

»Also ist Jon ...«

»Nicks Vater war der jüngere Sohn des alten Mattan, der das Kastell in seinen letzten Lebensjahren bewohnt hat. Jons Vater, der ältere der beiden Mattan-Brüder, hat nach dem Tod des Großvaters das Val Tosta geerbt und sich überhaupt nicht darum gekümmert. Er ist hinreichend damit beschäftigt gewesen, als Star-Architekt durch die Welt zu reisen.« Tom lachte und griff nach seinem Glas.

»Und wieso haben Nick und Elisa ein Haus renoviert, das Jon gehört?«

»Streng genommen hat das die mattansche Privatbank getan, die wiederum in Nicks Besitz ist. Nicks Vater, der die Bankierstradition fortführte, hat das Geschäft vom Großvater übernommen, und er hat so viel Geld verdient, dass er seinen Bruder, Jons Vater, ausbezahlt hat. Deshalb ist Nick, da sein Vater schon früh gestorben ist, heute Alleineigentümer der Bank und der Züricher Liegenschaften.«

»Aha«, murmelte ich.

»Du solltest von dem Marsala probieren«, riet mir Tom und deutete auf den Dessertwein, der auf dem Küchentisch stand. »Warte!« Er erhob sich suchend, und als er kein sauberes Glas fand, holte er eines aus der Anrichte. Er schenkte ein und sah mir gespannt zu, wie ich an der bernsteinfarbenen Flüssigkeit nippte. »Und?«, fragte er, ganz so, als stammte der Wein aus seinem eigenen Keller.

»Er schmeckt mir«, sagte ich ungeduldig. »Aber ich fürchte, dass ich es immer noch nicht ganz begreife.«

»Es ist ganz einfach. Jons Vater hat sich um den geerbten Familienstammsitz nicht gekümmert. Und Nick, der ebenso wie sein Cousin Jon oft in den Ferien hier beim Großvater war, hat das Val Tosta schon immer geliebt und davon geträumt, es zu besitzen. Verkaufen wollte Jons Vater es nicht, denn er sollte den Familiensitz ja an seinen eigenen Sohn weitergeben. Nick konnte das Haus jedoch langfristig von seinem Onkel pachten. Im Gegenzug hat Nick, oder vielmehr seine Bank, das alte Gemäuer restauriert. Mieter ist die mattansche Privatbank – was steuerliche und geschäftliche Gründe hat. Nick liebt es, wie ein Patriarch aufzutreten. Er lädt oft Freunde – privat und geschäftlich – in das Kastell ein. Um seine Investitionen bei der Renovierung zu sichern, hat er das Vorkaufsrecht auf das Kastell erworben.« Tom grinste. »Jetzt wird es etwas interessanter.«

»Ja?« Ich rückte mit meinem Stuhl näher. Im trüben Licht vor den Fenstern tanzten ein paar einzelne Schneeflocken. Es sah nicht beunruhigend aus.

»Jons Vater starb im vergangenen Frühjahr plötzlich an einem Herzinfarkt, und Jon erbte das Val Tosta. Im Sommerurlaub haben wir – meine Frau, die Kinder und ich – Nick und seine Familie wie gewöhnlich in Umbrien getroffen, in meiner Casa Rustica nicht weit von Perugia. In diesem Jahr konnte Nick sich zehn Tage freinehmen.«

Tom trank sein Glas aus und blickte unentschlossen auf die Flasche Evian, aus der er sich bisher bedient hatte. Dann griff er nach dem Marsala, um sich davon großzügig in sein Wasserglas einzugießen. Er probierte, legte genüsslich den Kopf zurück und lächelte sinnend, bevor er weitersprach.

»Bei seiner Ankunft mit Elisa war Nick noch blendend gelaunt. Er hat mir gleich erzählt, dass er das Val Tosta nun endlich kaufen könne, da Jon froh sei, wenn er sich nicht mehr darum kümmern müsse und nichts mehr damit zu tun habe.«

»Wieso wollte Jon nichts mehr mit dem Tal zu tun haben?«, unterbrach ich Tom.

»Tja. Das kann ich eigentlich nur vermuten. Oder vielmehr, ich konnte es. Denn es hat da offenbar einen Sinneswandel gegeben ...« Tom Stieglers Augen blitzten boshaft, als er gedehnt weitersprach: »Noch vor Ende des Urlaubs war es mit Nicks guter Laune nämlich vorbei. Er hatte einen Anruf von Jon erhalten, und als er uns anschließend auf der Terrasse darüber berichtete, platzte er beinahe vor Enttäuschung und Ärger.« Nicks guter Freund Tom gluckste bei diesen Worten vergnügt, als könne er sich nichts Schöneres vorstellen.

»Jon hat es sich also anders überlegt?«

»Ja und nein, wie man's nimmt. Jon wollte nach wie vor an Nick verkaufen, allerdings nicht mehr sofort. Er hatte sich nämlich entschieden, in dem alten Bauernhof im Val Tosta ein Buch zu schreiben. ›Es ist dort angenehm ruhig. Und dir kann es gleich sein, ob du das Ganze ein Jahr früher oder später erwirbst. Schließlich bleibt ja alles beim Alten, nicht wahr?‹, hat Jon Nick erklärt. Und der mochte ihm offenbar nicht sagen, wie viel es ihm ausmacht und wie sehr er nach diesem Besitz giert. Schließlich will er den Preis für das alte Gemäuer nicht nach oben treiben.« Grinsend schenkte Tom Stiegler sich nach.

Es war eigenartig, wie Tom in beinahe gehässiger Weise über seinen langjährigen Freund sprach. Unter Toms leutseliger Oberfläche lauerte eine beträchtliche Spannung. Ein denkbarer Grund dafür war natürlich, dass er erst vor kurzem von seiner Frau verlassen worden war. Doch es schien noch andere Gründe für seine Feindseligkeit zu geben. Ich fragte mich, womit Nick Tom gegen sich aufgebracht hatte.

Jetzt begriff ich die unterschwellige Verdrossenheit, die ich an Nick in Jons Gegenwart spürte. »Du hast vorhin erwähnt, dass Jon nichts mehr mit dem Val Tosta zu tun haben wolle«, fragte ich. »Was ist der Grund dafür?«

Toms Grinsen verflüchtigte sich. »Ich bin mir nicht sicher«, brummte er. »Aber ich glaube, es hängt mit dem verunglückten Mädchen zusammen, du weißt schon, das vor zwanzig Jahren an Silvester ertrunken ist.«

»Mit dem ertrunkenen Mädchen?«, fragte ich unbehaglich.

Nachdenklich hob Tom sein Glas. Sein Handrücken war dunkel und ungewöhnlich kräftig behaart. Ich dachte daran, wie ich Tom gegen Morgen an der Bibliothekstür gesehen hatte, zerschunden und schmutzig, mit dem durchnässten Pelz, und ein kalter Schauer lief mir über den Rücken. Um sechs Uhr morgens war Corinna schon seit drei Stunden tot. Er hatte sich seitdem nicht rasiert, dennoch waren die Schürfspuren auf seiner Wange deutlich zu erkennen. Ich fragte mich, wo Tom in der Nacht gewesen war.

Tom trank und behielt das Glas in der Hand. Er murmelte: »Wir haben sie damals gesucht. Am Neujahrsmorgen, als wir wieder einigermaßen nüchtern waren. Irgendwer ist in der Pension aufgetaucht ... Ich weiß noch, wie bleich Jon auf einmal im Zimmer stand. Das Mädchen ist seine Freundin gewesen.«

Ich fand es nicht notwendig, Tom gegenüber zu erwähnen, dass ich das bereits wusste.

Tom blickte mich aufmerksam an. »Sie sah dir übrigens ähnlich. Kein Wunder, dass Jon ...« Er zwinkerte, ohne zu lächeln. Rasch fuhr er fort: »Er war sehr verliebt in das Mädchen. Er hatte sie im Sommer kennen gelernt, als er zwischen Matura und Studienbeginn bei einem Schafzüchter in Largan gearbeitet hat. Er brauchte Geld. Sein alter Herr hat ihn knapp gehalten.«

»Ihr habt in einer Pension geschlafen?« Clot Vallun, der Museumsleiter, hatte doch von einem Schlafsack bei einem der Burschen zu Hause gesprochen?

Tom nickte. Er ließ den rotgoldenen Rest in seinem Wasserglas kreisen. »In einer Pension, ja. Jon und ich konnten uns kein Zimmer leisten. Aber Jon kannte den Sohn der Wirtsleute gut, und wir durften die paar Tage über Silvester bei ihm auf dem Boden pennen. Nick, Elisa und Paul hatten richtige Zimmer.«

»Elisa war dabei?«, fragte ich verblüfft.

»Ja. Nick und sie kannten sich damals gerade vier Wochen. Sie hat zu Hause erzählt, sie sei über Silvester mit einer Freundin und deren Eltern auf einer Berghütte.« Tom lächelte sentimental. Sein runder, fast kahler Schädel glänzte im Kerzenschein. »Susanne habe ich wenig später bei einer von Elisas illustren Partys kennen gelernt.« Er stieß einen Seufzer aus.

»Und woher hast du Jon gekannt? Über Nick?«

»Nein. Wir waren doch alte Schulkameraden.«

»Schulkameraden? Wieso? Ich dachte, du, Nick und Paul, ihr drei seid zusammen aufs Internat gegangen?«

»Jon ist ein Jahr lang dabei gewesen. Wenn ich mich richtig erinnere, war das in der zehnten Klasse.«

»Ach. In der zehnten? Und wieso bloß ein Jahr?«

»Jons Eltern hatten sich getrennt. Jon sollte mit seiner deutschen Mutter zurück nach München, aber sein Vater wollte, dass er weiterhin eine Schweizer Schule besucht. Deshalb steckte er ihn ins Internat. Zu Cousin Nick. Jon hat es gehasst. Nach einem Jahr war er wieder in München.«

Also war Jon in der zehnten Klasse mit Nick, Paul und Tom zusammen gewesen. In dem Jahr, als sie sich Wolfsfelle angelegt hatten, um in einer Vollmondnacht zu Werwölfen zu werden.

Die Zeit verstrich. Der Wind hatte aufgefrischt. Vor den Küchenfenstern fiel der Schnee immer dichter. Ich wünschte mir, Nick, Elisa und Kämp würden bald von ihrer Skitour zurückkehren.

Während ich durch die Scheiben in die wirbelnden Flocken starrte, zerbrach ich mir den Kopf, wie mein Seidenkleid blutverschmiert in die Nähe des Unfallortes gelangt war. Hatte ich es doch in der Nacht schlaftrunken zum Lüften ans Fenster gehängt? Hatte ein Windstoß es fortgetragen und irgendein Tier es ins Dickicht gezerrt? Der Gedanke, dass ein Mensch in meiner Nähe sein könnte, der mir solche seltsamen Streiche spielte, war schwer zu ertragen.

Tom sagte: »So ein Schneegestöber ist herrlich, wenn man gemütlich im Warmen sitzt. Ohne Termine und Pflichten.« Er gähnte. »Ich liebe das.«

Ich zuckte die Achseln. »Das stimmt schon, ja. Aber ich möchte trotzdem noch heute nach Hause fahren. Es soll in den nächsten Tagen schwere Schneefälle geben. Ich werde Nick bitten, mich zum Bahnhof zu bringen.«

»So ... ja ...« Tom kniff die Augen zusammen und musterte mich. »Schade. Aber wenn du nicht bleiben willst ... Ich wollte dir noch erzählen, weshalb ich glaube, dass Jon das Val Tosta gemieden hat.«

»Du meinst, warum Jon zwanzig Jahre lang nicht mehr hierher kam?«, fragte ich nur mäßig neugierig.

»Ja. Vermutlich fühlte Jon sich schuldig am Tod des Mädchens. Er wollte an die Geschehnisse nicht mehr erinnert werden.«

»Ich kann mir vorstellen, dass er über den Tod seiner Freundin sehr unglücklich war. Aber wieso soll er sich schuldig gefühlt haben?«

Tom genoss meine Neugier. Seine Lippen kräuselten sich. »Weil er damals vor Eifersucht fast von Sinnen gewesen ist.«

»Eifersucht?« Vallun hatte erwähnt, dass sich die beiden gestritten hatten.

»Jon ist völlig ausgerastet. Nun ja, wir waren an diesem Abend alle schon etwas betrunken. Sonst hätte Paul sicherlich nicht mit Jons Mädchen geflirtet.«

»Paul?« Ich zog den Namen fragend in die Länge.

Tom nickte. »Paul.« Eilig fügte er hinzu: »Vergiss nicht, wie lange das her ist! Für Paul ist es bestimmt nichts Ernstes gewesen. Ich vermute, er hat sich dabei nichts gedacht. Und wenn sie nicht – sie hieß übrigens Nesa, komischer Name, ist mir gerade wieder eingefallen –, wenn sie ihn nicht derart ermutigt hätte ...« Tom grinste.

Nun war es genug. Mit einem Ruck stand ich auf. Ich wollte über Nesa und ihren Tod kein Wort mehr hören.

»Ich denke, es ist an der Zeit, etwas Ordnung zu machen«, unterbrach ich entschlossen Toms Erinnerungen. Ich nahm ein Tablett und fing an aufzuräumen.

Bedauernd erhob sich Tom. Er senkte den Kopf und betrachtete seine Pantoffeln. »Na gut«, sagte er schließlich. »Dann gehe ich jetzt unter die Dusche. Oder soll ich dir helfen?«

»Nicht nötig, du hast doch gekocht.«

»Also ...« In einer seltsam theatralischen Geste hob Tom die Hand zu einem huldvollen Gruß. Nicht zum ersten Mal ließ mich seine Art an einen begabten Schauspieler denken. Ich war mir nur nicht darüber im Klaren, wie talentiert er in Wirklichkeit war.

23

DER GESCHIRRSPÜLER LIEF, die Küche war aufgeräumt. Ich wischte den Tisch und die Anrichten ab und löschte die Kerzen. Der Wind war zum Sturm geworden. Er pfiff durch die Ritzen. Der Blick aus den halbrunden Fenstern wurde inzwischen von einem Flockenvorhang verwehrt. Ich hatte nicht vor, länger zu warten. Beim Aufräumen hatte ich beschlossen, mit dem Polo nach Scuol zum Bahnhof zu fahren und ihn dort stehen zu lassen. Sobald das Wetter besser war, konnten sie ihn holen. Ich würde Nick und Elisa meinen Abschied mit ein paar höflichen Zeilen erklären und mich für die Umstände, die ich ihnen machte, entschuldigen.

Auf dem Weg durch die Halle schaute ich nach dem Autoschlüssel. Ich hatte ihn bei meiner Rückkehr wieder ans Brett gehängt. Tom war dabeigestanden. Jetzt fehlte der Schlüssel. War er heruntergefallen? Ich bückte mich und suchte am Boden. Vergebens.

Tom konnte doch nicht ... Einen verrückten Moment lang hielt ich es für möglich, dass er den Autoschlüssel an sich genommen hatte, um mich am Wegfahren zu hindern.

Ich zügelte meine Phantasie. Die Haustür war nicht versperrt. Jeder konnte den Schlüssel nehmen, wenn er den Polo brauchte. Ich würde Tom deswegen nicht unter der Dusche stören. War es nicht unwichtig, ob ich eine Viertelstunde früher oder später aufbrach? Ich würde die Zeit nutzen, um nochmals bei den Valluns anzurufen. Langsam stieg ich die Treppe zu meinem Zimmer hinauf.

Nach dem zweiten Läuten meldete sich eine leise, weibliche Stimme. »Ja? Vallun.«

»Hier ist Anne Jani, Frau Vallun. Wir haben uns vorgestern im Museum kennen gelernt ...«

»Aber ja! Frau Jani. Wie nett, dass Sie anrufen.«

Clot Vallun war nicht zu Hause. »Er ist bei seiner Kartenrunde. Kann ich ihm etwas ausrichten? Soll er Sie zurückrufen, Frau Jani?«

Ich erklärte Lina Vallun, dass ich mich noch einmal melden würde. »Von München aus. Ich habe vor, noch heute Nachmittag heimzufahren. Aber vielleicht können Sie mir auch weiterhelfen. Sie leben doch schon sehr lange in Largan, nicht wahr?«

Lina Vallun lachte. »Das kann man wohl sagen. Ich bin hier geboren. Mein Mann ist der Zugezogene. Er kam als junger Lehrer hierher.«

»Und ist zum Experten für die Ortsgeschichte geworden!«

»Ich glaube nicht, dass das so verwunderlich ist. Den Einheimischen erscheint ja alles in ihrer Umgebung vertraut. Sie sehen oft keinen Grund, sich damit zu beschäftigen. Vielen ist kaum bewusst, wie viel wir nicht – oder nicht mehr – von früher wissen.«

»Ich wollte Ihren Mann etwas zu einer Bemerkung fragen, die er mir gegenüber gemacht hat. Wir sprachen über ein altes Tagebuch, in dem Men Mattan, der Erbauer des Kastells im Val Tosta, eine Rolle spielt. Ihr Mann hat alte Wolfsgeschichten erwähnt, die in Largan in Umlauf wären. Wissen Sie, was er damit gemeint hat?«

Lina überlegte nur kurz: »Ich denke schon. Wir Kinder haben früher geglaubt, dass im Val Tosta Wölfe lebten. Ich erinnere mich an einen Sommertag, als ich sechs oder sieben Jahre alt war. Gemeinsam mit anderen kleinen Mädchen habe ich Himbeeren im Wald gepflückt. Wir haben die Zeit vergessen und sind erst nach dem Abendläuten nach Hause gekommen. Das war ein schlimmes Vergehen. Meine Großmutter hat geschimpft und mir gedroht: ›Wenn kleine Kinder im

Dunkeln im Wald herumlaufen, werden sie von den Wölfen aus dem Val Tosta geholt. Sie kehren niemals zu ihren Eltern zurück. Und wenn sie doch eines Nachts aus dem Wald kommen, dann wissen alle, dass sie in einen Werwolf verwandelt sind.‹« Lina lachte spröde. »Ein grausames Schicksal, das ich mir lieber nicht ausmalen wollte.«

»Es klingt schauderhaft. Wie konnte man einem Kind solche Angst machen?«

»Es waren andere Zeiten. Und meine Großmutter war eine harte Frau. Ich bin aber sicherlich nicht das einzige Kind gewesen, das sich vor Mattans bösen Wölfen in Acht nahm.«

»Gibt es einen realen Grund für diese Schreckgeschichte?«

»Sie geht vermutlich auf diesen Men Mattan zurück. Er war anscheinend unermesslich reich. Es wurde behauptet, all seine Schätze hätte er bei unzähligen Raubzügen erbeutet. Er hätte als Werwolf in seiner Burg im Val Tosta inmitten von wilden Wölfen gelebt.«

»Aber das hat doch wohl niemand ernsthaft geglaubt?«

»Niemand, der Vernunft besitzt. Aber es tauchten immer wieder Gerüchte auf, dass im Val Tosta und in den Bergen droben Wölfe ihr Unwesen trieben. Man hat von gerissenen Schafen erzählt, totgebissenen Hunden, von nächtlichem Wolfsgeheul. Wissen Sie, damals hat es ja noch kein Fernsehen gegeben. Man hat, besonders im Winter, abends in der Stube gesessen und sich die alten Geschichten erzählt. Wir Kinder hockten hinter dem Ofen und haben die Ohren gespitzt. Ach je, Frau Jani, ich muss rasch die Ofentür schließen, ich war gerade beim Nachfeuern, als das Telefon klingelte. Einen Moment bitte!«

Lina Valluns Schritte entfernten sich. Im Hintergrund polterten Holzscheite, Metallangeln quietschten. Gleich darauf meldete sich Linas freundliche Stimme wieder.

»Natürlich haben wir längst eine Zentralheizung einbauen lassen. Aber die Wärme von unserem gemauerten Ofen ist so wunderbar angenehm. Manchmal, wenn ich nichts zu tun habe, sitze ich bloß auf der Ofenbank, um mir den Rücken zu wärmen. Aber, das wollten Sie ja gar nicht wissen.« Sie lachte verhalten. »Sie wollten ja etwas über die Wolfsgeschichten hören. Aber weshalb, wenn ich fragen darf, weshalb interessiert Sie das?«

Ich war auf die Frage gefasst. »In dem Tagebuch, das ich lese, werden Wölfe im Val Tosta erwähnt. Und ... haben Sie schon davon gehört, dass Corinna Manz, die Frau des Larganer Metzgers, heute Nacht tödlich verunglückt ist?«

»Ja«, sagte Lina. »Ein schrecklicher Unfall, nicht wahr? Es tut uns sehr leid. Für ihren Mann ist das ein furchtbarer Schlag.«

»Ich bin vorgestern zufällig dazugekommen, als sie auf der Strecke, hinauf ins Val Tosta, einen Wildunfall hatte. Sie hatte einen Wolf überfahren.«

»Einen Wolf?«

»Ja. Jon Mattan hat sich den Kadaver angeschaut, und er ist vollkommen sicher, dass es ein Wolf war. Und gestern Nacht habe ich droben im Tal ... ich habe geglaubt, das Heulen von Wölfen zu hören. Man hat mich ausgelacht, aber ...«

»Sie wollen wissen, ob es im Val Tosta Wölfe gibt.«

»Ja. Halten Sie das für denkbar?«

Lina Vallun schwieg so lange, dass ich bereits fürchtete, sie hätte aufgelegt. Endlich räusperte sie sich und sagte: »Eigentlich nicht. Nicht in letzter Zeit. Wissen Sie, das letzte Mal habe ich an diese unheimlichen Tiere, die mich als Kind so geängstigt haben, gedacht, als man die arme Nesa gefunden hat. Ihre zerfressene Kehle ... Mein erster Gedanke ist damals gewesen: Ein Wolf hat sie getötet. Das ist natürlich Unsinn. Sie sehen, wie der Kinderglaube uns prägt!«

»Corinnas Arm war zerfleischt, sagte der Polizist, der sie gefunden hat.«

»Oh. Dabei ist Ihnen Nesa eingefallen?!«

»Corinna hat nach diesem Unfall behauptet, dass sie keinen Wolf, sondern einen Menschen überfahren hätte.«

»Du liebe Güte!«

»Es klingt unglaublich, fast ein bisschen hysterisch, aber ... In dem Tagebuch ist von Wolfsgestalten die Rede, die Men

Mattan begleitet hätten. Was, wenn der von Corinna getötete Wolf sich tatsächlich in der Nähe eines Menschen aufhielt?«

»Nein«, antwortete Lina mit fester Stimme. »Das kann ich mir beim besten Willen nicht vorstellen. Wie sollte das möglich sein? Jon Mattan hat mir einmal erklärt, wie sich Wölfe gegen Menschen verhalten. Nein. Wirklich nicht! All die Wolfsgeschichten, die mein Mann gemeint haben könnte, haben sich vor Jahrzehnten oder noch früher abgespielt.«

»Würden Sie mir davon erzählen?«

»Nun ja, an eine Sache kann ich mich selbst noch erinnern. Ich war damals etwa acht Jahre alt. Die hiesigen Schafzüchter haben sich beklagt, ihre Tiere würden von Wölfen gerissen. Gleich als die ersten totgebissenen Schafe gefunden wurden, kam das Gerücht auf, man habe im Val Tosta das charakteristische Heulen gehört. Es gab keine Beweise, dass die Übeltäter nicht in Wirklichkeit streunende Hunde waren, und das Jagdinspektorat hat die Klagen nicht ernst genommen. Wölfe galten seit langem als ausgestorben. Derweil wurde in Largan gemunkelt, dass nur Mattans Schafe niemals Verluste erlitten.«

Lina stieß einen Seufzer aus. »Ich setze mich in die Stube, Frau Jani. Einen Moment.« Wieder waren Schritte zu hören. Zweimal knackte es im Apparat.

»Sind Sie noch dran? Gut. Damals gehörte das Kastell schon Jons Großvater. Er ist noch jung gewesen und hatte zu der Zeit eigene Schafhirten im Val Tosta beschäftigt. Später sind seine Weiden nur noch verpachtet worden. Mattan hat alle, die die angeblichen Wölfe jagen und schießen wollten, von seinem Land vertrieben. Nicht jeden schreckte das ab. Einige haben sich trotzdem immer wieder nachts hinaufgeschlichen. Eines Tages hat sich im Dorf die Nachricht verbreitet, ein Jäger habe im Mondlicht einen Wolf beobachten können und das Tier angeschossen. Aber es sei im Dickicht verschwunden.«

Lina machte eine kurze Pause. Ein Geräusch, als ob Kaffee oder Tee eingeschenkt würde, drang aus dem Hörer. Dann wieder ihre leise Stimme.

»Die Gemeindeverwaltung hat Jons Großvater aufgesucht. Er hat den Besuch hinkend empfangen und sich auf einen Stock stützen müssen. Sein Bein war verletzt. Aber er ignorierte die Frage, woher die Verletzung rührte. Bald munkelte man, der Jäger habe statt eines Wolfs in Wahrheit Mattan angeschossen. Der alte Aberglaube, dass die Mattans eine Sippe von Werwölfen wären, spukte wieder durch einfältige Köpfe. Wir Kinder glaubten das natürlich. Mattan hat uns ziemliche Angst gemacht.«

Ich lächelte. »Das klingt kurios.«

Lina lachte. »Natürlich. Die Erwachsenen haben den Kopf darüber geschüttelt. Zumindest öffentlich. Doch unter den Schafhirten hat es welche gegeben, die die Geschichte jahrelang erzählten. Oh, es läutet. Einen Moment, bitte. Ich gehe nur kurz an die Tür.«

Die Geräusche, die durch den Hörer drangen, verrieten mir nicht, wer unser Gespräch unterbrach.

Lina war rasch wieder am Apparat. »Frau Jani? Bitte entschuldigen Sie. Ich muss unsere Unterhaltung leider beenden. Ich hatte völlig vergessen, dass meine Nachbarin mich zum Kaffee eingeladen hat. Vielleicht können wir später noch einmal miteinander telefonieren. Dann erzähle ich Ihnen die Geschichte von Men Mattan. Alles Gute. Auf Wiederhören.«

Sie hatte es eilig. Ich hatte die Abschiedsfloskeln kaum ausgesprochen, da hatte sie schon aufgelegt.

24

Ich trat auf den Gang und wollte an Toms Zimmertür klopfen. Aber aus dem Badezimmer war noch das Rauschen der Dusche zu hören. Ich folgte dem Korridor und gelangte zu einer Nische über der Toreinfahrt.

Draußen vor dem Fenster tobte inzwischen ein Schneesturm. Besorgt fragte ich mich, wie die Skiläufer zurück ins Kastell finden würden.

Ich kehrte zu meinen gepackten Koffern zurück und griff wieder nach Anna Kammerers Tagebuch. Doch es fiel mir schwer, mich zu konzentrieren. Mein Blick huschte über die Zeilen.

d. 20. Oktober 1814

Leo wird zunehmend seltsam. Er sagt eigenartige Dinge zu mir. Natürlich ist es ein düsterer Ort, an den wir verschlagen wurden. Vor allem, solange der dicht und in riesigen Flocken fallende Schnee den Blick aus den Fenstern verhüllt. Aber muss er deswegen behaupten, er sei hier eingekerkert? Leo bezeichnet Krankheit und Schwäche als seine unerbittlichen Wächter, die ihn daran hindern zu fliehen! Manchmal wird er wütend und schreit, er sei überzeugt, im Haus eines Unholds zu sein!

Glücklicherweise haben die Niederschläge seit heute Morgen nachgelassen. Am frühen Nachmittag konnte ich Leo, der döste, mit einer guten Nachricht wecken: »Der Arzt ist da, Liebster.«

Doktor Bender hat sich, wie Men Mattan sagt, »aus politischen Gründen« ins Unterengadin zurückgezogen und behandelt vor allem Kur- und Badegäste, die in Scuol Linderung ihrer Krankheiten suchen. Schon im 16. Jahrhundert wurden die Wohltaten der hiesigen Mineralquellen beschrieben, und das ist auch der Grund, weshalb Leo für unsere Reise nach Mailand den Weg durch das Engadin nahm.

Der Arzt hat offenbar die fünfzig bereits überschritten. Zwei ovale Augengläser prägen das weiche, runde Gesicht und lassen die auffallend hellen Augen grotesk vergrößert erscheinen. Im ersten Moment dachte ich: »Er glotzt wie ein Frosch.«

Leo legte ihm dar, dass er keinen Tag länger in Mattans Kastell bleiben wolle. Darauf sagte Bender kein Wort. Erst nachdem jeder Aspekt von Leos Leiden betrachtet war, kam der Arzt wieder darauf zu sprechen: »Selbstverständlich will ich Sie nicht in einer Umgebung halten, die Ihnen nicht zusagt«, sagte er bedächtig. »Noch sind Sie leicht fiebrig. Doch in zwei oder drei Tagen hoffe ich, Sie mit den geeigneten Mitteln so weit gestärkt zu haben, dass Sie zur Not reisen könnten. In wenigen Stunden wäre ein Herbergsquartier in bequemer Entfernung der Quellen erreicht.«

Doktor Bender stand von dem Lehnstuhl auf, wo er neben Leo gesessen hatte, und wanderte langsam zum Fenster und wieder zurück. »Allerdings darf ich Ihnen wohl nicht verhehlen, dass Sie die Bequemlichkeit, die Sie als Gast hier im Val Tosta genießen, in Tarasp und Scuol nicht unbedingt finden werden«, hob er wieder an. »Es gibt dort nur wenige Wirtshausbetten. Und die Umstände eines Kuraufenthaltes sind eher beschwerlich. Es wird sehr darüber geklagt, dass es in der Nähe der Quellen keine Latrinen gibt. Und die Wasser sind dafür bekannt, dass sie eine ziemlich abführende Wirkung haben. Auch wären Sie auf dem Weg Nässe und Kälte ausgesetzt. Aus ärztlicher Sicht halte ich es sogar für möglich, dass dies die Wohltat des heilenden Wassers ganz aufhebt – oder sogar zum Schlimmeren führt.«

d. 23. Oktober

In den vergangenen Tagen hat Doktor Bender, trotz des beschwerlichen Weges, Leo jeden Nachmittag aufgesucht. Er setzt sich in den Sessel neben Leos Bett und plaudert lange mit ihm. Offenbar findet seine Behandlung mit schmerzstillenden und fiebersenkenden Mitteln Leos Gefallen, denn er hat nicht mehr davon gesprochen, dass er so rasch als möglich abreisen will.

Heute nun schlug der Arzt vor, die beabsichtigte Wasserkur hier im Kastell durchzuführen. »Ich befürworte sehr, dass Sie dafür an Ort und Stelle bleiben. Das wird Sie am wenigsten inkommodieren. Ich werde Sie, wie bisher, jeweils nach dem Mittag besuchen und Ihnen ausreichend von dem Heilwasser bringen.«

Leo war einverstanden. Wir bleiben bis auf weiteres hier.

d. 26. Oktober

Leos Mattigkeit hat sich infolge der Trinkkur verstärkt. Sie geht mit Hunger einher, wobei er jedoch kaum essen kann. Indessen scheint Doktor Bender Leo unentbehrlich zu werden. Jeden Tag erwartet er ungeduldig die Visite und wird nicht müde, mir zu beteuern, welches Vertrauen er in den Badearzt setzt. »Ein Zutrauen, das sogar den Abscheu aufwiegt, den unser Gastgeber mir einflößt.« Dies sind Leos Worte!

Bisher hatte ich keine Erklärung, woher diese Abneigung rührt. Doch heute äußerte Leo in sehr rüder Weise einen Verdacht, dass Mattan mir gegenüber ehrlose Absichten hege. Ist das nicht schäbig? Wofür hält er mich – und seinen Wohltäter – denn?

d. 27. Oktober

Nachts, wenn Leo schläft, lässt er seit neuestem neben sich eine Kerze brennen. Das ist nicht ungefährlich. Ich bat ihn, sie zu löschen. Dies rief seinen Zorn hervor.

Er fuhr mich an, weder der ungebührliche Reichtum, den »der Söldner Mattan« in solcher Wildnis verstecken würde, noch die dem Hausherrn ergebenen »Wölfe – diese Ausgeburten der Hölle, die mich unermüdlich belauern!« – könnten einem christlichen Menschen geheuer sein.

Leo behauptet, allein in der letzten Nacht sei er zweimal erwacht und habe im Halbdunkel »Mattans rohe Bestien« vor sich gesehen. Ein Wolf sei vor der Verbindungstür zu meinem Boudoir gelegen, ein zweiter habe sich vor seiner Zimmertür aufgerichtet! Als Leo Anstalten machte, sein Bett zu verlassen, habe er ihr drohendes Knurren gehört und die Scheusale seien näher gekommen. Entkräftet sei er in die Kissen zurückgesunken, und die Tränke des Arztes hätten bewirkt, dass er trotz seiner schaurigen Zimmergenossen wieder in Schlaf fiel.

Leos Wahn macht mir zunehmend Angst.

Freitag, d. 28. Oktober

Endlich sind die eisigen Stürme wieder dem klaren Blau ruhiger Tage gewichen! Mattan ließ heute Morgen auf einem in der Nähe gelegenen Bauernhof Ochsen einspannen und zum Kastell treiben. Sie zogen einen Balken hinter sich her. Man bricht so den Neuschnee und bahnt einen Pfad. Ein anderer, breiterer Weg ist talwärts, zum Inn hin, gespurt. Ich konnte einen Spaziergang machen.

Es wäre ein glücklicher Tag gewesen, doch hat uns Men Mattan heute für eine kurze, aber unaufschiebbare Reise verlassen. Erst nach dem Sonntag wird er zurück sein. Er verabschiedete sich am Burgtor von mir. Ich unternahm den kurzen Fußmarsch allein, nur ein paar von den Hunden begleiteten mich.

Bei meiner Rückkehr war Leo außer sich. Er hatte sich trotz seiner Schwäche ans Fenster geschleppt, um mich auf dem Weg nicht aus den Augen zu lassen. Steif und fest behauptete er, Mattan habe drei Wölfe auf meine Fährte geschickt!

Kopfschüttelnd erwiderte ich: »Aber Leo! Du hast doch mit Doktor Bender über die Tiere gesprochen. Es sind harmlose Hunde! Ich habe seine Worte selbst gehört.«

Der Doktor hatte vermutet, dass vielleicht der eine oder andere Bastard darunter sei, und zu Leo gesagt: »Was glauben

Sie, welche wilden und reißenden Geschöpfe die italienischen Schafhirten auf ihre Alpen begleiten! Mattans Tiere dagegen folgen jedem Laut, jeder Geste von ihm.« Allerdings sei Leo nicht der Erste, dem beim Anblick der Tiere der Wolf in den Sinn käme. Auch im Dorf wird angeblich von Mattans Wölfen erzählt. Ich hatte in Benders Miene bei diesen Worten ein spöttisches Lächeln bemerkt.

Doch Leos Einbildung war stärker als die Vernunft. »Ich weiß genau, was ich gesehen habe! Du bist auf dem Rückweg gestrauchelt, ausgerutscht und der Länge nach hingefallen. Die drei Wölfe sind sogleich zu dir hingejagt. Mir stockte vor Entsetzen der Atem!«

Ich zuckte die Achseln.

Leo stöhnte wild auf. »Aber es waren nur zwei, neben ihnen stand plötzlich ein Mann und beugte sich über dich. Er hob dich auf. Es ist dieser grauhaarige Hüne gewesen, der unter Mattans Leuten eine besondere Stellung einnimmt. Dieser wölfische Kerl mit dem zottigen Umhang hat dir den Arm gereicht.«

Leo war, während er sprach, immer lauter geworden, jetzt schrie er mich an: »Ich habe es mit meinen eigenen Augen gesehen: einen Wolf, der von einem Moment auf den andern zum Menschen wird! Es ist unglaublich, aber ich kann es vor allen Instanzen beschwören. Das wird Mattans Verderben! Wenn er nicht der Teufel selbst ist, dann ist er ein Werwolf. Wer könnte die Bestien sonst führen? Er hat uns in eine Falle gelockt, um dich in seinen Bann zu schlagen. Er zwingt dich, ihn anzuhören!«

Fassungslos starrte ich Leo an. Ich flehte: »Leo, ich bitte dich! Ich bin auf dem glatten Pfad ausgerutscht, und einer der Diener eilte zu mir, um mir aufzuhelfen. Was phantasierst du von Wölfen? Hast du wieder Fieber? Du musst dich zu Bett begeben!«

Glücklicherweise beruhigte sich Leo und ließ sich zum Krankenlager führen. Sobald er lag, schloss er die Augen. Vermutlich hatte der Ausbruch ihn völlig erschöpft. Doch als ich ihn erleichtert verlassen wollte, griff er nach meiner Hand. »Wir sind hier in größter Gefahr!«, murmelte er. »Ich muss dich vor den Zähnen und Klauen des Unholds retten!«

Worin hat sich Leo verirrt? Selbst vor dem stummen Tagebuch fällt es mir schwer, es zuzugeben – aber ich bin entsetzt aus dem Zimmer geflohen.

Ich blickte vom Buch auf. Unten im Haus waren Geräusche zu hören: ein Krachen, als hätte der stürmische Wind die schwere Eingangstür zugeschlagen, und das Poltern von Stiefeln. Nick und die anderen waren wieder da.

Ich stand auf und ging zum Fenster. Die Straße nach Largan war nicht mehr auszumachen. Die Landschaft versank im Weiß. Wir waren, wie vorausgesagt, eingeschneit.

Ich hatte zu lange gezögert und die letzte Gelegenheit fortzukommen verpasst.

25

ES KLOPFTE, UND AUF MEIN »JA« TRAT ELISA EIN. Sie hatte sich bereits umgezogen und trug eine Marlene-Dietrich-Hose und eine schicke Wollbluse. Ihr Blick fiel auf die fertig gepackten Koffer und Taschen. Sie wirkte beunruhigt. »Wie geht es dir, Anne? Tom hat uns gerade berichtet, dass du abreisen willst.«

»Ich hatte es vor, ja. Nachdem Paul endgültig abgesagt hat ... Aber jetzt ist es natürlich zu spät.«

Elisa nickte. Sie betrachtete mich.

»Setz dich doch«, sagte ich verlegen und zog einen der Sessel am Fenster für sie heran.

Als wir uns gegenübersaßen, sagte Elisa behutsam: »Im Augenblick ist es wirklich unmöglich, Auto zu fahren. Wir haben es selbst mit den Skiern nur mühsam zurückgeschafft. Die Wege sind schon hoch zugeweht.«

Ich seufzte.

Elisa beugte sich vor, legte eine Hand auf meinen Arm und sagte freundlich: »Ich kann mir denken, dass du Paul sehr vermisst und enttäuscht bist. Oder?« Sie blickte forschend in mein Gesicht. »Oder gibt es noch etwas anderes, das dich bedrückt?«

Für einen Augenblick war ich versucht, Elisa mein Herz auszuschütten und von den irrationalen Ängsten zu sprechen, die mich seit Pauls Verschwinden bedrängten. Doch irgendetwas hielt mich zurück.

So sagte ich lediglich: »Corinna Manz' tödlicher Unfall hat mich erschreckt. Außerdem bin ich kein Mensch, der einsame Landschaften liebt. Ich fühle mich hier seltsam verloren.«

»Und Tom hat dich vermutlich nicht aufgeheitert. Ihr habt über das vor zwanzig Jahren ertrunkene Mädchen gesprochen?« Elisas Stimme war sanft. »Tom sagte, dass er Pauls Flirt mit dieser Nesa erwähnt hat. Ich weiß nicht, wozu! Aber, Anne, du darfst mir glauben: Paul konnte nichts für das, was damals geschah.«

»Und was ist damals geschehen?« Es war sinnlos, weiterhin vorzugeben, dass ich es lieber nicht wissen mochte.

Elisa zögerte. »An sich nicht viel. Ich hätte den Abend vermutlich kaum noch in Erinnerung, wenn es nicht meine erste Silvesterfeier mit Nick gewesen wäre. Und wenn Nesa nicht ein paar Stunden später ums Leben gekommen wäre. Wir sind alle als Zeugen vernommen worden. Das heißt bis auf Paul, der war schon abgereist.«

Ich schaute Elisa fragend an. »Gut, aber wie habt ihr den Abend verbracht?«

»Ich erinnere mich an nichts Besonderes. Wir haben in einer Café-Bar etwas getrunken. Oder war es in einer Eisdiele? Ich weiß es nicht mehr. Ein schummriger Raum, voll gestellt mit roten Kunstledersitzen und schwarzen Tischen. Zunächst standen wir alle am Tresen. Dann haben wir uns in eine der Nischen gequetscht. Paul saß neben Jons Freundin, und man konnte sehen, dass sie ihm gefiel. Jon sah erst schweigend zu, wie sie turtelten, doch auf einmal packte er Paul am Kragen. Nick und ich waren sehr überrascht. Aber später hat mir Nick gesagt, dass ihn Jons Ausbruch im Grunde nicht wunderte. Er kannte ihn ja.«

»Ist Jon jähzornig?«

Elisa lächelte fein. »Ich würde es nicht jähzornig nennen. Manchmal ist es einfach klüger, ihm aus dem Weg zu gehen.« Offenbar bemerkte sie mein Befremden, denn sie fügte eilig hinzu: »Nein, nein, Jon ist kein Schläger. Um Gottes willen! Aber er kann, wie soll ich sagen ... hemmungslos sein. Wenn er sich etwas in den Kopf gesetzt hat. Wenn er glaubt, dass er auf etwas ein Recht hat. Ja, es wirkte, als hätte Paul ihm etwas streitig gemacht, was ihm gehörte. Paul lachte. Er hat Jons Ausbruch nicht ernst genommen. Aber Nesa hat sich geärgert.« Elisa schüttelte den Kopf. »Ich konnte es ihr nicht verdenken.«

»Und dann haben sich Nesa und Jon gestritten?«

»Nesa ging an die Bar, und Jon folgte ihr. Während sie redeten, wurde Nesa immer wütender. Mehrmals hat sie sich nach Paul umgeschaut, doch der wartete ab. Allerdings hat er sie nach wie vor mit den Augen verschlungen. Dann kam Nesa noch einmal zu uns an den Tisch und hat sich verabschiedet. Sie sagte, sie würde nach Hause gehen.«

Elisa blickte sinnend an mir vorbei. »Jon bestand darauf, sie zu begleiten, aber Nesa hat das vehement abgelehnt. Am Ende ist Nesa wutentbrannt rausgelaufen und hat die Tür hinter sich zugeknallt. Prompt stand Paul auf, aber Jon hat ihn ziemlich grob daran gehindert, Nesa zu folgen. Paul zuckte bloß mit den Achseln und setzte sich wieder zu uns an den Tisch. Aber auch Jon ist Nesa nicht nachgegangen.«

»Warum nicht?«

»Ich habe keine Ahnung.«

»Und den restlichen Abend habt ihr gemeinsam verbracht?«

»Ja. Kurz darauf sind alle nach draußen gerannt, Neujahr wurde eingeläutet, und der Zug durch das Dorf setzte sich in Bewegung. Wir sind zusammengeblieben. Die Burschen haben in dieser Nacht eine Menge getrunken, und irgendwann hatte die Stimmung sich wieder entspannt. Ich habe dem Streit keine Bedeutung beigemessen.«

Ich stellte mir die unheimliche Hatz durch das Dorf vor: Es war dunkel, die jungen Leute mit Masken und Fellen vermummt. Wer konnte behaupten, dass er keinen der anderen aus den Augen verlor? Und hatte sich niemand gefragt, ob Nesa wirklich nach Hause wollte?

Pauls Flirt mit Jons Freundin und Jons Eifersucht: Mir war, als würde diese alte Affäre alles, was ich im Val Tosta erlebte, in ein eigenartiges Zwielicht tauchen.

»Paul hat mir nicht erzählt, dass er schon einmal in Largan gewesen ist. Hat er Nick nie nach dem verschwundenen Mädchen gefragt?«, sagte ich leise.

Elisa erwiderte nichts. Schließlich sagte sie: »Niemand von uns hat sich Sorgen gemacht, als eine Schwester von Nesa am Neujahrsmorgen in der Pension aufgetaucht ist. Nur Jon. Er war vor Angst um sie außer sich. Er hat darauf gedrängt, sofort nach dem Mädchen zu suchen. Aber der Ortspolizist wiegelte ab: Bestimmt habe die junge Frau irgendwo länger gefeiert und schlafe nur aus. Er dachte an eine Männerbekanntschaft, das war ziemlich klar.« An dieser Stelle bekam Elisas Stimme einen grimmigen Klang.

»Erst am folgenden Tag – Paul war schon abgereist – hat man außerhalb der Familie das Verschwinden des Mädchens ernst genommen und suchte nach ihm. Nick und ich waren auch dabei. Der Polizist, Bucher, war durchaus nett und bemüht. Kaum älter als wir. Er hat ihre Spur schließlich gefunden.«

Not Bucher also.

»Er hat die Stelle am Innufer entdeckt, wo Nesa ausgerutscht und in das eisige Wasser gefallen sein muss. Es war ein schrecklicher Unfall.«

»Wie hat man das festgestellt?«

Elisa dachte einen Augenblick nach. »Es waren Zweige geknickt. Und es haben sich Fusseln von ihren Wollhandschuhen gefunden, wo sie versucht hat, sich festzuhalten. Es gab Schleifspuren, wo sie hinunterrutschte und ... ach ja, es lag Schnee. Im weiten Umkreis fanden sich nur Spuren von Nesas Stiefeln.«

»Keine anderen Fußspuren«, murmelte ich. »Und wie war es mit Tierfährten?«

Elisa sah mich überrascht an. »Tiere? Ach so. Du meinst wegen der Verletzung am Kehlkopf. Hat Tom dir das auch erzählt? Das ist erst geschehen, als sie schon tot war. Vermutlich hatte ein Hund etwas mit Nesas Unglück zu tun.«

Offenbar sah ich Elisa fassungslos an. Sie fragte erschrocken: »Was ist denn? Ist dir nicht gut?«

Ich schüttelte den Kopf. »Was für ein Hund?«

»Eine dumme Geschichte. Eine Frau aus dem Dorf hatte ihren Rauhaardackel kurz vor Mitternacht in den Garten gelassen. Vielleicht ist er wegen einer Silvesterrakete in Panik geraten, jedenfalls hat ihn am nächsten Abend ein Bauer aus Seraplana nass und halb tot unter einer Brücke gefunden.«

Ein kleiner Dackel. Ich atmete unwillkürlich auf.

»Nesa war an dem Abend noch zu einer anderen Party eingeladen. Sie hatte abgesagt, aber vermutlich war sie doch noch auf dem Weg dorthin, denn das Haus, in dem die Party stattfand, liegt an der Straße hinunter zum Inn. Vielleicht hat sie den entlaufenen Hund winseln gehört – oder sah ihn im Wasser zappeln. Es war Vollmond und ziemlich hell. Dabei muss sie ausgerutscht sein. Sie ist ins Wasser gefallen, der Fluss hat sie abgetrieben.«

Es passte alles zusammen, trotzdem ... »Ihre Familie glaubt nicht daran.«

Elisa sah mich verblüfft an, aber sie fragte nicht, woher ich das wusste. Vielmehr nickte sie. »Ich habe davon gehört, ja. In Nesas Lunge soll man kein Wasser gefunden haben. Daher sind Zweifel geblieben. Aber nicht bei den Ermittlern. Es ist wohl so, dass sich bei einigen Menschen, wenn sie Wasser einatmen, die Luftröhre verschließt. Ein Stimmritzenkrampf. Ich bin ein Laie, ein Gerichtsmediziner wird das erklären können. Anscheinend hat die Obduktion dazu nichts Genaues erbracht.«

»Tom hat gesagt, dass Jon seit dem Tod seiner Freundin das Val Tosta gemieden hat?«

»Das Unglück hat ihm sehr zu schaffen gemacht. Nick behauptet, Jon habe sich dadurch verändert. Ich kenne Jon nicht besonders gut, denn eigentlich haben wir uns in den letzten zwanzig Jahren fast nur auf Familienfeiern getroffen. Und Nick ist kein Mensch, der alte Beziehungen pflegt. Außer, es gibt geschäftliche Gründe dafür.« Elisa lächelte resigniert.

»Nun, immerhin hat er Paul und mich eingeladen.«

Jetzt lachte Elisa. »Stimmt. Das ist eigentlich ungewöhnlich. Aber ich freue mich, dass wir uns kennen gelernt haben. Ich hoffe, wir werden uns öfters sehen. Selbst wenn ...« Sie brach plötzlich verlegen ab.

»Ja?«

»Ach Anne! Ich wollte nur sagen: Was auch geschieht, in fast allem, was uns begegnet, steckt auch etwas Gutes. Selbst wenn wir es nicht sofort sehen. Sogar wenn wir sehr unglücklich sind: Es kann etwas Neues beginnen. Wir häuten uns.«

Ich wartete auf eine Erläuterung dieser kryptischen Sätze, aber Elisa erhob sich ohne weitere Erklärung, und ich stand ebenfalls auf. Sie umarmte mich mit einer Herzlichkeit, die mich überraschte.

»Ich bin froh, dass du noch bleibst«, sagte sie weich. »Das Wetter wird sich wieder bessern. Ulrich hatte ebenfalls vor, morgen ganz früh zurück nach Zürich zu fahren. Zum Jahresanfang sollte er in der Bank sein, aber es gibt ja Telefon, und er hat seinen Laptop dabei. Falls wir länger eingeschneit sind, wird Nick einen Helikopter mieten. Das hat er schon einmal für einen Kunden, der dringend nach Genf zurückmusste, gemacht.«

Ich lächelte. »Danke für eure Gastfreundschaft. Ach, was ich beinahe vergessen hätte: Der Elektriker hat noch nicht angerufen.«

Elisa nickte. »Das dachte ich mir. Seine Frau hat gesagt, dass man ihn zu einem größeren Notfall gerufen hat. Machen wir also das Beste daraus. Das Kerzenlicht ist zumindest romantisch.«

Sie wandte sich zum Gehen. In der Tür sagte sie: »Ich hatte vorgeschlagen, heute Abend gemeinsam ins Römisch-Irische Bad nach Scuol zu fahren und danach schön essen zu gehen. Nun müssen wir leider mit den Resten vom Silvesterbuffet vorlieb nehmen.«

»Das stört mich kein bisschen«, sagte ich aufrichtig und dachte: »Im Gegenteil.«

Ich hatte mich damit abgefunden, dass ich noch bleiben musste. Meine Erleichterung über die Nachricht, dass Paul sich gemeldet hatte, ließ ungute Ahnungen zunächst verblassen. Als Elisa gegangen war, legte ich mich aufs Bett und dachte nach. Ich kam zu dem Schluss, dass Jons Rat, ich solle abreisen, mit dem Tod seiner verunglückten Freundin zusammenhängen musste. Er reagierte vielleicht darauf, dass ich ihr ähnlich sah. Allzu starke Schuldgefühle konnten auch einen seelisch gesunden Menschen verwirren.

26

Am Spätnachmittag rief ich wieder bei den Valluns an. Niemand meldete sich. Erst als ich es kurz vor dem Abendessen erneut versuchte, kam Lina Vallun an den Apparat. Sogleich entschuldigte sie sich für die Unterbrechung unseres vorausgegangenen Gesprächs.

Sie wirkte, als mache ihr etwas zu schaffen. »Ich war bei meiner Nachbarin zum Kaffeetrinken, und zufällig ist ihr Neffe vorbeigekommen. Der ist Sanitäter und hatte heute Morgen Dienst. Er war dabei, als Corinna Manz geborgen wurde. Wir haben ein wenig geplaudert, und – Frau Jani, stellen Sie sich vor, was er behauptet hat! Ich war ganz konsterniert, aber ich hoffe, es ist weder dem jungen Mann noch meiner Nachbarin aufgefallen.«

»Ja?«, fragte ich behutsam.

»Er hat in der Nähe der Toten Spuren von großen Hundepfoten gesehen!«

»Was?!«

Im Hintergrund war Clot Valluns freundliche Stimme zu hören: »Lina, mach Frau Jani nicht verrückt! Es ist völlig normal, dass ein paar Hunde vor den Silvesterknallern erschrecken und ausreißen. Denk nur an den Labrador vom Hotelier Schmidt! Der ist letztes Jahr bis nach Scuol gelaufen.«

»Mein Mann nimmt solche Geschichten nicht ernst, wissen Sie! Aber das, was Sie mir von dem überfahrenen Wolf berichtet haben, hat auch ihn verblüfft.«

Ich fragte mich, ob Clot Vallun Recht hatte mit seiner Vermutung und die Spuren von einem Haushund stammten. Aber wenn es *einen* Wolf im Val Tosta gegeben hatte, wieso dann nicht zwei oder drei oder sieben? Hatte Corinna plötzlich ein weiteres Tier vor sich auftauchen gesehen und vor Schreck das Steuer verrissen?

Heute Morgen hätte ich noch nach den Pfotenabdrücken suchen können. Jetzt waren sie unter einer dicken Schneedecke verschwunden.

»Ihr Mann sagte, im Dorf würde immer wieder gemunkelt, dass die Mattans sich Wölfe hielten. So wie einst Men Mattan.«

»Ja, das ist die Geschichte, die ich Ihnen erzählen wollte. Ich habe sie als Kind oft gehört. – Es war im Dezember des Unglücksjahrs 1812, nach dem verlorenen russischen Feldzug, als Men Mattan zurückkehrte. Hungrig, erschöpft und abgerissen, klopfte er an die Tür seines todkranken Vaters. Zum Erstaunen der Dorfbewohner hatte er eine Schar von verwahrlosten Männern dabei, die russisch sprachen. Mit diesen ließ sich der ausgemusterte Offizier im Val Tosta nieder, das von alters her im Besitz der Familie Mattan war, und baute sich auf dem felsigen Grund eine Burg.

Auf seinen Wegen rings um das Val Tosta wurde Mattan stets von einer Meute von Hunden begleitet, die Wölfen glichen. Oft tauchte das Rudel wie aus dem Nichts in der Dunkelheit auf. Die Dorfleute fürchteten sich, und bald wurde von einem finsteren Geheimnis geraunt. Einer von Mattans russischen Dienern geriet mit einem Dorfbewohner in Streit, und als der zugeschlagen hat, wurde der Russe rasend. Man knüppelte ihn nieder und fand an seiner Stelle einen erschlagenen Wolf.

Auch Men Mattans Reichtum war sonderbar. Als Offizier in auswärtigen Diensten brachte man es in diesen Zeiten zu keinem Vermögen. Der Vater war über die Jahre verarmt und hat von seinen Renten am Ende mehr schlecht als recht leben können. Der Bau des Kastells hatte große Summen verschlungen. Mattans Börse schien jedoch unerschöpflich.

Eines Nachts meldete sich in einem Larganer Wirtshaus ein reisender Kesselflicker zu Wort, der behauptete, beim russischen Feldzug in Men Mattans Einheit gewesen zu sein. Man hielt den Mann frei, und er erzählte vom Rückzug aus Moskau, als Napoleons Truppen sich hungernd und ungeordnet durch die eisige Kälte kämpften. Tagsüber hatten sie mit Scharmützeln und Überfällen zu tun, nachts schlichen die Wölfe ums Lager und machten sich über die Gefallenen her. Die Soldaten hassten die Tiere. Aber als Men Mattans Leute einen verletzten Wolf aufgespürt hatten, hinderte Mattan sie daran, das Tier zu erschlagen. Er hatte Mitleid mit der Kreatur.

In der darauffolgenden Nacht gerieten Mattans Soldaten in einen Hinterhalt. Die Männer wurden niedergemetzelt, und dann kamen die Wölfe. Mattan war verletzt, er lag in der Nähe des Feuers, und der Erzähler, der sich auf einen Baum retten konnte, sah einen riesigen Rüden auftauchen. Doch anstatt ihm die Kehle aufzureißen, biss der Wolf in Mattans Mantel und zog ihn vom Lager fort.

In der Nacht nach dieser Erzählung hörte man in der Umgebung des Dorfes Wölfe heulen, und am Morgen war der Kesselflicker aus dem Gasthof verschwunden. Aber für die Dorfbewohner war damit bewiesen, dass Men Mattan ein Werwolf war und dass sein Reichtum von grausamen Raubzügen herrührte.

Und dann erzählte man sich noch, dass er im Val Tosta eine junge Frau in seine Gewalt gebracht haben und ihrem Ehemann ein entsetzliches Schicksal bereitet haben soll.«

An dieser Stelle stockte Lina Vallun. Sie murmelte: »Was hat meine Großmutter dann immer gesagt? Ach ja: Dies alles ist zwar in alter Zeit geschehen, aber das Unheil wirkt fort. Solange Men Mattans Nachfahren leben, wird es im Val Tosta Wölfe und Werwölfe geben. Ja. Ich denke, das war es.«

»Puuh«, stieß ich aus. »Was für eine seltsame Geschichte!«

Im Hintergrund war erneut Clot Valluns Stimme zu hören. »Darf ich mich einmischen, Lina? Ich würde Frau Jani gerne die Hintergründe der Legende erläutern.«

»Bitte, Herr Lehrer.« Linas Stimme hatte einen liebevoll spöttischen Unterton. »Wenn es Ihnen recht ist, Frau Jani, gebe ich Ihnen jetzt meinen Mann.«

Im Telefonhörer knisterte es. Es rumpelte, als würden Stühle gerückt. »Frau Jani? Hören Sie? Nachdem meine Frau mir sagte, dass Sie sich für die alten Geschichten um Men Mattan interessieren, habe ich ein paar alte Dokumente aus dem Archiv geholt. Wissen Sie, dieses Ammenmärchen, das man sich früher in Largan erzählt hat, ergrimmt mich jedes Mal, wenn es erwähnt wird! Und ich dachte, dass Sie sicher gern die Tatsachen wissen möchten, auf denen das ganze Gerede beruht? Not Bucher hat mir gegenüber erwähnt, dass Sie Journalistin sind.«

»Das stimmt. Aber in diesem Fall treibt mich nur private Neugierde.«

»Aha. Gut. Es ist natürlich ein ungewöhnlicher Zufall, dass die junge Frau Manz vor ihrem Unglück einen Wolf überfahren hat. Wir haben ja schon darüber gesprochen, dass diese Tiere wieder in zentrale Alpenregionen einzuwandern beginnen. Aber die Leute haben ja die wildesten Phantasien. Demnächst wird jemand behaupten, Jon Mattan hätte, als Wildbiologe, in den Larganer Bergen ein Rudel von Wölfen ausgesetzt. Mir liegt daran, dass keine dummen und hysterischen Gerüchte aufkommen. Kein Mensch glaubt mehr an Werwölfe, aber wenn es um Wölfe geht, gibt es auch heute noch genügend irrationale Befürchtungen.«

Ich lachte. »Ich verspreche Ihnen, Largan nicht in Verruf zu bringen oder irgendwelche Schundartikel über reißende Wölfe im Val Tosta zu schreiben!«

»Danke. Dann bin ich beruhigt. Gehen wir also zweihundert Jahre zurück. Damals, um 1800, waren die Leute im Unterengadin in einer schrecklichen Lage. Wie Sie vielleicht wissen, wurde dieser Landstrich immer wieder überrannt und besetzt, und zwar nicht allein von Österreichern und Franzosen – 1799 ist in Graubünden auch ein russisches Korps aufgetaucht. Plündernd und brandschatzend, sind die Soldaten durch die Dörfer gezogen, es gab Einquartierungen, und die Dorfbewohner wurden ihres Viehs und der Vorräte beraubt. Und die zwangsweisen Rekrutierungen durch die Franzosen und der Untergang der Schweizer Rotröcke in Napoleons russischem Feldzug taten ihr Übriges, um das Soldatenwesen verhasst zu machen.«

»Ich verstehe.«

»Es war also kein Wunder, dass die Ankunft des Offiziers Mattan und seiner russischen Soldaten das Dorf in helle Aufregung versetzte. Der Pfarrer hat notiert, dass man sogar daran dachte, die Miliz deswegen zusammenzurufen. Einen Moment, bitte, ich rauche nur kurz meine Pfeife an. So. Wo war ich stehen geblieben?«

»Bei den Gründen, weshalb man in Largan gegen Men Mattan misstrauisch war.«

»Ach ja. Men Mattan baute also diese abgelegene Burg, er hat den Kontakt mit den Dorfbewohnern gemieden und verfügte offenbar über ein großes Vermögen. Und so wurde behauptet, Men Mattan habe sich auf dem russischen Feldzug bereichert. Zuerst wurde von Plünderungen in Moskau gemunkelt und dass es Mattan angeblich gelungen sei, kostbare Kriegsbeute, Gold und Juwelen und Kunstgegenstände, beim Rückzug unbeschadet nach Westen zu bringen.«

Clot Vallun hüstelte. »Die üblen Nachreden sind im Lauf der Zeit immer bösartiger geworden. So wurde behauptet, Men Mattan hätte seine eigenen Kameraden beraubt. Er habe getöteten Offizieren die Wertgegenstände, die sie noch mit sich führten, abgenommen und sogar seine eigene Truppe verraten, um an dem, was die Russen stahlen – oder sich zurückholten –, beteiligt zu werden.«

»Woher wissen Sie das?«

»Vor allem aus dem Pfarrarchiv. Nachdem der Augsburger Kaufmann Leonhard Kammerer im Winter 1814/1815 spurlos aus Men Mattans Haus im Val Tosta verschwunden war, verlangten dessen Augsburger Verwandte Aufklärung bei der Gemeinde. Sie legten Briefe von Kammerer an seinen Vater und Bruder vor, in denen er seinen Gastgeber Mattan als einen Entführer und Werwolf bezeichnete. Die Gemeinde, die Kammerers Anklagen zuvor ignoriert hatte, sah sich gezwungen, den Vorwürfen nachzugehen. Dabei sind all die bösen Geschichten zur Sprache gekommen.«

»Aber Mattan wurde nicht offiziell angeklagt?«

»Nein, nein. Alle Anschuldigungen sind rasch widerlegt worden. Men Mattan hat es allerdings abgelehnt, den Pfarrer oder einen Gemeindevertreter zu empfangen. Doch ein angesehener Arzt, Doktor Bender, machte es sich zur Aufgabe, den jungen Mann in jedem Punkt zu entlasten. Von Doktor Bender ist ein langer Brief im Archiv erhalten. Eine Abschrift davon wurde an Leonhard Kammerers Vater nach Augsburg geschickt. Der Arzt äußert sich über den Charakter des jungen Mattan, über die Herkunft von dessen Vermögen und über seine Verleumder. Was Mattans Geschäfte anging, holte ein wohlhabender Verwandter des Pfarrers daraufhin Erkundigungen in Paris und London ein. Sie haben Doktor Benders Einlassungen durchwegs bestätigt.«

»Und Sie kennen den Brief des Arztes?«

»Er liegt hier vor mir. Wenn Sie noch etwas Zeit haben, lese ich Ihnen gern daraus vor.«

»Ja. Das wäre schön.«

»Dann hören Sie: ›Ich schreibe an Sie ohne Wissen des Mannes, für den ich mich verbürgen kann. Ich achte ihn hoch. Men Mattan ist gebildet, was bei einem Offizier seiner Karriere wenig verbreitet ist, zumal er sein Wissen aus eigenem Willen über die Jahre erwarb. Er ist ein tüchtiger Geschäftsmann und dabei großzügig. Loyal und verschwiegen, wenn er es für nötig findet. Ich lernte Mattan am Sterbebett seines Vaters kennen und würde mich glücklich schätzen, in ihm einen Freund zu sehen. Es schmerzt mich aufs Tiefste, wenn ich von den Gerüchten höre, die über den edlen Menschen in Umlauf sind …‹«

»Das klingt sehr hochgestimmt«, sagte ich.

»Ja, heute hat man mehr Hemmungen, über einen Freund

gut zu reden – oder sich gar zu verbürgen.« Es hörte sich an, als ob Vallun am Telefon lächelte.

»Sie haben wohl Recht«, gab ich zu.

»Schauen wir weiter. Hier geht es um Men Mattans Geld: ›Der Erwerb seines Vermögens ist nicht geheimnisvoll. In Paris verschafften Verwandte von seiner Mutter Seite ihm Zutritt zu Kreisen, die Einfluss und Geld besitzen. Mit Hilfe dieser Beziehungen begann er, in Warengeschäften zu spekulieren und in Unternehmungen zu investieren. Dabei diente ihm die Erbschaft, die ihm seine Mutter vermacht hatte, als Grundstock. Seine Spekulationsgewinne, die den üblichen Rahmen sprengten, machten ihn zu einem reichen Mann. Mattan hat nach dem russischen Feldzug den Dienst quittiert. Wenn er nun reist, kümmert er sich um Geschäfte, die er in ganz Europa betreibt.‹«

»In Doktor Benders Augen waren diese Spekulationsgeschäfte in Zeiten des Krieges ehrbarer Gelderwerb?«

»Natürlich. Ich nehme an, dies war für Men Mattans Entlastung der wichtigste Punkt. Nachdem Leo Kammerers Vater davon unterrichtet war, verzichtete er auf jede weitere Untersuchung.« In Clot Valluns Stimme klang eine Spur Ironie mit.

Er räusperte sich. »In seinem Brief spottet Doktor Bender auch über die Dummheit der Dorfbewohner, die in braven Wachhunden blutrünstige Wölfe sehen. ›Mattans Tiere leben im Haus‹, schreibt er. ›Sie schützen Mattan und seine Hausgenossen, wie es die Aufgabe von guten Wachhunden ist. In diesen Zeiten ist es nur vernünftig, an solchen abgelegenen Orten nicht wehrlos zu sein.‹«

»Das klingt plausibel. In dem Tagebuch steht, dass Doktor Bender Leo Kammerer wegen einer Krankheit behandelt hat. Offenbar machte er auf den Kaufmann einen vertrauenswürdigen Eindruck.«

»Es gibt auch in kleinen Orten gebildete, kluge Menschen. Doktor Bender war ein Vertreter der aufgeklärten Vernunft. Sein Spott über Dummheit und Aberglauben bezog sich nur auf einen Teil der Engadiner Bevölkerung, andere wussten eine gute Erziehung sehr wohl zu schätzen. Es gab Tagelöhner-Buben, für deren Schulgeld Darlehen aufgenommen wurden, und arme Bauern mit einem ansehnlichen Bücherbesitz.«

»Und trotzdem sind die Wolfsgeschichten durch die Jahrzehnte lebendig geblieben!«

»Weil es Menschen gab, die sie immer wieder erzählten. Manche Schafhirten glauben bis heute an die zweite Natur der Mattans.« Clot Vallun lachte fröhlich.

Ich stimmte verhalten ein. »Vermutlich hatten sie mit der jetzigen Generation nicht viel zu tun. Ich wurde jedenfalls sehr freundlich aufgenommen.«

»Aber Sie sind inzwischen schon wieder in München, nicht wahr? Meine Frau sagte mir, dass Sie heute Nachmittag nach Hause gefahren sind.«

»Das hatte ich vor, ja. Aber der Schnee hat mir einen Strich durch die Rechnung gemacht. Deshalb bin ich noch bis auf weiteres im Kastell zu Gast.«

»Ach, Sie sind noch bei den Mattans?« Clot Vallun wirkte irritiert.

»Ja. Und Anna Kammerers Tagebuch liegt vor mir auf dem Tisch. Wenn Sie also etwas daraus erfahren wollen, könnte ich mich für Ihre Informationen revanchieren.«

Clot Vallun atmete deutlich hörbar ein. »Nun, das ist sehr freundlich von Ihnen. Vielleicht sprechen wir noch einmal miteinander, solange Sie noch da sind. Ich würde mich freuen, von Ihnen zu hören, Frau Jani!«

»Ja, gern. Ich melde mich bei Ihnen. Vielleicht finde ich in dem Diarium noch ein paar interessante Einzelheiten über Men Mattans Leben heraus. Erst einmal vielen Dank für Ihre Bemühungen! Und grüßen Sie Ihre Frau von mir.«

»Ja. Das Gleiche an Ihren Verlobten, unbekannterweise, Frau Jani.«

»Ach, Paul ist nicht mehr hier. Er musste vorgestern beruflich nach London.«

»Oh, das tut mir leid. Nun, Sie werden ... Sie werden doch

bei diesem Wetter dort droben keine einsamen Spaziergänge machen?«

Ich lachte. »Bestimmt nicht. Wieso?«

»Nun, wenn man sich in den Bergen nicht auskennt«, erwiderte Clot Vallun, »dann verirrt man sich sehr leicht.«

»Sie brauchen sich um mich keine Sorgen machen! Ich bin eine Stubenhockerin. Ich verirre mich höchstens in einem Buch.«

27

Vor den Fenstern tobte noch immer der Schneesturm. Ich zog mich um und ging nach unten.

Hinter der Küchentür murmelten Stimmen. Ich war auf der letzten Stufe, als ein Geräusch meine Aufmerksamkeit auf die andere Seite der Halle lenkte. Es war, als scharrte etwas von außen am Eingangsportal.

Ich durchquerte den Raum. Das Portal war abgesperrt, doch der Schlüssel steckte. Ich öffnete.

Jon starrte mich ungläubig an. »Was machst *du* denn noch hier?«, fragte er. »Ich dachte, du bist längst in München!«

Auf seinem Gesicht zeigten sich widerstreitende Gefühle. Ich glaubte, Freude darin zu lesen, dann Sorge, endlich ein vages Lächeln, das ich nicht deuten konnte.

»Du siehst ja aus wie ein Schneemann!«, sagte ich leise.

Der Sturm hatte Jons Kleidung in einen weißen Pelz verwandelt. Er klopfte den Anorak ab.

In dem Moment gestand ich mir ein, dass ich nicht wollte, dass Jon Mattan aus meinem Leben verschwand. War ich deshalb nicht rechtzeitig aufgebrochen? Ich konnte nicht anders, ich streckte die Hand aus und strich ihm den Schnee aus dem Haar.

Jon fasste nach meinem Handgelenk und beugte sich zu mir herunter. Er küsste mich auf den Mund. Mit der linken Hand öffnete er den Reißverschluss seiner Jacke. Er zog mich an sich, küsste mich weiter, lange, ganz langsam, mit zunächst noch zögernder Zärtlichkeit und mit einem Verlangen, das mich völlig hilflos machte. Wenn ich es auch nicht wahrhaben wollte: Ich begehrte diesen Mann. Und ich war nicht länger fähig, es zu verleugnen.

Ich löste mich aus Jons Umarmung und hinderte ihn daran, mich erneut zu umfangen. »Jon, bitte, das geht nicht. Ich bin mit Paul zusammen, und wir können nicht einfach ...«

Jons Lächeln verblasste. »Verzeihung, das muss ich vergessen haben.«

Irgendwo in der Nähe wurde eine Tür leise zugezogen. Ich sah mich erschrocken um. Es war problematisch genug, wenn ich Jon nicht widerstehen konnte, aber noch schlimmer war es, wenn es Pauls Freunde bemerkten.

Auch Jon stutzte für einen Moment. Doch er hielt meine Hand fest, strich mir über die Wange und flüsterte mir ins Ohr: »Ich hoffe, dass du deine Meinung noch änderst.«

Ich schüttelte zwar den Kopf, doch es fiel mir schwer, ernst zu bleiben. Ich trat zwei Schritte zurück und fragte sachlich: »Wieso gehst du bei diesem Wetter aus dem Haus?«

»Elisa hat mich angerufen. Sie sagte, dass nirgends mehr Licht brennt.« Jon zuckte die Achseln. »Ich habe zwar keine Ahnung von elektrischen Leitungen, aber ich habe mich verpflichtet gefühlt, wenigstens nachzusehen. Hätte ich allerdings gewusst, wie hoch die Schneewehen sind, wäre ich wohl in meiner Stube geblieben. Ich musste mich regelrecht durchkämpfen. Und dann hat sich die Tür nicht öffnen lassen.« Jon zog einen Schlüsselbund aus seiner Anoraktasche. Das war es also, was das Scharren verursacht hatte.

»Der Schlüssel hat von innen gesteckt.«

»Aha.« Jon musterte mich. »Aber nun sage mir, weshalb du nicht abgereist bist.«

»Wäre es dir lieber, wenn ich gefahren wäre?«

»Nein. Nicht wenn du in meiner Nähe bleibst. Ich denke, wenn ich dich von nun an keinen Moment mehr aus den Augen lasse, ist es in Ordnung.« Der Ton, in dem Jon das sagte, hatte nichts Scherzhaftes.

Dennoch lachte ich. »Ein sehr verlockender Vorschlag. Falls ich ihn erwägen soll, musst du ihn aber begründen.«

»Nichts lieber als das«, murmelte Jon. »Wenn der Sturm nachlässt, kommst du mit mir. Du gibst mir etwas Zeit, und ich glaube, es wird mir gelingen, dich zu überzeugen.«

Meine Wangen wurden heiß. »Du machst mich ganz nervös.«

»Das hoffe ich, Anne.«

Ich sagte mit Nachdruck: »Es gibt keinen Grund, sich im Kastell unwohl zu fühlen. Heute Vormittag war ich schockiert über den Unfall und den Tod von Corinna Manz. Inzwischen hat Paul sich gemeldet, er ist in London und muss noch eine Zeit lang dort bleiben, und ich ... ich habe es mir überlegt. Ich werde den Rest meines Urlaubs in Ruhe genießen.«

»Gut. Dann werde ich einen weiteren Abend mit Small Talk in Nicks Gesellschaft verbringen. Es hat seit einer Ewigkeit keine Frau mehr gegeben, für die ich das auf mich genommen hätte. Du siehst, es ist mir ernst.« Die Art, wie Jon mich ansah, ließ daran keinen Zweifel.

Am anderen Ende der Halle öffnete sich die Küchentür.

»Ach Jon! Du bist schon da. Nick hat gesagt, er hätte die Haustür abgeschlossen, und ich ...« Elisa brach mitten im Satz ab. Ihr Blick wanderte zwischen Jon und mir hin und her.

»Anne hat mich gehört«, sagte Jon gelassen. »Wenn du willst, schaue ich gleich nach den Sicherungskästen. Ein paar Ersatzsicherungen habe ich mitgebracht. Eigentlich solltet ihr auch welche im Haus haben.«

»Du hast Recht. Nur, wer denkt schon daran? Kein Mensch hat heutzutage mehr Sicherungen zum Einschrauben, oder?« Elisa zuckte die Achseln.

»Ist die Elektrik so alt?«, fragte ich. Es war doch erst zehn Jahre her, dass das Kastell renoviert worden war.

Elisa seufzte. »Ja und nein. Als das neue Stromaggregat eingebaut wurde, sind auch die meisten Steckdosen erneuert worden. Die uralten Lichtleitungen hat man unverändert gelassen. Jetzt schlagen wir uns mit antiquierten Sicherungen herum. Ich habe Nick gleich gesagt, dass er am falschen Fleck spart.«

Gab es in diesem Haus etwas, das einfach und leicht durchschaubar war?

In der Küche war es gemütlich und warm. Die Kerzen auf dem Tisch und den Anrichten sorgten für ausreichend Licht. Niemand machte den Vorschlag, zum Essen ins Speisezimmer zu wechseln. Wir setzten uns an den gedeckten Tisch.

Tom stand am Herd und wärmte die Reste vom Vortag auf. Für das Abendessen hatte er seinen Hausmantel mit einem italienischen Anzug vertauscht. Seine vierschrötige Gestalt erinnerte an einen Mafioso, der am Ofen der Mama die Topfdeckel lupfte.

Jon verschwand in den Keller. Er blieb lange aus, aber das elektrische Licht ging nicht wieder an.

Nick, Tom, Elisa und Ulrich unterhielten sich unterdessen über das Wagnis, Muscheln zu essen in einem Lokal, das man nicht sehr gut kannte. Mit ein paar Zitaten aus einem Buch, das ein bekannter Koch verfasst hatte, brachte Tom alle zum Lachen. Er stritt mit Elisa, ob es vertretbar war, Hummer zu essen, und nannte es geschmacklos, auf Austern Zitrone zu träufeln.

Nick stand auf, um eine weitere Flasche Rotwein zu holen. Während er sie entkorkte und einschenkte, wandte sich Tom wieder dem Herd zu. Kämp weihte Elisa gerade in die aphrodisische Wirkung von irgendwelchen Gemüsen ein.

Nick verzog spöttisch den Mund. »Ich kann mir schlecht vorstellen, dass man einen Menschen mit Salbei und Spargel verführen kann«, sagte er zu mir und setzte sich.

Ich lachte. »Manchmal muss man wohl zu verzweifelten Mitteln greifen.«

Nick schien bemüht, nicht auf Elisas Geplauder mit Ulrich zu achten. Er presste die Lippen zusammen, was den rohen Zug um seinen Mund noch verstärkte. Sein massiger Körper wirkte in dieser Küche merkwürdig fehl am Platz.

Jon kam vom Keller herauf. Elisa sah ihm lächelnd entgegen. Anders als an den vorangegangenen Abenden wirkte sie müde. Doch ihr Gesicht war entspannter und weicher als sonst. »Wie schaut es aus?«, fragte sie.

»Ich fürchte, dass sich ein Fachmann der Sache annehmen muss«, erwiderte Jon. »Alle Sicherungen, die ich eingeschraubt habe, sind sofort wieder durchgebrannt.«

»Ist doch egal.« Tom stocherte in seiner Pfanne. »Es ist mollig warm, im Herd brennt ein Feuer, und in diesem Haus gibt es so viele Kerzen, als wäre das elektrische Licht noch nicht erfunden worden.« Er wandte sich um. »Herrschaften, bitte sehr, der erste Gang!«

»Komm, iss mit uns«, sagte Elisa zu Jon.

Jon schaute Nick an. Nick rückte zur Seite, und Jon stellte seinen Stuhl neben meinen.

Achtlos schlang Nick das Essen hinunter, ohne seinen düsteren, brütenden Blick von Kämp zu lösen. Wir plauderten über Urlaube. Elisa fragte mich über meine Arbeit aus und erzählte Geschichten von schrulligen Künstlern. Wir lachten. Jon sprach nicht viel, und ich bemühte mich, ihn nicht immerfort anzusehen.

Draußen donnerte es. Tom hob mit großer Geste den Soßenlöffel. »Ein Wintergewitter«, sagte er. Nick stand auf und ging hinüber zu der Anrichte, auf der einige bereits geöffnete Weinflaschen standen.

Der Sturm rüttelte an den Fenstern. Wieder zuckte ein Blitz. Der Raum war ein Schiff, ein Spielball der Elemente. Es war unmöglich, von Bord zu gehen. Bei jedem Donnergrollen schreckte Elisa zusammen. Kämp fasste nach ihrer Hand. Jon hatte den Arm wie absichtslos auf die Lehne meines Stuhls gelegt. Ich fühlte mich wohl und geborgen, als hätte er mich in einen wärmenden Mantel gehüllt.

Nick stellte einen Rotwein auf den Tisch. »Ich weiß nicht, warum, aber ich muss immer wieder an das Silvesterfest vor zwanzig Jahren denken.« Auf einmal war ein kalter Luftzug zu spüren.

Kämp nahm seine Hand von Elisas und griff hastig nach einem Glas. Aber ausnahmsweise achtete Nick nicht auf ihn. Er blickte forschend auf Jon und mich. Jon zündete eine Zigarette an.

»Du solltest das Rauchen aufgeben«, sagte Nick ohne besondere Überzeugung. »Du bist der Einzige hier, der immer noch qualmt. Nicht, dass wir es früher nicht genossen hätten. Sogar du, Elisa, mein Schatz. Erinnerst du dich, damals, in dieser Pension? Du hast mich überredet, noch einmal aufzustehen und Zigaretten zu holen.«

»Das war ein andermal, nicht an Silvester«, sagte Elisa ruhig.

»Ach?« Nick kniff die Augen zusammen.

»Ja.« Elisa erhob sich. »Bitte, entschuldigt mich. Ich bin heute Abend sehr müde. Ich gehe schlafen.« An der Tür drehte sie sich noch einmal um.

Sie lächelte mich freundschaftlich an. Dann wandte sie sich an Jon: »Soll ich dir oben ein Bett richten? Du wirst nicht erpicht darauf sein, um diese Zeit noch einmal durch den Schneesturm zu laufen?«

»Danke. Mir reicht eine Decke. Ich schlafe auf dem Diwan in der Bibliothek, wenn es dir recht ist.«

»Wie du willst. Wolldecken sind in der Truhe im Gang.« Elisa zog die Tür hinter sich zu.

Kämp seufzte und fuhr sich mit beiden Händen durchs Haar. Dann stand er auf und wanderte ziellos im Raum auf und ab. Tom forderte Nick zu einem Schachspiel auf. Gleichgültig stimmte Nick zu, und Tom holte das Brett aus dem Salon. Eine Weile schauten wir ihrem Spiel zu. Nick war bald im Vorteil, und seine Miene entspannte sich.

Kämp suchte unter den Flaschen umständlich nach einem Getränk. Er schenkte sich einen Cognac ein, doch dann rührte er das Glas gar nicht an. Endlich murmelte er, er wolle noch lesen. »Gute Nacht.«

Kaum hatte Kämp die Küche verlassen, als Nick wortlos seinen König umwarf und die Partie auf diese Weise beendete. Er stand auf und folgte Ulrich, ohne sich zu verabschieden.

Tom zuckte die Achseln. Er grinste und räumte die Schachfiguren zusammen. »Offenbar kommt Nick langsam zur Einsicht, dass es doch klüger ist, sich um wichtige Dinge persönlich zu kümmern.«

Ich verstand die Anspielung nicht und sah Tom an. Jon fragte, ob wir auch einen Espresso wollten. Ich lehnte ab, Tom bat um eine Tasse.

Während Jon sich an der Kaffeemaschine zu schaffen machte, sagte Tom bitter: »Tja, unser Nick wird sich vermutlich noch wundern.« Toms tiefer Groll schien Nick nicht bewusst zu sein. Wieder fragte ich mich, was das Verhältnis vergiftet hatte.

Als spürte er mein Befremden, fuhr Tom beschwichtigend fort: »Du darfst nicht glauben, dass ich ihm Ärger wünsche! Ganz gewiss nicht! Nick und ich, wir sind Freunde. Seit ich in der siebten Klasse ins Internat gekommen bin, haben wir jahrelang alles gemeinsam gemacht. Aber natürlich haben wir uns verändert. Nick hatte mit seiner – geerbten – Bank, und auch im Verband, viel Erfolg. Das hat ihn geprägt. Und ich ...«

Tom warf einen Blick auf Jon, der uns den Rücken zuwandte. Der Kaffeemaschine zwei Espressos zu entlocken war offenbar schwierig.

»Bis vor zwei Jahren hätte ich Stein und Bein geschworen, dass ich der glücklichste Mann unter der Sonne bin. Ich hatte beruflich erreicht, was ich wollte, und auch privat hat alles gestimmt. Susanne und ich, wir haben gewusst, wie man das Leben genießt.« Tom stieß ein freudloses Lachen aus.

Beruflich war er in einen Engpass geraten. An der Börse lief es nicht mehr so gut. Er bekam finanzielle Probleme. Und plötzlich fraßen die Sorgen ihn auf. Tom verzog das Gesicht zu einer sonderbaren Grimasse. Zum ersten Mal ließen seine grobschlächtigen Züge etwas von den Qualen erkennen, die er insgeheim litt.

»Irgendwann war es genug. Ich habe mich dazu durchgerungen, einen anderen Job zu suchen. Leicht ist es mir nicht gefallen, aber Susanne drängte mich dazu. Ich hatte mir vorgenommen, mit Nick über meine Lage zu reden. Letztes Jahr an Silvester. Ich habe gedacht, mit meinen Qualifikationen und meiner Erfahrung wäre ich für jede Bank ein Gewinn. Und Nick war mein Freund.« Tom sagte es mit verächtlichem Unterton. »Tja. In diesem Urlaub ist Ulrich Kämp zum ersten Mal im Val Tosta aufgetaucht. Nick hatte ihn eingeladen, zusammen mit einer Freundin, die Theaterwissenschaften studierte.« Tom grinste boshaft. »Das hat sie jedenfalls behauptet.«

Am zweiten Abend war es Tom gelungen, mit Nick im Herrenzimmer allein zu bleiben. Sie saßen beim Cognac, und Tom erzählte von seinen Problemen und der benötigten Stelle. Aber Nick war offenbar mit seinen Gedanken woanders, er hörte kaum zu.

»Er hat nur vage gelächelt, ganz freundlich, so wie er es wohl bei jedem anderen Bittsteller auch tun würde. ›Freut mich, dass du an uns gedacht hast‹, hat er gesagt. ›Du bei uns, also das könnte ich mir durchaus vorstellen, ja. Allerdings habe ich mich in letzter Zeit um das Tagesgeschäft nicht mehr viel kümmern müssen. Das meiste macht inzwischen Kämp. Insbesondere das Personalwesen, weißt du. Rede doch einfach mal mit ihm!‹«

Tom war zunächst sprachlos, aber er ließ sich tatsächlich darauf ein, mit Kämp zu sprechen.

»Susanne fand ihn sehr angenehm. Psychologe, Betriebswirtschaftler, jung und gut aussehend. Und diese Attitüde von geistreichem Weltschmerz, auf die die meisten Frauen hereinfallen, Anne! Er ist von einer Consulting-Firma zu Nicks Bank gewechselt.«

Susanne hatte nicht daran gezweifelt, dass das Gespräch eine bloße Formalie sei.

»Nun, es hat dann auch nicht lange gedauert.« Tom schnaubte verächtlich. »Ich weiß ja nicht, ob du Kämp auch so kultiviert und einfühlsam findest wie meine Frau. Aber in meinen Augen ist der Kerl eine Ratte. Einer von diesen Effektivitätsbürokraten und gemütsarmen Kotzbrocken, die über Leichen gehen.«

Ich dachte an Toms dröhnendes Lachen, an die Begeisterung, mit der er am Herd stand und kochte, und wie er sich voller Behagen betrank. Und seine Frau? Tom war ein Mann, der genießen konnte – aber schwerlich die Leidenschaft auslöste, die er selber empfand.

»Kämp ist an die Bar getreten – du kennst ja diese Art, die er draufhat – und hat für uns beide eingeschenkt. ›Es tut mir sehr leid‹, hat er gesagt. Er redete etwas von Umstrukturierungen und Personalabbau in der Bank. Ich kenne den Blödsinn, das brauche ich mir nicht anzuhören. Ich bin kein Idiot.«

Im Grunde, so Tom, habe die Auswahl der Getränke schon alles besagt. Während Kämp sich ein Valser Wasser einschenkte, drückte er Tom, ohne zu fragen, ein Glas Bier in die Hand.

»Sehr subtil, der Herr Headhunter, nicht wahr?«, höhnte Tom, und es war unverkennbar, dass seither in ihm etwas brannte, das seine einstige Freundschaft zu Nick in Asche verwandelte.

Tom tat mir leid. Doch Mitleid war das Letzte, das er von mir oder irgendjemand anderem wollte. Er wollte Schulterklopfen, Bewunderung. Er wollte es Nick und Kämp zeigen.

Um ihn aufzuheitern, schmeichelte ich ihm ein wenig. »Ulrich ist selbst schuld, wenn er einen guten Mann nicht erkennt«, sagte ich. »Ich wette, du hast seitdem an der Börse weit mehr rausgeholt, als du in Nicks Unternehmen je hättest verdienen können, oder?«

Tatsächlich hellte sich Toms Miene auf. »So ist es. Du hast Recht!«, sagte er und lachte aus vollem Hals.

Jon brachte die zwei Espressos und stellte einen vor Tom.

Als Tom mit zittrigen Händen die Tasse absetzte, grinste er schief. »Aber Nick wird es bereuen, Anne, das darfst du mir glauben!«

28

ALS ICH IN MEIN EINSAMES ZIMMER ZURÜCKKAM und lustlos die gepackten Koffer und Taschen beiseite schob, regten sich neue Zweifel. War es richtig gewesen, hier zu bleiben? Noch vor wenigen Tagen war ich entschlossen gewesen, mein Leben mit Paul zu verbringen. Und nun? Ich hatte mich zwingen müssen, nach oben zu gehen, bevor Tom verschwand und ich mit Jon allein in der Küche blieb. Was war, wenn ich mich in Jon Mattan verliebte? Ich konnte Paul nicht heiraten, während ich mich nach einem anderen sehnte.

Unschlüssig sah ich mich nach der Reisetasche mit meiner Wäsche um. Ich zerrte den Reißverschluss auf, der klemmte, weil ich die Tasche zu voll gestopft hatte, und wühlte darin, bis ich meinen Lieblingsschlafanzug fand, den ich selten trug, wenn Paul bei mir war. Und meine Hausschuhe. Damit ging ich ins Bad.

Den Schlafanzug hatte mir meine ältere Schwester vor zwei Jahren auf den weihnachtlichen Gabentisch gelegt. Sie machte gerne praktische Geschenke, oft wurden Lieblingssachen daraus. Ich drückte mein Gesicht in den weichen Flanell und dachte daran, wie ich meiner Familie eröffnet hatte, dass Paul und ich heiraten würden.

Sie hatten mir sehr herzlich Glück gewünscht. Doch ich erinnerte mich noch sehr gut an die Ausgelassenheit bei den Verlobungen meiner Geschwister, und diese besondere Freude hatte ich schmerzlich vermisst. Bei meiner älteren Schwester hatte ich sogar den Eindruck, sie wollte etwas Kritisches sagen. Aber sie überlegte es sich und umarmte mich wortlos. Ich war enttäuscht gewesen. Aber dann sagte ich mir, dass sie Paul einfach nicht gut genug kannten.

Die Männer meiner Schwestern waren hilfsbereit, liebenswert, unkompliziert. Als meine jüngere Schwester ihren Freund unseren Eltern vorstellte, hatte mein Vater zufällig an diesem Tag den Heizungskessel entkalkt. Mein Schwager fragte gar nicht erst, ob er helfen könne. Er packte mit an und verbrachte den ganzen Abend schwitzend im Heizungskeller.

Paul hätte vielleicht einen Heizungsmonteur gerufen – aber es wäre ihm nicht in den Sinn gekommen, selbst den Kalk abzuklopfen. Andererseits: Was war dagegen zu sagen, wenn man einen Handwerker holte?

Es hatte mit Paul nie Streit gegeben. Keiner hatte je etwas Negatives über ihn gesagt. Mit wem ich mein weiteres Leben verbringen wollte, war allein meine Sache.

»Wenn du nur mit ihm glücklich bist, Kind«, erklärte meine Mutter mehr als einmal. »Alles andere wird sich schon finden.« Ich wusste bis heute nicht, was der Grund für ihre unausgesprochene Besorgnis war.

Todmüde schlüpfte ich ins Bett, aber ich wollte noch ein bisschen lesen. Das alte Tagebuch war die einzige Möglichkeit, mich von meinem Problem abzulenken – und noch etwas über die Werwolfgeschichte herauszufinden.

Meine Gedanken wanderten zu Jon. Er sah Ähnlichkeiten zwischen Wölfen und Menschen. War Nick das Leittier in einem Rudel, das er gemeinsam mit seiner Alphawölfin Elisa führte? Eine Wölfin in Pumps? Die Vorstellung hob meine Laune. Ich mochte Elisa. Angeblich gab es ja auch unter Wölfen Sympathien und Freundschaften. Mir fiel Jons Behauptung ein, Wolfspaare lebten, entgegen einer landläufigen Meinung, nicht unbedingt monogam. Das gab Ulrich Kämp eine Chance. Ich grinste. Aber er sollte besser vorsichtig sein. Bei ernsthaften Auseinandersetzungen griffen Wölfe plötzlich und ohne Vorwarnung an.

Und wie war es mit den anderen? War Tom, der einstige

Freund und Begünstigte, inzwischen der Letzte in der Rangfolge, das Omega-Tier? Oder Paul, der, kaum dass er zu der Gruppe zurückgekehrt war, sie schon wieder verlassen hatte? Gehörte Jon zu Nicks Rudel? Oder war er ein Einzelgänger? Noch kontrollierte er das Revier.

Jon hatte von düsteren Grenzgebieten gesprochen. Kannte er die Geschichte seiner Vorfahren? Was hatte sich vor zweihundert Jahren in Men Mattans Haus zugetragen?

Ich machte es mir im Bett mit zwei Kissen im Rücken bequem und kehrte dorthin zurück, wo ich Anna Kammerer verlassen hatte.

d. 29. Oktober 1814

Ohne Mattan ist die Burg seltsam leer, und ich fühle mich einsam. Meta kam vorhin herein, als ich träumend am Fenster stand, ohne die Welt draußen wahrzunehmen. Am liebsten hätte ich immerfort so gewartet.

Doch Meta ließ es nicht zu. »Ich finde, Ihr armer Mann ist heute weit wohler als sonst«, sagte sie, als sie mir beim Ankleiden half. Sie ermunterte mich, Leo nach dem Frühstück Gesellschaft zu leisten, ihm vorzulesen und mit ihm zu Mittag zu speisen, bis der Doktor von Largan eintrifft.

auf Allerheiligen hin

Ich habe lange gezögert, mich hinzusetzen und meinem Tagebuch anzuvertrauen, was seit meinen letzten, harmlosen Zeilen geschehen ist. Doch es wird mir zu schwer, alles, was war und was ist, nur in mir selbst zu verschließen. Es raubt mir den Seelenfrieden. Ich bete, dass dieses Büchlein niemals in fremde Hände gerät!

Am Tag nach Mattans Aufbruch war ich überrascht und sehr froh, Leo in aufgehellter Stimmung zu sehen. Ausnahmsweise hörte ich keinen Vorwurf von ihm – sei es, dass ich kaum Zeit mit ihm zubrächte, sei es, dass ich mir Men Mattans Aufmerksamkeiten und seine Nähe zu wenig verbitten würde. Vielmehr plauderte Leo angenehm.

So sah ich dem Doktor mit heiterer Miene entgegen. Und als Leo ihn gegen den späteren Nachmittag bat, uns wegen des herrlichen Wetters zu einer Schlittenfahrt auszuführen, traute ich kaum meinen Ohren. Voller Eifer und in ehrlicher Freude war ich besorgt, dass Leo sich bei unserem Ausflug nicht etwa erkältete. Ich half ihm in seinen Umhang und brachte warme Winterstiefel. Aus einer Tasche holte ich pelzgefütterte Handschuhe her.

Doch ahnte ich nicht, was Leo im Schilde führte. Hatte er vorgehabt, den Arzt mit Geld zu bestechen? Oder wollte er ihn gar …? Ein Zufall begünstigte jedenfalls Leos perfiden Plan.

Während Leo im Burghof zu mir in den Schlitten stieg, rannte einer der Knechte herbei. Er winkte und rief: »Halt, Herr Doktor, ich bitte Sie!« Ein Mann war im Heulager von einer Leiter gestürzt. Doktor Bender eilte zu dem Verunglückten.

Kaum war er verschwunden, griff Leo nach Zügeln und Peitsche und trieb das Zugpferd mit aller Entschlossenheit an.

»Leo!«, rief ich verwundert. »Was machst du denn?« Und als er nicht antwortete, flehte ich lauter: »Leo! Halt bitte an!« Er wandte nicht einmal den Kopf.

Ich war zunächst wie gelähmt. Machte sich Leo mit mir einen Scherz? Doch als wir den Wald erreichten, fiel ich ihm in den Arm. Leo stieß mich zur Seite: »Lass das! Halt still!«

Ich dachte an ein schädliches Fieber, das plötzlich aufgeflammt war und Leos Verstand angriff, und rief um Hilfe. Blitzartig bremste Leo das Pferd mit dem Zügel, wandte sich zu mir um und zischte: »Sei sofort ruhig!« Ich hörte nicht auf ihn.

Er riss mich am Arm zu sich heran und hielt mir den Mund zu. Mit weit aufgerissenen Augen sah ich ihn an, während er ein Halstuch aus einer Innentasche des Umhangs zog und mir damit die Lippen verschloss. Ich wehrte mich heftig, doch er war stärker als ich. Seine Grobheit erschreckte mich, und als er mich zurückstieß und fesselte, wallte heiße Angst in mir auf. Schließlich hatte mich Leo mit weiteren Tüchern an Händen und Füßen gebunden und fuhr wieder an. Das Ganze war schnell geschehen. Nichts hielt ihn mehr auf.

Ich lag hilflos auf dem Boden des Schlittens und konnte nur beten, dass Leo wieder zu Sinnen kam, bevor das Gefährt bei der rasenden Fahrt bergab gegen ein Hindernis prallte und umstürzte. Ich versuchte verzweifelt, mich trotz meiner Fesseln an einer Strebe der Sitzbank festzuhalten. Übelkeit stieg in mir auf.

Dann wurde es dunkel um mich, und der Schlitten hielt an. Wir standen in einem finsteren Tunnel. Fluchend stieg Leo aus und lief nach vorn. Er drosch mit der Peitsche auf das störrische Pferd ein, und ich begann zu weinen.

Leo stöhnte laut auf. Plötzlich hallten Schritte in rascher Folge, Leo rannte davon! Es gelang mir, mich aufzusetzen. Ich zerrte an meinen Fesseln. Meine Aufmerksamkeit war so sehr darauf gerichtet, das eng gebundene Tuch von meinen Händen zu streifen, dass ich die Gestalt, die herantrat, erst bemerkte, als sie sich in den Schlitten beugte. Erschrocken fuhr ich zurück. Doch da erkannte ich Men Mattan. Er starrte mich fassungslos an.

Im nächsten Augenblick hatte Mattan meinen Knebel gelöst, er hatte ein Messer gezückt und die Fesseln an Händen und Füßen durchschnitten. Behutsam wie einem Kind fuhr er mir übers Haar. Da begann ich haltlos zu schluchzen. Er hob mich aus dem Schlitten, ich war nicht imstande, auch nur einen Finger zu rühren, und zog mich sanft an sich. Er flüsterte Worte, die ich nicht verstand. Endlich versiegten meine nutzlosen Tränen, ich fand wieder zu mir. Verlegen löste ich mich aus Men Mattans Umarmung.

Dabei hätte ich ewig so bleiben mögen, mit trommelndem Herzen fest an ihn geschmiegt, atemlos – erst von dem Schrecken und dann noch viel mehr von einer süßen Empfindung, die erregend und glücklich war wie nichts, was ich zuvor jemals spürte! Alle Furcht schwand auf einmal dahin. Doch wusste ich mich in Gefahr. Ich fand mich bedrängt von Gefühlen, Begierden, für die die Verdammnis droht. Mattan sah mich an, dann berührten seine Lippen mein Haar, meine Wangen. Willenlos seufzte ich auf. Ich wusste meine Seele verloren.

»Was hat er getan?«, fragte Mattan, und ich brauchte ein paar Momente, bis ich begriff, dass er von Leo sprach.

Ich schüttelte benommen den Kopf. »Ich weiß nicht, was in ihn gefahren ist. Er hat den Schlitten des Doktors entführt. Und als ich mich wehrte und schrie, da hat er mich festgehalten und mich gebunden. Was bezweckte er nur? Ich glaube, die Krankheit … Mir war, als hätte er plötzlich seinen Verstand verloren, als brennte ein neues Fieber in ihm.«

Bei diesen Worten rührte sich erneut meine Sorge um meinen kranken Mann. Ich wandte mich um, tat ein paar Schritte aus dem Tunnel und blickte den Weg entlang. »Was tut er nur?«, fragte ich flehend. »Er ist doch geschwächt, er wird sich den Tod holen, wenn er sich noch länger dort draußen erschöpft!« Ich fasste wie unbewusst nach Mattans Hand. »Bitte. Ich bitte Sie! Holen Sie ihn zurück! Er muss rasch ins Warme, muss ruhen. Der Doktor … ach Gott. Ich habe eine schlimme Nachricht für Sie! Einer der Männer …«

Mattan lauschte stumm, als ich von dem Unfall berichtete. Dann sagte er rasch: »Ich werde Ihren Mann zu beruhigen suchen. Er kann nicht weit gekommen sein. Ist es Ihnen zuzumuten, hier auf uns zu warten?«

»Natürlich«, sagte ich aufatmend. »Bitte gehen Sie nur!«

Zu meinem Erstaunen schwang sich Mattan nicht auf sein Reittier, sondern folgte Leo zu Fuß. Er lief sehr rasch. Als ich ihn zwischen den Bäumen aus den Augen verlor, eilte ich ihm unwillkürlich nach. Schließlich entdeckte ich beide Männer. Leo war zu Boden gesunken, Mattans grauer Tuchmantel mit der üppigen Wolfsfellverbrämung verdeckte ihn fast.

Besorgt rief ich: »Leo! O Gott!«

Mattan musste Leo zwingen, aus dem Schnee aufzustehen. Mein Ehemann schlotterte vor Erschöpfung und Kälte, kein Laut kam aus seinem Mund, und sein wilder Blick, der, als er mich erkannte, von Hass! erfüllt war, schnürte mir die Kehle zusammen.

»Sie hätten uns lieber nicht nachgehen sollen«, sagte Mattan sanft zu mir.

Ich nickte, doch ich erwiderte: »Lassen Sie mich Ihnen helfen!«

Leo war nicht mehr in der Lage, auch nur einen Schritt zu tun. Trotz seiner offensichtlichen Schwäche fürchtete ich mich, mit ihm allein zu bleiben. Doch ich erklärte fest, ich würde mit ihm auf Mattan und den Schlitten warten.

Leo rührte sich nicht, als sich Mattan entfernte. Er sah starr vor sich hin und murmelte tonlos: »Der Werwolf! Er hat uns aufgelauert, die Bestie! Im Tunnel. Ich wollte dich nicht alleine lassen! Ich habe dich schluchzen gehört, als er sich über dich beugte. Doch er ist mir nachgehetzt. Ein riesiges Tier. Diese gewaltigen Sätze ... Ich konnte nicht mehr. Er sprang. Er hat mich am Umhang gepackt, und ich habe den brennenden Fang an meiner Kehle gefühlt. Ich wusste, das ist der Tod. Aber dann hast du gerufen.« Leo senkte den Kopf. »Da war es wieder, sein kaltes Gesicht. Er ist ein Werwolf, Anna.« Leo blickte zur Seite. »Unser Los ist besiegelt.«

Mattan kehrte zurück und hob Leo, wie bei unserem Zusammentreffen im Schneesturm, kurzerhand in den Schlitten. Mich nahm er vor sich auf sein Pferd. Der Schlittengaul trottete brav hinterher.

Gähnend klappte ich Anna Kammerers Tagebuch zu. Ich löschte die Kerze und schlief ein.

Ein Luftzug weckte mich. Oder war es ein Geräusch? Schlaftrunken tastete ich nach der Nachttischlampe, aber als ich auf den Schalter drückte, blieb es dunkel. Erst jetzt kam ich richtig zu mir. Ich setzte mich auf.

Ich musste die Kerze anzünden. Ein Frösteln überlief mich. Nervös tastete ich auf dem Nachttisch herum. Nur langsam stellten sich meine Pupillen auf die Dunkelheit ein.

Es war mein Geruchssinn, der mich alarmierte. Roch es im Zimmer nach Hund? Ich hörte ein Tappen von Pfoten. Es kam von der Tür. Sie war nicht abgeschlossen, ich wohnte ja nicht im Hotel. Atemlos hielt ich still und spürte, wie meine Nackenhaare sich sträubten.

Das Tappen näherte sich. Ich zog die Hand, starr vor Angst, wieder zurück. Ein halbhoher Schatten bewegte sich auf mich zu.

Er knurrte. Bis dahin hatte ich gehofft, dass ich einer Täuschung erlag. Der Geruch mochte von Schmutz stammen, den ich an den Schuhsohlen hatte. Aber das Knurren klang furchteinflößend und drohend, wie ich es bei einem Hund nie gehört hatte. Ich getraute mich nicht, die Kerze anzuzünden. Jeden Moment konnte mich der Schatten anspringen.

Ich schrie nicht auf. Ich war in Versuchung, unter die Decke zu kriechen, aber ich widerstand. Die Silhouette des Kerzenhalters, den ich vorhin ertasten wollte, löste sich aus dem Dunkeln. Der Leuchter war schwer. Blitzschnell griff ich danach und schleuderte ihn in Richtung des knurrenden Schattens, der zurückwich – doch nicht schnell genug. Ein greller Schrei, von Schmerz oder Schrecken und ... Zähneklappern? Der Schatten duckte sich und hetzte zur offenen Tür. In der nächsten Sekunde verschwand er im Flur.

Ich sprang auf, rannte blindlings zur Tür, um sie zuzuschlagen, und drehte den Schlüssel herum. Mein Herz trommelte gegen die Rippen, mir wurde speiübel. Ich ließ mich auf den Boden sinken.

Allmählich kam ich wieder zu Atem und kroch auf allen vieren, um nach dem Leuchter und der Kerze zu suchen. Ich fand sie zerbrochen am Eingang zum Bad. Auf dem Tisch lagen Streichhölzer, ich riss eines an.

Als ich im Schein des Kerzenstummels das Parkett nach Spuren absuchte, zitterte ich so, dass mir Wachs auf die Hand tropfte. Außer dem Leuchter, den ich geschleudert hatte, entdeckte ich nichts. Der einzige Hinweis darauf, dass ich nicht geträumt hatte, war, dass der massive Leuchter auf dem empfindlichen Holzboden keine Schrammen hinterlassen hatte. Also musste er zunächst etwas anderes getroffen haben. Etwas, das verschwunden war.

Auf dem Nachttisch lag Anna Kammerers Tagebuch. Hatte meine Einbildungskraft mir einen Wolf vorgegaukelt, so wie vor zweihundert Jahren dem Augsburger Kaufmann? Ich wehrte mich gegen diesen Gedanken. Lieber wollte ich glauben, dass ich geträumt hätte und beim Erwachen, noch halb im Schlaf, den Leuchter gegriffen und nach der Traumschimäre geschleudert hätte.

Leider wusste ich sicher, dass ich wach und bei Sinnen gewesen war.

2. Januar

29

Es war kurz vor fünf Uhr, noch stockdunkel. Ich atmete kräftig durch. Aufgeregt, wie ich war, würde ich nicht mehr einschlafen. Ich drehte die Heizung auf und griff erneut nach dem Tagebuch.

... Bald kam uns eine Gruppe von Dienern entgegen. Doktor Bender wartete vor der Einfahrt zum Kastell. Kopfschüttelnd legte er Leo, der apathisch auf seinem Schlittensitz hockte, eine Hand auf die Stirn. Er drängte, ihn rasch in sein Bett zu bringen.

Mattan stützte mich. In der Eingangshalle rief er nach Meta und übergab mich ihrer Obhut. Die beiden wechselten einen Blick.

Meta führte mich nicht in mein Boudoir, das durch eine Tür mit Leos Schlafraum verbunden ist, sondern in ein Zimmer, dessen Decke und Wände dunkel getäfelt waren. Sie zog die Läden zu und zündete Wachskerzen an, die den Raum in ein ruhiges, goldenes Licht tauchten. Es war behaglich warm. Statt des Kamins heizte ein Kachelofen das Zimmer. Auf einer Seite befand sich ein aufgeschlagenes Bett. Den Spieltisch und den Sessel, Diwan und Bücherschränke nahm ich erst nach und nach wahr. Vor Erschöpfung war ich wie erstarrt. Nichts um mich her schien von Bedeutung zu sein. Meta, die mir den Mantel von den Schultern genommen und meine Hände an die gewärmten Kacheln gelegt hatte, fragte mich nach meinen Wünschen. Doch ich vermochte ihr nichts zu sagen. Also tat Meta, was sie für richtig hielt.

Eine Wanne wurde ins Zimmer getragen und mit heißem Wasser gefüllt. Meta entkleidete mich und ließ mich hineinsteigen. Allmählich spürte ich, wie sich mein Blut wieder belebte.

Schließlich saß ich im Hauskleid an einem kleinen, gedeckten Tisch, und Meta nötigte mich, von den servierten Leckereien zu essen. Ich pickte auf dem Teller herum. Immer wieder drängte es mich, die Gabel beiseite zu legen, um eine Locke zurückzustreichen, die sich aus meinem nachlässig geschlungenen Haarknoten löste, oder um aufzustehen, im Raum hin und her zu gehen, Bücher, die Einlegearbeiten des Spieltischs, die pelzverbrämten Decken des Betts zu betrachten. Ich konnte meine Gedanken nicht sammeln.

Ich lauschte. Mir war, als würde ich mich danach sehnen und gleichzeitig fürchten, die Schritte zu hören, die ich an ihrem Klang kannte.

Als Mattan klopfte und eintrat, glühten meine Wangen. Mit geweiteten Augen sah ich ihm entgegen. Es war Meta, die sprach und nach Leos Befinden fragte.

Mattans Antwort richtete sich an mich: »Der Doktor kann es sich nicht erklären. Noch nie hat er von solcher Wirkung seiner Arzneien – oder des Wassers – gehört. Das Handeln Ihres Mannes muss eine andere Ursache haben, womöglich liegt sie in seinem Gemüt.« Er räusperte sich. »Bitte, Anna, erschrecken Sie nicht! Wir haben ein scharfes Rasiermesser im Umhang Ihres Mannes gefunden. Bender würde gerne erfahren, ob Sie womöglich von Fällen von Wahnsinn oder Verwirrtheit in Kammerers Familie gehört haben?«

Ich schüttelte den Kopf. »Nein. Nein, da gibt es wohl nichts.« Und das ist die Wahrheit.

Als könnte er meine Gedanken lesen, sagte Mattan darauf zu mir: »Sie sollen sich in meinem Haus keinen Augenblick fürchten müssen. Wir werden Ihrem Mann ein etwas abgelegenes Zimmer geben. Natürlich werden die Türen verschlossen bleiben, aber ich denke, Sie werden sich wohler fühlen, wenn Sie ihn nicht nebenan wissen. Doch heute Nacht will ihn der

Doktor nicht noch mehr verstören. Bender wird bei ihm bleiben. Ich bot ihm Ihr Boudoir an, wegen der Tür zu dem Krankenzimmer. Hoffentlich ist dies in Ihrem Sinne, Anna?«

Ich nickte dankbar. Überflüssig zu sagen, dass es mir graut, wenn ich daran denke, ich könnte Leo noch einmal so ausgeliefert sein.

Meta hatte den Tisch abgeräumt. Wieder bemerkte ich einen Blick zwischen Mattan und ihr. Sie nahm das Tablett und ging aus dem Zimmer.

Als sich die Tür hinter Meta schloss, trat Men Mattan näher. Ich stand verunsichert auf, als müsste ich mich entscheiden, ob ich ihn erwarten oder vor ihm fliehen sollte. Doch er war schon bei mir. Bevor ich zurückweichen konnte, nahm er meine Hände zwischen die seinen. Halbherzig versuchte ich, sie ihm zu entziehen, aber dann sah ich in seine Augen, und sein Blick bewog mich stillzuhalten.

»Ich werde nicht noch einmal zulassen, dass dieser Rohling Sie anfasst«, sagte Mattan ungewohnt weich. Als ich verlegen den Kopf senkte, löste er seine Hände von meinen und fügte hinzu: »Sie werden die Scheidung verlangen, und dann …«

»Wie können Sie so etwas sagen? Ich würde niemals …«, widersprach ich ihm erschreckt, aber ich blickte zur Seite.

»Es gibt Mittel und Wege, die Trennung von ihm, womöglich die Nichtigkeit Ihrer Eheschließung, zu erreichen. Er quält Sie. Sie lieben ihn nicht! Ich will, dass Sie ihn verlassen!«

»Was? Sie wollen, dass ich Leo verlasse?« Ich hob den Kopf und versuchte ein Lächeln. »Ich glaube nicht, dass Sie dazu ein Recht haben.«

»Oh doch. Jedes Recht. Glauben Sie mir. Denn ich … Sie und ich, Anna … im ersten Moment, als ich Sie sah, in diesem Wirtshaushof, drunten in Landeck, wusste ich schon, dass Sie mich lieben würden.«

»Aber …«

»Ich liebe Sie, Anna. Ich werde nicht ohne Sie leben.«

»Sie machen mir mehr Angst als Leo! Sehen Sie nicht, dass es unmöglich ist!? Wir dürfen das nicht …«

Ich eilte zur Tür, doch er war schneller als ich. Wieder fasste er meine Hände, die ihn zu fliehen suchten. Ich spürte, dass ich wie von Kälte zu zittern begann. Aber Mattan ließ mich nicht gehen. Wir blickten uns an, in einem bangen und zugleich glücklichen Staunen, und da war mir, als ob ich alles hingeben dürfte, was früher war.

Ach, es gelang mir nicht mehr, mich von ihm abzuwenden. Regungslos blieb ich stehen. Mattan umfasste mich, liebkoste sanft mein Gesicht, meinen Nacken, er berührte mich so, dass ich unter seinen Händen erbebte und seine Nähe selbst suchen musste. Vergeblich versuchte ich nochmals, ihm nein zu sagen. Doch als ich zu widersprechen anhob, spürte ich seine Lippen auf meinen. Wir begannen einander zu kosten, lustvoll erschauerte ich, und etwas, was ich nicht benennen kann, trug mich fort, wie die Woge einen Ertrinkenden.

Mattan umarmte mich so, wie es nur ein Ehemann darf. Kein Mensch wird dieses Geständnis je lesen, und dennoch vermag ich nicht niederzuschreiben, was mit mir geschehen ist. Es ist, als verlöre die Erde die Kraft, als triebe ich haltlos durch die Hitze des Fegefeuers und die Kühle des Himmels, wenn Mattan mich begehrt, wenn er mich liebt, wenn er bei mir liegt. Ich habe die Ehe gebrochen, was eine schreckliche Sünde ist. Doch ich kann keine Reue empfinden. Mich dauern nur jene Stunden, in denen ich ohne ihn bin.

Ich seufzte. Draußen heulte der Wind laut, irgendwo schlug Holz auf Stein. Ich legte mein Lesezeichen wieder zwischen die Tagebuchseiten.

An sich war es zu früh, um schon aufzustehen, dennoch schlug ich die Decke zurück und ging ins Bad. Die Unruhe, die mich erfasst hatte, wich nicht. Nachdem ich geduscht hatte, lief ich ans Fenster. Es schneite nicht mehr. Der Sturm ließ allmählich nach. Doch der Morgen würde noch lange nicht dämmern. Vielmehr strahlten am Himmel weit über mir Sterne auf.

Inzwischen war ich wieder so wach und vernünftig, dass ich keinen Zweifel mehr hegte: Es war das Toben des Schneesturms gewesen, was mich aus dem Schlaf gerissen hatte. Eine heftige Windböe könnte die Zimmertür aufgedrückt haben. Es war gut möglich, dass sie laut geknarrt hatte. Womöglich hatte mich das Geräusch aus einem Albtraum geweckt, und ich war einer Täuschung erlegen, als ich den näher kommenden Schatten sah und glaubte, ein Knurren zu hören.

Ich dachte an Jon, der in der Bibliothek unten schlief. Ich könnte ihm von dem Diarium erzählen. Und von dem Wolf, der in meinem Zimmer war. Jon würde amüsiert lachen, und dann ... Du liebe Güte. Ich würde mich hüten, zu ihm zu gehen – dafür gab es keinen Grund, weder heute Morgen noch sonst irgendwann!

Ich beschloss, Jon ein für alle Mal aus meinen Gedanken zu bannen. Es war allein eine Sache des Willens, nicht wahr? Kurz erwog ich, in die Küche zu gehen und mir einen Kaffee zu kochen, aber dafür hätte ich durch das stockdunkle Haus laufen müssen. Stattdessen zog ich warme Cordhosen und meinen ältesten, schwarzen Rollkragenpullover an, schob den Sessel vors Fenster und setzte mich so, dass ich in die Nacht hinaussah.

Ich blies das Kerzenlicht aus und starrte auf die dunkle Schneelandschaft. Ich konzentrierte mich darauf, nicht an Jon zu denken.

Langsam wurde es Tag. Die Sterne verblassten, und der Himmel über den Bergen im Osten hellte sich auf. Der Morgen dämmerte blau und rotgolden.

Ich zog das Fenster auf, Kälte strömte herein, und ich atmete durch. Herumzusitzen tat mir nicht gut. Ich stieg in die Winterstiefel und schlüpfte in meinen Anorak. Die Handschuhe steckten noch in den Seitentaschen. Ich schlich nach unten. Vermutlich schliefen die anderen noch fest.

Leise öffnete ich das Portal. Selbst in dem windgeschützten Innenhof des Kastells lag der Schnee beinahe hüfthoch. Ich war versucht umzukehren. Von meinem Fenster aus hatte ich jedoch gesehen, dass der Sturm nicht nur weiße Dünen aufgetürmt hatte, er hatte auch weite Grasstreifen freigeblasen.

Vor dem Tor kam ich tatsächlich leichter voran. Dort, wo noch Steinbrocken aus der Schneedecke ragten, sank ich kaum knöcheltief ein. Dennoch war es ein mühsamer Morgenspaziergang. Aber die klare Weite des Tales vor glühenden Bergspitzen, der kalte Wind, der, obwohl er abgeflaut war, alle Müdigkeit austrieb, und das blendende Zauberlicht wogen die Anstrengung auf. Ohne besonders darauf zu achten, welche Richtung ich einschlug, setzte ich Fuß vor Fuß. Ich hatte nicht vor, mich weit von der Burg zu entfernen, und konzentrierte mich ganz auf meinen Marsch durch den Schnee.

So ging ich eine Weile vor mich hin, bis das Licht unvermittelt seinen Glanz verlor. Ich blickte auf. Rascher, als ich für möglich gehalten hätte, waren neue Wolken über den Bergkamm getrieben. Schon war der blaue Himmel verschwunden. Erneut wehten Flocken über den Talboden. Ich wandte mich um und trat den Rückweg an.

Eine heftige Böe traf mich, ich strauchelte fast. Ringsum wirbelte es bereits weiß, und ich sah kaum mehr die Hand vor Augen. Aber ich wusste, in welcher Richtung das Kastell sich befand. Ich brauchte nur unbeirrt weiterzugehen.

Dabei geriet ich in tieferen Schnee. Erst sank ich bis zu den Knien, dann bis zur Hüfte ein. Verbissen kämpfte ich mich aus der Wehe heraus und atmete durch. Welcher Teufel hatte mich geritten, in dieser Winterwüste einen Spaziergang zu machen? Der Schnee trieb immer dichter heran. Ich hatte die Orientierung verloren. Suchend sah ich mich um.

Was war das? Weit hinter den weißen Schatten bewegte sich etwas, ein dunkler Schemen. Lang gestreckt, schnell. Das war kein Mensch! Panische Angst überschwemmte mich. Mir wurde heiß. Schlagartig begann ich zu schwitzen.

Ich lief. Keuchend arbeitete ich mich durch eine weitere Wehe, rannte wieder ein Stück, sank erneut ein. Vor mir verdichtete sich das Weiß. Erleichtert erkannte ich ein Gebäude.

Nicht das Kastell, dafür war es zu klein. Jons Bauernhof! Ich stolperte vorwärts, dort war die Tür! Ich fiel über die Stufe, erhaschte die Klinke. Mein Herz trommelte, als ich sie niederdrückte. Die Tür ging auf. Gerettet! Mit steifen Fingern schob ich den Riegel vor.

Dann stand ich da und kämpfte mit den Tränen. War ich hysterisch? Ein Nervenbündel? Ich sah mich, genau wie der verrückte Leonhard Kammerer, von Wölfen verfolgt. Ich schämte mich, aber nichts hätte mich dazu bewegen können, die Tür des Bauernhofs wieder zu öffnen.

In Jons Sulèr war es kühler als bei meinem ersten Besuch. Die Fensterläden waren geöffnet und gaben den Blick auf das Schneetreiben frei. Hier konnte ich abwarten, bis sich die Sonne wieder zeigte. Wenn ich mich fürchtete, allein zum Kastell zurückzugehen, könnte ich drüben anrufen. Falls ich ein Telefon fand.

Ich zog meine nassen Sachen aus, ging in Socken zu der Chaiselongue und räumte Papiere und eine ausgebreitete Zeitung beiseite. Gerade wollte ich mich aufatmend setzen, als aus dem hinteren Teil des Gebäudes ein leises Geräusch drang. Ein Knarren, dann rumpelte es.

Neben der Treppe, die vom Sulèr nach oben führte, war eine schmale Tür. Früher hatte sich an der Stelle vermutlich der Übergang zur Scheune befunden. War es ein Tier? Die Katze meiner jüngeren Schwester öffnete selbstständig Türen ... In harten Wintern drangen Wölfe in Ställe und Häuser ein ...

Hastig durchquerte ich den Raum, um auch den Hintereingang zu verriegeln. Da waren von der anderen Seite Schritte zu hören. Wie angewurzelt, blieb ich stehen. Die Tür wurde aufgerissen. Fast hätte ich einen Schrei ausgestoßen.

Doch es war Jon Mattan, der in den Durchgang trat.

Er stutzte und lächelte ungläubig. »Anne!« Offensichtlich bemerkte er, wie verstört ich war. »Verzeihung! Ich habe dich erschreckt«, sagte er rasch und legte einige Scheite, die er in der Hand hielt, in einen Holzkorb. »Was ist los?«, fragte er und musterte mich besorgt. »Ist irgendetwas passiert?«

Ich schüttelte verlegen den Kopf. »Nein, nein, es ist alles in Ordnung. Ich bin nur nicht darauf gefasst gewesen, dass du plötzlich hereinkommst. Ich dachte, du bist noch im Kastell drüben und schläfst.«

»Ja und ... ich verstehe nicht recht. Weshalb bist du dann hier?«

Ich verwünschte meine Dummheit. Jon musste ja glauben, ich wäre hinter ihm hergelaufen.

»Ich habe einen Spaziergang gemacht. Und als es zu schneien anfing ...« Ich fröstelte.

»Du bist ja ganz blass«, sagte Jon. Erst in dem Moment fiel mir auf, dass er zerzaust wirkte. Das Hemd war nicht ganz zugeknöpft und hing über der Hose. Trotz der Kälte, die vermutlich im Schuppen herrschte, war er barfuß in seine Slipper geschlüpft.

Ich sagte: »Ich dachte, ein Wolf jagt hinter mir her.«

Jon lachte nicht. Sein Gesicht erstarrte förmlich. Im gleichen Augenblick zog er mich in seine Arme. Ich wehrte mich nicht dagegen. Seine Umarmung war tröstlich. Ich ließ den Kopf an seine Schulter sinken und versuchte, nicht aufzuschluchzen.

»Ich fürchte, ich sehe allmählich Gespenster.« Ich wischte mir über die Augen.

Jon ließ mich sacht los. »Hast du schon Kaffee getrunken?«

Wortlos schüttelte ich den Kopf. Er führte mich in die Stube, holte den Holzkorb herein und schürte den gemauerten Ofen. Dann ging er in die Küche und schob Brot, Butter, Marmelade und Rauchfleisch durch das Speisefenster und kam mit einer Kanne Kaffee zurück. Er nahm Tassen und Teller, Besteck und karierte Servietten aus einem Buffetschrank, und gemeinsam deckten wir den Tisch.

»Guter Kaffee«, lobte ich nach dem ersten Schluck.

Jon nahm meine Hand, die nervös an der Serviette spielte, und küsste die Innenfläche. Das wirkte auf mich nicht beruhigend. »Also, erzähl! Was hast du gesehen?«, fragte er ernst.

»Ehrlich gesagt, ist es mir peinlich, überhaupt davon angefangen zu haben.« Ich war versucht, mit einem Scherz über die Sache hinwegzugehen. Aber Jon schaute mich derart eindringlich an ... Ich holte tief Luft und erzählte, wie ich gegen Morgen in meinem Zimmer aufgewacht war und wie ich die vermeintliche Bestie vertrieben hatte.

Um Jons Lippen spielte ein Lächeln. »Du hast dem Eindringling einen Leuchter aufs Fell gebrannt?«

»Na ja. Nach und nach ist mir natürlich klar geworden, dass ich wohl nur geträumt hatte und dass vermutlich der Sturm meine Zimmertür aufgedrückt hat.« Entschuldigend hob ich die Hände.

»Und vorhin?«

»Ich wollte nur einen kurzen Spaziergang machen. Das Wetter war wunderbar.«

Jon hörte aufmerksam zu, als ich den Wolfsschemen schilderte, den ich im Schneesturm entdeckte. »Ich kann mir schon vorstellen, dass dich das in Schrecken versetzt hat«, sagte er verständnisvoll.

Mir wurde bei seinen Worten unbehaglich zumute. Jon reagierte nicht so, wie ich es erwartet hatte. Natürlich wäre ich nicht gerne ausgelacht worden, jedoch hatte ich mir eine Bemerkung erhofft, die das Geschehen als harmlos entlarvte. Schließlich war Jon Experte, wenn es um Wölfe ging. Hatte er mir nicht selbst erklärt, dass diese scheuen Tiere sich nicht in die Nähe von Menschen wagten?

Beklommen fragte ich: »Hältst du es denn für möglich, dass es tatsächlich ein Wolf war?«

»Ein Wolf? Aber nein«, sagte Jon und hob die Brauen. »Es könnte vieles gewesen sein: ein wildernder Schäferhund, eine Plastikplane, die der Wind hinter dir hergeweht hat, vielleicht ein Fuchs, der dir größer erschien, als er in Wirklichkeit war. Oder ...« Er zögerte.

»Oder?«

»Oder ein Mensch.«

»Was?« Verblüfft starrte ich ihn an.

Jon gab mir zunächst keine Erklärung. Er stand auf, ging zum Fenster und wieder zurück. Er lehnte sich mit dem Rücken an den Buffetschrank und stützte seitlich die Hände auf. »Und ist sonst etwas vorgefallen, was, nun ja, seltsam oder beängstigend war?«, fragte er endlich.

Zögernd erwähnte ich das zerfetzte, blutverschmierte Kleid, das ich am Neujahrsmorgen in meinem Zimmer vermisst und dann in der Nähe der Unfallstelle gefunden hatte. »Das ist unerklärlich, nicht wahr?« Ich seufzte.

Jon schwieg. Er setzte sich wieder hin. In einer behutsamen Geste umfasste er mein Gesicht. Ich fühlte, wie ich errötete. Er schaute mich an, als suchte er etwas in meinen Augen zu lesen. Schließlich ließ er die Hände sinken.

»Ich sollte dir vermutlich etwas erzählen«, sagte er, ohne zu lächeln. »Aber ich will dir keine Angst machen.«

»Jon, bitte! Sprich nicht in Rätseln! Was meinst du damit? Und wieso denkst du, ein Mensch könnte hinter meinen ... Wolfsphantomen stecken? Willst du am Ende behaupten, dass die alten Geschichten stimmen und dass es im Val Tosta Werwölfe gibt? So wie es in Anna Kammerers Tagebuch steht?«

Jon war überrascht. »Anna Kammerer? Anne! Du willst doch nicht sagen, dass du das Tagebuch liest?« Es klang belustigt.

»Doch, freilich. Ich habe es auf dem Schreibtisch im Zimmer gefunden. Kennst du es denn?«

»Ja. Ich habe als halbwüchsiger Bursche darin geschmökert.« Jon schüttelte den Kopf. »Eine verrückte Geschichte. Ich nehme an, dass es, nun ja, nicht ganz ohne Einfluss auf deine Vorstellungskraft ist?«

Ich nickte. »Vermutlich. Glaubst du denn, dass der vermeintliche Wolf nur in meiner Einbildung existiert?«

Jon wurde wieder ernst. »Ich wünschte, es wäre so einfach, aber nein. Nein, das nehme ich nicht an.« Er zögerte. »Lässt du mich etwas ausholen, Anne?«

Er lehnte sich in seinem Stuhl zurück und starrte die Holztäferung an. »Wir sind es natürlich gewöhnt, überlegen zu lächeln, wenn es um Lykanthropie geht, um die Mär, dass sich Menschen in Tiere verwandeln«, sagte er sachlich, als stünde er vor seinen Studenten.

»Werwölfe gelten gemeinhin als ein Phänomen aus dem Mittelalter, ein Aberglaube, dem keiner mehr anhängt. Man weiß, dass es Krankheiten gibt, die bestimmte, für Werwölfe angeblich typische Erscheinungen mit sich bringen. Die Hypertrichose zum Beispiel, die mit einer unnatürlich starken Körperbehaarung einhergeht. Oder eine Porphyrie, eine Stoffwechselkrankheit, bei der die Bildung des roten Blutfarbstoffs gestört ist, was unter anderem zu Hautverfärbungen und einer extremen Lichtempfindlichkeit sowie zu psychischen Störungen führen kann. Auch Tollwutanfälle und Vergiftungen durch Belladonna-Salben oder Mutterkorn sollen dafür verantwortlich gewesen sein, dass aus Menschen vermeintlich Werwölfe wurden. Man hat die unter Lykomanie Leidenden, die sich in einen Werwolf verwandelt wähnten, für gemütskrank erklärt, geplagt von Wahnvorstellungen und Halluzinationen. Moderne Diagnosen sprechen von Psychosen und Schizophrenie.«

Jon sah mich nachdenklich an. »Es gibt diesen, einst verbreiteten, Wahn, in einer Person einen Werwolf zu sehen. Ein Mensch kann deswegen verfolgt und geächtet werden, wie es bis in die Neuzeit geschah – und er kann selbst in die Wahnvorstellung verfallen, ein Werwolf zu sein.«

Darauf gab es nichts zu sagen.

Jon fuhr ruhig fort: »Ich nehme an, dass es unter bestimmten Umständen leicht ist, mit solchem Aberglauben zu spielen und Menschen damit sogar in panische Angst zu versetzen. Selbst Wesen, die eher vernunftbegabt sind, können verunsichert werden.« Ein Lächeln huschte über Jons Gesicht.

Ich nickte. »Vielleicht.«

»Ich habe den Eindruck, dass es in der Gegend jemanden gibt, der in einer grausamen Weise die Phantasie seiner Opfer aufreizt ...«

»Seiner Opfer?«, fragte ich schwach.

»Ja. Ich vermute, dass er gefährlich sein kann.«

Ich suchte nach Worten. Plötzlich hatte ich eine Eingebung. »Hat es mit Nesa zu tun?«

Jon schaute an mir vorbei. »Du hast davon gehört?«

Ich nickte befangen.

»Ja«, sagte er müde, »ich glaube, dass Nesas Tod damit zusammenhängt.«

30

SEIT DEM TOD DES MÄDCHENS waren zwanzig Jahre vergangen. Doch es war unverkennbar, dass Nesa Jon nicht losließ. Bei dem Gedanken fühlte ich heftige Eifersucht. Eine unbezähmbare Neugierde regte sich.

Ich räusperte mich. »Hast du ein Bild von ihr? Ein altes Foto?«

»Ein Foto?« Jon hob den Kopf. »Wieso?«

»Man hat mir gesagt, dass ich ihr ähnlich sehe. Ich würde gern wissen, weshalb.«

Jon studierte verblüfft mein Gesicht. »Ich finde nicht, dass ihr euch sehr gleicht«, sagte er zögernd. »Aber vielleicht täusche ich mich. Andererseits wäre das womöglich eine Erklärung.« Den letzten Satz murmelte er so leise, dass ich ihn kaum verstand. Jon stand auf und ging in sein Arbeitszimmer.

Ich stellte die Tasse ab, die ich umklammert gehalten hatte, und folgte ihm. Er trat an den großen Schreibtisch am Fenster und zog zielstrebig die unterste rechte Schublade auf. Er nahm eine flache Schachtel heraus – ein grauer Karton, der mitgenommen aussah – und öffnete den Deckel. Jon griff nach dem Foto, das obenauf lag, und reichte es mir.

»Hier. Leider habe ich keine Porträtaufnahme von ihr. Das ist das einzige Bild, das ich von Nesa besitze. Es wurde an dem Silvesterabend gemacht, an dem sie gestorben ist.«

Durch die Fensterluke drang wenig Tageslicht. Jon knipste die Schreibtischlampe an. Ihr Schein fiel auf ein altes, schon leicht verblasstes Farbfoto. Es zeigte eine Gruppe von jungen

Leuten. Sie lachten ausgelassen, die meisten trugen Masken unter dem Arm. Wie Kampfpiloten mit abgenommenen Helmen vor ihren Maschinen sahen sie aus. Fast alle blickten direkt in die Kamera.

Nur ein zierliches Mädchen hatte sich abgewandt. Es stand seitlich zum Fotografen und hatte die Arme um Jons Taille geschlungen. Jon hatte es bei den Schultern gefasst und halb in Richtung des Apparates gedreht. Er schaute das Mädchen an. Er lächelte. Nesa strahlte. Ihr langes Haar flog, als schüttelte sie übermütig den Kopf.

In ihrem Halbprofil erkannte ich keine Ähnlichkeit mit mir. Nun ja, vielleicht ein wenig. Aber der Ausschnitt war viel zu klein, um dies abschließend beurteilen zu können. Sie war wohl sehr hübsch gewesen.

Jon sah vor allem jung aus. Glatt rasiert, ein wenig hohlwangig, doch die gleichen geschwungenen Lippen, die leicht schiefe Nase und jene unbewusst herausfordernd männliche Haltung, die ich so anziehend fand.

Nesa und Jon trugen als Einzige keine Masken. Neben ihnen erkannte ich Nick, Tom, Elisa und Paul. Nick sah sehr gut aus. Er erinnerte wirklich an Michelangelos David. Pauls Augen leuchteten. Er hatte sich seitdem erstaunlich wenig verändert.

Sie alle und ein weiterer junger Mann mit schulterlangem, lockigem Haar hatten sich zottige Felle über die Schultern geworfen; die Tierlarven, die sie an sich pressten, sahen wie Wolfsköpfe aus.

»Wer ist das?« Ich deutete auf den langhaarigen Burschen, der zwischen Jon und Tom Stiegler stand.

Jon nahm das Foto auf. »Ein Freund, bei dem Tom und ich übernachtet haben. Seine Eltern betreiben in Largan eine Pension. Paul, Nick und Elisa haben ebenfalls dort gewohnt.«

»Und das?« Ein weiteres junges Mädchen stand ganz am Rand. Es hielt eine Phantasiemaske in der Hand.

»Eine Freundin von Nesa. Auch aus dem Dorf.«

»Und wer hat das Foto gemacht? Hat noch jemand zu eurer Clique gehört?«

»Nein. Eigentlich ist es auch keine Clique gewesen. Nick und ich sind Cousins, und mit ihm, Paul und Tom bin ich ein Jahr lang in die gleiche Schule gegangen.« Mit zusammengekniffenen Augen betrachtete Jon das Bild.

»Irgendjemand, der gerade dabeistand, hat das Foto aufgenommen«, sagte er schließlich. »Der Apparat hat Elisa gehört. Sie wollte gern mit auf das Bild und hat einen Burschen gebeten, uns alle zu knipsen. Ach ja. Wir haben über ihn sehr gelacht. Er fotografierte nämlich, ohne seine Maske abzunehmen. Er hat ausgesehen wie ein Schaf mit einer Kamera.«

Wir schauten weitere Fotos an. Vermutlich hatte Elisa sie aufgenommen, um die kuriosesten Verkleidungen festzuhalten. Nirgendwo war noch einmal die ganze Gruppe zu sehen. Nick war mehrmals fotografiert. Das Wolfshaupt, das er auf einigen Bildern über der Stirn trug, weckte die Illusion eines schaurigen, nur halb menschlichen Kriegers. Waren Paul und Tom ähnlich aufgetreten?

Sie hatte viele Fellschürzen, Pelze, lederne Umhänge, Ketten und Schellen fotografiert, Rinderhörner an groben Kopfmasken, Schaffelllarven, einige mit gedrechselten Widderhörnern aus Holz, Peitschen, Stroh- und Heuperücken und ein Sammelsurium zusammengestückelter Lumpen.

Das Foto mit Nesa war vor einem Café entstanden. Zwar war es dunkel gewesen, doch Elisa hatte dort, wo der Schein der Lampen und Straßenlaternen nicht ausreichte, mit einem Blitzlicht fotografiert. Mir fiel auf, dass Motive und Bildausschnitte für die Begabung der Fotografin sprachen, und ich machte eine entsprechende Bemerkung.

Plötzlich stutzte ich. Auf einem der Fotos entdeckte ich – ein wenig im Hintergrund in einer dunkleren Gasse – die Silhouette einer Gestalt in einem Mantel. Der Umriss glich dem Mantel im Kellerverschlag des Kastells. *Dem Soldatenmantel.* Das Gesicht des Mannes, der ihn trug, war leider kaum zu erkennen.

Ich deutete überrascht darauf. »Schau. So ein Mantel hat hinten in Nicks Weinkeller gehangen. Als Corinna von einem

Soldatenmantel gesprochen hat, habe ich mich sofort daran erinnert. Hat der Dorfpolizist nicht gesagt, dass ein alter Landstreicher mit so einem Mantel hier in der Gegend rumläuft?«

Jon griff nach dem Foto. Er nickte: »Ja. Das könnte der Mann sein, den Bucher gemeint hat. Er ist früher Schafhirt und Knecht bei einigen unserer Weidepächter gewesen. Damals, also vor ungefähr zwanzig Jahren, ist er auch im Winter in Largan geblieben. Er hat bei einer Witwe gewohnt.« Jon zögerte weiterzusprechen.

Schließlich sagte er: »Bucher glaubt, dass der Alte hier in der Gegend verschiedene Schlupfwinkel hat. In diesem Winter ist er ihm nämlich schon mehrmals über den Weg gelaufen. Mir übrigens auch. Vielleicht hat er ab und zu im Kastell, in diesem Kellerverschlag, übernachtet. Normalerweise hätte ihn da unten keiner gestört. Ich habe daran gedacht, als ich wegen des Gestanks nachsah. Es erinnerte an ein primitives Lager, und einige Fleischreste lagen herum.«

»Also war es gar kein verendeter Marder?«, fragte ich vorwurfsvoll.

»Ich wollte niemanden aufregen. Der Mann ist ein armer Tropf. Natürlich will Nick in seinem Keller kein Pennerlager. Deshalb habe ich für den Fall, dass der Alte noch einmal zurückkehrt, etwas Geld hingelegt. Vielleicht sucht er sich dann ein anderes Quartier.«

»Wie ist er denn hineingekommen?«

»Es gibt Kellerluken, die nicht vergittert sind. Wenn man schmal ist, kann man sich durchwinden.«

»Und der Mantel war nicht mehr dort, als du aufgeräumt hast?«

»Nein. Vermutlich hast du den Mann am ersten Abend, als ihr unten im Weinkeller wart, um ein Haar überrascht, Anne.«

»Aber Geld hat nirgends herumgelegen, als wir beide zwei Tage später das Tellereisen gefunden haben«, dachte ich laut nach. »Also ist der Mann in der Zwischenzeit noch einmal dort gewesen – und hat die Falle platziert.«

»Das wäre möglich, ja. Aber ich glaube es nicht. Dieses Fangeisen spricht für eine Grausamkeit, die nicht zu dem alten Landstreicher passt. Er ist ein harmloser Spinner, der keinem etwas Böses tut.« Jon lächelte schief. Er legte die alten Fotos zurück in die Schachtel, das Bild mit Nesa obenauf, und räumte sie wieder in die Schreibtischschublade.

Er deutete auf die Chaiselongue und sagte: »Komm, setz dich. Ich möchte es dir erklären. Der alte Mann hat mich nämlich auf meine Vermutung bezüglich Nesas Tod gebracht. Allerdings glaubt er, dass *ich* derjenige bin, der Nesa getötet hat.«

Schockiert blieb ich stehen.

»Wie kommt er darauf?«

»Anne, mein Liebes, sei so freundlich und setz dich. Ich war es nicht. Aber ich würde gern mit dir darüber reden.« Jon sprach so gelassen, als wollte er eine wissenschaftliche These erörtern. Ich atmete durch. Also gut. Ich würde zuhören.

Ich ließ mich auf die freigeräumte Chaiselongue sinken. Jon rückte einen Sessel heran und setzte sich auf die andere Seite des Couchtischs. Er griff nach der Zigarettenschachtel, die vor ihm lag, und zündete sich eine Zigarette an. Nach ein paar Zügen lächelte er.

»Ist dir warm genug?«, fragte er.

»Ja.« Wenn ich fröstelte, war nicht die Kälte schuld. »Dieser Mann hatte dich in Verdacht?«, fragte ich noch einmal.

Jon sah dem Rauch nach, den er ausstieß. »Er behauptet, er habe gesehen, wie es passierte«, sagte er leise. »Wie Nesa … Ein Wolf soll sie zum Inn hinunter gehetzt haben. Ein riesiges Tier. Er selbst stand weit entfernt, aber der Vollmond schien, und er hatte früher außergewöhnlich scharfe Augen. Er sagt, er habe einen Wolf und ein Mädchen über den Schnee talwärts laufen gesehen, bis er sie aus den Augen verlor.«

Einen Wolf? Was sollte das heißen?

»Und dieser Mann hat einfach zugeschaut und nichts unternommen?«, fragte ich irritiert.

Jon seufzte. »Er hat es für einen Scherz gehalten, für ein Spiel. Erst als er mitbekam, dass man nach Nesa suchte, ist er auf den Gedanken gekommen, dass es tödlicher Ernst gewesen sein könnte. Und dass er damit nicht zur Polizei ging – nun ja. Er hat natürlich gewusst, dass seine Geschichte alles andere als glaubwürdig klang. Er hatte Angst, dass man ihm selbst Nesas Tod anlasten könnte. Wie gesagt, der alte Igor spinnt sich eine Menge zusammen, aber schwachsinnig ist er deshalb nicht. Er hat sich, ganz seiner Art entsprechend, aus der Sache herausgehalten.« Jon lächelte bitter. »Zudem hat er sehr überzeugend versichert, dass er *einen Mattan* nicht verraten würde.«

Was meinte er damit? Ich fragte nicht nach. Vielmehr sagte ich: »Igor heißt er?«

»So wird er genannt. Wie er wirklich heißt, weiß ich nicht. Den Namen hat er vermutlich aufgrund seiner Behauptung bekommen, er stamme von einem von Men Mattans russischen Leuten ab. Wenn du das Tagebuch liest, weißt du, worauf er anspielt.«

»Ja, aber du hast gesagt, er glaubt, *du* hättest Nesa getötet? Er hat doch einen Wolf gesehen ...«

Jon zog einen Aschenbecher unter einer Zeitschrift hervor. Beiläufig, als wäre das, was er sagte, nichts Ungewöhnliches, murmelte er: »Der alte Igor ist überzeugt, dass der Mattan-Clan eine Sippe von heimlichen Werwölfen ist.« In Jons Stimme lag keinerlei Spott. »Für ihn ist es offenbar ganz natürlich gewesen, dass ich in dieser Silvesternacht in meiner Wolfsgestalt aufgetaucht bin. Ich habe nicht daran gedacht, ihn zu fragen, warum er Nick nicht verdächtigt hat. Ich bin zunächst einmal sprachlos gewesen.«

»Das kann ich mir vorstellen.«

»Ja, es war schon sehr seltsam. Ich habe den Mann letztes Jahr im August getroffen. Nachdem mein Vater gestorben war. Ich bin nach Largan gefahren, weil Nick das Val Tosta kaufen wollte und ich zuvor ein paar Sachen vor Ort regeln musste. Nick hatte mir angeboten, im Kastell zu wohnen. Ich war seit Nesas Tod nicht mehr hier gewesen.« Jon schaute mich prüfend an. »Du frierst doch! Soll ich dir eine Decke holen?«

»Nein danke. Ich habe nur kalte Hände. Heute ist es nicht allzu warm hier.«

Jon nickte. »Ja. Leider. Obwohl ich kräftig nachgeschürt habe, als ich heimkam. Im Kastell, auf der Couch in der Bibliothek, konnte ich einfach nicht einschlafen. Deshalb habe ich mich trotz des Sturms nach Hause zurückgekämpft. Warte, ich hole dir eine Tasse Kaffee. Daran kannst du dir zumindest die Finger wärmen.«

Er stand auf und ging in die Stube. Es sah aus, als wollte er das, was nun kommen musste, hinauszögern. Aber Jon war im Nu zurück. Dankbar umfasste ich die heiße Kaffeetasse und nahm einen vorsichtigen Schluck.

»Als man Nesa gesucht hat und sie schließlich tot im Fluss fand, bin ich vor Schuldgefühlen beinahe verrückt geworden. Ich hatte heftig mit ihr gestritten, ich habe sie in der Nacht allein gehen lassen, ich habe sie nicht beschützt.« Es klang, als meinte Jon, was er sagte.

»Beschützt? Du konntest doch nicht wissen, was ihr auf dem Heimweg zustoßen würde! Sonst wärst du ihr doch nachgegangen«, unterbrach ich ihn nachdrücklich.

»Ich habe es nicht gewusst, nein. Aber ich hätte es ahnen können. Ich habe gespürt, dass etwas nicht stimmt.« Jon hob den Blick. »Schon in den Tagen vorher hat Nesa ein paarmal behauptet, dass jemand sie belauerte. Aber sie konnte keinen konkreten Grund dafür benennen. Ich nahm sie nicht ernst. Sie war ziemlich abergläubisch. Und die Zeit um Neujahr ist im Volksglauben von bösen Geistern erfüllt. Doch am Silvesterabend habe ich es auch gespürt. Als witterte ich ein Wesen, das sich in ihrer Nähe herumtrieb. Etwas Böses. Ich könnte es ebenso wenig wie Nesa vernünftig erklären. Nein, das ist nicht die ganze Wahrheit. Ich habe es damals auf Paul geschoben. Weil er keinen Hehl daraus machte, dass ihm Nesa gefiel. Meine Eifersucht hat mich gehindert, der tatsächlichen Ursache für mein Gefühl nachzugehen. So ist es leider gewesen. Außerdem hätte ich sie in jedem Fall heimbringen müssen«, fügte er leise hinzu.

Das war nicht von der Hand zu weisen. Aber wenn Elisa den Abend richtig geschildert hatte, wollte Jon das Mädchen begleiten. Nesa selbst hatte sich dagegen gewehrt.

»Anfangs war ich wie besessen von Nesas Tod. Später habe ich es geschafft, meine Schuld zu verdrängen. Hier in Largan werde ich zwangsläufig an sie erinnert. Nesas Familie hat mir gegenüber keine Vorwürfe geäußert. Doch ich bin mir darüber im Klaren, dass sie mich verflucht haben müssen.«

Ich wunderte mich, dass Jon es aussprach. Paul würde darüber mit niemandem reden, dachte ich.

»Als ich im vergangenen August nach Largan kam, bin ich entgegen meiner Erwartung glücklich gewesen, den Ort und das Val Tosta wiederzusehen. Am zweiten Tag, früh am Morgen, ging ich auf den Friedhof im Dorf, um Nesas Grab zu besuchen. Dort tauchte Igor auf. Er freue sich, wie er sagte, dass ich *zurückgekehrt* war.« Spöttisch verzog Jon den Mund.

»Seine Freude galt freilich *dem jungen Mattan*. Als Erstes hat er beteuert, dass er keiner Menschenseele etwas *davon* gesagt hätte. Überrascht habe ich ihn gefragt, wovon er spricht. Er hat mich, schon etwas weniger freundlich, angesehen und ist mit der Geschichte herausgerückt.«

Jon drückte die Zigarette aus und zündete sich eine neue an.

»Im ersten Moment wollte ich darüber lachen. Hätte Igor mir vor zwanzig Jahren davon erzählt, hätte ich es vielleicht für möglich gehalten, dass ein Wolf Nesa verfolgt hat. Doch in der Zwischenzeit habe ich die Spezies Canis lupus ein wenig besser kennen gelernt. Vermutlich ist Igor an dem Silvesterabend betrunken gewesen. Außerdem weiß man, dass er von Werwolfgeschichten besessen ist. Schon als wir noch Halbwüchsige waren – Nick und ich, meine ich –, ist er ständig mit seinen *Geheimnissen* um uns herumgeschlichen. Er hat es eine Zeit lang sogar geschafft, Nick damit zu beeindrucken.«

Also war es der Alte, der Nick den Floh ins Ohr gesetzt hatte, er könnte zum Wolf werden? Ich dachte an Pauls Schilderung von dem stinkenden Fellgürtel, durch den er sich hätte in einen Werwolf verwandeln sollen, und grinste.

Fragend sah Jon mich an. Ich erklärte ihm, was mich belustigte.

»Paul hat dir von diesem bemerkenswerten Ereignis erzählt?« Auch Jon lächelte bei der Erinnerung daran. Dann verdüsterte sich seine Miene. »Ich hätte damals nicht gedacht, dass Nick das tatsächlich durchzieht. Es war wirklich unglaublich albern. Ich weiß allerdings nicht, ob das die anderen, die dabei waren, genauso empfunden haben. Im Nachhinein frage ich mich vielmehr, ob dieser Blödsinn nicht schreckliche Folgen hatte.«

»Was meinst du?«

»Als ich Igor sagte, dass ich mit Nesas Tod und dem Wolf, den er gesehen hat, nichts zu tun hätte, hat er mich scharf angeschaut. Er wirkt noch bemerkenswert rüstig. Dabei ist er vermutlich bereits über achtzig. Bestimmt sind seine Augen nicht mehr so außergewöhnlich wie früher – ich glaube, dass er mittlerweile schlecht sieht und schlecht hört –, aber er kann dich noch immer so eindringlich mustern, als nähme er deine geheimsten Gedanken wahr. Er blickte mich an und schwieg. Schließlich hat er verächtlich abgewinkt. ›Dann war es ein anderer‹, hat er gesagt und ist gegangen.« Jon blickte jäh zum Fenster. Hatte er draußen etwas gehört? Doch vor den Scheiben wirbelte nur der weiche Schnee.

Jon fuhr fort. »Als ich ein paar Tage nach meiner Begegnung mit Igor nach Hause fuhr, war ich davon überzeugt, dass an seiner Wolfsgeschichte nichts dran war. Doch mein Besuch – und das Gespräch auf dem Friedhof – hatten mich aufgewühlt. Daheim habe ich Nesas Foto herausgesucht. Ich hatte es nie wieder betrachtet, seit Elisa es mir vor zwanzig Jahren gegeben hat. Es war noch da, in der Schachtel mit den übrigen Bildern. – Willst du noch Kaffee?«

Ich hatte die Tasse vor mich auf den Couchtisch gestellt. »Nein danke. Ist denn irgendetwas auf dem Foto zu sehen, was mir entgangen ist?«

»Nein, nein. Es ist darauf nichts verborgen. Die meisten haben ein Wolfsfell und dazu eine Maske getragen, nicht wahr?«

Verständnislos nickte ich.

»Mir ist der Gedanke gekommen, dass Igor sich vielleicht doch nicht völlig getäuscht hat. Er hat natürlich keinen Wolf gesehen. Und vor einem Hund wäre Nesa bestimmt nicht davongelaufen. Aber vielleicht wurde Nesa von einer der Wolfsmasken verfolgt? Die ihr aus irgendeinem Grund eine so entsetzliche Angst einjagte, dass sie panisch floh, dabei wohl unglücklich stürzte und ins Wasser fiel. Oder der Kerl hat sie eingeholt, und dann erst ...« Jon hustete. Die Zigarettenschachtel war leer. Er stand auf, um sich eine neue Packung zu holen.

Ich dachte darüber nach. Ein Spaß, der zu weit gegangen war – oder ein psychopathischer Mörder?

Jon kam zurück. »Und du glaubst, dass es Nick oder Tom oder Paul gewesen sein könnte?«, fragte ich mit belegter Stimme.

31

Jon zuckte die Achseln. Bevor er antworten konnte, klingelte sein Telefon.

»Entschuldige bitte!«

Ohne sich zu beeilen, nahm Jon das Gespräch entgegen. »Mattan.« Er lauschte und schaute zu mir herüber, hielt den Apparat dicht an sein Ohr und ging damit in die Stube, wo er die Tür hinter sich schloss.

War es Höflichkeit, oder gab es dafür einen anderen Grund?

Es dauerte kaum eine Minute, bis Jon zurückkam und das Telefon weglegte. »Das war Elisa«, erklärte er. »Sie hat dich beim Frühstück vermisst und nicht in deinem Zimmer gefunden. Darum wollte sie wissen, ob ich dich gesehen habe.«

»Aha.« Elisas Sorge war mir nicht angenehm. Was würde sie Paul erzählen, falls er wieder anrief? Dass ich bei Jon Mattan war?

»Ich habe Elisa erklärt, dass ich dich überredet hätte, einen Artikel über das Zusammenleben von Wölfen und Menschen zu schreiben. Wir müssten daher den ganzen Tag arbeiten. Elisa bedauert das. Sie findet, dass du deinen Urlaub dringend nötig hättest, und ich musste ihr versprechen, dass wir im Kastell zu Abend essen.«

Offenbar fiel es Jon leicht, aus dem Stegreif zu lügen.

»Ich hoffe, du erwartest nicht wirklich einen Artikel von mir«, sagte ich trocken.

»Du meinst, dass ich unsere Unterhaltung in einer Zeitschrift abgedruckt finde? Nein, lieber nicht. Aber ich wollte verhindern, dass uns jemand hereinschneit«, sagte Jon unbefangen. »Außerdem habe ich gehofft, dass du mir tatsächlich Gesellschaft leistest.«

Ich antwortete nicht. Vielmehr bohrte ich nach: »Hast du einen Verdacht, wer der Mann war, der Nesa in der Wolfsmaske verfolgt haben könnte?«

Jon setzte sich wieder hin. Er nahm sein Feuerzeug und drehte es unentschlossen zwischen den Fingern. »Ich wünschte, ich wäre seit dem Gespräch auf dem Friedhof etwas weitergekommen«, sagte er ausweichend. »Nach Igors Schilderung habe ich darüber nachgedacht, ob es möglich wäre, den Täter jetzt noch zu finden. Das ist ein Grund gewesen, weshalb ich mich entschlossen habe, Nick das Val Tosta nicht sofort zu überlassen. Stattdessen bin ich heraufgezogen und habe mich eingerichtet, um mein Buch hier zu schreiben.«

Jon knipste die Flamme an und löschte sie wieder aus. »Ich wollte den alten Igor genauer befragen. Wenn ich einen brauchbaren Hinweis hätte, würde Not Bucher dafür sorgen, dass Nesas Fall neu aufgerollt wird. Das hat er mir versprochen. Ein konkreter Verdacht würde reichen. Not sagt, dass Nesas Tod niemals als Unfall zu den Akten gelegt worden wäre, wenn Igor seine Geschichte damals erzählt hätte.« Jon warf das Feuerzeug auf den Tisch. »Aber ich war wohl zu optimistisch.«

Der Alte hatte sich, seitdem Jon im Val Tosta wohnte, kein einziges Mal mehr auf ein Gespräch mit ihm eingelassen. Jon hatte den Eindruck, dass Igor ihm, wie allen anderen Dorfbewohnern, absichtlich aus dem Weg ging. Manchmal sah er den Landstreicher von weitem, aber der Alte wandte sich jedes Mal sofort ab und verschwand. Meistens waren es nur kurze Augenblicke, in denen er Igor irgendwo zwischen Bäumen oder auf der Straße zum Dorf entdeckte. Er kam nicht mehr an ihn heran.

»Ich kenne ein paar von den alten Steinhütten, in denen früher Schafhirten den Sommer über genächtigt haben; sie hatten eine Feuerstelle, sonst nichts. Es hat hier immer wieder Wanderhirten gegeben, vor allem aus Italien. Zu Men Mattans Zeiten haben sie sich angeblich von Hirsebrei und verunglückten Schafen ernährt. Ich glaube, dass Igor diese altertümliche Welt nie verlassen hat. Ich bin mehrmals die Steinhütten abgelaufen. Ein paarmal habe ich darin Spuren gefunden, aber niemals den Alten selbst.«

»Und in den Keller wird er wohl nicht mehr kommen, solange sich jemand hier aufhält«, sagte ich nachdenklich. »Mir spukt immer noch die Sache mit diesem Soldatenmantel im Kopf herum. Wieso hat Corinna behauptet, der Mann, den sie angeblich angefahren hat, habe solch einen Mantel getragen? Wieso legte sie sich gerade dieses Detail zurecht?«

»Vermutlich, weil sie den Mantel gesehen hat. Irgendwo kurz vor dem Tunnel ist der alte Igor vielleicht flüchtig zwischen den Bäumen neben der Straße aufgetaucht. Corinna ist unaufmerksam und nimmt ihn kaum wahr. Im nächsten Augenblick stößt ihr Wagen mit etwas zusammen. Sie glaubt, dass es der Landstreicher ist, an dem sie in Wahrheit bereits längst vorbeigefahren ist. Der Schock lässt sie vollkommen die Fassung verlieren. Es gelingt ihr nicht mehr, das, was sie sah oder – wie den Wolf – nicht sah, zutreffend einzuordnen.«

»Das hatte ich gleich nach dem Unfall vermutet, erinnerst du dich? Aber dann hast du mir erklärt, dass Wölfe sich nicht in die Nähe von Menschen wagen. Oder irre ich mich?«

»Ich habe noch einmal darüber nachgedacht. Der getötete Wolf war nicht mehr jung, das habe ich bei meiner flüchtigen Untersuchung gesehen. Möglicherweise waren Gehör und Gesichtssinn bereits durch das Alter beeinträchtigt. Igor könnte den Wolf in seinem Versteck aufgestört haben. Und das Tier ist über die Straße geflohen.«

»Aber wieso wollte Corinna nicht einmal *dir* glauben, dass es ein Wolf war, der tot neben der Straße lag?«

Jon zuckte die Achseln. »Ich fürchte, dass die Werwolfgeschichten, die in dieser Gegend seit Jahrhunderten grassieren, auch Corinna beeindruckt haben. Sie hat immer wieder davon gesprochen. Offenbar faszinierte sie der Gedanke, dass irgendein Vorfahr von mir …«

Ich starrte Jon an. »Liebe Güte! Hat sie das angetörnt?« Kaum war der grobe Satz ausgesprochen, hätte ich mich dafür ohrfeigen mögen. Aber es war schon geschehen. Es änderte nichts mehr, dass ich sofort: »Bitte entschuldige!«, sagte.

Jon schwieg.

Verlegen erhob ich mich und ließ mir den Weg zum Bad zeigen. Als ich zurückkam, räumte Jon den Tisch in der Stube ab. Ich folgte ihm in die Küche. Er ließ Wasser ins Spülbecken ein, wusch das Geschirr, und ich trocknete ab, ohne dass wir ein Wort sprachen.

Schließlich rang ich mich zur Ehrlichkeit durch. »Es tut mir leid. Wenn ich eifersüchtig bin, werde ich gemein.«

Jon stellte die Teller in die Durchreiche. »Mich macht der Gedanke an dich und Paul völlig verrückt«, sagte er ruhig. Er hängte das Geschirrtuch vor den Ofen und lächelte. »Aber ich denke, deine eifersüchtige Regung deutet mir an, dass ich nicht aufgeben soll.«

Eigentlich wollte ich dieses Thema vermeiden. Rasch fragte ich: »Du hast gesagt, Nesas Mörder zu finden sei *ein* Grund gewesen, im Val Tosta zu bleiben. Was war der andere?«

»Der war sehr einfach. Ich war gerade auf Wohnungssuche, und nachdem ich mir den Bauernhof angeschaut hatte, schien er mir eine gute Übergangslösung zu sein. Ich hatte zuvor zehn Jahre mit meiner jetzt ehemaligen Freundin zusammengelebt. Im letzten Sommer haben wir uns getrennt, und sie behielt die Wohnung. Das Häuschen kam mir zupass.«

Fast hätte ich über mich selbst gelächelt. Zehn gemeinsame Jahre mit einer Lebensgefährtin – und ich zerbrach mir über Jons Gefühle für Nesa – oder Corinna – den Kopf!

Ich ging in den Sulèr, setzte mich wieder auf die Chaiselongue und sann über Jons Erklärungen nach. Es klang nicht unsinnig, was er über Nesas Tod spekulierte – doch schien er anzunehmen, dass der Mord an dem Mädchen keine Einzeltat war.

Ich hätte Sie hier sicher nicht allein gelassen, hatte Jon vor drei Tagen zu mir gesagt. Und nach Corinnas Unfalltod riet er mir sogar ausdrücklich abzureisen. Vorhin hatte er mich gefragt, ob seltsame Dinge geschehen seien, Vorfälle, die mich in Angst versetzten. Wieso?

Jon kam aus der Küche und nahm wieder in seinem Sessel Platz. Ich fragte noch einmal, ob er den Täter in unserer Nähe vermutete.

Ausnahmsweise legte Jon die Zigaretten wieder zur Seite. »Es war – und ist – nur ein Gefühl«, sagte er. »Aber ich werde es diesmal nicht ignorieren, so wie ich es vor Nesas Verschwinden getan habe. Ich muss immer daran denken, wie du neben Paul in der Halle gestanden hast, am ersten Abend, als ich Tom zum Kastell gebracht habe. Ihr habt Tom begrüßt, und du hast mich zuerst gar nicht bemerkt. Ich musste dich immerfort ansehen. Du hast mir gefallen. Nein, das ist zu wenig. In Wahrheit hat mich seit einer Ewigkeit keine Frau derart angezogen.« Jon blickte mich nachdenklich an.

Ich wusste nicht, was ich sagen sollte. Aber Jon fuhr bereits fort: »Es war ein schönes Gefühl. Dann hat Nick uns bekannt gemacht. Auf einmal habe ich das gleiche Unbehagen empfunden wie damals, als ich mit Nesa an dem Silvesterabend vor dem Café stand. Als wir herumalberten und ich plötzlich spürte, dass jemand Nesa fixierte. Genauso ist es mir bei meiner ersten Begegnung mit dir in der Halle ergangen. Dieses Gefühl ist nicht wieder verschwunden. Es ist, als ob da draußen irgendetwas auf dich lauert.«

Jons Worte machten mich beklommen. Doch er lächelte aufmunternd. »Vielleicht hat es nichts zu besagen. Immerhin wird ja behauptet, dass du Nesa ähnlich siehst. Und in der Halle standen dieselben Menschen zusammen wie vor zwanzig Jahren. Mag sein, dass dieses Déjà-vu der Auslöser für meine beunruhigenden Empfindungen ist. Ich weiß nur, dass ich mir einerseits wünsche, dass du nicht fortgehst, und andererseits habe ich Angst um dich, wenn du hier bleibst. Als wärst du in einer Falle gefangen, aus der ich dich befreien müsste. Aber ich weiß nicht, wie sie aussieht und wer sie gestellt hat.«

Jon wirkte bei diesen Worten weniger sicher als sonst. Das verstärkte meine Nervosität. Doch als er weitersprach, klang seine Stimme wieder gelassen. »Gefühle haben stets Ursachen. Sie sind nicht willkürlich, sondern, wenn wir sie durchschauen und einordnen können, verblüffend logisch.«

Ich nickte. »›Die Vernunft der Gefühle‹«.

»Genau. Also gibt es, wenn ich nicht gerade eine psychische Störung habe, eine reale Ursache für meine Angst um dich«, folgerte Jon. »Falls Nesa gestorben ist, weil jemand sie in Gestalt eines Wolfs verfolgt hat, dann machte der Täter sich die abergläubische Angst vor Wölfen und Werwölfen zunutze, die hier seit Jahrhunderten grassiert. Nesa war sicher nicht frei davon – und auch Corinna nicht. Gehen wir einmal davon aus, dass auch Corinnas Tod kein Unglücksfall war. Ihr Wildunfall könnte einem sadistischen Mörder eine unverhoffte Gelegenheit geboten haben. Eine junge Frau, empfänglich für die hiesigen Werwolfgeschichten und durch das Ereignis für kurze Zeit psychisch so sehr aus der Bahn geworfen, dass sie zur leichten Beute wurde.«

Unangenehm berührt, runzelte ich die Stirn. Jon beeilte sich hinzuzufügen: »Das heißt nicht, dass ich ihr eine Mitschuld an ihrem Tod gebe! Bewahre! Der Täter hat durch und durch berechnend gehandelt.«

Ich fragte sarkastisch: »Und was mich angeht, denkst du, dass der Mörder es auf das Gleiche anlegt? Eine junge Frau. Abergläubisch, schutzlos, verschreckt? Jene Art Beute, die die Gier in ihm auslöst?«

Im selben Moment fiel mir ein, wie panisch ich vorhin vor dem Wolfsschemen geflohen war. Eilig suchte ich nach beruhigenden Argumenten: »Ich biete mich *nicht* als Opfer an. Ich bin *nicht* abergläubisch. Ich halte Werwolfgeschichten für *Märchen*, egal, ob sie mündlich überliefert oder in einer kuriosen Kladde zu lesen sind.«

»Nun, immerhin kennst du die Schauergeschichte«, entgegnete Jon. »Durch einen Zufall liegt Anna Kammerers Tagebuch in deinem Gästezimmer auf dem Schreibtisch. Und du bist davon so beeindruckt, dass du nachts hochschreckst und einen Wolf vor dir siehst.«

Das ließ sich nicht leugnen. »Dann glaubst du, dass jemand das Kleid aus meinem Schlafzimmer gestohlen hat, bevor er Corinna nachts in ihrem Auto aufhielt und sie …? Wieso ist sie überhaupt auf dem Weg ins Val Tosta gewesen?«

»Der Täter hat sie vermutlich getäuscht. Er hat ihr irgendetwas erzählt. Ein Telefonanruf, der sie in die Irre führte, genügte schon.«

»Der Polizist hat geglaubt, dass sie zu dir fahren wollte.«

»Vielleicht hat auch der Mörder damit gerechnet. Aber ich habe sie nicht angerufen. Im Grunde brauchte man sie doch nur zu einer späten Silvesterparty einzuladen.« Jon seufzte. »Ich kannte Corinna. Es wäre bestimmt nicht schwer gewesen, sie dazu zu bringen.«

»Ich finde das sehr an den Haaren herbeigezogen.«

»Hoffen wir es. Es ist ein Gedankenspiel. Ich reime mir etwas zusammen. Vielleicht gibt es ja dafür einen ganz anderen Grund? Womöglich will ich dich nur überzeugen, dass du bei mir in Sicherheit bist? Ich kann den Beschützer mimen, was Frauen ja mögen. Ein simpler Trick, um dich zu verführen …« Jon grinste. Sein ironischer Ton heiterte mich wieder auf.

»Und *du* bist von der Werwolf-Legende vollkommen unbeeindruckt geblieben?«, fragte ich spöttisch.

Jon griff nach meiner Hand. »Ja«, sagte er. »Ich bin in der Hinsicht unempfindlich. Als ich das Tagebuch gelesen habe, war ich noch ein halbes Kind. Ich bewunderte Men Mattan und verachtete Leo Kammerers Hirngespinste. Später wurde mir klar, wie verständlich es ist, dass Mattan und seine russischen Männer in Largan auf solche Vorbehalte gestoßen sind. Sie hatten in einem grausamen Krieg gekämpft, Schreckliches mit angesehen und Schuld auf sich geladen. Heute würde man sagen, diese Soldaten waren traumatisiert. Meta beschreibt ja, wie Men Mattan sich bei seiner Rückkehr verändert hatte. Dazu kamen Kammerers Wahnideen. Das hat dazu beigetragen, dass man Mattan und die Männer als Gefahr für das Tal betrachtete.«

Welche Verbindungen gab es zwischen damals und heute? Anna Kammerer, Nesa, Corinna und ich. Ein Mann namens Mattan, der eine Frau faszinierte.

Ich fragte: »Gesetzt den Fall, dass es diesen Täter gibt. Was für ein Mensch müsste das sein?«

»Ich weiß es nicht.« Jon ließ meine Hand los. »Ein Psychopath? Ein Sadist? Jemand, der einen bestimmten Frauentyp hasst? Oder jemand, der *mich* hasst?«

Jon kam zu den gleichen Schlüssen wie ich.

32

JON WAR NACH OBEN INS BADEZIMMER GEGANGEN. Ich stöberte in seinen Bücherregalen und zog zwischen einem Jane-Austen-Band und dem »Frankenstein« von Mary Shelley Tolstois Roman »Krieg und Frieden« heraus.

In dem Epos wurde der russische Feldzug von 1812 beschrieben. Was hatte Jons Vorfahr Men Mattan in diesem historischen Winter erlebt? Einen Krieg, wie ihn Tolstoi Jahrzehnte später geschildert hat? Ich überflog ein paar Seiten: Dolochows Grausamkeit, die Jagd auf die fremden Soldaten, Denisows Tränen bei Petjas Tod.

Gedankenverloren blätterte ich weiter nach vorn: Fürst Andrei Bolkonski, Natascha. Bezaubernd in ihrer Lebensfreude. Bilder einer alten Verfilmung schoben sich vor die Zeilen des Buches, und Natascha Rostowa nahm Audrey Hepburns Züge an. Ich suchte und fand die glücklichen Namenstagsszenen vom Anfang des großen Romans.

Oben fiel eine Tür zu. Jons Schritte waren auf der Treppe zu hören. Ich blickte auf. Wie immer bewegte Jon sich mit lässiger Anmut. Er hatte sich umgezogen, trug jetzt ein weißes Hemd und eine Tuchhose. Außerdem hatte er sich rasiert und sein Haar gekämmt. Er sah aus wie Gregory Peck, als er den Reporter in »Ein Herz und eine Krone« spielte.

Hatte ich Paul jemals in dieser sentimentalen Weise betrachtet? Nun, Paul war Paul. Ein Mann ohne Geheimnis. Ich seufzte und schob den Gedanken an meine Verlobung beiseite.

In stillem Einvernehmen wandte sich unser Gespräch alltäglichen Themen zu. Ich erfuhr, dass Jon keine Geschwister hatte und häufig nach München kam, wo Freunde und seine Mutter lebten. Neben seiner Universitätsarbeit hatte er auch als Berater an Tierfilmen mitgewirkt und dabei einige Zeit in den USA verbracht. Seine ehemalige Freundin war Dozentin für Sinologie.

Zum Mittagessen machten wir uns eine Pfanne Bratkartoffeln und Pudding zum Nachtisch. Als das Holz für den Ofen zur Neige ging, folgte ich Jon durch die Tür neben der Treppe in den angrenzenden Schuppen. Es gab dort eine Hintertür, der Riegel war vorgeschoben. Aus dem Halbdunkel der Scheune schälten sich Heuballen, ein Hackstock, eine Säge und eine Axt. Entlang einer Wand war ein Vorrat an Scheiten aufgestapelt. Jon füllte den Holzkorb. Er wollte nicht, dass ich ihm dabei half.

»Du ziehst dir nur Schiefer ein.«

Im Lauf des Vormittags hatte der Schneefall nachgelassen. Es klarte nicht ganz auf, aber das Wetter schien sich zu beruhigen. Jon versprach, mich am späten Nachmittag zum Kastell zurückzubegleiten.

Wir hatten zum zweiten Mal Kaffee gekocht, als es von neuem anfing zu schneien. Auch der Sturm frischte auf, und die Böen nahmen an Stärke immer mehr zu.

Jon sagte: »Das sieht wie ein Blizzard aus.«

Er rief Elisa an, um ihr mitzuteilen, dass wir nicht zum Essen kämen. Diesmal ging er mit dem Apparat nicht aus dem Zimmer. Nach ein paar Sätzen reichte er das Telefon an mich weiter.

»Es ist vernünftig, dass ihr im Haus bleibt«, sagte Elisa und seufzte. »Bei diesem Schneesturm sollte man wirklich keinen Schritt vor die Tür tun. Seid ihr mit der Arbeit vorangekommen? Oder war das nur ein Vorwand von Jon?« Elisa lachte gutmütig. »Was soll man an solch einem Abend machen? Wir haben die Sauna angeheizt. Also, bis später, falls der Sturm sich noch legt. Ansonsten bis morgen früh.« Elisas Freundlichkeit war ohne jeden anzüglichen Unterton. Dennoch war mir die Situation peinlich.

Ich war fest entschlossen, nicht über Nacht bei Jon zu bleiben.

Doch als es auf Mitternacht zuging und ich die Vordertür öffnete, um vorsichtig hinauszuspähen, warf mich der Wind fast um. Jon fragte spöttisch: »Muss ich dir schwören, dass ich dich nicht anrühren werde, damit du trotz der Orkanböen keinen Fluchtversuch unternimmst?«

»Unsinn.« Ich versuchte zu lachen, doch es gelang mir nicht. Mit einem Mal war ich wieder befangen.

Ich ging vor Jon die Treppe hinauf. Neben dem Bad mit einer Blechwanne gab es einen winzigen Schlafraum, kaum mehr als ein hölzerner Alkoven.

Aus einer Truhe nahm Jon Laken und Überzüge. Ich sagte: »Lass nur«, als er nach einem Kopfkissen griff, und er legte die Bettwäsche auf die schmale Kommode. »Hier sind Schlafanzüge und T-Shirts, wenn du ein Nachthemd brauchst. Warte ...« Er zog eine Schublade auf und gab mir eine Zahnbürste. Sie war noch verpackt. »Bitte.« Jon war auf überraschende Gäste eingerichtet.

Er zögerte einen Moment, bevor er das Zimmer verließ, und ich hätte am liebsten die Hand ausgestreckt, um ihn zurückzuhalten. Doch dann sagte er ruhig: »Gute Nacht.« Und zog die Tür von außen zu.

Seine Schritte entfernten sich. Er ging ins Bad, anschließend nach unten ins Arbeitszimmer, wo er auf der Chaiselongue schlief. Minutenlang stand ich still mitten im Raum. Wenige Geräusche drangen herauf. Schließlich setzte ich mich auf das Bett.

Draußen heulte der Sturm, der kurz Atem geschöpft hatte, von neuem auf.

In dieser Nacht fand ich kaum Schlaf. Betäubend laut tobte der Wind um das alte Haus, und wann immer ich einschlummerte, weckte der Lärm mich erneut auf. Die Fensterluke des

Schlafraums wurde von einem massiven Laden versperrt. Dennoch fühlte ich mich jedes Mal, wenn ich atemlos aufschreckte, als wäre ich schutzlos unter freien Himmel gebettet.

Einmal riss ein Geräusch mich aus einem Traum. War es ein Heulen gewesen, das ich gehört hatte? In dem alkovenartigen Raum war es stockdunkel, aber ich fühlte instinktiv, dass ich allein war. Ich knipste die Nachttischlampe an und lauschte vergeblich auf die gewohnten Sturmgeräusche. Nach einer Weile wurde mir klar, dass der Wind abgeflaut war. Draußen herrschte fast lautlose Stille.

Ich war durstig und stand auf, um zu trinken. Die Holzdielen knarrten sacht. Sie fühlten sich warm an. Barfuß tappte ich über den Flur in das Badezimmer. Ich krempelte die Ärmel von Jons Schlafanzugjacke hinauf und ließ Wasser in meine Hände laufen. Langsam trank ich Schluck um Schluck. Im Haus rührte sich nichts. Ich würde mich leise in die Küche stehlen, um mir ein Glas zu holen.

Behutsam schlich ich auf der finsteren Treppe nach unten. Zu meiner Verwunderung spürte ich einen kalten Luftzug an den Füßen. Sofort kroch die Angst wieder in mir empor. Eines der Fenster oder die Tür, die ins Freie führte, musste geöffnet sein. Für einen Augenblick fragte ich mich, ob der *Wolf* in der Nähe sein könnte, und war versucht, zurückzulaufen und mich im Zimmer einzusperren. Aber dann ging ich doch weiter, so lautlos wie möglich. Als ich das Geländer erreichte, beugte ich mich darüber und spähte in den Sulèr.

Er war nicht vollkommen dunkel, denn der Mond schien ins Zimmer. Sein Licht fiel auf die Chaiselongue, auf der niemand lag. Die Haustür stand weit offen. Vor Schreck verschlug es mir den Atem. Vor dem Türrahmen stand eine reglose Schattengestalt.

Im nächsten Moment erkannte ich Jon. Ich seufzte auf. Meine Anspannung wich. Er stand mit dem Rücken zu mir und blickte hinaus in die Nacht. Wie magisch angezogen, setzte ich einen Fuß vor den anderen. Willenlos wie eine Schlafwandlerin ging ich quer durch den Raum.

Jon sah sich nicht um. »Habe ich dich geweckt?«, fragte er leise. Er klang ganz normal.

»Ich weiß nicht. Nein. Ich habe ein Geräusch gehört. Wie lange bist du schon auf?«

Jon zuckte die Achseln. »Eine Weile. Was für ein Geräusch?«

»Wenn du es nicht gehört hast, habe ich es wahrscheinlich geträumt.«

Ich trat an die Tür. Die Nacht war wieder klar und voller Sterne. Mit hellwachen Sinnen roch ich den Frost und den Schnee und spürte die Kälte und spröde Schönheit der Winternacht. Wovor hatte ich Angst?

Ich begriff, dass ich mich längst entschieden hatte.

Ich schlang meine Arme um Jon und lehnte mich an ihn, mein Gesicht an seinen Rücken geschmiegt. Jon atmete rascher, und ich glaubte, seinen Herzschlag zu fühlen – so wie mein eigenes Herz, das fast schmerzhaft in der Brust pochte.

Jon wandte sich um und zog mich an sich. Ich sah seine Augen im Mondlicht und spürte den Mund, seine Hände, die über den dünnen Stoff des Schlafanzugs strichen, und Jons warme Haut unter dem T-Shirt. Seine Lippen liebkosten mich, ich murmelte ein paar sinnlose Worte, die in einem Seufzer erstarben. Lust und Sehnsucht verschmolzen in einem endlosen verlangenden Kuss.

Ich hatte die Arme um Jons Nacken geschlungen. Er hob mich hoch, trug mich ins Zimmer zurück und schlug die Tür hinter uns zu. Auf dem Diwan zwischen Kissen und Decken konnte ich Jon nur noch spüren, es war jetzt dunkel im Raum. Mit den Fingerspitzen streifte ich über seine Schulter, die Hüfte. Er lag bei mir. Wir suchten einander, während wir uns schon berührten. Endlich liebten wir uns. Nie zuvor hatte ich solche Hingabe an einen Menschen gefühlt. Solche Seligkeit, dass ich alles, was nicht diese Liebe war, vollkommen vergaß. Ich verging in Jons Armen. Es gab nur noch ihn.

3. Januar

33

ZWÖLF STUNDEN SPÄTER BETRAT ICH in Jons Begleitung das Kastell. Ich fühlte mich müde und glücklich bis in die Fingerspitzen. Es war Nachmittag. Trotz der Tageszeit war das Haus düster und still. Wenig Licht drang durch die Fenster, und es brannte kaum eine Kerze. Nirgends waren Stimmen zu hören.

In mir rührte sich eine ungute Ahnung. Jon und ich sahen uns an. Er legte den Arm um meine Schulter und zog mich an sich, als könnte mich seine Fürsorge vor einer unsichtbaren Gefahr schützen.

»Wo sie wohl sind?«, fragte ich leise.

Wir wandten uns der Treppe zu. Erst in diesem Moment bemerkten wir Ulrich Kämp. Er trat rechter Hand aus dem Gang, wo sich die Wirtschaftsräume befanden. Sein gut geschnittenes blondes Haar fiel ihm wirr in die Stirn. Er war im Skianzug, trug in einer Hand seine Langlaufskier und hatte einen Rucksack geschultert. Plante er eine Tour?

Verlegen löste ich mich aus Jons Arm und sagte: »Hallo. Willst du jetzt noch Ski laufen?«

Kämp antwortete nicht. Offenbar war er mit seinen Gedanken woanders. Er schien uns kaum zu bemerken, grüßte mit ausdruckslosem Gesicht und ging zur Tür. Er öffnete sie etwas umständlich, da ihn die Skier behinderten. Doch bevor Jon ihm helfen konnte, war er schon draußen. Unternahm er allein einen Ausflug?

»Er hat nicht sehr gut gelaunt ausgeschaut.« Ich flüsterte fast. Die Atmosphäre im Haus war bedrückend.

Jon zuckte die Achseln. »Es würde mich nicht wundern, wenn es Streit gegeben hätte.«

Ich dachte daran, wie Nick Ulrich Kämp am vorgestrigen Abend beobachtet hatte, und nickte. »Gut möglich. Hoffentlich kein schlimmer Streit.« Elisa tat mir leid.

Als wir auf halber Treppe waren, wurde über uns eine der Flügeltüren geöffnet. Nick rief: »Jon, bist du das? Kommst du herauf?«

»Ja.«

Nick wartete auf dem Treppenabsatz. Es war unverkennbar, dass er nicht plaudern wollte. Seine Jovialität war verschwunden. Der animalische Zug trat hervor. Seine Miene war wie versteinert, seine Haut wirkte fahl. Zugleich durchglühte ihn heftiger Zorn. Seine Augen flammten, und mir war, als hätte er größte Mühe, seine Wut zu beherrschen.

Doch diese Wut galt nicht Jon. Vielmehr war Nick offensichtlich erleichtert, ihn zu sehen. »Ich habe schon versucht, dich telefonisch zu erreichen. Wieso gehst du nicht ran? Wir müssen ... Kannst du dir etwas Zeit nehmen? Ich muss dich um einen Gefallen bitten. Bitte, komm herein.«

»Natürlich, ja. Aber vielleicht möchte Anne ...«

Nick unterbrach ihn scharf: »Es ist eine Familiensache.«

Jon hob die Brauen.

Sofort lenkte Nick ein: »Entschuldige, Anne. Aber ich muss dich leider dir selbst überlassen. Elisa ist ein wenig angegriffen. Offenbar hat sie sich erkältet. Sie hat sich hingelegt. Und Tom schläft immer noch seinen Rausch von gestern Abend aus.«

Ich rang mir ein Lächeln ab. »Ich wollte sowieso lesen. Hat Paul sich noch mal gemeldet?«

Nick sah mich verständnislos an. »Paul?« War es so abwegig, dass Paul anrief? »Ach so, ja. Das heißt, nein, hat er nicht. Tut mir leid.« Nick zuckte in gespieltem Bedauern die Achseln.

»Aha. Bis später also.«

Ich sah Jon an, dass er besorgt war. Er zögerte, mich allein zu lassen. Doch als ich entschlossen weiter nach oben ging, folgte er Nick durch die Flügeltür.

In meinem Zimmer war es sehr warm. Flüchtig glaubte ich, einen moschusartigen Duft wahrzunehmen, wie ich ihn in der Silvesternacht in der Halle gerochen hatte. Aber ich maß dem keine Bedeutung zu. Ich beschloss, mich ebenso wie Elisa ein wenig hinzulegen und Schlaf nachzuholen.

Während ich Hosen und Pullover auszog, überlegte ich, ob es richtig war, Nick und den anderen etwas vorzumachen. Jon war der Meinung, es gebe keinen Grund für Heimlichkeiten.

»Jeder, der Augen im Kopf hat, sieht es sowieso«, hatte er am Morgen gesagt.

Aber ich wollte vermeiden, dass Paul durch ein Telefonat mit seinen Freunden von meiner Liebesbeziehung zu Jon erfuhr. Ich würde das Verlöbnis mit Paul lösen, wollte es ihm jedoch persönlich sagen. Mein Ja auf seinen Heiratsantrag war ein Fehler gewesen – in dem Augenblick, als es über meine Lippen gekommen war. Ich hatte es mir bloß nicht eingestehen wollen. Es war nicht nur die Anhänglichkeit an meine Heimatstadt und die Freude an meiner Arbeit, die mich so lange zögern ließen, Paul nach Frankfurt zu folgen. Mein ganzes Leben mit ihm zu verbringen hatte ich mir nie wirklich gewünscht.

Ich streckte mich auf dem Bett aus und schloss die Augen. Aber ich war zu nervös, um einzuschlafen. Mein Herz raste fast. Es war besser, ein wenig zu lesen. Und zu erfahren, wie es mit Anna und Men Mattan weiterging.

d. 14. Dezember

Ich muss mich zwingen, die Zeit festzuhalten, die mir zwischen den Fingern zerrinnt. Weshalb erfüllt es mich nicht mehr mit Freude, mein Tagebuch aufzuschlagen und meine Feder über die leeren Zeilen zu führen? Es wird mir beinahe so schwer, wie es mich ankommt, meine Briefe zu schreiben. All das, wovon mein Herz voll ist, muss ja vor meinen Lieben zu Hause verborgen bleiben.

Heute hat Leo den ersten Tag ohne Fieber verbracht. Es waren tatsächlich Wochen, die er zwischen fiebrigen Träumen und einem von Doktor Bender beförderten Heilschlaf dahindämmerte. Oft hat Leo im halben Bewusstsein befremdliche Dinge gesprochen. Einmal, als ich hinzutrat, bat mich der Arzt, offenkundig verlegen, lieber nicht zuzuhören, und führte mich aus dem Krankenzimmer.

War Leo wach, weinte und schrie er häufig, oder er murmelte düstere Drohungen gegen uns, die wir ihn regelmäßig fütterten, wuschen, ihn mit Arzneien und geduldigem Zuspruch versorgten. Zu unserem großen Glück besucht Doktor Bender seinen undankbaren Patienten auch weiterhin beinahe an jedem Tag.

Dienstag, d. 20. Dezember

Ich bin heute Nachmittag zufällig Zeugin einer schrecklichen Szene zwischen Doktor Bender und Leo geworden. Als ich das Krankenzimmer betreten wollte, vernahm ich von drinnen einen lauten Streit. Ich verstand vor der Tür jedes Wort, und ich muss zu meiner Schande gestehen, dass ich mich nicht entfernte, bis ich den Grund von Doktor Benders Empörung vernommen hatte. Es ist mir so peinlich, dass ich es kaum sagen kann!

Seit Leo kräftig genug ist, wieder eine Feder zu halten, schreibt er Briefe in Mengen, und Doktor Bender hat sie bisher getreulich in ein bestimmtes Wirtshaus im Dorf getragen. Der Postverkehr ist hier sehr altertümlich. Um ein Billett nach Augsburg zu senden, muss man es zum Lindauer Boten befördern, der auf seinem Weg zwischen Lindau und Mailand auch die Graubündener Post von und nach Bayern besorgt. Bisher hat mich noch keine einzige Zeile von meinen Lieben erreicht!

Leos Briefe gingen an die Familie in Augsburg, an Bekannte, Geschäftsfreunde und an einen Redakteur von der Allgemeinen Zeitung. Der Doktor brachte heute zur Sprache, dass Leo auch an den Landammann in Scuol und den Larganer Dorfmeister, sogar an Pfarrer und Kirchenvögte im Umland geschrieben hat. (Dabei ist er mit keinem von ihnen bekannt!) Nun hat Doktor Bender über den Inhalt der Briefe erfahren, dass Leo darin Men Mattan als Entführer und Werwolf bezeichnet! Der Arzt machte Leo heftige Vorhaltungen ob der Ver-

leumdung. Ich hätte mir solche Erbitterung an dem ruhigen Mann gar nicht vorstellen können. Doktor Bender wird keine weiteren Schreiben von Leo befördern.

d. 23. Dezember

Nachdem Leo sein Bett wieder verlassen kann, verbringt er Stunden um Stunden in einem Sessel am Fenster und sieht, dumpf vor sich hin brütend, ins kahle Val Tosta hinaus.

Als ich ihn heute ganz absichtslos fragte, was er dabei unterhaltsam fände, reagierte er feindselig. Er müsse die Meute der Wölfe im Auge behalten, behauptete er – und dass sie das Kastell oftmals am Abend in einer Reihe trabend verließen und gegen Morgen gemeinsam zurückkehrten. Was malt er sich wieder aus?

d. 25. Dezember

Mattan gibt eine Jagdeinladung. Wein und Lebensmittel wurden geliefert, Musiker und sogar eine kleine Theatertruppe sind angereist. Men hat mich gebeten, während der Lustbarkeiten an seiner Seite zu sein. Er wollte mich seinen vornehmen Gästen als seine Frau vorstellen! So sehr ich ihn liebe – solches vermag ich nicht. Ich werde in den kommenden Tagen in meinen Räumen bleiben.

d. 31. Dezember 1814
spätabends

Der letzte Tag dieses Jahres! Die meisten der Gäste sind abgereist. Nur ein paar Vertraute von Men sind noch geblieben, um mit ihm gemeinsam das neue Jahr zu begrüßen. Über den Gipfeln der Berge dämmert der Vollmond herauf.

Meta hat die Tür des Boudoirs leise hinter sich zugezogen. Wenn ich mich zur Seite wende, sehe ich mich blass und ein wenig unwohl im Spiegel. Doch bin ich froh. Dies ist der letzte Abend, den Men seinen Jagdgästen widmen will. Morgen gehört er wieder ganz allein mir. Ich weiß, dass ich dann strahlend schön sein werde …

Hier brach der Text ab, und etliche unbeschriebene Blätter folgten.

Ich gähnte. Im Haus war es totenstill. Kein Laut drang aus der ersten Etage, wo Nick und Jon *eine Familiensache* besprachen. Ich hätte viel dafür gegeben, zu erfahren, was Nick dermaßen aus der Fassung gebracht hatte. Irgendwo, aber nicht in der Nähe, ging ein Telefon. Es verstummte schon unter dem zweiten Klingelzeichen. Vielleicht hatte Nick einen Anruf erwartet.

Und wenn es Paul war, der mit mir sprechen wollte? War es nicht eigenartig, dass schon wieder zwei Tage vergangen waren, ohne dass er sich gemeldet hatte? Ich wäre beruhigter gewesen, aus seinem Mund zu erfahren, dass es ihm gut ging. Mit bangem Gefühl lauschte ich auf Schritte vor meiner Tür. Würde es klopfen – und ich würde am Telefon Pauls ahnungslose Stimme hören?

Nein. Niemand kam. Ich unterdrückte die jäh wieder aufflammende Furcht, irgendetwas könnte mit Paul nicht in Ordnung sein. Nick hatte mir doch bereits zweimal von Paul ausrichten lassen, dass er keine Zeit zu telefonieren fand.

Ich blätterte eine leere Tagebuchseite nach der anderen um. Endeten Anna Kammerers Aufzeichnungen an dieser Stelle? Einige Seiten später folgte tatsächlich noch ein Eintrag, offenbar der letzte.

Val Tosta, 1815 im Mai

Ich habe mich lange gescheut, dieses Buch nach der Neujahrsnacht noch einmal aufzuschlagen. Damals habe ich Leo zum letzten Mal lebend gesehen. Obwohl schon einige Monate seit seinem Verschwinden vergangen sind, dachte ich immer, dass er zurückkehren wird. Doch wenn ich alles ehrlich zusammenfüge ... Es macht mir Angst.

Ich will mein Diarium, das meine Ehejahre mit Leo begleiten sollte, zu einem Ende bringen. Vielleicht wird dies meine schuldige Seele erleichtern. Denn Leo ist tot. Anders kann es nicht sein. Es gibt nur diese Erklärung für das, was in der Silvesternacht passiert ist.

Ich hatte mich schlafen gelegt. Stunden später schreckte ich auf. Der helle Mond schien mir ins Gesicht. Irgendetwas bewog mich, aufzustehen und aus dem Zimmer zu gehen.

Ich schlüpfte in meine Pantoffeln, schenkte mir am Tisch ein Glas Wasser ein, hüllte mich in einen wollenen Schal und trat leise vor die Tür. Ich schritt durch die Pforte auf den Arkadengang über dem Innenhof des Kastells.

Winselnde Laute drangen von unten herauf. Ich beugte mich über die Brüstung. Staunend sah ich, wie sich die Hunde, die sonst in den Ställen oder in der Halle und auf den Gängen schlafen, mit allen Zeichen lebhafter Freude zusammendrängten. Es schienen sehr viel mehr Tiere als sonst zu sein. Gemeinsam liefen sie durch das offene Tor aus dem Hof. Ich folgte ihnen entlang des Umgangs zum Fenster über der Durchfahrt. Das Rudel trabte in einer langen Reihe dem Wald zu und verschwand im Dunkeln.

In dem Moment schlug in meiner unmittelbaren Nähe, am Fuß der Außenmauer, etwas Schweres im Schnee auf. Erschrocken fuhr ich zurück. Ich glaubte, ein Stöhnen zu hören, und zögerte einen Moment, bis ich es wagte, wieder ans Fenster zu treten und mich so weit hinauszulehnen, dass ich auf den Vorplatz sah. Auf dem von Wagenspuren durchpflügten Platz vor dem Kastell, zwischen den Kutschen der noch nicht abgereisten Gäste, bewegte sich humpelnd eine Gestalt.

Sie nahm ein Gewehr auf, das jemand auf dem hinteren Trittbrett einer der Equipagen stehen gelassen hatte. Das Mondlicht beschien Leos Gesicht. Um ein Haar hätte ich aufgeschrien, aber ich unterdrückte den Ruf aus Angst vor der Waffe.

Leo ließ seinen Blick über die Mauern schweifen, sah mich jedoch nicht. Er wandte sich ab und hastete schwerfällig dem Rudel nach. Dabei kam er schneller voran, als ich es einem von langer Krankheit geschwächten Mann zugetraut hätte. Was hatte er vor?

Ich rannte zu Mens Räumen. Ich klopfte nicht an, sondern riss in höchster Eile die Tür seines Schlafzimmers auf, um mich in seine Arme zu werfen. Men würde mich anhören und sogleich aufbrechen, um Leo zurückzuholen. Doch Men war nicht da. Sein Bett war unberührt. Auch als ich seine übrigen Zimmer durcheilte, fand ich sie leer.

Ich riss an der Klingel des Kammerdieners und läutete allen anderen Bedienten. Doch keiner kam. In meiner Angst, dass Leo etwas Entsetzliches tun könnte, begann ich, im Gang laut nach Hilfe zu rufen. Nicht einer der Gäste und ihrer Diener erschien. Das Haus war wie tot.

Endlich gab ich es auf. Ich kehrte in mein Zimmer zurück, um mich mit bebenden Händen rasch anzukleiden, warf mir den Zobelmantel über die Schultern und lief aus dem Haus. Als ich auf dem Vorplatz angelangt war, war weder Tier noch Mensch in der Ferne zu sehen. Was sollte ich tun? Unschlüssig blieb ich vor den Kutschen stehen.

Schließlich zwang mich die nächtliche Kälte zurück ins Kastell. Ich ging wieder nach oben, sank, noch im Mantel, auf Mattans Bett und weinte voller Furcht und Verzweiflung, bis ich so erschöpft war, dass ich in Schlummer fiel.

So fand mich Men gegen Morgen. Als ich seine Schritte hörte, fuhr ich auf. Betroffen, mich derart verstört zu sehen, hörte er an, was geschehen war.

»Wo bist du gewesen?«, fragte ich endlich. Men hatte den Pelz, den er getragen hatte, auf einen Stuhl fallen lassen. Er wirkte übernächtigt, seine Kleidung war schmutzig und feucht.

»Auf der Jagd«, sagte er knapp, und nach einem Blick in sein Gesicht wagte ich nicht weiterzufragen. Doch bemerkte ich blutige Spuren um seinen Mund und an seinen Händen.

Ich zeigte hin. »Stammt das daher?«, brachte ich tonlos heraus.

Men ging zum Waschtisch, goss Wasser in die Schüssel und säuberte sich sorgsam und ohne Eile. »Einer von meinen Leuten wurde verletzt«, sagte er. »Er wurde versehentlich angeschossen. Eine harmlose Wunde am Bein. Sie blutete stark.«

Ich trat an das Fenster. Es war schon bald Tag. Das Tal wirkte friedlich und leer. Nur weit entfernt, am nördlichen

Waldrand, sah ich einige der Wolfshunde, die sich offenbar ihre Beute teilten. Der große Kadaver war schon in Fetzen zerrissen. Ringsum hatte der Schnee sich von Blut rot gefärbt. Unwillkürlich schauderte ich, ich wandte mich ab.

Ich sagte zu Men: »Das ganze Haus war verlassen. Niemand hat mich gehört.«

Men hatte Gesicht und Hände getrocknet. Er trat auf mich zu, nahm mich sanft in den Arm. »Es tut mir sehr leid, mein Liebstes. Ich hätte dich nicht ohne Schutz lassen dürfen.«

»Ihr werdet Leo doch finden, oder?«

»Natürlich. Wir gehen gleich los.«

Doch sie fanden ihn nicht. Weder an dem Neujahrstag noch in all den Wochen und Monaten, die seitdem vergangen sind. Weder lebendig noch tot. Leo blieb spurlos verschwunden.

Und nun muss ich die schreckliche Ahnung vergessen, die mich ergriffen hat, seit mir wider Willen Leos Verdacht gegen Mattan in den Sinn kam.

Es wird Zeit, diesen stickigen Raum hinter mir abzuschließen und in der Frühlingssonne einen Spaziergang zu machen. Bald wird es mir wohl zu beschwerlich werden. Gerade habe ich wieder das Kind gespürt, das unter meinem Herzen heranwächst. Es bewegt sich sehr heftig. Mag sein, es hat von der Wildheit des Vaters geerbt.

34

ANNAS BEMERKUNG ÜBER DAS KIND, das sie offenbar von Men Mattan erwartete, schloss das Tagebuch ab. Mir stand die beschriebene Meute vor Augen, die an dem Morgen nach Leos Verschwinden ein totes Geschöpf in blutige Fetzen riss. Wenn ich an die Möglichkeit dachte, dass es vielleicht kein Wild gewesen war, das die Jäger den Hunden zum Fraß überließen, schauderte mich.

Jon hatte Recht. Ich ließ mich von den alten Werwolfgeschichten mehr, als es gut war, beeindrucken.

Ich klappte das Büchlein endgültig zu. Eine Weile blieb ich mit geschlossenen Augen liegen, aber ich schlief nicht ein. Schließlich erhob ich mich, ging ins Badezimmer und zog mich um. Anna Kammerers Tagebuch legte ich in das Fach unter dem Aufsatz des Sekretärs, wo ich es in der Nacht nach unserer Ankunft gefunden hatte.

Waren tatsächlich nur fünf Tage vergangen, seitdem Paul und ich beeindruckt vor dem Kastell gestanden hatten? Vier Tage, seit er mich in Largan nicht abgeholt hatte?

Ich lehnte mich in die Fensternische. Die Sonne verschwand hinter den Bergen im Westen. Das Tal leuchtete, als wäre die Luft an diesem frühen Abend aus Glas.

Nick und Jon waren draußen, stapften nebeneinander her. Nach ihrer Haltung zu schließen, folgten sie einer Skispur, die vor ihnen verlief. Vermutlich stammte sie von Ulrich Kämp. Jon deutete in Richtung der Straße, die nach Largan führte. Die Fahrbahn war tief verschneit. Die beiden nahmen den Weg. Sie schienen in Eile zu sein, denn sie verfielen trotz der Schneehöhe in eine Art Dauerlauf. Was hatten sie vor?

Im ersten Stock ging eine Tür. Wasser lief. Eine zweite Tür wurde geschlossen. Dann war Elisas Schritt auf der Treppe zu hören. In dem kurzen Moment, als meine Aufmerksamkeit vom Fenster abgelenkt war, verschwanden Nick und Jon zwischen den Bäumen. Ich wandte mich ab und verließ das Zimmer, um mich nach Elisas Befinden zu erkundigen.

Sie hatte mich kommen gehört und wartete am Fuß der Treppe. Wie bei unserer Ankunft trug sie Rock und Twinset. Der Sandton der Wolle betonte ihren matten und kränklichen Teint an diesem Tag. Auch ihr Haar glänzte nicht wie sonst. Ihre Augen waren ein wenig verschwollen, und sie wirkte sehr mitgenommen.

Doch als sie mich sah, lächelte sie. »Du strahlst ja so! Mir scheint, deine Arbeit mit Jon war befriedigend?« Sie schmunzelte und nahm mich am Arm.

Gegen meinen Willen musste ich lachen. »Ja.« Ich wollte das Thema nicht gern vertiefen. »Und wie geht es dir? Nick hat gesagt, du seist erkältet?«

»Halb so schlimm.« Elisa seufzte. »Ehrlich gesagt, ist es eher ein mentaler Schnupfen. Hat er erzählt, was geschehen ist?«

»Nein. Er wollte mit Jon *eine Familiensache* besprechen und wirkte sehr aufgebracht. Mehr weiß ich nicht.«

Elisa seufzte noch einmal. »Den gestrigen Abend werde ich nicht so schnell vergessen. Komm mit in die Küche. Trinken wir einen Kaffee!«

Der große Raum war düster und kalt. Wir zündeten die Kerzen auf dem Tisch und den Anrichten an, dann kümmerte sich Elisa um die Kaffeemaschine, und ich drehte den Thermostat unter dem Fenster auf. Ich benötigte mehrere Versuche, um auch das niedergebrannte Herdfeuer frisch anzufachen. Endlich züngelten die ersten Flammen.

Wir schoben zwei Sessel vor den Ofen und setzten uns. Zunächst tranken wir schweigend. Dann stellte Elisa ihre Tasse auf dem Steinboden neben sich ab.

Sie sagte: »Es war überaus peinlich. Ein echter Eklat. Ich weiß jetzt noch nicht, ob ich darüber weinen oder lachen soll. Eifersüchtige Männer sind einfach lächerlich. Aber natürlich ist das nicht das Schlimmste gewesen.« Sie stockte.

Ich zog meine Schlüsse. »Erzähl! Hat Nick seinen Rivalen zu einem Duell gefordert? Oder ist er Ulrich gleich an die Kehle gegangen?«

Mein unernster Tonfall rief bei Elisa ein verunglücktes Lächeln hervor. »Offenbar ist keinem entgangen, dass Nick in den letzten Tagen ein wenig gereizt war. Dummerweise habe ich das nicht wirklich ernst genommen. Ich habe gedacht, wenn sich ein anderer Mann für mich interessiert, begreift Nick vielleicht, dass man sich auch nach langjähriger Ehe um seine Frau noch ein wenig bemühen sollte. Nun, das ist eine Fehleinschätzung gewesen.«

In Elisas Blick lag einige Selbstironie.

»Natürlich bin ich in Kämp nicht verliebt. Ich begreife gar nicht, wie Nick das annehmen kann! Ich habe dir schon erzählt, dass Ulrich beruflich für mich von Bedeutung gewesen ist. Er interessiert sich für Kunst und hat mir wichtige Kunden vermittelt. Man kann sich wunderbar mit ihm austauschen. Manchmal ist er sogar amüsant. Sicher haben Kämps Aufmerksamkeiten mir auch ein wenig geschmeichelt. Das will ich nicht leugnen. Er sieht doch gut aus, oder? Ein jüngerer Mann ...« Elisas Mundwinkel zuckten. »Und dieser Urlaub! Das Wetter ist heuer furchtbar. Nicht aus diesen Mauern hinauszukönnen ist auf die Dauer todlangweilig. Sonst sind wir immer nach Sankt Moritz zum Einkaufen gefahren, in ein gutes Restaurant oder in ein Konzert gegangen. Diesmal ist uns nicht einmal der Besuch in einem Thermalbad gegönnt.« Resigniert zuckte Elisa die Achseln.

»Ja, ich verstehe. Kämp war das einzige Unterhaltungsprogramm.«

Wir grinsten beide.

Elisa nickte. »Leider ist es nun damit vorbei.« Versonnen sah sie vor sich hin. »Bis zum Abend ging es noch gut. Nick und Tom waren in der Sauna. Ulrich und ich saßen im Salon. Ich habe ein wenig Champagner getrunken. Kämp mag ja nur Wasser. Er spielte Klavier. Sehr schön, übrigens. Ich hörte ihm zu. Irgendwann ging die Salontür auf, Nick und Tom sind wieder hereingekommen. Offenbar hatten sie beide überreichlich getrunken.

Tom hat mir später das ganze Malheur aus seiner Sicht geschildert: Kämp hätte ein sentimentales Stück gespielt und mich angeschmachtet. Und ich hätte mich ihm *lasziv lächelnd* entgegengeneigt. Dazu hätte ich, laut Tom, ein *aufreizend dekolletiertes, hautenges* Kleid getragen. Tom hat gesagt, an Nicks Stelle wäre ihm genauso der Kragen geplatzt!«

Wir schüttelten beide den Kopf.

»Du musst dir vorstellen: Nick war im Bademantel. Es hat ziemlich lächerlich ausgesehen. Er ist auf das Klavier zugestürmt und hat den Deckel zugeknallt.«

»Was?«

»Kindisch, nicht wahr? Kämps Finger sind zum Glück heil geblieben. Er besitzt ein beachtliches Reaktionsvermögen. Natürlich ist er aufgesprungen. Kannst du dir Ulrich Kämp vorstellen, wie er die Contenance verliert? Nein, nicht wahr? Doch ich schwöre dir, in dem Moment hat er Nick in einer Weise fixiert, als ob er ihn umbringen wollte. Ich sage das ganz im Ernst. Der Hass hat ihm aus den Augen *geleuchtet*. Ich war schockiert. Nick hat sofort einen Schritt rückwärts getan. Ich weiß, dass es seltsam klingt, Anne, aber so war es. Ich hätte es niemals für möglich gehalten, offene Mordlust bei einem so kultivierten Menschen zu sehen.«

Elisa verstummte.

»Aber es ist nicht zu Handgreiflichkeiten gekommen?«

»Nein. Ich habe angefangen zu lachen. Es war so – grotesk, nicht wahr? Unter erwachsenen Menschen, und Nick in seinem Frotteemantel!«

Ich nickte und sagte leicht ironisch: »Im Abendanzug hätte die Szene besser gewirkt.«

Elisa lächelte flüchtig. Gleich darauf verdüsterte sich ihre Miene wieder. »Mein Lachen hat Nicks Selbstbeherrschung den Rest gegeben. Kämp würdigte er keines Blickes mehr. Er hat mich wütend angefahren. ›Ich weiß nicht, ob du in deiner Gastfreundschaft nicht etwas zu weit gehst. Du vertraust offensichtlich darauf, dass man sich zu benehmen weiß. Aber ich fürchte, das können wir bei Herrn Kämp nicht voraussetzen. Die exquisite Erziehung, die er genossen hat, hat nämlich nicht in der Herrschaftsvilla, in der er angeblich aufgewachsen ist, sondern im Pförtnerhäuschen stattgefunden. Einem Mann, der uns Lügen über seine Herkunft auftischt, sollten wir besser mit Vorsicht begegnen.‹«

Verständnislos fragte ich: »Was soll das heißen?«

»Nun, es ist sehr unangenehm. Nach Ulrichs Erzählungen mussten wir glauben, dass er aus einer reichen Familie stammt. Er hat es immer so dargestellt, als wäre er mit dem sprichwörtlichen silbernen Löffel im Mund zur Welt gekommen. Zufällig hat Nick vor ein paar Wochen erfahren, dass Kämp Märchen erzählt hat. Zunächst hat er kein Wort darüber verloren. Sein Vertrauen in Ulrich war zwar erschüttert, aber er wusste nicht, wie er damit umgehen sollte. Er wartete ab. Nachdem Nick jedoch sah, wie Ulrich mir den Hof machte, ist er so wütend geworden, dass die Geschichte aus ihm herausbrach.«

»Es war wirklich reiner Zufall«, fuhr Elisa fort. »Ein Kollege hatte Nick bei einer Tagung auf Ulrich Kämp angesprochen, weil er glaubte, ihn von früher zu kennen. Gemeinsam kamen sie darauf, dass der Kollege die Villa gut kannte, die Ulrich Kämp als die seiner Eltern geschildert hatte. Und dann erinnerte sich Nicks Kollege, dass der Mann, der dort als Gärtner, Chauffeur und Hausmeister arbeitete, irgendwann eine Witwe mit einem Sohn geheiratet hat. Die Frau hatte vor ihrer Wiederverheiratung Kämp geheißen.«

»Als Nick das gestern Abend erzählte, ist Ulrich so bleich

geworden, dass ich Angst bekam. Doch er hat sich lediglich umgedreht und ist aus dem Salon gegangen. Was für eine dumme, ja idiotische Lüge! Eigentlich unerklärlich, nicht wahr?«

»Wieso hat er das gemacht?«, fragte ich verblüfft. Es war doch kaum denkbar, dass Nick einen Mann nicht einstellen würde, nur weil er aus kleinen Verhältnissen kam.

Die Küchentür öffnete sich. Wir wandten die Köpfe. Tom, wieder gepflegt in einen italienischen Anzug gekleidet, trat ein. Entspannt lächelnd, durchquerte er den Raum, um Elisa und mich zu begrüßen. Er lehnte sich an den Küchentisch und sah Elisa an.

Augenzwinkernd sagte er: »Lasst mich raten, wovon ihr gesprochen habt! Ich würde sagen, es ging um einen Mann. Sein Name beginnt mit dem Buchstaben K.«

»Sei nicht albern! Wovon sollten wir sonst sprechen?«, sagte Elisa.

»Genau. Ein ergiebiges Thema. Ich schlage vor, dass wir es bei einem gemeinsamen Abendessen vertiefen.« Tom wandte sich an mich. »Ich bin gestern nicht in der Stimmung gewesen zu kochen. Wir haben von belegten Broten gelebt. Jetzt habe ich Hunger wie ein Wolf.«

Elisa gähnte. »Ich auch.«

Tom ging in die Speisekammer und kam mit einem Stapel dicker, blutiger Steaks zurück. »Gott sei Dank bin ich gestern Nacht geistesgegenwärtig genug gewesen, das Fleisch aus dem Eisschrank zu nehmen. Wo sind die anderen?«

»Draußen«, sagte ich. »Ich weiß nicht, wann sie zurück sein werden. Vielleicht brätst du erst einmal nur drei Steaks.«

Tom sah mich scharf an, erwiderte aber nichts, sondern schürte das Herdfeuer nach und widmete sich dann dem Fleisch. Schweigend sahen wir zu, wie er eine Rotweinflasche aus dem temperierten Schrank holte, sie entkorkte, daran roch und zufrieden drei Gläser eingoss. Er drückte Elisa und mir die Weingläser in die Hand, prostete uns lächelnd zu und schloss die Augen, als er den ersten Schluck kostete.

»Mhmm. Gut. Stellt euch nur einen Mann vor, der keine Flasche Wein in seinem Haus hat!« Tom grinste Elisa an. »Ich spreche natürlich von Kämp.«

Er bückte sich und öffnete nacheinander die Schranktüren. »Wo ist die gusseiserne Pfanne? Hast du sie nicht aufgeräumt?«, fragte er mich.

Ich deutete auf einen der Hängeschränke.

Tom hielt die Hand prüfend über den Herd, goss Öl in die Pfanne und setzte sie auf die heiße Platte. Als er das Fleisch hineinlegte, zischte es, und gleich darauf roch es köstlich.

Tom wandte sich halb zu uns um. »Ich habe schon immer gesagt, dass man einem Abstinenzler nicht trauen kann. Elisa, du wirkst wieder gefestigt. Soll ich dir noch etwas über Nicks Adlatus erzählen? Falls es dich interessiert?«

Sie seufzte. »Tu, was du nicht lassen kannst.«

Ich betrachtete Tom neugierig. Er bemerkte es und grinste wieder. »Anne möchte es hören.«

»Ich auch!«

»Tja, das braucht man mir nur zu sagen. Also: Ich habe in letzter Zeit so einige Gerüchte gehört. Es gibt eine Großbank, die sich Nicks bekanntermaßen florierende Privatbank liebend gern einverleiben würde. Schon vor zwei Jahren hat er mir davon erzählt. Selbstverständlich hat er jedes Mal abgelehnt.« An mich gewandt, erläuterte Tom: »Nicks Unternehmen ist keine Aktiengesellschaft. Eine feindliche Übernahme im klassischen Sinn muss er nicht fürchten.«

»Aha«, sagte ich ziemlich verständnislos. Tom setzte offensichtlich voraus, dass Elisa und ich über die Kriegsschauplätze der Wirtschaft Bescheid wussten.

»Als dieses Gerücht jetzt wieder in Umlauf war, habe ich natürlich nachgehakt. So ein Coup, wenn er denn tatsächlich geplant wird, kann nicht auf legalem Weg über die Bühne gehen. Nicks Bank ist explizit nicht in Schwierigkeiten, er will nicht verkaufen, er ist der Alleineigentümer und kann frei entscheiden. Wie kann jemand behaupten, dass Nick angeblich in Bälde zum Rückzug und zum Verkauf gezwungen sein wird?«

»Das begreife ich nicht«, unterbrach ich Toms Redefluss.

»Nun ja. Es kommt vor, wenn auch selten, dass Großbanken kleinere Institute kurzfristig übernehmen, wenn es dort eine Schieflage gibt. Massive Kreditausfälle, Fehlspekulationen, Liquiditätsprobleme zum Beispiel. Um einen Zusammenbruch zu vermeiden, wird dann verkauft. Den Kunden der Bank entsteht dadurch kein Schaden.«

»Du meinst, irgendjemand sagt Nicks Bank voraus, dass sie in Schwierigkeiten gerät? Und wenn dies geschieht, muss Nick, falls er nicht alles verlieren will, an die Großbank verkaufen, ob er mag oder nicht?«

»Tja. Die Gerüchte kursieren nur unter wenigen Insidern. Offenbar erwartet niemand, Nicks Bank durch gezielte Rufschädigung Probleme machen zu können. Sie ist dafür wohl auch zu gesund. Ich glaube, dass vielmehr geplant ist, das Bankhaus durch massive Manipulationen so weit in Bedrängnis zu bringen, dass Nick über die Klinge springt.«

»Wer könnte so etwas tun?«

»Wenn es kein Riesenkreditbetrug ist – den ich bei vernünftigen Prüfungen ausschließe –, dann haben meines Erachtens nur Insider die Möglichkeiten dazu. Leute in Führungspositionen zum Bei…«

Bisher hatte Elisa schweigend zugehört. Nun fiel sie Tom ins Wort. »Du meinst …«

Tom nickte. »Kämp hat natürlich Prokura. Und er war, bevor er in Nicks Bank anfing, als Headhunter für eine Consulting-Firma tätig. So hat Nick ihn überhaupt kennen gelernt. Kämp hat ihm mehrere Führungskräfte vermittelt. Oder sie ihm ins Nest gesetzt.«

»Oh«, hauchte Elisa. Das wäre weit schlimmer als eine sinnlose Hochstapelei.

Tom kam in Fahrt. »Tja. Kurz bevor ich hierher fuhr, fand ich etwas heraus. Kämp und ein Geschäftsführer der Großbank, die Nick aufkaufen will, haben ihre Karriere in derselben Firma begonnen. Ein Unternehmen, das längst liquidiert ist; damals sollen Riesensummen beiseite geschafft worden sein.«

Tom schob die Pfanne ein wenig vom Herdfeuer und zog sich einen Holzstuhl heran. Er setzte sich rittlings darauf und beugte sich über die Lehne.

»Die Kerle in dieser Firma waren eine eingeschworene Gemeinschaft. Wie ein Rudel Wölfe gingen sie auf die Jagd und brachten ihr Wild zur Strecke: Sowohl kleinere als auch größere Firmen. Offenbar war nicht alles legal, und irgendwann gab es ein paar Verhaftungen. Kämp und sein Freund sind jedoch heil aus der Sache herausgekommen. Sie haben sich rechtzeitig abgesetzt, und ihnen konnte nichts nachgewiesen werden. Seit ein paar Tagen weiß ich definitiv, dass die beiden sich weiterhin regelmäßig getroffen und gegen Nick etwas ausgeheckt haben. Tut mir leid, Elisa, aber das ist so sicher wie das Amen in der Kirche. Sie wollen Nick fertig machen und dabei kräftig verdienen.«

»Weiß Nick schon davon?«, fragte ich und legte Elisa, die Tom fassungslos anstarrte, begütigend eine Hand auf den Arm.

Tom grinste. »Natürlich. Seit gestern Abend.« Er schien meine Gedanken zu lesen, denn er fügte hinzu: »Tja, ich bin mir nicht sicher gewesen, ob ich überhaupt etwas zu Nick sagen sollte. Ihr wisst doch, wie das ausgehen kann, wenn man sich einmischt und derjenige, den man warnt, dem Menschen, vor dem man ihn warnt, vertraut.«

Tom hatte die Stuhllehne vor sich zwischen die Hände genommen und drückte die Seitenteile zusammen. Das Holz knackte, als wollte es brechen. Geistesabwesend ließ er es los.

»Ich habe befürchtet, dass Nick mir womöglich nicht glaubt. Und bislang habe ich keinen Beweis. Hätte Nick mit Kämp darüber geredet, dann hätte der ein wenig umdisponieren können und die Verwirklichung seiner Pläne womöglich auf einen späteren Zeitpunkt verschoben. Doch nach dem Auftritt von gestern Abend war klar, dass Kämp so gut wie entlassen ist. Danach habe ich Nick sofort von der Sache erzählt.«

»Das war wohl ein Schock für Nick?«, fragte ich mitfühlend. Ich spürte, dass Elisa zitterte. Es war auch ein Schock für sie.

»Ein Schock? Ja. Und auch nein. Nick hat bereits etwas gewittert. Es sind in letzter Zeit ein paar Sachen vorgefallen, die ihm nicht gefallen haben. Er hat sich gestern Abend sofort ans Telefon gehängt. Jede Zahl, jedes Konto wird überprüft. Auch alle EDV-Zugriffe. Und natürlich die Leute, die Kämp ihm vermittelt hat. Ich denke, er hat alles im Griff.«

Ich nickte. Aber ich fühlte mich immer noch ein wenig desorientiert.

»Holst du drei Teller?«, fragte mich Tom.

Das Fleisch war fertig gebraten. Wir setzten uns an den Tisch und aßen die Steaks ohne Beilagen. Ich erzählte Elisa und Tom von der Begegnung mit Kämp am Nachmittag. Und dass Nick und Jon anscheinend Kämps Skispur folgten.

Tom zuckte die Achseln: »Es wundert mich nicht, dass Kämp die Flucht ergriffen hat. Er weiß, dass das Spiel aus ist!«

»Aber die Straße ins Inntal ist tief verschneit!«, gab ich zu bedenken. »Wie will er von hier fortkommen?«

Tom lachte. »Das ist kein Problem. Kämp fährt gut Ski. Er ist schon weiß Gott wo! Glaub mir, Anne, den kriegen wir nicht mehr zu sehen. Aber was liegt auch daran?«

»Nichts«, sagte Elisa mit spröder Stimme. Sie schob ihren Teller zurück, drückte meine Hand und erhob sich. »Ich gehe nach oben. Bitte entschuldigt mich.«

Ich sah ihr bedauernd nach. »Ich wäre nie auf den Gedanken gekommen, Ulrich Kämp könnte ein raffinierter Betrüger sein. Er wirkt so melancholisch, sensibel, durch und durch fein.«

»Ihr Frauen seid eben verführbar«, erklärte Tom grinsend.

»Wie gut, dass man das von euch Männern nicht sagen kann!«

In dem Moment war das Öffnen und Schließen der Haustür zu hören. Ich stand auf und ging in die Halle. Jon und Nick waren bereits auf der Treppe. Sie wandten sich zu mir um und grüßten verhalten. In dem Vestibül brannten nur mehr zwei oder drei Kerzen, und in dem schwachen Licht des hohen Raumes waren die Mienen der Männer nicht zu lesen. Nick holte Elisa ein. Er sprach leise mit ihr und küsste sie, eine Geste, die an diesem Mann ungewohnt sanft wirkte. Den Arm um Elisas Schulter gelegt, ging er mit ihr in den ersten Stock hinauf.

Zu meinem Befremden sagte Jon: »Ich komme gleich, Anne«, und folgte Nick und Elisa nach oben.

Als ich die Küche wieder betrat, beugte sich Tom gerade über den Messerblock neben dem Spülbecken und prüfte die Schärfe der Klingen. Gut gelaunt, erzählte er von vergangenen großen Übernahmeschlachten und Korruptionsaffären. Tom zeigte ungeniert seine Freude über Ulrich Kämps tiefen Fall.

Mehrmals hob ich den Kopf und lauschte, ob ich Kämps Schritte auf den Stufen zum Eingang hörte. Aus einem unerklärlichen Grund beunruhigte mich der Gedanke, Tom könnte Recht haben und Kämp wäre einfach verschwunden.

Nach einer Weile kamen Nick und Jon in die Küche. Nick hatte sich offenbar wieder beruhigt. Jon setzte sich neben mich und lächelte müde, als ich ihn fragte, was sie beide draußen gesucht hätten. Er antwortete, Nick habe gehofft, Kämp aufzuhalten. Aber der sei vermutlich auf den Skiern hinunter nach Largan gefahren und dort in den Bus gestiegen.

»In Scuol hat er sich vermutlich in einen Zug gesetzt und ist jetzt in Richtung Zürich unterwegs – oder sonst wohin.«

Nick hob den Kopf. »Der Bastard«, sagte er düster.

Tom warf die restlichen Steaks in die Pfanne. Er fragte Nick, ob sich seit dem gestrigen Abend etwas Neues ergeben habe.

Nick zuckte die Achseln. »Nicht viel«, sagte er und rang sich ein mühsames Lächeln ab. »Aber für meinen Geschmack bereits mehr als genug.«

Noch in der vergangenen Nacht hatte er Nachforschungen in Auftrag gegeben, die am frühen Nachmittag ein erstes Ergebnis brachten. »Einer der leitenden Angestellten, die Kämp uns vermittelt hat, ist wegen Unterschlagungen und Untreue vorbestraft. Die anderen werden noch überprüft. Aber wenigstens zwei der Angaben über ihre bisherige Laufbahn waren gefälscht.«

Überrascht fragte ich: »Wird das denn nicht vor einer Einstellung überprüft?«

Nick musterte mich so verärgert, als wäre ich es gewesen, die ihm die Sache eingebrockt hatte. »Ja«, antwortete er sarkastisch. »Selbstverständlich. Das war eine der Aufgaben unseres Beraters, von einer erstklassigen Consulting-Firma. Wir hatten dafür Herrn Kämp engagiert. Ich nehme an, ich muss dazu nichts weiter sagen, oder? Tom hat Elisa und dich ja bereits in Kenntnis gesetzt.«

Nick griff nach einem Rotweinglas. Sein Ton wurde umgänglicher. »Den Männern wurde natürlich sofort gekündigt, und Kämp dürfte darüber umgehend informiert worden sein. Leider bin ich zunächst ausschließlich mit unseren Sicherungsmaßnahmen beschäftigt gewesen. Und damit, schleunigst meine Rückkehr nach Zürich in die Wege zu leiten. Vor morgen Mittag ist kein Hubschrauber zu bekommen. Es sitzen mehr Leute, als man vermuten würde, in irgendwelchen Seitentälern und Berghütten fest. Jon musste seine Beziehungen spielen lassen. Wir haben die Zusage, dass die Straße nach Largan bis morgen früh geräumt wird. Das heißt, falls es nicht wieder kräftig zu schneien beginnt. Aber die Prognose ist eher gut.«

Tom servierte das Essen. Hungrig machten Jon und Nick sich darüber her.

»Jetzt verstehe ich, warum Kämp sich in der Halle so eigenartig benommen hat«, sagte ich. »Aber er hat sein Gepäck dagelassen.«

Bei diesen Worten hellte Nicks Miene sich hoffnungsvoll auf. »Stimmt. Er hatte doch wohl keinen Koffer dabei? Womöglich sind sein Laptop und sonstige Unterlagen noch hier.« Er sprang sofort auf, um nach oben zu eilen.

Doch Jon dämpfte seine Erwartung, indem er sagte: »Er hatte einen Rucksack geschultert. Ich habe mir noch gedacht, wie ungewöhnlich es ist, nachmittags zu einer längeren Tour aufzubrechen.«

»Schauen wir nach.«

Wir gingen alle nach oben, keiner wollte in der Küche warten. Das Zimmer sah aus, als würde der Gast, der hier wohnte, binnen kurzem zurückkehren. Das Bett war gemacht, aber auf einem Bügel am Schrank hing ein Anzug zum Auslüften. Auf dem Nachttisch lagen Wirtschaftsjournale. Nebenan im Bad waren die üblichen Waschutensilien.

Auf dem Schreibtisch zwischen den Fenstern befanden sich weder ein Laptop noch irgendwelche Papiere. Nick zog die Schubladen auf, öffnete alle Schranktüren und sah in den Koffern und Taschen nach. Doch außer Wäsche und Kleidung hatte Kämp nichts zurückgelassen.

Nick fluchte wieder: »Der Bastard. Er soll in der Hölle schmoren!«

Als wir das Zimmer verließen, fiel mein Blick auf ein Bild an der Wand neben der Spiegelkommode. Es war ein kleines, ovales Porträt. Ich hielt den Kerzenleuchter ein wenig höher. Es zeigte eine sehr hübsche, sehr junge Frau, die im Stil der jungen Damen zu Zeiten Jane Austens frisiert und gekleidet war. Ein Porträt, wie es Anna Kammerer einmal in ihrem Diarium beschrieben hatte. Aus irgendeinem Grund kam mir das Bild bekannt vor, und ich musterte es genauer. Doch der Zusammenhang, den ich suchte, fiel mir nicht ein. Nachdenklich zog ich die Tür hinter mir zu. Woher rührte mein Eindruck, dass dieses Porträt wichtig war?

Ich folgte den anderen hinunter in den Salon.

Das Kaminfeuer prasselte angenehm. Ich nippte am Whisky, den Tom mehrmals nachschenkte, und folgte den leisen Gesprächen, die sich um Nicks Bank und um Kämps Verrat drehten. Irgendwann legte ich meinen Kopf an die weiche Lehne des Sofas. Die Lider wurden mir schwer.

Ich dachte an die Silvesternacht, als mir Ulrich Kämp hier gegenübergesessen hatte. Er hatte von Leidenschaften geredet. *Das, wofür wir brennen*. Ich hatte damals geglaubt, er spreche von seinem Gefühl für Elisa. Offensichtlich hatte ich mich getäuscht.

4. Januar

35

Ich blinzelte. Widerstrebend hob ich die Lider. Mein Nacken schmerzte, im Raum war es kalt. Das Kaminfeuer war bis auf ein paar glimmende Glutreste zu einem Aschehaufen heruntergebrannt. Die Luft roch abgestanden und nach kaltem Rauch. Selbst das Tageslicht, das durch die seitlichen Fenster in den Salon fiel, war schal. Ich hob den Kopf vom Sofa. Ich war allein.

Jemand hatte eine Wolldecke über mich gebreitet. Meine Beine hatten sich darin verwickelt. Ich befreite mich und setzte mich auf. Die Uhr zeigte Viertel nach neun. Es war heller Vormittag. Ich hatte bleiern geschlafen. Anfangs war ich ein paarmal halb aufgewacht, da hatten die Männer noch vor dem hell lodernden Feuer gesessen. Jedes Mal war ich gleich wieder eingenickt.

Einmal schienen drei graue Körper schlafend vor dem Kamin zu liegen. Aber das hatte ich sicher geträumt. Ich musterte das Wollplaid am Fußende des Sofas. Es war nicht grau, sondern blau-rot kariert.

Ich streckte mich und stakste zur Tür. Etwas bewog mich, nicht gleich in die Halle zu gehen, sondern zunächst einen Blick in die Bibliothek zu werfen. Auch dort hielt sich niemand auf. Der Raum wirkte im Tageslicht noch schäbiger als vor drei Tagen im Kerzenschein. Die Staubschicht auf den Wolfsfiguren ließ ihr Fell fleckig und wie angemodert aussehen.

In einem der halbhohen Schränke, wo die in brüchiges Leder gebundenen Bücher in Reih und Glied gestanden hatten, herrschte ein ungewöhnliches Durcheinander. Einige Bücher lagen achtlos am Boden. Offenbar hatte jemand etwas gesucht.

Auf dem Weg nach oben schaute ich auch in das Frühstückszimmer und in den großen Saal. Alle Räume waren verlassen. Im ersten Stock zögerte ich, doch um Elisa und Nick nicht zu stören, klopfte ich nicht.

Ich duschte ausgiebig, föhnte die Haare und zog mich an. Gerade als ich mein Zimmer wieder verlassen wollte, schlugen im Erdgeschoss Türen. Jon rief laut nach mir.

Ich lief ins Treppenhaus. »Jon?«

Jon nahm mehrere Stufen auf einmal. Als ich ihn auf mich zukommen sah, tat mein Herz einen glücklichen Sprung.

»Anne!« Er umarmte und küsste mich. Obwohl der Tag eben erst begonnen hatte, machte er einen müden Eindruck. Außerdem war er unrasiert. Hatte er in der Nacht nicht geschlafen?

»Ich bin erschrocken, als ich dich im Salon nicht mehr gefunden habe«, sagte Jon.

»Aber wieso denn?« Ich erinnerte mich an unser Gespräch über den Tod von Corinna und Nesa. Kämps Betrug hatte den Wolf aus meinen Gedanken verdrängt. »Befürchtest du immer noch ...?«

Jon zuckte die Achseln. »Mehr denn je, wenn ich ehrlich bin. Mir geht eine Sache ständig im Kopf herum. Nick hat etwas zu mir gesagt ...«

»Was?«

Gedankenverloren sah Jon mich an.

»Was hat er gesagt?«, bohrte ich nach.

»Ach. Es scheint harmlos zu sein. Ein unbedeutender Zufall, aber ...« Jon schüttelte unentschlossen den Kopf. »Lass es uns später in aller Ruhe bereden. Weißt du, es ist wie ein Wort, das mir auf der Zunge liegt – aber ich komme nicht darauf.«

»Soll ich uns Kaffee kochen?«, fragte ich.

Jon lächelte. »Das wäre schön, aber ich werde ihn leider nicht mit dir trinken können. Ich habe eben einen Anruf erhalten, dass man in der Gegend von Zernez einen verdächtigen Hirschkadaver gefunden hat. Das Jagdinspektorat glaubt, ein Wolf könnte ihn gerissen haben. Ich muss leider hin. Aber bis zum Nachmittag bin ich bestimmt wieder zurück. Ich möchte dich bitten, mit mir zum Hof zu gehen und dort auf mich zu warten.«

»Im Bauernhof? Wieso?«

»Es beunruhigt mich, dich allein im Kastell zu wissen.«

»Allein? Ist Nick schon abgereist? Aber Elisa und Tom sind doch noch da!?«

Jon seufzte. »Nein. Nick ist aufgebrochen, sobald der Weg nach Largan geräumt war. Und Tom hat Elisa vorgeschlagen, die Gelegenheit zu nutzen und zum Einkaufen nach Sankt Moritz zu fahren. Elisa wollte eigentlich auf dich warten. Doch ich habe gesagt, ich hätte vor, den Tag mit dir zu verbringen. Ich konnte ja nicht ahnen, dass man mich zu einem toten Hirsch rufen würde. Tom und Elisa haben sich vor einer Viertelstunde auf den Weg gemacht. Wenn ich nicht wüsste, dass die Sache für dich ziemlich unappetitlich und sehr langweilig würde, hätte ich dich gebeten, mit mir nach Zernez zu kommen, aber ...«

»Du bleibst doch nicht lange weg, oder? Ich habe nichts dagegen, drüben im Hof auf dich zu warten.«

»Gut. Und, Anne ... Wie soll ich es sagen, ohne dass es übertrieben erscheint? Ich möchte nur gerne, dass du, während ich weg bin, auf gar keinen Fall aus dem Haus gehst. Am besten wäre es, wenn du dich einschließt und niemanden hereinlässt.«

Ich lachte. »Du meinst, du warnst mich vor dem bösen Wolf, wie die Mutter Geiß ihre sieben Geißlein?«

»Ich weiß, es klingt lächerlich, aber ... Ich bitte dich darum!«

»Nun. Da die Besucherfrequenz im Val Tosta nicht allzu hoch ist, wird es mir wohl nicht schwer fallen, dir diesen Wunsch zu erfüllten. Hoffentlich ist das kein Hinweis darauf, dass du die Frau, die du liebst, gern für alle Zeit einsam und eingeschlossen in deinen vier Wänden sitzen lässt!«

Kurze Zeit später stand ich in der Eingangstür des alten Bauernhofes und winkte Jon nach. Gehorsam ging ich gleich darauf hinein und schloss ab.

Während ich darauf wartete, dass das Kaffeewasser kochte, kreisten meine Gedanken um die Mattans. Mir stand wieder das hübsche Porträt der jungen Frau in Kämps Zimmer vor Augen.

Das Kind, das Anna Kammerer von ihrem Geliebten erwartete, galt zunächst einmal rechtlich als Nachkomme ihres verschollenen Ehemanns. Es konnte daher nicht den Namen des leiblichen Vaters Mattan tragen. Und bevor der spurlos verschwundene Leonhard Kammerer nicht für tot erklärt war, konnte Anna sich auch nicht wieder verheiraten. Hatte Men Mattan irgendwann weitere – legitime – Kinder gehabt, die seinen Familiennamen an ihre Nachfahren, bis zu Nick und Jon, weitergaben?

Ich wollte Clot Vallun nach Annas Kind fragen. Vielleicht fand er den Namen in den alten Kirchenbüchern.

Diesmal hob Vallun schon beim ersten Läuten des Telefons ab. Dem Klang seiner Stimme nach zu schließen, freute er sich über meinen Anruf.

»Frau Jani! Wie schön, dass Sie sich melden. Wie geht es Ihnen? Ist alles in Ordnung?«

Ich lachte. »Mir geht es bestens, danke. Und wie steht es bei Ihnen?«

»Danke, gut.« Clot Vallun brütete über der Jahresstatistik des Heimatmuseums, und seine Frau Lina war im Dorf einkaufen.

Ich teilte ihm mit, was ich inzwischen aus Anna Kammerers Tagebuch erfahren hatte, und fragte ihn nach Men Mattans Nachkommen und einem Säugling, den die junge Frau Kammerer nach Leos Verschwinden gebar.

Als Chronist fand Vallun nichts Seltsames an meiner Frage. »Ich weiß, dass Anna Kammerer im Sommer 1815 im Kindbett gestorben ist. In den Büchern ist vermerkt, dass es Streit gab im Ort, ob man die Fremde nach dem hiesigen Brauch in einem weiß bedeckten Sarg bestatten sollte. Das ist bei verstorbenen Wöchnerinnen hier in der Gegend einst üblich gewesen. Wegen des Kindesnamens und der mattanschen Familiengeschichte muss ich erst nachschlagen. Ich schaue gleich ins Archiv hinüber. Kann ich Sie später zurückrufen?«

Vallun versicherte mir, dass es ihm keine Mühe, sondern im Gegenteil Freude mache. Es werde vermutlich nicht lange dauern, bis er die Angaben gefunden hätte. Ich gab ihm die Telefonnummern vom Kastell und von Jons Anschluss.

Lächelnd legte ich auf. Die Freundlichkeit der Valluns tat wohl. Ich hielt mir Anna Kammerers unvermuteten frühen Tod vor Augen. Was war das für eine schreckliche Zeit!

Ich trank meinen Kaffee, aß einen Joghurt und machte es mir mit »Krieg und Frieden« auf dem Sofa bequem. Als das Telefon klingelte, fuhr ich überrascht auf. Konnte das schon Clot Vallun sein?

Nein. Eine fremde Stimme meldete sich.

»Anne?«

»Anne Jani. Ja. Wer spricht denn?«, fragte ich leicht irritiert.

»Kennst du mich nicht? Ich bin's, Tom.«

»Ach, Tom! Du hörst dich am Telefon völlig anders an.« Außerdem klang seine Stimme verwaschen. Ob er schon zu so früher Stunde getrunken hatte? Hoffentlich war es Elisa, die den Polo fuhr.

»Ich rufe in Elisas Auftrag an. Sie sitzt nämlich am Steuer«, Gott sei Dank, »und eben ist ihr siedend heiß eingefallen, dass sie ihr Bügeleisen nicht ausgeschaltet hat.«

»Du meine Güte.«

»Ja. Es tut ihr leid, aber könnte Jon vielleicht hinübergehen? Ich habe zuerst versucht, euch im Kastell zu erreichen ...«

»Jon musste kurz wegfahren. Aber ich schaue natürlich gleich nach. Wo steht das Bügeleisen?«

»Im Ankleidezimmer. Elisa ist sich zwar sicher, dass sie das Bügeleisen senkrecht gestellt hat, aber die Kleider hängen direkt neben dem Bügelbrett.«

»Schon gut. Ich eile. Viel Spaß in Sankt Moritz! Gruß an Elisa.«

»Auch Grüße von ihr. Und danke. Bis heute Abend dann!«

Rasch zog ich Stiefel und Mantel an. Erst als ich an der Tür stand und den Riegel zurückzog, fiel mir Jons Mahnung ein. Aber was half das? Ich konnte nicht zusehen, wie das Heim meiner Gastgeber abbrannte, nur weil ich mich nicht aus dem Haus traute.

Keiner der Menschen, die bei Nesas Tod in Largan gewesen waren, war an diesem Vormittag hier. Paul war in London – oder vielleicht auf dem Rückweg nach Frankfurt. Nick unterwegs nach Zürich. Tom und Elisa fuhren nach Sankt Moritz. Es erschien mir auch vollkommen abwegig, einen von ihnen zu verdächtigen. Ich trat über die Schwelle und schloss die Tür hinter mir.

Der Himmel war an diesem Vormittag grau und die Sicht über das weite Tal ungetrübt. Aus der Schneedecke ragten größere Felsbrocken, ansonsten zeigte sich die karge Fläche unberührt weiß. Ringsum an den Waldrändern bewegte sich nichts. Weder Menschen noch Tiere waren zu sehen. An diesem stillen Wintertag lag mein Ziel, die Burg, wie erstarrt in der Mitte des Tales. Ich zog den Schlüssel ab und ging los.

Bereits nach wenigen Schritten spürte ich ein Kribbeln zwischen den Schulterblättern, mein Herzschlag beschleunigte sich. Warum? Ich suchte nochmals mit den Augen die Umgebung ab. Da war nichts.

Zwischen dem Bauernhof und dem Kastell schützte mich nichts. Falls etwas oder jemand auf mich lauerte, war ich leichte Beute. So wie Corinna und Nesa. Jon hatte mich gewarnt. Aber ich bewegte mich nicht in der finsteren Nacht oder im Schneesturm. Ich würde sehen, wenn etwas auf mich zukam.

Ich ging immer schneller. Mein Blick huschte über den Schnee. Bewegte sich dort etwas Dunkles? Ich fing an zu laufen.

Das Tor stand offen, wie Jon und ich es zurückgelassen hatten. Der Hof war leer. Meine Schritte hallten auf dem schmalen geräumten Pfad über das Pflaster. Noch ein paar Schritte bis zum Portal. Ich stürzte die Stufen hinauf. Meine Hand fuhr in die Manteltasche. Nervös suchte ich den Schlüssel, sperrte auf und betrat hastig die Halle. Ich schlug die schwere Tür zu, schloss hinter mir ab und schob den Riegel vor.

Ich atmete schwer. War mein Verhalten verrückt? Begann ein Verfolgungswahn auf diese Art und Weise? Weshalb wurde mir auch im Inneren des Hauses nicht leichter ums Herz?

Beklommen stieg ich die Stufen zum ersten Stockwerk hinauf. Bisher hatte ich die »Beletage« von Nick und Elisa noch nie betreten. Ich zog die Flügeltür auf, die in den Gang zu ihren Zimmern führte. Von rechts fiel ein wenig Tageslicht durch eine offen stehende Tür. Roch es nach Rauch? Nein. Elisas Parfüm hing in den Räumen und der leichte Moschusduft, der mir schon früher aufgefallen war.

Tom hatte mir nicht gesagt, wo sich das Ankleidezimmer befand, doch gleich die erste Tür führte in ein Boudoir. Ich durchquerte es. Linker Hand gab es einen Durchgang ins Bad, und daneben befand sich das Ankleidezimmer. Es erwies sich als großer, begehbarer Schrank, praktisch ausgestattet, mit mehreren Spiegeln. Das Bügelbrett war heruntergeklappt, das Lämpchen am Bügeleisen leuchtete rot. Rasch zog ich den Stecker und dachte einen Moment nach. Sollte ich mir nicht doch noch einmal das Porträt in Ulrich Kämps Zimmer anschauen? Unentschlossen ließ ich meinen Blick über den kleinen Raum gleiten. Überall lagen Kleidungsstücke herum. Es sah aus, als wäre ein Sturm durch den Raum gefegt – oder als hätte Elisa etwas gesucht und dabei ihre Sachen durcheinander geworfen. Ich sah die unvermutete Unordnung mit Sympathie, aber es war mir auch peinlich, mich unaufgefordert in ihrem Zimmer umzusehen.

Vielleicht hätte mich das davor zurückhalten sollen, in Kämps Zimmer hinaufzugehen. Dennoch tat ich es. Gerade als ich davor stand, läutete das Telefon. Ich ging hinüber in mein Zimmer auf der anderen Seite der Treppe und hob ab.

36

DIESMAL ERKANNTE ICH DEN ANRUFER auf Anhieb; er hätte sich nicht mit »Paul Walentin« melden müssen. Im ersten Moment war ich maßlos erleichtert, seine Stimme zu hören. Gleich darauf rührte sich mein Schuldbewusstsein. Mein Herz klopfte rascher. Ich wusste, dass ich mich nicht verstellen konnte. Ich musste Paul jetzt gleich die Wahrheit sagen.

»Schön, dass ich dich erreiche, Anne«, sagte er weniger herzlich als vielmehr nervös. Es machte den Eindruck, als wäre ihm das Gespräch gleichfalls nicht angenehm. Ich schluckte. Hatte er von meiner Liebesbeziehung zu Jon schon gehört?

»Hallo, Paul! Wo bist du denn?«

Er antwortete ausweichend: »Noch nicht zu Hause«, und fragte: »Bist du allein?« Wieso sprach er so seltsam?

»Ja. Die anderen sind alle ausgeflogen.«

»Setz dich doch in den Sessel am Fenster.« Wie bitte? »Du bist doch in unserem Zimmer, oder?«

»Ja«, hauchte ich und ließ mich in den Sessel sinken.

»Wir müssen nämlich ... Ich muss mit dir reden. Eigentlich wollte ich es dir ja nicht am Telefon sagen. Aber vielleicht ist es besser so. Ich bin im Moment nicht ganz frei in meinen Entscheidungen, weißt du.«

Was sollte das heißen? Paul atmete sehr rasch.

»Es ist nämlich etwas geschehen.« Er stockte und suchte nach Worten. Allmählich machte mir sein Gestammel Angst.

»Was ist los, Paul?«, fragte ich tonlos.

»Ich habe ... ich habe dich angelogen. Ich war nicht in London.«

»Nicht in London?«

»Nein. Ich bin gar nicht weggefahren.«

»Du meinst ...« Ich brachte den Satz kaum heraus. »Du willst damit sagen, dass du in Largan ...«

»Ich will damit sagen, dass ich die ganze Zeit über hier war.«

»Hier?«

»Ich war in Bad Homburg.«

»Bad Homburg? Aber das ist doch bei Frankfurt«, stellte ich fest.

»Natürlich. Davon rede ich ja. Ich bin nicht nach London geflogen. Das war nur ein Vorwand. Es war einfach nötig, ein paar Tage lang ungestört nachzudenken.«

»Aha.« Ich verstand kein Wort.

»Ich habe einen Anruf bekommen, der es notwendig machte, dass ich nach Frankfurt zurückflog.«

»Ja. Das hat Nick mir gesagt. Von deiner Bank. Irgendwelche Probleme, nicht wahr?«

»Probleme. Genau. Aber nicht in der Bank.« Paul schwieg so lange, dass ich befürchtete, er hätte aufgelegt. Doch schließlich war seine Stimme wieder zu hören: »Ich werde heiraten, Anne.«

Hatte Paul den Verstand verloren? Ich sagte sarkastisch: »Natürlich. Im Juni. Du hast mich gefragt, und ich habe ›ja‹ gesagt. Demnach weiß ich es schon.«

»Nein. Ich glaube nicht, dass du das schon wissen kannst. Oder hat Nick etwas angedeutet?«

Es wurde immer sonderbarer. »Nick? Nein. Was soll er gesagt haben?«

»Es geht nicht um dich, Anne. Ich werde ... ich muss ... ich will jemand anderen heiraten.«

Mein »Oh« war nur ein ganz schwacher Laut.

Ich kam nicht dazu, mehr zu äußern, denn nun sprudelte es aus Paul heraus: »Sie heißt Katharina. Sie ist die Tochter meines Chefs. Katharina hat mich vor fünf Tagen angerufen. Sie sagte, ich müsse sofort kommen. Es war ... so wie sie sich anhörte ... mir ist sofort klar gewesen, dass es dringend war. Anne, ich konnte nicht anders. Ich musste fahren. Darum habe ich Nick gebeten, für mich zu schwindeln.«

»Zu schwindeln, sagst du?«

Paul hörte mich gar nicht. »Ich dachte, ich brauche nur ein paar Tage. Ich wollte Katharina beruhigen, aber da hatte ich noch keine Ahnung, worum es ging. Sie ist nämlich schwanger. Ich werde Vater, Anne!«

»Herzlichen Glückwunsch!« Vor Verblüffung brach ich in Gelächter aus. Von mir fiel eine Last ab. Ich holte tief Luft, lachte unbeherrscht, wieherte fast. Es dauerte eine Weile, bis ich mich so weit beruhigt hatte, dass ich wieder sprechen konnte. Mehrmals gluckste ich von neuem los. Nie hätte ich es mir träumen lassen, dass mich ein abruptes Ende meiner Verlobung dermaßen erheitern würde. Dass es mich hemmungslos glücklich stimmte. Paul und ich waren wirklich am Unglück entlanggeschrammt.

Paul fragte betreten: »Ist das so lustig?«

»Nein. Ich bin nur froh, weil ich dir auch etwas sagen muss. Ich habe mich nämlich in Jon verliebt.«

»In Jon Mattan?« Pauls Stimme klang nicht so erleichtert, wie ich es nach Lage der Dinge erwartet hätte.

»Jawohl. Tut mir leid. Aber das müsste dir doch nur recht sein, nicht wahr? Wie lange bist du schon mit dieser Katharina zusammen?«

Paul hatte sie bei der offiziellen Geburtstagsfeier für ihren Vater, Anfang November, kennen gelernt. Aus seiner Sicht war es allein meine Schuld, dass er sich seitdem mit Katharina traf: Monatelang hatte ich kaum Zeit für ihn gehabt! Ihm war praktisch nichts anderes übrig geblieben, nicht wahr?

Ich stimmte Paul zu. Das nahm ihm den Wind aus den Segeln. Auf einmal war er wieder so nett und verträglich, wie ich ihn kannte. Er entschuldigte sich dafür, dass er mich belogen hatte.

»Weißt du, ich habe in Katharina zunächst nur eine Affäre gesehen. Nach ihrem Anruf, der mich mitten auf der Skipiste stoppte, dachte ich, ich würde mich kurz um sie kümmern und dann wieder zurückfahren. Nick hat versprochen, mir so lange den Rücken freizuhalten. Aber als Katharina mir dann von der Schwangerschaft erzählte, sah alles plötzlich ganz anders aus. Es hat eine Weile gedauert, aber dann wusste ich, dass ich dazu stehen muss.«

Vermutlich erwartete Paul einen Orden dafür. »Schön«, sagte ich. »Und Nick wusste die ganze Zeit Bescheid?«

»Du darfst es ihm nicht übel nehmen. Er ist schließlich ein alter Freund. Ich habe ihm nach Katharinas Anruf nicht viel erklären müssen. Er hat sie nämlich zufällig an dem Abend, an dem er und ich uns in Frankfurt getroffen haben, kennen gelernt. Nick mag dich, Anne. Er hat mir geraten, die Sache mit Katharina diskret zu beenden. Da wusste er freilich noch nicht, dass wir ein Kind bekommen.«

»Ah ja.« Mir wurde einiges klar. Vermutlich hatte Nick am Silvesterabend, nachdem ich vergeblich Pauls Anruf erwartet hatte, in meiner Abwesenheit den anderen die Situation erklärt. Ich erinnerte mich an ihre seltsamen Blicke, als ich aus der Küche zurückgekehrt war. Deshalb hatte ihn Tom auch betrunken einen Bastard genannt. Ich seufzte. Sie hatten alle geschwiegen – selbst Jon.

»Ja, Nick ist ein wirklicher Freund«, bekräftigte Paul. »Er hat mir übrigens einen guten Job angeboten. Er sagte, dass Ulrich Kämp sich verändern würde …«

»War das an dem Morgen, als ich euch draußen spazieren gehen sah?«

»Ja. Ich wollte es mir durch den Kopf gehen lassen und dann mit dir darüber reden. Aber dann ist Katharinas Anruf dazwischengekommen. Mittlerweile steht natürlich fest, dass Katharina und ich in Bad Homburg bleiben.«

»Natürlich. Hat dir Nick auch gesagt, warum er sich von Kämp trennen wollte?«

»Er hat so etwas wie eine Vertrauensfrage angedeutet. Und Nick und ich sind nun einmal alte Freunde. Das ist etwas ganz anderes, oder nicht?«

Ich berichtete Paul, was Nick inzwischen über Ulrich Kämp erfahren hatte. Außerdem erzählte ich ihm von Corinna Manz' Unfall. Paul hatte sie nicht gekannt und gab nicht vor, über ihren Tod betroffen zu sein.

Anna Kammerers Tagebuch und Jons Suche nach dem Mann, der Nesa auf dem Gewissen hatte, erwähnte ich nicht.

Paul bat mich, sein Gepäck Elisa mitzugeben. Er würde in ein paar Tagen nach Zürich fliegen und sein Auto sowie die Koffer dort abholen.

Schließlich kam Paul noch einmal auf Jon zu sprechen. »Anne, du weißt, dass ich froh bin, dich nicht allein zu wissen. Natürlich möchte ich, dass du glücklich bist. Aber muss es denn ausgerechnet Jon Mattan sein?«

»Was meinst du damit?«

»Nun, ich habe fast das Gefühl, ich müsste dich vor ihm warnen. Einen handfesten Grund dafür kann ich dir nicht nennen. Du hast aber davon gehört, wie seine erste Freundin gestorben ist?«

»Du meinst Nesa.«

»Ja. Glaub mir, Anne, mit dem Mann stimmt etwas nicht. Ich ...« Paul unterbrach sich. »Ach. Tut mir leid, aber ich muss jetzt auflegen. Katharina kommt eben heim. Wir telefonieren wieder, nicht wahr? Alles Gute. Tschüs, Anne.«

»Mach's gut«, murmelte ich. Aber Paul hatte die Verbindung schon beendet. Ich starrte noch eine Weile das Telefon an. Durfte das wahr sein? Ich würde später über alles nachdenken. Etwas drängte mich, das Kastell möglichst rasch zu verlassen. Aber vorher wollte ich noch einmal in Kämps Schlafzimmer nach dem ovalen Porträt sehen.

Minutenlang stand ich davor und starrte es an. Mein Blick ging hinüber zum Spiegel, der sich neben dem Bild befand, und zurück zum Porträt. Die dargestellte junge Frau besaß regelmäßige Züge und ein anziehend schönes Gesicht. Wieder sah ich in den Spiegel. Nein. Das war kein Zufall. Jemand hatte das kleine Gemälde neben die Spiegelkommode gehängt. Dann war der Blick hin und her gegangen ...

Meine Erkenntnis traf mich wie ein Schlag. Angst und Übelkeit stiegen in mir auf. Wenn ich mich nicht irrte, dann passte alles zusammen. Ich ahnte, warum Corinna und Nesa gestorben waren. Und dass die Jagd nicht zu Ende war. Wie töricht von mir, allein hierher zu kommen!

Mit klopfendem Herzen, auf Zehenspitzen, verließ ich den Raum und durchquerte den Gang. Ich schlich leise zur Treppe und stieg Stufe um Stufe hinunter, bis ich in der Halle anlangte.

In dem Moment schrillte das Telefon erneut. Ich ging hinüber zu dem Apparat und nahm ab.

»Frau Jani? Hier ist Clot Vallun. Ich bin fündig geworden.«

»Ja?«, fragte ich leise. Furchtsam huschte mein Blick durch die Halle. Sie war so leer wie vorher.

»Also: Men Mattan verehelichte sich einige Jahre nach Anna Kammerers Tod. Er heiratete eine junge Französin. Diese Frau gebar ihm vier Kinder, darunter zwei Söhne. Der ältere erbte nach dem Tod des Vaters das Val Tosta mit dem Kastell. Das übrige Vermögen wurde wahrscheinlich aufgeteilt. Davon ist in den Büchern nichts erwähnt.«

»Aha. Nick und Jon Mattan dürften also Nachkommen von diesem ältesten ehelichen Sohn sein, nicht wahr?«

»Ja, genau.«

»Und was geschah mit dem Kind von Anna Kammerer? Ist es als Säugling gestorben?«

»Nein. Um dieses Kind, es ist ein Junge gewesen, gab es lange Zeit Streit. Leo Kammerers bayrische Verwandte haben nämlich darauf bestanden, den Buben zu sich nach Augsburg zu holen. Aber Men Mattan hat das zu verhindern gewusst. Der Junge ist bei ihm aufgewachsen, vermutlich kannte er seine wahre Abstammung. Was jedoch später aus ihm geworden ist, lässt sich unserem Archiv nicht entnehmen. Nur sein Wegzug aus Largan, kurz nach Men Mattans Tod, ist dokumentiert.«

»Und wie lautete der Familienname des Jungen? Ein Kind, das als Leo Kammerers Sohn dessen Namen getragen hätte,

hätte Mattan den Verwandten wohl nicht vorenthalten können?«

»Daran hat seine Mutter offensichtlich gedacht. Obwohl sie vermutlich bereits vom Tode gezeichnet war, hat sie drei Tage nach der Geburt ihres Sohnes darauf bestanden, sich nach Largan bringen zu lassen. Sie hat dafür gesorgt, dass ihr Geburtsname im Larganer Kirchenregister dem vom rechtlichen Vater des Kindes vorangestellt wurde. Das ist nicht unüblich gewesen, wenn man in besseren Kreisen vermeiden wollte, dass ein Geschlechtsname ausstirbt. In der gesamten Korrespondenz wurde der Junge dann nur mit dem Mädchennamen der Mutter benannt. Das ist zwar nicht korrekt, doch so genau hat man es damals nicht genommen. Für Men Mattans Absichten dürfte dies günstig gewesen sein.«

»Das leuchtet mir ein.« Ich flüsterte fast. »Und wie hat der Junge geheißen?« Ich ahnte, was kommen würde.

Clot Vallun buchstabierte den Namen. »Er hat sich C A E M P geschrieben. Der Bub hieß Niklaus Caemp Kammerer und ist dann als Niklaus Caemp durchs Leben gegangen.«

Ich hauchte: »Tausend Dank. Sie haben mir sehr geholfen.« Und meine Befürchtung bestätigt. Doch darüber wollte ich in diesem Moment nicht sprechen. Wir verabschiedeten uns fürs Erste, und ich legte auf.

Ich war auf dem Weg zur Tür, als ich den Rucksack sah. Er lehnte an der Wand neben dem Abgang zum Keller. Bei meiner Ankunft vorhin hatte er nicht dort gestanden. Panisch stürzte ich in Richtung der Tür.

37

Es war ein Fehler gewesen, das Portal zu verriegeln und abzuschließen. Noch bevor ich die Haustür geöffnet hatte, näherten sich rasche Männerschritte, und Ulrich Kämp tauchte neben mir auf.

»Du bleibst besser hier!«, sagte er. Sein Tonfall war schneidend. Und die Art und Weise, wie er mit einem der großen, sehr scharfen Messer aus Elisas Küche auf mein rechtes Handgelenk zielte, wirkte auch nicht beruhigend.

Kämp trug die gleiche Skikleidung wie am Tag vorher. Diesmal jedoch war der Blick, der mich traf, hellwach und konzentriert. Er ließ keinen Zweifel daran, dass ich mich zu Recht fürchtete. Die Messerspitze ritzte mein Handgelenk. Ich bemühte mich trotzdem, das Portal aufzuziehen. Es war sinnlos. Kämp packte mich grob am Arm und hielt mich fest.

»Das würde ich nicht versuchen, Anne. Zum einen kannst du dich darauf verlassen, dass ich viel schneller bin als du. Ich hole dich mühelos ein. Zum anderen verspreche ich dir, dass ich jeden Versuch, mich anzugreifen oder zu fliehen, schmerzhaft bestrafen werde. An deiner Stelle würde ich es nicht darauf ankommen lassen. Du darfst sicher sein, dass ich keine Hemmungen habe.«

Ich schnappte nach Luft. Fast wäre ich aus purem Entsetzen zusammengesackt. Ich war überzeugt, dass Kämp seine Drohung wahr machen würde. Er hatte schon zwei junge Frauen getötet und würde nicht zögern, mich zu verletzen.

Jede Bewegung meinerseits könnte er als Angriff deuten. Ich riss mich zusammen und stand regungslos still.

»Du hast mich verstanden. Gut. Wir beide werden einen Spaziergang machen. Ich versichere dir, dass du dich nicht langweilen wirst. Sei so freundlich und hole den Rucksack. Danke. Also – nach dir!«

Vor dem Tor dirigierte mich Kämp in Richtung des Bauernhofs. Von dort ging es auf dem kürzesten Weg in den nordöstlich gelegenen Wald. Ich wandte verstohlen den Kopf. Nach wie vor war das frostweiße Tal menschenleer. Niemand folgte uns. Deutlich waren unsere Fußspuren im Schnee zu erkennen. Jon würde sie entdecken. Nur wann?

Kämp schien zu ahnen, was mir durch den Kopf ging. Er sagte: »Jon wird zu spät kommen, Anne. Ich hoffe natürlich, dass er uns verfolgt. Er soll dich finden.«

Ich schluckte. »Was hast du vor? Willst du mich umbringen, so wie Corinna und Nesa?«

»Ich will dir die Spannung nicht nehmen, Anne. Aber vertrau mir. Es wird ziemlich aufregend sein.«

»Was hast du davon? Rache? Wofür? Nick und Jon ahnen nicht einmal, dass du mit ihnen verwandt bist!«

Kämp blieb schlagartig stehen. Er starrte mich finster an. »Du weißt es also! Wie bist du darauf gekommen?«

»In deinem Zimmer hängt das Porträt einer jungen Frau: Anna Kammerer. Geborene Caemp. Das Bild hat sie in ihrem Tagebuch beschrieben. Ihr Sohn, den sie ihrem Geliebten Domenic Mattan geboren hat, hat den Namen Niklaus Caemp erhalten. Trotz ihrer weiblichen Züge ist die Ähnlichkeit zwischen euch zu erkennen. Es hat eine Weile gedauert, bis ich die Zusammenhänge gesehen habe.«

Kämp lachte hämisch auf. »Willst du damit sagen, dass du Anna Kammerers Tagebuch hast? Ich habe gestern Nacht danach gesucht. Ja, ich stamme von Men Mattans erstgeborenem Sohn ab. *Meine* Vorfahren – und nicht die von Jon und Nick Mattan – hätten das Val Tosta und das Vermögen erben müssen. Stattdessen sollte meine Familie auf alles verzichten. Weißt du, dass man einen angeblichen Jagdunfall arrangiert hat, um meinen leiblichen Vater zu töten? Hier in den Bergen von Largan. Vermutlich hat man gewusst, dass er legitime Ansprüche hatte, und deshalb hat man ihn umgebracht.«

»Man?«

»Der alte Mattan. Jons Großvater. Er hat es wohl nicht ertragen, dass vor seinen Augen jemand mit älteren Rechten lebte, jemand, der über *alles* Bescheid wusste, der einer von Mattans *wahren* Nachfahren war. Damals, als der sogenannte Unfall passiert ist, habe ich es natürlich noch nicht begriffen. Doch später, im Internat ... Dieser unsägliche Angeber Nick Mattan!«

Die Bäume, zwischen denen wir uns einen Weg bahnen mussten, standen immer dichter. Schneepolster glitten herunter. Ich hatte Angst. Es war schneidend kalt. In meine Stiefel drang Nässe.

Aber in diesem Moment überwog meine Neugier. »Du warst im selben Internat wie Nick? Bist du am Ende bei dieser Werwolfgeschichte in der zehnten Klasse dabei gewesen?« Aber Ulrich Kämp war doch viel jünger als Paul und die anderen!

Kämp sah mich prüfend an. »Man hat dir also davon erzählt? Hat Jon dir gesagt, wie er mich damals im Keller aufgespürt hat? In dem Verschlag? Du hast doch behauptet, er wüsste nicht Bescheid über mich.«

Jon? »Was meinst du damit?«

Wieder musterte mich Kämp von der Seite. »Es spielt keine Rolle. Jon hat mich entdeckt. Er konnte mich unmöglich sehen und auch nicht hören, wenn er nicht Sinne besaß, deren Fähigkeiten weit über menschliches Vermögen hinausgingen. Ich weiß, dass er mich damals gewittert hat – so wie ich an ihm das Raubtier gerochen habe.« Doch Jon hatte nur kurz verharrt und Kämp in seinem Versteck angestarrt, dann war er einfach weitergeschlendert und hatte ihn ungeschoren gelassen.

»In dieser Nacht ist mir bewusst geworden, dass Men Mattan mir etwas anderes, Besseres als ein Vermögen vererbt hat. Mir – und Jon Mattan. Nick, mit seinen Wolfsgeschichten, ist nur ein dummer Mensch.«

Ich schluckte. »Was willst du damit sagen?«

Kämp lächelte boshaft. »Wenn du es dir nicht denken kannst … Tut mir leid, Anne. Ich werde es dir nicht erklären. Nur so viel: Wir erkennen einander, wenn wir uns begegnen. Wir sind ein hungriges Rudel. Grausam. Untereinander loyal. Strategen und Kämpfer. Die Menschen schauen uns zu und klatschen uns Beifall. Wir haben Erfolge, und sie bewundern uns!«

»Solange man euch nicht als Kriminelle entlarvt.« Für diese Bemerkung traf mich ein verächtlicher Blick.

»Das ist nur ein Rückschlag, Anne. Täusch dich nicht. Es ist natürlich bitter, wenn die geniale Planung von Jahren aufgrund eines einzigen albernen Zufalls zunichte wird. Aber ich komme zurück. Ich werde Nick und Jon Mattan in jedem Fall das wegnehmen, was ihnen das Liebste und Wichtigste ist: Nick seine Bank, seine Stellung und Reputation, und Jon die Frau, die er liebt und beschützen will. Einst Nesa – jetzt dich.«

Wir waren inzwischen tief in den verschneiten Bergwald eingedrungen. Das Licht wurde düster in dieser fast unzugänglichen Dämmerwelt. Kämps Bekenntnisse schnürten mir die Luft ab, zudem ging es immer steiler bergauf. Ich geriet außer Atem.

Aber ich versuchte, mein Keuchen zu unterdrücken. »Und Corinna?«, fragte ich. »Weshalb musste sie sterben?«

»Ein kleiner Versuch, die Erinnerung aufzufrischen. Ich denke, die Wiederholung bestimmter Ereignisse wird es Jon leichter machen, das Tal zu verlassen. Ich war nicht erfreut, als ich im Sommer erfahren habe, dass Nicks Bank das Kastell nur von Jon gemietet hat. Das Val Tosta wäre mein Preis für die Übernahme gewesen. Doch so … Nicks Bank hat nur das Vorkaufsrecht, mehr nicht.«

Ich nickte, damit Kämp fortfuhr.

»Corinnas Tod war eine Spielerei. Ich brauchte sie an Silvester nur anzurufen und vorzugeben, dass ich Tom Stiegler wäre, der sie zu einer Party mit Jon einladen wollte. Sie ist ebenso darauf hereingefallen wie du vorhin auf die Geschichte mit dem Bügeleisen.«

Absichtslos machte ich einen größeren Schritt zur Seite. Sofort packte mich Kämp und zog mich zurück.

»Hier geht's lang. Du brauchst nicht zu hoffen, dass uns Jon einholen wird. Zernez ist weit, und bis ihn das Jagdinspektorat darüber informiert hat, dass es weder einen Hirschkadaver noch einen Wolf gibt, wird es noch eine Weile dauern.«

Obwohl ich mich vor Kämps Drohungen fürchtete, war ich nahe daran zuzutreten. Er schien es zu spüren, denn er fixierte mich ganz genau.

»Nun, Jon hat Corinna leider nicht geliebt. Ihr Tod ist also letztlich ohne Bedeutung gewesen. Andererseits ist Jon, wie ich schon vermutet hatte, verrückt nach dir – vom ersten Moment an, als er dich in der Halle gesehen hat. Ich habe abgewartet und mich damit begnügt, deine Furcht zu schüren. Ich bin davon ausgegangen, dass du dann umso rascher Jons Geliebte wirst. Natürlich hatte ich Recht. Dabei ahnte ich nicht, dass du Annas Tagebuch liest – was bestimmt anregend war.«

»Du bist der Wolfsschemen gewesen? Und du hast die elektrischen Leitungen ...?«

Kämp neigte bejahend den Kopf.

»Du hast mein Kleid an die Stelle gehängt, wo der überfahrene Wolf gelegen hatte?«

»Ich habe auch den Kadaver beiseite geschafft.«

»Warum?«

Kämp lächelte maliziös. »Denk doch mal nach. Ein Wolf. Und ein alter Landstreicher in einem Soldatenmantel, der von einem von Men Mattans Männern abstammt.« Kämp zwinkerte. »Es passt doch alles zusammen.«

»Und das Tellereisen im Keller? Hast *du* die Falle gestellt?«

»Als Elisa Jon von dem Gestank erzählt hat, habe ich gleich geahnt, dass der alte Igor sich unten einquartiert hatte. Er musste verschwinden.«

»Das verstehe ich nicht.«

»Igor hat mich gekannt. Es sind zwar seitdem zwanzig Jahre vergangen. Aber er hätte sich leicht an mich erinnern können. In dem Sommer, als Jon in Largan gearbeitet hat und Nesa kennen lernte, hatte ich hier ebenfalls einen Ferienjob.«

»Und Silvester darauf hast du, genau wie Jon, in Largan gefeiert?!«

»Ja. Ich habe alle getäuscht.« Kämp lachte höhnisch auf. »Ich habe sogar ein Foto von allen gemacht. Keiner hat mich erkannt.«

»Du hast eine Schafsmaske getragen«, murmelte ich.

»Stimmt. Du hast in den wenigen Tagen einiges herausgefunden. Es ist wirklich Pech für die Mattans, dass sie nie halb so neugierig waren wie du.«

»Aber du bist damals erst fünfzehn gewesen!«

Kämp leckte die Lippen. »Ja. Die Jagd auf das Mädchen war meine Initiation.« Seine Miene verzerrte sich und erinnerte mit einem Mal in grotesker Weise an einen reißenden Wolf.

Kämp stieß mich vorwärts. Mit klammen Fingern griff ich nach Felsbrocken, von Eis überzogenen Baumstämmen oder tief hängenden Ästen, um mich zu halten. In meinem ganzen Leben hatte ich noch keinen Berg bestiegen. Und die Kletterei wurde immer beschwerlicher.

Offenbar kannte sich Kämp in diesen Wäldern gut aus. Mühelos hatte er Nick und Jon mit seiner vermeintlichen Flucht in die Irre geführt. Auch als er Corinna in der Silvesternacht auflauerte, hatte er seine Spuren geschickt verborgen. Hatte Bucher, als er sich am Neujahrsmorgen am Unfallort umsah, mit einem Mörder auf Skiern und einer heimlichen Fahrt durch den Wald gerechnet?

Der Nadelwald lichtete sich, und der Weg wurde noch steiler. Wir ließen die letzten verkrümmten Kiefern zurück. Rechts und links ragten nur noch graue Bergwände auf. Wir liefen nun auf einem schmalen Grat im Felsen über einer finsteren Klamm. Weit unten rauschte Wasser. Vielleicht war es ein Zufluss des Bergbachs, der das Val Tosta durchlief. Ich warf einen Blick in den Abgrund. Auf einmal verließ mich die Kraft.

38

Kämp hielt mir das Messer an die Wange. »Steh auf! Es ist nicht mehr weit.«

Ich lehnte mit dem Rücken am Fels und schob mich auf zittrigen Knien nach oben, bis meine Beine mir wieder gehorchten.

Zu unserer Linken teilte sich die Felswand und gab den Blick in eine Mulde frei. In ihrer Mitte war unter dem Schnee eine zusammengesunkene Hütte aus Stein auszumachen. Kämp blickte sich misstrauisch um. Er lauschte. Nichts regte sich.

»Bleib hier!«, befahl er, wandte mir den Rücken zu und stapfte durch den tiefen Schnee zu der Steinhütte.

Erwartete er, dass ich wie ein Schaf stillhalten würde, bis er zurückkam, um mich in die Klamm zu stürzen? Kämp hatte mir deutlich zu verstehen gegeben, dass er meinen Tod plante. Bisher hatte er seine Morde als Unfall getarnt. Anne Jani, die unbedarfte Touristin aus München, sollte vermutlich auf dem schmalen Pfad ausgleiten und in die Tiefe stürzen. Jon Mattan würde kurze Zeit später die zerschmetterte Leiche seiner Geliebten entdecken.

Es gab keinen Grund, hier auf meinen Tod zu warten. So vorsichtig wie möglich schob ich mich zurück auf das Felsband – und stolperte vorwärts.

Hinter mir blieb es seltsam still. Schenkte mir Kämp einen Vorsprung? Bereitete ihm diese Jagd ein perverses Vergnügen? Nesa war vor der Bestie über die weißen Wiesen talwärts geflohen. Auf diesem eisglatten, schmalen Gebirgspfad war es jedoch unmöglich, rasch zu laufen. Ein einziger Fehltritt genügte – und es war aus. Mir blieb keine Zeit, mich nach Kämp umzudrehen. Ich konzentrierte mich ganz auf die Tritte im Felsen, wo ich einen Fuß vor den anderen setzte, und blickte nur wenige Schritte voraus.

Plötzlich drang ein drohend knurrender Ton an mein Ohr. Reflexartig sah ich mich um. Flüchtig erkannte ich etwas Geducktes und Graues. Trug Kämp einen zottigen Mantel? Oder war es ein Tier? Lebten in diesem Gebirge doch Wölfe? Dort vorn war der Wald, wo ich schneller laufen konnte und kein Abgrund mehr neben mir drohte.

In dem Augenblick tauchte Jon zwischen den Bäumen auf. Er rannte bergauf. Wie hatte er uns so schnell eingeholt? Jon hatte mich bereits entdeckt; er kam rasch näher. Ich schluchzte vor Erleichterung leise auf und drückte mich zitternd in eine Felsennische. Jon brauchte keine Erklärung. Es genügte, den Kopf in die Richtung zu wenden, wo der Verfolger sprungbereit lauerte.

Und wirklich flog er in diesem Moment schon heran. Ein grauer Schatten, der sich auf Jon Mattan stürzte. Ich hatte die undeutliche Vision eines riesigen Wolfs, der Jon an die Kehle ging. Der Zusammenprall war dermaßen stark, dass Jon ins Straucheln geriet. Fassungslos sah ich zwei Körper vor mir in die Tiefe stürzen. Ich wusste, dass es die beiden Männer waren. Jon Mattan und Ulrich Kämp. Doch nahm ich in dem kurzen Moment zwei ineinander verbissene Wölfe wahr. Kein Schrei war zu hören. Nur dumpfe Aufschläge. Dann kehrte Stille ein.

Ich schrie. Ich kroch zu der Absturzkante. Ich brüllte nach Jon. Den Wildbach verbargen Büsche und Bäume, die sich aus vielen Felsspalten krümmten. Nur das Rauschen des Wassers darunter war zu hören. Die beiden Männer blieben verschwunden.

Tränen liefen mir über die Wangen, während ich schluchzend nach einer Möglichkeit suchte, in die steile Klamm abzusteigen. Einmal gelangte ich bis auf einen Felstritt, zwei Meter unter dem Pfad. Aber von dort aus kam ich nicht mehr weiter. Ich hatte die größte Mühe, wieder nach oben zu klettern. Erst als ich zitternd auf dem Felsenweg lag, regte sich meine Vernunft wieder. Ich musste Hilfe herbeirufen.

Vielleicht hatte Kämp seinen Rucksack in der Hütte abgestellt und auch sein Handy dort gelassen. Mir blieb keine andere Wahl, ich musste hinüber zu der Steinhütte.

Das letzte Stück stapfte ich in Kämps Spuren durch hüfthohen Schnee. Die uralten Mauern waren zusammengesunken, aber nicht eingestürzt. Es gab weder Fenster noch eine verschlossene Tür. Ich musste mich bücken, um durch eine schmale Öffnung in das höhlenartige Innere zu treten. Dort fand ich eine Feuerstelle, die noch rußgeschwärzt war. Schräg darüber klaffte ein Rauchabzug in der Decke. In einer Ecke lagerten trockene Zweige und Äste, die grob zerkleinert waren.

Zu meiner Verblüffung entdeckte ich in der Hütte nicht allein Kämps roten Nylonrucksack, sondern auch seinen Skianzug. Er hatte sich tatsächlich umgezogen. Hatte er ein Wolfsfell übergestreift? Mehr denn je zweifelte ich an seinem Verstand.

Ich nahm den Anzug und bemerkte daran den moschusartigen Duft, der mir auch im Kastell immer wieder aufgefallen war. Weder in den Taschen des Anzugs noch im Rucksack fand ich ein Handy. Verzweifelt überlegte ich, was ich als Nächstes tun sollte. Zurück zum Kastell laufen? Aber dort war niemand. Hinunter nach Largan? Ich wusste noch nicht mal ansatzweise, in welche Richtung ich gehen müsste.

Noch während ich mir den Kopf zerbrach, wurde es plötzlich noch dunkler in der düsteren Behausung. Selbst als die Gestalt in der Tür »Anne« sagte, dauerte es eine weitere Schrecksekunde, bis ich begriff.

»Jon!« Ich starrte ihn fassungslos an, bevor ich ihm schluchzend um den Hals fiel.

»Au!«

Ich ließ sofort los. »O Gott! Es tut mir leid! Du bist verletzt.«

Aufstöhnend ließ sich Jon zu Boden sinken. Er fasste nach meiner Hand und zog mich sehr vorsichtig zu sich heran. Statt mir zu antworten, küsste er mich.

Irgendwann hielten wir inne. Jon sagte aufatmend: »Es sind nur Prellungen. Meine Rippen haben wohl einiges abbekommen. Aber ich glaube nicht, dass ich mir etwas gebrochen habe. Ich habe unwahrscheinlich viel Glück gehabt. Irgendetwas hat mich wohl abgefedert. Vermutlich habe ich mich in den Bäumen über dem Bach verfangen, bevor ich in tiefen Schnee fiel. Kämp ist auf einem Felsen im Wasser aufgeschlagen.«

»Kämp!« Der Name ließ mich erschaudern.

»Er ist tot, Anne. Als ich versuchte, seinen Puls zu fühlen, war er schon ausgekühlt. Ich war wohl kurze Zeit bewusstlos. Jedenfalls war ich sehr benommen. An den Sturz selbst kann ich mich nicht erinnern.«

»Ich habe immerfort deinen Namen gerufen.«

»Ich habe dich nicht gehört. Als ich wieder zu mir kam, bin ich ein Stück dem Bach gefolgt, bis zu dem Hirtenpfad, der vom Ausgang der Schlucht hier heraufführt. Ich kenne ja die Gegend hier. Es war keine Hexerei.«

»Keine Hexerei.« Kopfschüttelnd sah ich Jon an.

»Mir hat nur die Ungewissheit, wo ich dich suchen sollte, zu schaffen gemacht. Ich konnte bloß hoffen, dass du dich nicht allein auf den Rückweg gemacht hast. Du bist zwar als Bergfex ein wenig unbedarft, aber du bist kein Dummkopf.«

»Danke.«

Jon lachte – und stieß wegen seiner geprellten Rippen gleichzeitig einen Schmerzenslaut aus. »Jetzt müssen wir als Erstes Not Bucher anrufen. Er kann dann alles Weitere veranlassen«, sagte er und angelte sein Handy aus der Innentasche seines Anoraks.

Nachdem Jon den Dorfpolizisten informiert hatte, schaute er mich lächelnd an: »Es wird sicher eine Stunde dauern, bis Hilfe kommt. Was hältst du davon, wenn wir uns ein kleines Feuer machen und ich dir erzähle, wie ich dich gefunden habe?«

Epilog

Das Telefon auf dem Gartentisch läutete. Ich stellte die Gießkanne ab und stieg die Stufen zur Terrasse hinauf. Elisa war am Apparat. Wir hatten vor, uns in zwei Wochen in Toms Ferienhaus bei Perugia zu treffen, und sie wollte wissen, ob es bei dem Termin blieb.

»Natürlich. Wir freuen uns schon.«

Elisa seufzte. »Und ich erst! Ich weiß nicht, warum Nick es heuer wieder nicht geschafft hat, mehr als ein paar Tage freizunehmen. Zu Ostern hatte ich das erste Mal die Koffer gepackt. Das zweite Mal Anfang Juni. Ich habe dir ja erzählt, wie jedes Mal etwas dazwischengekommen ist.« Sie lachte. »Wenigstens einige Wochenenden haben wir im Val Tosta verbracht. Nick freut sich wie ein Kind, dass es endlich ihm gehört. Manchmal fürchte ich, dass er mit zunehmendem Alter nicht weiser, sondern ein wenig wunderlich wird.« Sie holte tief Luft. »Stell dir vor, bei unserem letzten Besuch im Kastell hat er einen Tag lang nach einem Beutel mit alten Pelzresten gesucht! Er hat das halbe Haus umgedreht, und den Keller dazu, bis er mich danach gefragt hat. Ich musste ihm sagen, dass ich den Ramsch an Silvester verschenkt habe – an die zwei Mädchen, die an dem Abend ausgeholfen haben, du erinnerst dich bestimmt. Sie hatten die Pelzreste aus einem Besenschrank gezogen und sind auf die Idee gekommen, damit ihre Kostüme für die wilde Jagd durch das Dorf aufzupeppen. Als ich ihm das erzählt habe, ist Nick an die Decke gegangen, als hätte ich ihm ein Verbrechen gestanden.«

Ich dachte an das tropfende Fellstück am Spülstein in Elisas Küche. Jetzt wusste ich, was ich gefunden hatte. »Oje«, sagte ich nur.

»Ja. Ein paar Tage Ferien in Toms Häuschen werden Nick bestimmt gut tun. Apropos Haus. Seid ihr schon umgezogen?«

»Ja. Vorletztes Wochenende. Es ist alles ganz schnell gegangen.«

»Und? Wie ist es? Wie sieht es aus?«

Ich ließ meinen Blick über die Hauswand schweifen, die Fensterläden, die wir noch streichen mussten, die Terrakottatöpfe, die Sträucher und Beete und vor der Gartenmauer die Apfelbäume. »Einfach ein altes Haus. Mit einem Garten. Spalierbirnen. Beete mit Schnittlauch und Möhren und Erdbeeren«, sagte ich lächelnd. »Letzten Sonntag haben wir Hauseinweihung gefeiert, die ganze Familie und Freunde und Nachbarn waren da. Jon hat ein paar Videoaufnahmen gemacht. Im ersten Moment habe ich, ehrlich gesagt, ›Um Himmels willen!‹, gedacht.«

»Oh. Das kann er sehr gut. Er hat doch mal an einem Film mitgearbeitet, der in einem nordamerikanischen Nationalpark mit einem Rudel von zahmen Wölfen gedreht worden ist.«

Ich grinste. »Ja. Das hat er mir erzählt. Er hat auch gesagt, dass er meinen Familienclan noch interessanter findet. Er hat den Film bereits geschnitten, und ich muss gestehen, ich war ziemlich sprachlos, als ich ihn fertig gesehen habe. Heute Abend wollen wir ihn alle gemeinsam anschauen. Ich bin sehr gespannt, was meine Lieben von Jons Perspektive halten.«

»Wieso? Was hat er gemacht?«

»Tja, ich weiß auch nicht. Er hat nur kleine Szenen herausgepickt und sie aneinander gefügt. Weißt du, bei diesem Video ist es mir vorgekommen, als wäre ich ein nichtmenschlicher Wissenschaftler, der eine mir fremde Spezies studiert. So wie ein Wolf, der sich ein Rudel Menschen anschaut. Es sieht ziemlich kurios aus. Oh, es klingelt an der Tür. Vermutlich die ersten Gäste, Elisa, ich muss leider auflegen. Vielen Dank für deinen Anruf! Ich glaube, dieses Mal werden wir einen traumhaften Urlaub haben … Bis bald! Und grüße Nick von mir!«

Nur der Mond war Zeuge

Im Oktober des Jahres 1782 wird im Irrgarten des Schönbrunner Schloßparks ein junger Mann tot aufgefunden – in seltsamer Pose und ein Messer bis zum Heft in der Brust. Rasch fällt der Verdacht auf die junge Franziska von Kauder, die in der Nacht zuvor im Licht des Vollmonds beobachtet wurde – barfuß und nur mit einem blutigen Hemd bekleidet …

»Ein raffiniert gestrickter historischer Kriminalroman«
Allgäuer Zeitung

Die Nachtwandlerin
Roman
ISBN-13: 978-3-548-26200-0
ISBN-10: 3-548-26200-7

ULLSTEIN